U0636331

西安市政协文史资料委员会
西安曲江新区管理委员会　编

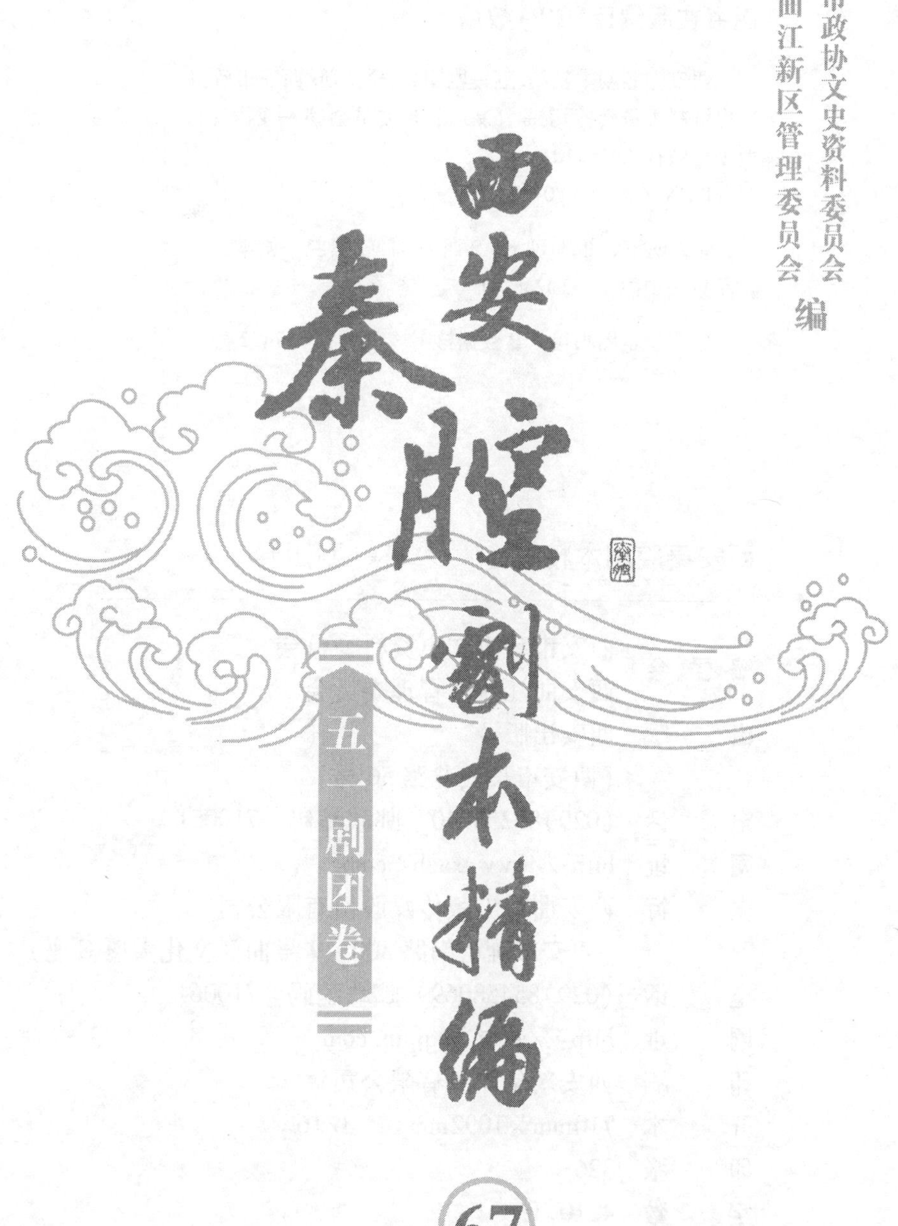

西安秦腔剧本精编

五一剧团卷

67

西安曲江文化产业资助项目

西安出版社

图书在版编目(CIP)数据

西安秦腔剧本精编. 五一剧团卷:全8册/西安市政协文史资料委员会,西安曲江新区管理委员会编. —西安:西安出版社,2011.10

ISBN 978-7-80712-839-7

Ⅰ.①西… Ⅱ.①西… ②西… Ⅲ.①秦腔—剧本—作品集—中国 Ⅳ.①I236.41

中国版本图书馆 CIP 数据核字(2011)第 217422 号

西安秦腔剧本精编 ㊲ 五一剧团卷

编 委 会	西安市政协文史资料委员会 西安曲江新区管理委员会
出 版	西安出版社 (西安市长安北路 56 号)
电 话	(029)85253740 邮政编码 710061
网 址	http://www.xacbs.com
发 行	西安曲江出版传媒股份有限公司 (西安市雁塔南路 300-9 号曲江文化大厦 C 座)
电 话	(029)85458069 邮政编码 710061
网 址	http://www.xaqjpm.com
印 刷	西安新华印务有限公司
开 本	710mm×1092mm 1/16
印 张	326
字 数	4210 千
版 次	2011 年 12 月第 1 版 2011 年 12 月第 1 次印刷
书 号	ISBN 978-7-80712-839-7
全套定价	1740.00 元(共 12 册)

读者购书、书店添货或发现印刷装订问题,请与本公司营销部联系。
电话:(029)85458066 85458068(传真)

《西安秦腔剧本精编》
编辑委员会名单

序

西安市政协主席　程群力

戏剧是人类精神文化形态之一，在世界戏剧史上，中国戏剧具有辉煌的地位。周、秦、汉、唐以来，历经千百年的发展积淀，中国戏剧形成了属于华夏文明自有的、独特的艺术体系。这个体系如同一个庞大的家族，遍布全国各地。在这个大家族中，秦腔以其丰厚的文化滋养、突出的历史贡献、沉雄质朴的艺术魅力而备受尊崇。

关于秦腔的起源和形成问题，历来争论甚多，有秦汉说、唐代说、明代说，甚至还有更早的西周说、春秋战国说等。但相对多数的看法，趋向于秦腔形成于明代中后期，即明代说。明代说认为，社会发展的基本规律表明，一切文化意识形态的发展变化，都由当时的生产力发展状况和水平来决定。明代中期正是我国资本主义萌芽期，商品经济的产生、发展，为当时文化的发展、变革、传播、繁荣提供了较丰实的经济基础。明代说也提供了必要的实物例证和文献记载。现在能见到的最早的陕西凤翔流传下来的明代正德九年的两幅《回荆州》戏曲木板画；现存文字记载中最早能见到“秦腔”字样的明代万历年间《钵中莲》传奇抄本中标出的[西秦腔二犯]曲调名，就是明代说有力的支撑。明代说的另一个支撑是比较能经得起专家、学者和秦腔爱好者以“体系”的视角作“系统论”式的考查和诘问。作为地方戏，秦腔和其他兄弟剧种一样，既有中国戏曲的共性，又有其独具的个性。共性的一面，都是以表演艺术为中心，融文学、音乐、表演、美术等各种艺术形式于一体的高度综合艺术，具有成熟的、完备的写意性、虚拟性、程式性和以“唱、做、念、打，手、眼、身、法、步”“四功五法”为基本技艺手段，以生、旦、净、丑的行当角色作舞台人物，以歌舞扮演故事等这些经典的中国戏曲美学特征。个性的一面，秦腔与许多地方剧种相比，在“出身”上有着更多的原创性特征，体现在其声腔、音乐、文学、表演等基本要素与我国源远流长的原创性大文化之间，存在着直接的一脉相承的亲缘关系。这是因为，我国古代许多原创性文化，特别是诞生于周秦汉唐时期的《诗经》、秦汉乐舞、汉乐府、俳优和百戏、唐梨园法曲、歌舞戏、唐参军戏等等，都直接发生在以古长安（今西安）、咸阳为中心的关中地区，从而使这一地区成为当时全国文化最发达、成就最高的地区。根之茂者其实遂，膏之沃者其光晔。由于有这些原创性文化的滋养，更由于板腔体音乐在民间音乐和说唱文学的基础上日益成熟而引发的变革，最终造就了秦腔这个大的地方剧种，在西至陇东与银南、东至豫西与晋南、南至川北与鄂北、北至陕北与蒙南这片广袤的古秦地生根、发芽、成长，并影响到之后其他众多地方戏和京剧的产生与发展。

秦腔一经形成，就显现出卓尔不凡的气质和强大的生命力。一是秦腔长期从民间音乐和说唱艺术中吸取营养，活跃于人民群众之中，有广泛的群众基础；二是秦腔首创了板腔体音乐结构，奠定了中国梆子戏的发展基础。从而在声腔艺术的创造方面，在剧本创作、表演艺术等多方面，凸显出不可取代的许多特点，有力地推动了戏曲艺术特别是梆子腔艺术的大发展，具有划时代的意义。

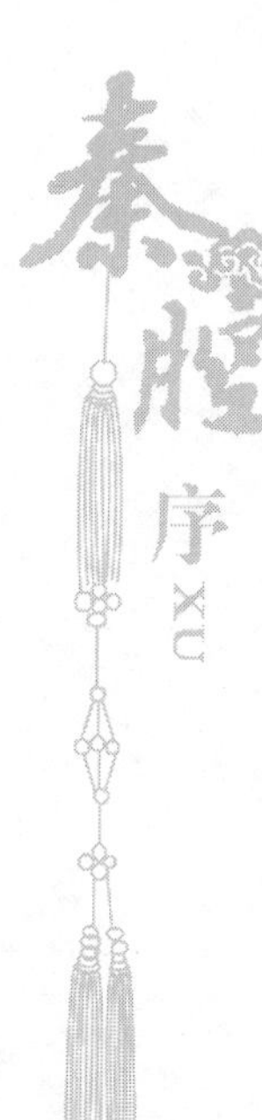

由于秦腔是诞生最早、历史最悠久的梆子腔戏曲，更由于它当时作为新的艺术形式，内容上贴近生活、通俗易懂，表现形式上好听好看、生动感人、极易流传，所到之处，除了在陕西境内形成中路、东路、西路、南路、北路五路秦腔外，还渐次流传到晋、豫、川、鲁、冀、鄂、苏、皖、浙、滇、黔、桂、粤、赣、湘、闽、蒙、新、藏等全国许多地方，并与当地民间曲调融合，对当地新生剧种的催生、成长、成熟、完善做出了重大贡献。因之它也赢得了“梆子腔鼻祖”的地位和称誉。

近百年来，秦腔表演艺术，其行当角色之全、演出剧目之多、表现手段之丰富、唱腔艺术之精湛、四功五法之规范、演出综合性与整体性之完善，都备受文艺界和城乡观众的推崇。在陕西乃至西北广大地区，秦腔与老百姓的精神生活息息相关。人们津津乐道秦腔的魅力，对心目中的秦腔演员如数家珍，特别是一提起西安城里有易俗社、三意社、尚友社以及五一剧团，更带有几分神往。相当多的人，不仅会谈到演员，还会谈起许多脍炙人口的剧目《三滴血》《柜中缘》《看女》《三回头》《软玉屏》《翰墨缘》《夺锦楼》《庚娘传》《新华梦》《伉俪会师》《双锦衣》《盗虎符》《貂蝉》《还我河山》《西安事变》等等，更会谈论在这些琳琅满目的剧目后面，站着的一群让人们肃然起敬的剧作家：康海、王九思、李十三、李桐轩、孙仁玉、范紫东、高培支、李仪祉、吕南仲、李约祉、王伯明、封至模、马健翎、李逸僧、李干丞、淡栖山、王淡如、冯杰三、樊仰山、姜炳泰、谢迈千、袁多寿、袁允中、鱼闻诗、杨克忍等等，还有由于种种原因没有留下名姓的剧作家，以及后来四个社团中加入编剧队伍的一批新知识分子，他们用心血熬成了一个个可供世代传唱的剧本。正是有了他们幕后的辛勤劳作，才有了台前精彩的表演。西安市的四大秦腔社团易俗社、三意社、尚友社、五一剧团，前三个都跨越了两个时代、两种社会制度，其中长者年已百岁。百年以来，四个社团总计演出的剧目逾千部之多。这些剧目，有些来自明清以来的秦腔老传统、老经典；有些来自各社团根据本单位的演员和资源条件，根据时势和观众的审美需求而开展的新创作、改编或移植、整理。这些众多的秦腔剧本满足着一代又一代观众的精神需求，也在很大程度上支撑着古城西安的文化舞台。西安秦腔事业的发展，为西安、为秦腔积累了一大笔可贵的精神财富。保护、传承、弘扬这笔财富，增强古城西安的文化软实力，扩大其国内国际影响力，实在是我们应尽的历史责任、文化责任和社会责任。

从 2008 年下半年起，西安市政协与西安曲江新区管委会合作，着手策划、组织、实施《西安秦腔剧本精编》工作。这是一项大型的剧本编辑工程，收录了西安市易俗社、三意社、尚友社、五一剧团四大著名秦腔社团上自清末、下至二十一世纪初百年来曾经上演于舞台的保存剧本,共计679本,2600余万字;另有22个内部资料本,约65万字。参与编辑本书的专家、学者、工作人员,面对四个社团档案室中尘封了百年的千余本三千万字的剧本稿样,其中不少含混不清、章节凌乱、缺张少页、错误多出及其他众多问题,本着抢救、保护、弘扬国家非物质文化遗产的责任感,按照"精审精编"的工作要求,专心致志地投入工作。通过收集筛选、初审初校、集中审校、勘疏补正、规划编辑、三审三校等几个工作程序,对上述文本问题和学术问题,逐一研讨、逐一明晰、逐一完善。历经三年,终于编辑了这套纵跨百年、横揽西安四大秦腔社团舞台演出本的《西安秦腔剧本精编》,了却了广大剧作家、表演艺术家和人民群众的一大心愿,对西安的秦腔文化是一个重要的回眸与总结,对未来秦腔的振兴与发展做了一件坚实的基础性工作,对此我们感到欣慰。

编辑这套剧本集,工程浩繁,工作难度大,加之时间紧,错漏不足在所难免,诚望各方面人士,特别是专家、学者、业内人士提出批评指导意见,以便修订完善。

目录

演出单位

西安市五一剧团

顽石寨

郑宗义　编剧

剧情简介

这是一部反映抗日战争初期陕北革命根据地红白交叉地带复杂激烈的敌我斗争故事剧。当时,我党面临着外部有国民党东北军、西北军的军事围剿和地方地主、豪绅反动武装的猖狂反扑,反攻倒算,内部左倾机会主义、左倾关门主义横行,坚持正确路线的革命者不断遭受压制、打击、迫害,形势十分严峻。剧中描写的陕北星火苏区敌我双方的态势,正是这一背景的缩影。

以红军飞虎团团长王烈虎为一方的革命武装力量,克服星火苏区党的特派员高明远的"左"倾错误路线,与以顽石寨铲共义勇团团总石占鳌为首、国民党剿共总部联络密使陈铁嘴为代表的双重反革命势力展开了英勇不屈、惊心动魄的斗争,一举摧毁反动据点顽石寨,谱写了一部革命英雄主义的传奇。

场　目

人 物 表

高明远　陕北星火苏区特派员
杨延贵　顽石寨铲共义勇团师爷
王烈虎　红军飞虎团团长
任蛟龙　土匪神龙队司令
石占鳌　铲共义勇团团总
玉　妹　赤卫军队员，王烈虎未婚妻
小路子　王烈虎警卫员
乔大伯　星火苏区苏维埃政府主席
冷队长　红军肃反队队长
石老太　石匠遗孀
桂　姐　玉妹孪生姐，任蛟龙未婚妻
陈铁嘴　剿共总部联络密使
马全宝　惯匪，神龙队总管
飞虎团战士与神龙队弟兄若干
铲共团团丁与石府丫环若干

第一场　惜别情

〔一九三二年，端阳节清晨。

〔陕北，眼泪河畔虎跃岭。

〔虎头岩上雕着“虎跃岭”三字，岩下一侧有一间土窑洞。窑前有一株青杨树，树上贴着一张民团征收团练费的巨幅告示。

〔幕启：江湖卖艺人打扮的高明远，坐在窑前树下，用笛子吹奏着一支悲凉哀怨的信天游。少顷，走向台口。

高明远　列位听官看客、父老乡亲，今逢端阳佳节，听我卖艺人唱段《泪水曲》吧！

（唱）　泪水日夜流不停，
哀怨泣诉穷人声。
终年劳累受苦痛，
饥寒交迫难求生。
豪绅盘剥租税重，
官吏搜刮虎狼凶！
不是天意命注定，
要得翻身靠抗争。
一棵青杨易折断，
漫坡青林御狂风。

〔高明远一把扯下告示。

〔杨延贵内吼：“住手”！

〔杨延贵上。二团丁随上。

杨延贵　好大胆！竟敢趁此端阳佳节，宣传赤化，妖言惑众，光天化日之下，撕毁告示。来呀！捆了！

〔二团丁将高明远扭住。

杨延贵 带回顽石寨！

〔二团丁押高明远欲下。

〔王烈虎、任蛟龙内吼："站住！"二人从台口两侧同上。

杨延贵 哪个吃了豹子胆的，（头也不回地）跑到这儿撒尿来了！什么人？

王烈虎 （念） 开山劈石手艺精，

任蛟龙 （念） 铁锤砸处溅火星。

王烈虎 （念） 烈虎行不改王姓，

任蛟龙 （念） 爷爷名叫任蛟龙！

杨延贵 哟嗬！我当这虎跃岭上，当真出了虎豹豺狼，原是俩穷得叮当响的铁匠、石匠，撇石洼飞出来两只蚂螂。

王烈虎 任蛟龙 你待怎讲？

杨延贵 少张狂！误了师爷我的公事，当心拧断你娃子的脖项！

〔王烈虎、任蛟龙从两侧同时抓住杨延贵的肩膀，将其举起，扔下，杨延贵坐在地上捂住屁股，惨叫着。

杨延贵 哎哟！我的娘……

王烈虎 为啥要带走这个江湖卖艺人？

任蛟龙 （怒吼）快讲！

杨延贵 （跳起，掏出一张标语，对台下）大家看！"打倒土豪劣绅"，就是他昨天晚上偷偷贴在腾龙岗！

任蛟龙 干得好！

王烈虎 有胆量！

杨延贵 他是危险的赤色分子，你们小心中毒上当！

王烈虎 歌儿里唱的全是百姓苦。

任蛟龙 老实人把老实话讲。

杨延贵 好哇，该我走运，没想到摘南瓜还捎带两个青辣子。既然你二位要拦挡，那就请随我走一趟。

〔二团丁欲捉，被王烈虎、任蛟龙打死。杨延贵溜走。王烈虎替高明远松绑。

高明远　多谢二位相救。

王烈虎　师父，唱得好！你说大伙怎样能抱作一团，同贪官污吏、土豪劣绅进行抗争？请求指点。

高明远　翻身要靠共产党，求解放得靠工农齐武装。

王烈虎　这条道怎么走？

高明远　找共产党，投红军。

王烈虎　在啥地方？

高明远　你们如果真正去，我来指路。

王烈虎　大哥，杀死人命，有家难归。走吧！

任蛟龙　我不去！刮民党刮，再来个共产党铲，有穷人的活头吗？鬼八卦，一路货！我已打定主意，上山拉杆子去！

高明远　人各有志。不过，后生，你想想，古往今来，绿林营生成就了几个真正的英雄汉？

任蛟龙　我不图称雄，为的不受欺！

王烈虎　大哥！

（唱）　你我结拜同死生，
要为穷人报不平。
独马单枪江湖行，
泪水河边几成功？

任蛟龙　（唱）　你我虽然无成果，
志同自有苦中乐。
今朝分手各登道，
兄弟情义藏心窝。

王烈虎　你我一走，苦了桂姐和玉妹啦。

任蛟龙　让她姐妹活守寡，不如横下一条心。（从怀中掏出一块雪罗帕交给高明远）师父，烦你顺路下山，将这雪罗帕捎给桂姐，你就说我任蛟龙死了原物归还。

王烈虎　大哥！你……

任蛟龙　后会有期。（毅然奔下）

〔传来枪声。

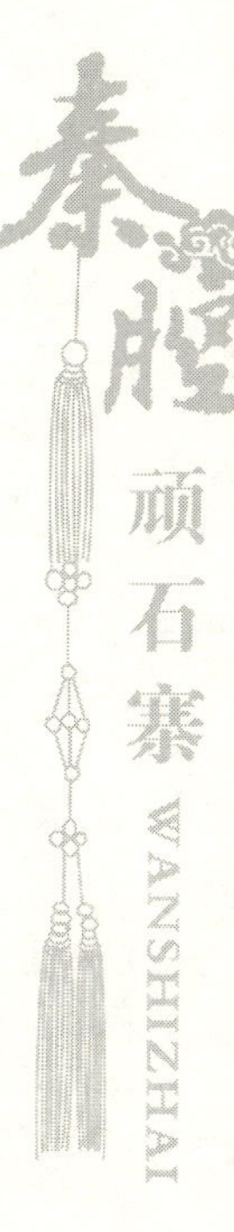

王烈虎　石占鳌老贼来了！（对观众）老乡们，大家快跑啊！

高明远　你快走吧！（将笛子递给王烈虎）我有事在身，不能奉陪。你到黄河渡口去找乔大伯，见了这根笛子，他会送你南下找老刘，投红军。

王烈虎　（唱）　双手接过笛一根，
《泪水曲子》铭记心。
依依惜别情难尽，

高明远　（唱）　他日重逢叙佳音。

〔马蹄声近。二人分头下。

〔杨延贵引石占鳌与团丁上。

杨延贵　全跑啦！

石占鳌　跑了和尚有寺在，

杨延贵　去把桂姐玉妹逮！

石占鳌　桂姐玉妹？

杨延贵　就是王烈虎和任蛟龙的一对没过门的孪生媳妇。

石占鳌　好，给我捉上顽石寨！

〔众奔下。

第二场　伏烈虎

〔三年后。端阳节傍晚。

〔虎跃岭。

〔景同一场。虎头岩插有“中国工农红军陕北飞虎团”战旗。

〔玉妹内唱。

玉妹我翻重岭性急如火，

〔玉妹持刀上。

玉　妹　（唱）　怀怨愤行匆匆绕过山坡。
怒目望顽石寨蛇窟狼窝，

想亲人念桂姐心似刀割!
三年前虎哥龙哥闯下祸,
我姐妹被贼掳抢受折磨。
端阳节我跳楼阁扑下河,
姐姐她从此入牢难逃脱。
年年盼日日想时光空过,
张眼望问路边山花几落?
终等到红军来要把寨破,
救姐姐出牢笼展翅高歌。
连日里我昼夜将刀狠磨,
要参加赤卫军去把贼戳!
谁料到特派员拒不收我,
摘袖标撵出营兴起风波。
我决意投红军歃血入伙,
行来在虎跃岭寻找虎哥!(下)

〔二幕启:晚霞似火,汨水咆哮。

〔小路子乐滋滋地采摘山花、艾蒿,精心地装点着土窑门窗。

小路子 (唱) 今日里逢端阳艾香花红,
不由我小路子喜气盈盈。
全苏区总动员军民响应,
为粉碎敌围剿投入战争。
要拔除顽石寨消灭坏种,
已将贼包围定水泄不通。
单等着总攻击一声号令,
再看我飞虎团大显威风。

〔王烈虎上。

王烈虎 小路子!

小路子 团长!政委让我告诉你,侦察归来不要远离,他同乔主席下山迎接特派员去了。

王烈虎 这可是大喜事啊!有上级领导亲自坐镇指挥,拿下顽石寨就更有把握了。

〔战士甲、乙、丙同上。

甲乙丙 报告团长!

战士甲 骑兵连已经控制咽喉要塞峪口镇!

战士乙 赤卫军已经全部隐蔽到寨后梢林!

战士丙 奋勇队已经进入汩河畔出击阵地!

王烈虎 原地待命。

甲乙丙 是!(下)

〔战士丁上。

战士丁 报告团长,查遍寨外所有峁岭沟岔、梢林草丛,连野鸡窝都搜查了,没有发现顽石寨暗道出口。

王烈虎 命令观察哨,严密观察警戒,不许放走一个团匪!

战士丁 是!(下)

王烈虎 小路子,去,把笛子拿来!

小路子 是!(下)

〔小路子拿笛子复上。

小路子 团长,神龙队探马信差到。

王烈虎 有请!

〔探马上。

王烈虎 一路辛苦了。

探　马 没啥,兄弟专干这路差使。王团长,这是任司令给你的信。(递信)

王烈虎 (展读)我部践约腾龙岗,暂借苏区地一方;愿顺红军听号令,破寨求领先锋将。神龙队司令任蛟龙。

探　马 全队人马待候调遣。

王烈虎 你立即返回腾龙岗,转告任司令,让他把队伍明日傍晚开上虎跃岭,红军骑兵连在峪口镇接应你们。

探　马 是!(下)

王烈虎 通讯员!

〔通讯员上。

通讯员 到!

王烈虎 告诉妇女代表会缝衣队，连夜赶做一面“抗日义勇军陕北骑兵团”军旗，明日午时送交团部。

通讯员 是！（下）

王烈虎 万事俱备，只欠东风啦。

小路子 团长，（将笛子交给王烈虎，同时将一枝山花和一束艾蒿插在笛管上）你闻，多香！

王烈虎 呵，香极了。（拔下顺手插在上衣口袋内，坐在窑前吹起《泪水曲》）

小路子 （坐在王烈虎身边，低声随乐唱）

泪水的个日夜流不停，
哀怨那个泣诉穷人声……

王烈虎 小路子，等明日打开顽石寨，你头一件事干啥？想过么？

小路子 想喝盅喜酒。

王烈虎 好，庆功酒会上一定让你喝个够。

小路子 不，我要喝你和她的喜酒。

王烈虎 她是谁？

小路子 那不是，她来啦。（入窑）

王烈虎 玉妹！

〔玉妹上。

玉　妹 虎子哥！

王烈虎 你来干什么？

玉　妹 入伙当红军。

王烈虎 你呀，我的傻妹子，哪有女娃子当兵的？

玉　妹 花木兰就是一个。

王烈虎 那是为了替父从军，女扮男装，冒充的。她要拖条辫子照样当不成。

玉　妹 （将辫子一刀割下，扔给王烈虎）只要收留我，可以和你一样剃成和尚头！

王烈虎 哎呀，你……当赤卫军不是一样嘛。

玉　妹 我这赤卫队员被开销了！

王烈虎　为什么?

玉　妹　你听!

（唱）　赤卫军领命上火线,

整装待发在村边。

突然间冒出个特派员,

言说是苏区内部藏佞奸。

立马三刻闹肃反,

赤卫军清查大整编。

只要黑状把名点,

朱笔勾下鬼门关。

我被革除还不算,

扬言背后追根源。

王烈虎　（唱）　为啥将你往外撵?

玉　妹　（唱）　因为与你有牵连!

王烈虎　谁说的?

玉　妹　就是他!（气愤入窑）

王烈虎　乔大伯?

〔乔大伯上。

乔大伯　虎子,你看谁来了?

王烈虎　他……

乔大伯　他就是新来的特派员。

〔高明远、冷队长及战士甲、乙上。

王烈虎　老高!

高明远　想不到吧?

王烈虎　太巧啦!

高明远　（念）　有道是:

塞上山花年年红,

一别三载又重逢。

虎跃岭上风云变,

船到险滩靠舵工。

王烈虎　这次反围剿,有你来掌舵,太叫人高兴了。

高明远 就怕你不欢迎啊！

王烈虎 不单我欢迎，还有一个人。

高明远 谁？

王烈虎 任蛟龙！（递信）你看，这是他同意接受改编的回书。

高明远 你约他来的？（将回书转交冷队长）

王烈虎 对，我们决定收编改造这支队伍。

高明远 王烈虎同志，你这种思想太危险了。我堂堂红军，焉能与匪为伍！这伙流寇趁火打劫，骚扰苏区，只能消灭，岂可引狼入室，姑息养奸！

王烈虎 老高，你对任蛟龙并不了解呀！

（唱） 神龙队并非是流寇剪径，
杀衙役拉豪绅远扬名声。
与团匪累械斗仇恨深重，
愿助咱破匪寨情理之中。

高明远 王团长！

（唱） 敌大军向苏区疯狂进犯，
总动员反围剿摆在眼前。
飞虎团本应该开赴前线，
谁让你与土匪结伙扬幡？

王烈虎 （唱） 保苏区要依靠群威群胆，
不拔除顽石寨后方怎安？

乔大伯 （唱） 神龙队愿联合诚心一片，
咋不能求团结改造收编？

高明远 （唱） 我红军并非是乌合之众，
搞武装必须工农一色清。

王烈虎 （唱） 搞武装并无佛门法戒令，
容不得两性通婚道家经！

高明远 （唱） 我代表特委会传达决定，
你立刻下军令解围撤兵！

王烈虎 把部队撤下来？

乔大伯 不打顽石寨了？

高明远 同志们，目前的形势是极其严重的。敌八十六师从榆林调来五个团，在地方民团、常备队配合下，正从北、西、南三面向我苏区发动进攻。鉴于此，特委决定，停止攻打顽石寨，调集各区游击支队、赤卫军和区乡干部，配合飞虎团，全力以赴，迎击南线之敌。

王烈虎 这个命令我不能下，南线是敌人的进攻主力，两个团和两个骑兵营，力量超过咱们十倍，不是寻着碰钉子嘛！

高明远 没有孤注一掷的战争，就无法挽回危急的局面。这是生死关头的一战，最后一战，成功失败在此一举。只有冒死打通南线，联络红二十六军，请刘志丹同志率队北上，解救星火。

王烈虎 这是搞军事冒险，现在东北军和马匪，同时对陕甘苏区疯狂围剿，怎么能拆东墙补西墙！老高，我们是红军，不是赌棍！

高明远 王烈虎同志，我在传达特委的指示！

王烈虎 高明远同志，你个人也是这个想法吗？

高明远 体现了我的思想。王团长，我希望你看清形势，在这生死存亡的关头，要坚定信心，不要陷入右倾机会主义的泥坑。

王烈虎 你是说，我王烈虎是被敌人的疯狂进攻吓软了？

高明远 但愿你不是那种人。

〔石老太挎柳篮上。玉妹、小路子出窑。

石老太 虎子，虎子！

王烈虎 太婆！你老人家怎么上岭来啦？

石老太 今日个是端阳节，我包了几个软糜子粽子，来，尝个鲜！

王烈虎 太婆，你留着，等打开顽石寨，我一定消灭它！

石老太 孩儿呀，那石头寨硬打不得呀！

高明远 你听听群众的声音吧！

王虎烈 太婆，为啥不能硬打？

石老太 那是座密不透风的寨子啊！

（唱） 顽石寨凶险恶名扬，
暗道机关串山庄。
悬崖枕着眼泪河，
层层台阶层层岗。
滚木檑石满寨墙，
火炮铁砂把人伤。
倘若还不知暗道何处藏，
强打寨子要遭殃！

王烈虎 慢说它是一座石寨，就是一座铁寨，也要炸开它！

石老太 虎子，你有恁大的志气？

王烈虎 不是我，是咱星火区千万个受苦人！

石老太 嗯，我算等到这一天了。（从篮内取出一把小石锤）这是一把打开顽石寨的金钥匙，太婆今日传给你这小石匠！

高明远 行啦！（一把夺过石锤，蔑视地掂了掂）石占鳌是你什么人？

石老太 在石门宗族里，论班辈是我的侄孙子。

高明远 为啥不劝他投降，反来戳弄红军攻寨？

石老太 先生，你说啥？

高明远 不要装糊涂！给你讲，红军用不着谁来帮倒忙！（将石锤扔进篮子）

王烈虎 乔大伯 老高！你……

石老太 算我瞎了眼！（提篮踉跄下）

众　人 太婆！

高明远 亲向亲、邻向邻，这号人，哼，到死同革命队伍都不会一条心。

王烈虎 她祖辈给石家揽工、圈窑、断磨子，老伴就是在开顽石寨暗道时，被石占鳌灭口捂死的。能因她和石家沾亲带故，也成了地主豪绅？你怎连谁都怀疑？赶明日怕连我也信不过了！

高明远 不是明日。

王烈虎　是今天？

高明远　神龙队土匪司令任蛟龙，是不是早年同你歃血结盟、烧香磕头拜过把子？

王烈虎　有此事。

高明远　玉妹的孪生姐桂姐，是不是现在顽石寨？

王烈虎　不错。

高明远　团政委家里是不是榆林有名的大地主？

王烈虎　对，他本人在北平念过洋学堂呢！

高明远　骑兵连的底子是不是从八十六师哗变来的？

王烈虎　是的，包括连长在内，一共有十二个人。

高明远　这一切联系起来，意味着什么呢？

王烈虎　我从来没想过。

高明远　难道你不开口，上级就不了解你围困顽石寨围而不攻的真正用意，和把神龙队引进苏区的阴谋企图吗？

王烈虎　你是这么看待我？

高明远　我是这么审查你！

王烈虎　你想要我怎么样？

高明远　停职反省！交代同石占鳌不可告人的关系！

众　人　（震惊）啊？

王烈虎　我同石占鳌是革命同反革命的关系，没有什么不可告人的！

高明远　哼，看看你这样儿，口袋别着花草，手里拿着女人辫子，哪有一点红军指挥员的味道！我不妨提醒你，王烈虎，不要为了对一个女人的爱慕，对一个江湖盗贼的信义，就不惜抛弃人生信仰，把红军引入歧途。到头来撂了党籍，掉了脑袋，葬送了个人的前程，成为遗臭千古的罪人！

王烈虎　（朗笑）……你不是我三年前遇到的恩师。

高明远　你也不是我从前遇到的英雄！

王烈虎
高明远　（同时地）你……变了！

王烈虎　这么做，你请示过特委吗？

高明远　兄弟我是代表特委来的！冷队长！

冷队长　到！

高明远　执行吧。

冷队长　王团长，请！

王烈虎　政委呢？让我把作战计划向他交代一下。

高明远　飞虎团政委由我亲自兼任。肃反队冷队长，从现在起代理飞虎团团长！

王烈虎　乔大伯，政委呢？

乔大伯　已经被肃反队扣押了。

玉　妹　虎子哥，这是咋回事啊？

高明远　走开！

乔大伯　老高，这是为了啥呀！

高明远　为了革命。

乔大伯　咱们革命多年，出生入死，开辟庄子闹扩红，打土豪杀白军，可今日，这倒在革谁的命？

高明远　你是星火区苏维埃政府主席，这点道理都不懂？谁反对革命，就革谁的命！

乔大伯　革吧，革吧！（解下背包朝高明远怀中一塞）这里头是苏维埃政府大印，拿去！

高明远　你这是干什么？

乔大伯　这主席，我不当了！（欲下）

众　人　乔大伯！

高明远　回来！从现在起，军民一律投入肃反，肃清反革命，挖除动摇分子，对付白色恐怖！

冷队长　带走！

〔战士甲、乙走向王烈虎。

玉　妹　虎子哥！

小路子　团长！

王烈虎　哭什么！

（唱）　热泪不该乱抛洒，

泪眼看事必有差。

临别赠你一句话，
永随战旗走天涯！（昂然下）

第三场　离间计

〔端阳节之夜。

〔顽石寨望乡阁。

〔寒月映照着惨淡的琼阁。鳌头石驮一巨碑，上书“顽石寨”，阶下置有石雕桌凳，寨垛上插一杆“铲共义勇团”白字蓝幡。

〔杨延贵鸣锣上。

杨延贵　（念）总爷传话如圣明，
全寨花户仔细听。
严防红匪偷营寨，
夜里睡觉放灵醒。
老少巡逻齐出动，
眼皮不准打扑腾。
谁敢违章抗军令，
砍头莫嫌脖项疼！（下）

〔二幕启：寨垛外峁岭迷茫，眼泪河如泣如诉。桂姐被铁链锁于顽石碑上。

〔长枪队巡逻过场。桂姐艰难站起，愁依石碑，凄苦地凝望远方，目光痴呆。

桂　姐　玉妹，苦命的妹妹呀！今逢端阳节，是你从此跳楼扑河，离开阳世的三周年啊！不是我桂姐心肠毒狠，实乃身陷魔掌，无有纸钱送赠，祈求妹妹阴魂怜念，莫要怨恨于我呀！

（唱）依寒碑痴眼望月洒重梁，
泪河泣夜深沉露浸囚裳。

薄命女似残叶任风欺荡，
思念起往日事痛彻肝肠。
老爹爹黄河上背纤踩浪，
历尽了人间苦饱经沧桑。
倒船舱吐血死撇下孀娘，
遗腹女双出胎戴孝奔丧。
泪中生苦里长岁月流淌，
雪中乞风里讨尝遍饥荒。
为哺养我姐妹活命生长，
老娘亲自卖身远走他乡。
十六岁许蛟龙如愿以偿，
玉妹她配烈虎并蒂生香。
谁料到突然间被贼掳抢，
石占鳌施淫威强纳偏房。
好妹妹性刚烈闯出魔掌，
保贞节怀冤恨跳下楼窗！
可怜她黄花女一命惨丧，
桂姐我不从贼被锁阁厢。
囚樊笼纵有翅难得翱翔，
龙哥呀你此刻云游哪乡？
妹为你将罗帕贴身隐藏，
物犹在人无影天各一方！
终日里盼红军早把寨上，
解救我出牢狱重见天光！

（团丁内吼："总爷到！"）

〔桂姐慌忙藏起罗帕。二团丁上将桂姐拖进阁厢。

〔四丫环捧果品酒具陈献石桌。二团丁掌灯按刀引石占鳌上。

石占鳌 （唱） 天高云淡月冷漠，
愁雾紧锁望乡阁。
红匪团团困孤寨，

旌旗猎猎卷荒坡。

抱残守缺痛煞我，

哪有戏月逸致婆！（跪祭）

（念） 祈求神灵众天佛，

保我石门万代乐。（泼酒敬天）

〔杨延贵上。

杨延贵 禀报总爷，捉得一名窥寨妖道，请爷明察发落。

石占鳌 善者不来。传话……

杨延贵 斩首？还是活窖？

石占鳌 带上来！

杨延贵 带妖道！

〔二团丁押陈铁嘴上。

陈铁嘴 （念） 仙鹤收翅顽石寨，

只缘祥云渡我来。

石占鳌 （念） 何人定计哪个派？

陈铁嘴 （念） 不见真人口不开！

石占鳌 来呀！

四团丁 有！

石占鳌 剥下道袍，捆上石碑。开膛取胆，一观大小。

陈铁嘴 慢着！（从发髻中抽出一纸卷）胆在此！

〔杨延贵夺过，呈于石占鳌。

石占鳌 （展读）占鳌兄台鉴：我率大军进剿星火，为早日翦除红军主力飞虎团，今特遣剿共总部联络密使陈铁嘴，潜赴你寨，面商机宜。司令刘——（挥手）

〔杨延贵、团丁、丫环依次退下。

石占鳌 陈先生，请！

陈铁嘴 石团总，请。

〔二人入座。

石占鳌 僻壤愚翁，俗不识雅，秽言冲犯，敬祈恕谅！

陈铁嘴 不必过谦。红军兵临城下，四面楚歌，石团总仍然安坐望乡阁，有此雅兴，豪饮赏月，真是胆略超群，不愧是当代雄杰。

石占鳌 星火地四野烈焰，红匪层防联哨，陈先生涉险历危，孑身越境。真可谓智勇拔萃，果为塞上名士。

陈铁嘴 党国有难，匹夫有责嘛。

石占鳌 敝寨深处匪区，与国军音信断绝，陈先生想必带来刘司令破敌良策？

陈铁嘴 石团总！

（唱） 闹红祸星火燃乡绅胆破，
唯独你撑起这锥地山河。
虽然说数月来几番受挫，
顽石寨似钢刀插匪心窝。
刘司令赞赏你夹额称贺，
派我来先劳军后送弹药。

石占鳌 （唱） 烈焰燃眉盼救火，
落井之人求绳索。
月饼高悬肚肠饿，
远水怎解眼前渴？

陈铁嘴 援军已到。

石占鳌 现在何处？

陈铁嘴 腾龙岗。

石占鳌 啥军头？

陈铁嘴 神龙队。

石占鳌 谁统领？

陈铁嘴 任蛟龙！

石占鳌 啊？你在取笑老夫？

陈铁嘴 这是从何说起？

石占鳌 难道你不知任蛟龙的恶名？

陈铁嘴 怎么不知，这股土匪连年在长城线上流窜，累累犯案，遭到蒙古各旗王爷兴兵讨伐，上月被刘司令的黄马团在蒿草梁击溃。如今锐气大减，日暮途穷，任蛟龙不得已率其残部，近日突然逃上腾龙岗。

石占鳌　哎呀，这不是硬把匪贼断到我的后院来了嘛！

陈铁嘴　不光进了后院，中途路上，我亲眼看到，神龙队的探马信差，已经驰往虎跃岭！

石占鳌　糟，糟，糟哇！

（唱）　飞虎团困孤寨连日挑战，
又调集赤卫军人马三千。
架土炮扎云梯截断水源，
满寨人心惶恐如坐针毡。
倘若还任蛟龙打劫参战，
就如同火得油虎把翼添！

陈铁嘴　（念）　陈某这次受差遣，
用意为破此机关。

石占鳌　（念）　有何妙招度艰险，
瞎好只管往外端。

陈铁嘴　（念）　降龙伏虎并不难，
一条生路在眼前。

石占鳌　（念）　老夫久盼求指点，

陈铁嘴　（念）　联匪抗红是手段！

石占鳌　联匪抗红？

陈铁嘴　联匪抗红。

石占鳌　这……

陈铁嘴　石团总不必过虑。神龙队乃惊弓之鸟，新来乍到，趁他尚未同飞虎团挂牢勾接好线，火速差人前往联络，切断他同红军的牵连，先行收编，将任蛟龙抓在手中，然后以毒攻毒。这么一来，顽石寨之危岂不自解？再说，龙虎争斗，两恶必伤，团总你坐山观阵，伺机下手，剿灭红军何难？烈虎一旦翦除，蛟龙有如瓮中之鳖耳。

石占鳌　（冷笑）这是一招死棋！

陈铁嘴　何以见得？

石占鳌　先生哪知，老夫与龙贼私仇深重，多年杀戮，水火不容,岂肯就范于我!

陈铁嘴 只要肯舍一颗子,就能走活满盘棋。

石占鳌 你的意思……

陈铁嘴 贫道不敢冒昧,团总自明其中道理。

〔石占鳌沉吟着,信步登上阁厢台阶。

〔桂姐凄惨的呼声:“龙哥呀,你在哪儿啊!”

石占鳌 哼,这条看寨狗,锁了三年,还不死心。也好,今日我成全你。来人哪!

〔杨延贵带四团丁上。

石占鳌 给她打开鬼门关。

〔杨延贵打开铁链,二团丁拖出桂姐。

石占鳌 送她上路。

桂　姐 龙哥!(掏出雪罗帕捧在胸前)桂姐等不住你,先走了。

〔石占鳌夺过罗帕,掷于脚下。四团丁拥上,将桂姐凌空托起。

杨延贵 扔下望乡阁!

陈铁嘴 且慢!石团总,她可是桂姐?

石占鳌 嗯,一个不识抬举的臭女子!

陈铁嘴 (捡起罗帕,小声地)以贫道愚见,要想降服神龙队,全靠这张王牌。

石占鳌 你说的就是这颗子儿?

陈铁嘴 正是她。

石占鳌 拖下去!

〔团丁将桂姐拖进阁厢。

陈铁嘴 石团总,恕我直言,你与任贼多年杀戮,祸根就在这个女子身上。倘若你肯割爱,物归原主,做个顺水人情,何愁冤不能解,鱼不上钩?

石占鳌 倒也使得。

陈铁嘴 事不宜迟,从速选派一名使者前去。

石占鳌 此贼嗜杀成性,谁敢充当此任!难啊!

陈铁嘴 如不嫌弃,贫道甘愿前往。

石占鳌　无人引荐，只怕性命难保。

陈铁嘴　无妨。任贼手下有个总管马全宝，乃草地惯匪，认财不认人。如能施他重金、洋烟、锞银，委以重任，何愁掐不住龙脖子。

石占鳌　好。杨延贵！

杨延贵　伺候总爷。

石占鳌　速备酒席，为陈先生饯行。

杨延贵　是。（下）

石占鳌　陈先生！

（唱）　此去匪营须谨慎，
　　　　传递消息要当心。
　　　　倘若来日功告成，
　　　　老夫重谢感君恩。
　　　　荐你走马掌县印，
　　　　功德牌坊立府门。

陈铁嘴　自有锦囊藏清袖，

石占鳌　不灭共匪誓不休！

石占鳌　（同让）陈先生／石团总　请！

（二人挽手同下）

第四场　蛟龙吟

〔翌日。

〔二幕前。

〔高明远、冷队长相对上。

高明远　虎跃岭上伏烈虎，

冷队长　严刑吊打白辛苦。

高明远　有无口供？

冷队长　虎不失威！干脆干掉算了。

高明远　我要做到仁至义尽，力争把他挽救过来。

冷队长　时间不等人。刚才乔大伯接到鸡毛信，白军内线传来情报，敌剿共总部联络官陈铁嘴，改扮云游道士，负有重大使命潜入苏区，奔赴顽石寨。

高明远　陈铁嘴冒险入境，显然与任蛟龙股匪投诚红军飞虎团有关。

冷队长　神龙队明晚就要开上虎跃岭，他们会不会利用会师授旗这个机会，里应外合，突然袭击搞兵变？

高明远　有可能。你马上从肃反队抽调一个班，由副队长负责，连夜赶往峪口镇，逮捕哗变来的可疑分子，接管兵权，然后暗设伏兵，等明晚神龙队一到，就把它解决了！

冷队长　是！

〔二人分头下。

〔二幕启。

〔腾龙岗，龙王庙前。

〔古庙残垣，杂草丛生。盘龙石香炉上雕着“腾龙岗”三字，上插一杆“天地骄子神龙队”绿幡。

〔马全宝上。

马全宝　（念）　恶战国军沙蒿梁，
　　　　　　　　败逃苏区腾龙岗。
　　　　　　　　有心纵马寻外快，
　　　　　　　　蚂蚱拴在鳖腿上。

兄弟们！司令传话，人不离营，马不卸鞍，整装待命。违者，斩！

〔探马上。

探　马　报二爷。

马全宝　红军怎样回话？

探　马　王团长让我转告司令，今日傍晚将人马开上虎跃岭，会师改编。

马全宝　啊！你先下去，不得乱讲。

探　马　是！（下）

马全宝　他娘的！想当初老子拉杆子纵横塞上，黄河西岸，沙窝子水草地，提起我勾命瘟神马全宝，谁个不吓得尿裤裆。悔不该穷途入伙投了任蛟龙，在这个猴小子爪爪底下当个过路财神小总管，好不憋躁！今天他同烈虎拍板成交，要投红军，岂不毁了我的前程！

（唱）　鹰鹞须把青天闯，
破龙庙怎能敬马王？
三十六计走为上，
不能由人挽丝缰！

〔一弟兄上。

一弟兄　二爷，有个老道请求见你。

马全宝　放他过来。

一弟兄　是！（下）

〔陈铁嘴背褡裢上。

陈铁嘴　（念）　探海撒网缚苍龙，
斗胆先驯烈蹶马。
施主在上，贫道有礼。

马全宝　知道是你！何方妖道，哪家鬼差，不吐实情，看我放了你肚里的恶水！

陈铁嘴　超脱凡俗之人，死如青烟一缕。

马全宝　你不怕死？

陈铁嘴　怕死就不来点化你！

马全宝　点化我？

陈铁嘴　观你前庭雾障，悬丹晦而目僵，此乃阳气沉而阴火升，恶兆潜入，三日内必有大祸临头。

马全宝　放你娘的狗屁！老子祸从何来？

陈铁嘴　祸从心头生。

马全宝　嘻嘻，我倒要看看这卖狗皮膏药的能耐。呔，你给咱家测个字，说得投了，还则罢了，倘若空口吃炒面，满嘴放白气，立时三刻叫你肉烂骨头酥。

陈铁嘴 选施一字,贫道于你演数论来。

马全宝 爷爷叫个马全宝,就舍你个全字。

陈铁嘴 人字下边个王字?

马全宝 对。你测算测算,我有啥心事?

陈铁嘴 听我道来!

（唱） 人居头上是根祸,
王难为主奈若何?
凤凰落在草鸡窝,
委曲求全且蹉跎。

马全宝 哦呀,天神神,我的心病全让他给点破咧!哎,道长,你看咱家祸福怎样?

陈铁嘴 （唱） 人王相剋难成全,
王受人压身难翻。
人若替虎来作伥,
王命至多活三天。

马全宝 着着着哇,任蛟龙若还归顺红军,我早年打家劫舍、杀人放火的恶迹,势必败露。哎呀,师父,可能逢凶化吉么?

陈铁嘴 （念） 若想消灾避祸患,
自有起死回生丹。

马全宝 （念） 跪求仙师多指点,
我为你修庙烧香烟。

陈铁嘴 （念） 王居人下难发令,
王离人去全难成。
谨防洪水漫龙庙,
夺旗催马把寨登。

马全宝 你是说投奔顽石寨?

陈铁嘴 善哉!

（念） 你若诚心顺天命,
贫道愿举引魂灯。

马全宝 哈哈!好一大胆妖道,竟敢花言巧语前来劝降。你是哪路人?

陈铁嘴 剿共总部刘司令麾下的联络官。

马全宝 啊?(掏枪)

陈铁嘴 (袖内抽出一纸)刘司令给你的密信。

马全宝 (展示)委任状!

陈铁嘴 只要把神龙队拉过去,骑兵旅长就是你马老弟的了。

马全宝 哼,怕没这么便宜吧?

陈铁嘴 (递过褡裢)内装烟土一包,元宝五个,大洋三百,权作见面礼。价钱嘛,还可以再商量。

马全宝 这儿不是做生意的地方。(收起褡裢)跟我来!

陈铁嘴 (念) 蹶马已把笼头戴,
手挽缰绳再教乖。

〔马全宝下。陈铁嘴随下。

〔任蛟龙内唱。

蛟龙出世性狂放,

〔任蛟龙提酒葫芦,微醉蹒跚上。

任蛟龙 (唱) 插旗称王乱一方。
天不怕来地不让,
铲富济贫挽丝缰。
谁个胆敢把路挡,
家伙不认亲爹娘!
恼恨惨败沙蒿梁,
老本几乎全折光。
无处立足无处往,
国军逼命正紧张。
无数弟兄把命丧,
多年斩杀路茫茫。
欣逢虎弟明大义,
约我回师腾龙岗。
差人驰往虎跃岭,
愿与红军订约章。

他们若有容人量，
永结秦晋两无伤。
来日同破顽石寨，
重振神威除孽障。

〔马全宝上。

马全宝 大哥，探马从虎跃岭回来啦。

任蛟龙 快快唤来见我。

马全宝 不见为好。

任蛟龙 嗯？

马全宝 大哥，你那把兄弟王烈虎，他……

任蛟龙 怎么样？

马全宝 回书在此。

任蛟龙 念！

马全宝 不念也罢。

任蛟龙 休得啰嗦！

马全宝 你可别动肝火。

任蛟龙 没人点，火是着不起来的。

马全宝 （展读）警告匪首任蛟龙……

任蛟龙 （抛掉酒葫芦）啊？

马全宝 （读）月前下书于你，晓以利害，命你率部来降，你却竟敢乘我红军围攻顽石寨之际，犯我苏区，抢占山头，且自不量力，无耻言和，实属可笑、可恶！铲共团指日可灭，何惧你草莽流寇。书到之时，三日为限，速速前来交械……

任蛟龙 （毁书）王烈虎哇，无情儿！传探马！

马全宝 探马被红军剥鼻断筋，拷打伤残，爬回腾龙岗，现已气绝身死。

任蛟龙 此话当真？

马全宝 抬过来！

任蛟龙 （往观惊退）好恼！好气！

（唱） 听罢恶讯气炸胆，

猴娃娃做事欺了天！
我铁心议和仁义见，
你恶言毁人为哪般？
既然绝情翻了脸，
休怪蛟龙理不端。
马总管速快把令传，
弟兄用饭马备鞍。
三更直捣虎跃岭，
血洗羞辱报仇冤！

马全宝 大哥，去不得！

任蛟龙 休得多言！

马全宝 大哥呀，王烈虎既下绝情书，必有防范，此去岂不自投罗网？

任蛟龙 我要拼它个鱼死网破！

马全宝 使不得。咱们现时只剩下三百人马，枪械奇缺，粮草无着，不能伸着脖项碰刀刃呀！

任蛟龙 难道能坐等他人宰割不成！

马全宝 不如另寻靠山，以图来日。

任蛟龙 靠谁？

马全宝 顽石寨。

任蛟龙 什么？

马全宝 投靠顽石寨铲共团。

任蛟龙 叫我同石占鳌共坐一条板凳？

马全宝 咱名义上归他，无非是乘他危困用人之际，挂个招牌，保存实力。一旦人枪得到补充养好创伤，缓过气来，早晚撤哗，还不是只在你一句话？

任蛟龙 滚！（一脚将马全宝踢翻）

马全宝 大哥！……我马全宝给你牵马坠镫，怕的是你有个闪失啊！

任蛟龙 （扶起马全宝）你哪晓得，我任蛟龙与老贼有不共戴天的冤仇哇！

马全宝 大哥,人家石团总并不记恨前仇。

任蛟龙 你怎么晓得?

马全宝 有请陈先生!

〔陈铁嘴上。

陈铁嘴 任司令,久仰了!

任蛟龙 你是谁?

陈铁嘴 贫道俗名陈铁嘴,江湖人唤陈半仙。

任蛟龙 谁让你来的?

陈铁嘴 石团总。

任蛟龙 干什么?

陈铁嘴 给你道喜来啦。

任蛟龙 喜从何来?

陈铁嘴 司令啊,

(唱) 石团总慕英名久有敬意,
怎奈是碍旧怨难逢良机。
扶国危荐贤才携手御敌,
差贫道赔情礼愿把仇息。

石团总略备薄礼,不成敬意,(取过红帖礼盒,解开彩带,呈于任蛟龙)望司令笑纳!

任蛟龙 (猛一把抓出盒中礼物欲扔)雪罗帕!

陈铁嘴 桂姐让我捎给你的。

任蛟龙 她……她还活着?

陈铁嘴 她身在石府,无时不在恋念于你呀!

任蛟龙 (自语地)桂姐,我对不住你啊。

陈铁嘴 常言讲:冤从情生,恨从义消。总爷得知你回到腾龙岗,愿将桂姐配还司令。不知尊意若何?

马全宝 大哥,机不可失啊!

陈铁嘴 我受人之托,专程到此,唯愿众生和睦。军中不便久待,讨个回信贫道好返寨复命。

马全宝 望司令三思。(马全宝引陈铁嘴下)

任蛟龙 桂姐呀!

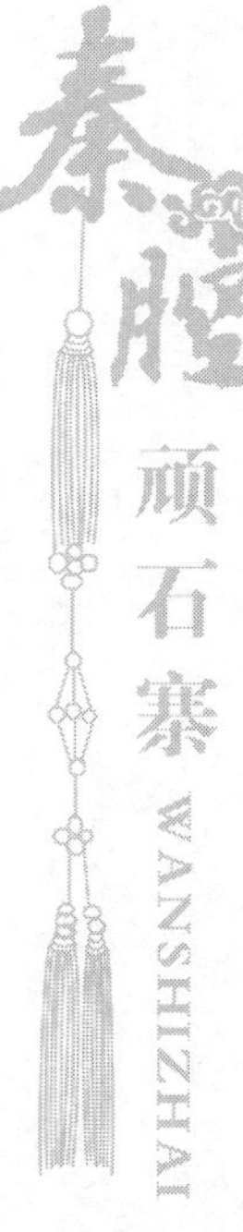

（唱） 雪罗帕勾起旧伤痛，
早死的恋念又发青。
想起艄公孪生女，
羞煞皎月赛芙蓉。
玉妹配与王烈虎，
桂姐许我任蛟龙。
三年前虎岭毁人命，
逃他乡山水相隔音不通。
常思念，入梦境，
她受累被劫入寨锁牢笼。
只说永难再相逢，
谁料罗帕暖心胸。
可怜她受罪人犹在，
揣罗帕为我守门庭。
须眉男儿枉生成，
定要救她出火坑！

〔马全宝、陈铁嘴上。

马全宝 大哥，筹粮队被红军中途劫杀！

任蛟龙 王烈虎哇，此仇不报，我枉在阳世为人！

马全宝 咱不能呆在红白夹缝中任人绞杀！

陈铁嘴 （从断墙上拔下一根蒿草玩弄着）墙头草成不了栋梁材。望司令审时度势，何去何从，速作定夺。

马全宝 你得为可怜的桂姐想想啊！

陈铁嘴 刘司令大军业已进剿苏区，风卷残叶，所向披靡，不日马踏虎跃岭，横扫腾龙岗。到时候贫道可就爱莫能助了。

任蛟龙 不，我神龙道义不能丢！

马全宝 咱这是投，不是降呀。再说，自古伪降的英雄好汉有得是。当年李自成、张献忠、高迎祥，哪个没走过这条路？关云长义重还降过曹贼呢！

任蛟龙 你说投得？

马全宝　投得。

〔一弟兄上。

一弟兄　报告司令，红军飞虎团派出骑兵连，埋伏峪口，准备伏击我神龙队！

任蛟龙　再探！

一弟兄　是。（下）

任蛟龙　罢罢罢！要我改换门庭，得依从三件事。

马全宝　纸笔伺候！

〔一弟兄送文具上。

陈铁嘴　司令请讲。这一？

任蛟龙　（念）　原人原马旗不变，
　　　　　　　　只受番号不改编。

陈铁嘴　这二？

任龙蛟　（念）　速补枪支三百件，
　　　　　　　　再把粮饷马匹添。

陈铁嘴　这三？

任蛟龙　（念）　虽然从命服调遣，
　　　　　　　　就地扎营不上山。

陈铁嘴　（念）　任司令果是豪爽汉，
　　　　　　　　耿直痛快不拐弯。
　　　　　　　　我代总爷把字签，（画押）
　　　　　　　　三件事条条全承担。

马全宝　大哥！（递笔）

任蛟龙　王烈虎哇，咱们的交情从此……（画押，掷笔）

〔光暗。

第五场　壮歌行

〔傍晚。

〔二幕前。

〔石占鳌上。

石占鳌　共军忽撤兵,不知因何情?

〔杨延贵上。

杨延贵　总爷！陈先生回寨。

石占鳌　有请!

杨延贵　有请陈先生!

〔陈铁嘴上。

陈铁嘴　身着道袍巧化妆,
来去安全又便当。

石占鳌　陈先生,任蛟龙怎样了?

陈铁嘴　(呈上协约)请看降书!

石占鳌　其中是否有诈？不然共匪为何突然撤了寨围?

陈铁嘴　石团总!
(念)　飞虎团兵撤虎跃岭,
肃反查奸闹得凶。
王烈虎已成阶下囚,
内窝子起讧乱了营。

石占鳌　为什么?

陈铁嘴　我差人探得实情,共产党陕北特委派来个头目,名叫高明远,下令停止攻寨,进行肃反查奸。飞虎团由于收编神龙队,犯下勾结土匪、私通铲共团的滔天大罪,连长以上头目全部被捕。

石占鳌　感谢苍天！仰赖祖宗荫德!

陈铁嘴　红军团现在人人自危,骑兵连远在峪口,首尾难顾,正是天施良机，何不趁此出其不意，奇袭虎跃岭？

石占鳌 你我两路夹击？

陈铁嘴 打它个措手不及！

石占鳌 改扮赤卫军？

陈铁嘴 出其不意！

石占鳌 傍晚下手！

陈铁嘴 封锁消息。

石占鳌 我带铲共团，从暗道出寨，来它个王八偷上岸，直捣虎跃岭！

陈铁嘴 我引神龙队，从河湾登岭，来它个鹞子扑小鸡，包抄一锅端！

石占鳌 兵贵神速。

陈铁嘴 善哉善哉！（二人分头下）

〔二幕启：晚霞如血，泪水呜咽。

〔草窑内亮着一盏麻油灯，残破的窗纸上映现出王烈虎吹奏《泪水曲》的剪影。小路子站在窗外，沉浸在无限悲痛中。

小路子 （唱） 听笛声把我心揉碎，
望人影痛催泪花飞。
团长团长有何罪？
黑窑吊打绳子勒！
为革命他浑身刀痕伤累累，
怎忍看旧疤重烂肉横飞。
为了把白匪围剿早打退，
他率队身先士卒振虎威。
打游击多年难顾妻玉妹，
创苏区夜夜操劳迎朝晖。
熬心血扩充红军建团队，
反落下无数罪名满脸黑。
特派员不知捣啥鬼，
搞肃反满营恐怖冷风吹。

不打团匪撤寨围，
自相残杀尸成堆。
谁是坏种叛革命，
思前想后不明白！

〔高明远上。走至小路子身后。

小路子 特派员……

高明远 悄悄的，（拉小路子并肩坐在树下）你听，多动听的民歌！

（王烈虎在灯下吹奏，笛音由弱转强）

高明远 你知道这首民歌叫什么？

小路子 《泪水曲》。

高明远 会唱么？

小路子 会。

〔二人随笛音哼唱了一句。

高明远 谁教你的？

小路子 跟我们团长学的。

高明远 你知道这歌儿是谁作的吗？

小路子 一个江湖艺人。

高明远 也是你们团长告诉你的？

小路子 嗯，他还说，那位艺人是个革命火种的播种人，他的心就是那个艺人点亮的，是他给他指引的革命路，那根笛子就是艺人送的。

高明远 这歌儿是他从艺人那儿听来的。

小路子 你也知道？

高明远 飞虎团红军战士似乎都晓得，好像他还救过那艺人。

小路子 从来没听他讲过。

高明远 是这样……

〔战士甲上。

战士甲 报告，特派员，土坑挖好了。

高明远 按计划执行吧。

战士甲 是！（下）

〔小路子掩面哭泣。

高明远 哭什么?

小路子 特派员,我请求你,让我替他去死吧!

高明远 小路子,你以为我心里好受吗?你要明白,这是革命啊!(替小路子揩泪)王烈虎勾结土匪,私通铲共团,妄图拉上飞虎团投敌,这是多么可怕的阴谋呵!我们如果对这些革命的叛徒仁慈,就是对中国革命的残酷叛卖。你,是一个革命的红军战士,昨天由你警卫他,是革命的分工,今天由你处决他,也是革命的需要。

小路子 由我处决他?不!不……

高明远 这是党对你立场的考验!

小路子 特派员,我……

高明远 执行命令。带王烈虎!

小路子 是!

〔小路子打开窑门,随高明远进窑。

〔王烈虎内唱:

乘长风马失前蹄人困倒,

〔王烈虎出窑。

王烈虎 (唱) 闯航道顶风孤船触暗礁。
盼亲人亲人赠我铁镣铐,
情满腔满腔激情冷水浇!
放眼望霞如血雀燕归巢,
今夜晚我有幸面对屠刀。
连日来卧牢房难解奥妙,
为什么无风浪突降狂飙?
多年来出生入死把反造,
为什么今日无故把祸招?
收编那神龙队党曾号召,
为什么背信弃义把情抛?
诬陷我王烈虎开门揖盗,

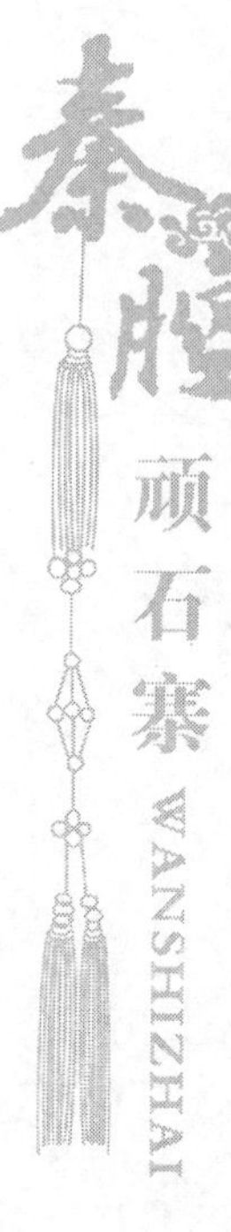

控罪名造谎言是非颠倒！
再不能同乡亲共尝温饱，
再不能与战友互把心掏。
再不能伴玉妹白头偕老，
再不能催战马勇斩魔妖。
顽石寨团匪未除黑幡摇，
思想起死不瞑目恨难消。
倘若是为救战友迷途知返有必要，
我甘愿抛头来把警钟敲！

（玉妹内吼："虎子哥！"玉妹内唱）

闻知虎哥赴刑场，

〔玉妹奔上。

玉　妹　（唱）　玉妹匆忙理行装。

王烈虎　（唱）　你来此地因何故？

玉　妹　（唱）　随你阴曹见阎王。

王烈虎　（唱）　切莫任性胡乱闯，

玉　妹　（唱）　此举我早细思量。

王烈虎　（唱）　思后就该明大义，

玉　妹　（唱）　阳光不育苦苗秧！

〔高明远出窑，小路子随上，战士甲、乙持铁铣上。

高明远　你来干什么？

玉　妹　你不是讲，我是反革命王烈虎的家眷，土匪司令任蛟龙的妻妹，铲共团总石占鳌的小姨子吗？今日，我愿生与王烈虎并蒂同心，死与反革命并肩为鬼！

高明远　把她拖走！

〔战士甲、乙拖玉妹下。

玉　妹　我不走！（边下边喊）你把我也杀了吧……

高明远　王烈虎，现在悔悟还不晚，只要承认罪行，回头还是有路的。你有什么话要讲吗？

王烈虎　老高，你还记得三年前，你我相逢的情景么？

高明远　记得。

（唱） 那日你杀团匪直前勇往，
救命恩高明远永记心上。

王烈虎 （唱） 我并非要求你知恩报偿，
实感激指路径热肠相帮。
可记得你教我放眼展望，

高明远 （唱） 求解放要靠工农齐武装。

王烈虎 （唱） 激励我南下投靠共产党，
回乡来创建苏区志高昂。
到今日良言犹在耳旁响，
你竟然良莠不分无情打击残酷迫害把人伤！
我问你身为领导作何想？

高明远 （唱） 不除奸苏区人民要遭殃！
咱二人并无个人冤仇账，
三年来常常念你恨夜长。
实指望重逢之日同战斗，
哪料到见面敬我断肠汤。
背转身泪水簌簌往下淌，

战士甲 特派员，时间已到！

高明远 （唱） 此时刻一个杀字难出腔。
叫虎子莫要固执性倔强，
速悔悟立即改弦来更张。
卖艺人再次给你指方向，
虎跃岭悬崖勒马再思量。

王烈虎 老高哇！
（唱） 王烈虎二十年来受尽苦，
遇到你方知人世有幸福。
入党后出生入死无反顾，
洒热血甘为革命把路铺。
我劝你速改变危险部署，
要警惕铲共团乘虚反扑。
切不可再肃反随意逮捕，

莫要把好同志无故冤诬。
要争取神龙队相安共处，
树敌多势孤单难以立足。
我愿你改错误切忌自负，
倘若还人心散有篾难箍！

高明远 押赴刑场！

〔王烈虎将笛子捧还高明远，高明远百感交集，车转身去，王烈虎又将笛子转送给小路子。

王烈虎 记住当年卖艺人的话，唱着《泪水曲》朝前走吧！

二战士 走！

（小路子随王烈虎慢慢走去。笛声隐隐，二人用沉痛的鼻音哼唱着。突然，枪声骤响）

〔冷队长提枪急上。

冷队长 特派员，我们被铲共团包围了！

高明远 啊？传令……（中弹扑倒）

冷队长 特派员！（扑救，亦中弹身死）

〔二团丁乔装赤卫军扑上。二战士迎击下。

小路子 团长！

王烈虎 迎敌！

〔二团丁扑杀王烈虎和小路子，王烈虎挺起双臂格斗，手铐铁链被砍断，王烈虎夺刀斩敌，小路子同时枪挑另一团丁。

小路子 团长，你赶快走吧！

王烈虎 我是红军战士！快去，通知各连和赤卫军大队，向峪口方向突围！

小路子 是！（下）

〔王烈虎跪抱高明远呼救。乔大伯上。

乔大伯 虎子！差一点见不上你啦……

王烈虎 大伯，现在不是淌眼泪的时候！

乔大伯 铲共团将部队冲散，神龙队又从河湾登岭，将散兵横扫下来。

王烈虎　各连指挥哪里去了?

乔大伯　全被关押在村后土地庙中。

王烈虎　必须马上把部队组织起来。

乔大伯　你下命令吧,他们……总算死了!

王烈虎　他还活着。我来掩护,把敌人吸引过来,你将老高背下虎岭,打开牢门,放出指挥员,收集各连人马,向峪口方向突围!

乔大伯　我背他?

王烈虎　这是命令!老高有个三长两短,我拿你是问!

乔大伯　是!(背高明远下)

王烈虎　来吧,孙子们!你虎爷爷在此!

〔王烈虎捡起冷队长枪支,一团丁嚎叫扑上,被王烈虎一枪击毙。

〔玉妹上。

玉　妹　虎子哥!

王烈虎　你怎么又来了?

玉　妹　我离不开你。死、死在一搭,宁叫团匪打死,也比自家人毒打、活窖好受哇!

王烈虎　傻妹子,咱革命不是图的你我同生共死呀!

(唱)　这红旗泪浸血染凝理想,(降下战旗)
引导咱披荆斩棘向前方。
藏好她每日与你相依傍,
愁苦时抚慰心灵分忧伤。
我战死灵前若还无挽幛,
托你把这面战旗盖身上。
我在那九泉之下心欢畅,
有她在自有星火燃四乡。

〔杨延贵内吼:"抓活的!"

玉　妹　(唱)　止不住别离痛泪肚里淌,

王烈虎　(唱)　我的心永远和你并一双。

去吧,寻找乔大伯,革命到底!

玉　妹　我走了！（下）

〔杨延贵率四团丁上，团团围住王烈虎。石占鳌上。

石占鳌　王烈虎？扎死他！

〔王烈虎奋力拼杀，纵上岩头，四杆梭标同时刺中两肋。

王烈虎　中国共产党万岁！红军……万岁！

〔王烈虎振臂高呼，石占鳌开枪，王烈虎栽下岩头。

石占鳌　星火区又是老子的天下啦！（狂笑）

第六场　送君别

〔同年秋。

〔山路上。

〔幕启：高明远改扮商人背行囊挣扎上。

高明远　（唱）　虎跃岭遭重围一仗惨败，
伤虽好心犹疼无限悲哀。
想当初来星火豪情壮怀，
到今日别苏区珠泪满腮。
有多少好同志音容宛在，
为革命捐青春再不回来。
细思忖恨烈虎黑心毒歹，
设下了连环套早怀鬼胎。
任蛟龙贼强盗匪性难改，
石占鳌老狐狸暗把兵差。
他三人做交易无耻叛卖，
才带来这惨局灭顶之灾！
风凄凄雨淋淋苍野阴霾，
天遥遥路漫漫归期难猜。

〔乔大伯上。

乔大伯 老高，你留下吧。有苦咱们一块吃，有罪一搭受，你走了，没娘的孩子日子难过呵！

高明远 大伯，别难过。我这次绕道回特委去搬兵，不出二十天，我要叫革命的烈焰在这儿重新燃烧起来！

乔大伯 唉，有多少亲人至今还暴尸在虎跃岭啊！

高明远 这都怨王烈虎的罪恶阴谋我们觉察得太晚了。当初我要早来一天，也不至于落到这个地步。

乔大伯 你呀你，老高，事到如今，你还这么糊涂哇！

高明远 我高明远是按党的指示办的。上级掌握的情况与我调查的结果，都充分证明了这一点。

乔大伯 好我的特派员，你哪知真情啊！

（唱） 非是我无故把你来责怪，
讲此话似圪针扎我心怀。
虎子他若把革命来出卖，
为什么早不反水等你来？
虎子他若把革命来出卖，
为什么刑前不把你来逮？
那一晚敌人偷袭你挂彩，
他让我背你突围早离开。
掩护你安全转移脱险境，
他挺胸力斗团匪斩狼豺。
他对你不记仇怨赤诚待，
你对他罗织罪名把赃栽。
我问你党性良心都何在，
思一思扪心自问该不该？

高明远 事实胜于雄辩，有朝一日打开顽石寨，是非曲直自会明了。我走啦。

乔大伯 你走后，我们该咋办？

高明远 分散隐蔽，等我回来。

乔大伯 分散隐蔽？敌人步步紧逼，晋军两个团也越过了黄河，不能让剩下的同志干伸脖项等挨刀啊！

高明远 事已至此，没法。以前跳黄河有路，如今跳黄河也没路了。我领导星火革命短短几个月，就像担的货一样，尔今货已卖完，苏区仅剩下几十个村子，能支撑几天？告诉同志们，各自想法度过难关，只要不变心就成啊！

乔大伯 你走吧！我老汉虽没本事，可是宁断脖项不低头！

（唱）血泪洗心心明亮，
雨涤山花花清香。
只要火种埋下地，
红旗自有后人扛！

你，走吧，走吧！

高明远 我走了。（欲下）

乔大伯 回来。（掏出一包干粮）这是石老太给你送来的几个糠菜窝窝。路上用吧！

高明远 好，多保重！（下）

〔二幕闭。

〔乔大伯欲下，又止。

乔大伯 啊？有人来了！（隐下）

〔陈铁嘴上。

陈铁嘴 （唱）头一计联匪灭红兑了现，
铁嘴我飞黄腾达升高参。
从此后再不算卦巧哄骗，
学鹁鸽扇开翅膀上青天。
常言说阴谋凭的刁舌辩，
求功名全靠毒心辣手段。
若不信拿根戥子来试验，
人心肺瞎好分量都一般；
要不是踩住共党脊梁杆，
老蒋他焉能南京坐金銮？
只要我光景滋润身荣显，
哪怕谁戳烂脊背骂祖先。

（数） 昨天又把二计展，
诱龙入寨配凤鸾。
暗设伏兵摆喜宴，
当堂要把龙胆剜。
清早间我对蛟龙讲一遍，
说得他心痒难耐未详参。
这门亲由我架桥穿针线，
拜花毡选在明日晌午端。
（唱） 心中喜，情难按，
忙抄小路转回还。
总爷亲口许过愿，
功成荐我当县官。
美美美，谄谄谄，（滑倒）
哎哟，呸……
一嘴吞在牛屎滩。
鼻青眼肿门牙断，
额颅上结个青鸭蛋。
强忍疼痛把路赶……
〔乔大伯暗上，用腰带套住他的脖项。
乔大伯 （唱） 我把你这阴鬼拴！
〔陈铁嘴鸭子撒欢般被乔大伯拖下。

第七场　祭英魂

〔月夜。
〔虎跃岭。
〔二幕启：眼泪河怒号。岩前焚香一柱。
〔石老太披一条黑色头纱，幽灵般背身坐于青杨树下。

石老太　虎子,虎子,你死得好惨情呵！丧尽天良的团匪给你连个全尸都不留。太婆我多想再看你一眼啊!

〔玉妹内唱。

腥风吹残叶飘月照虎岭,

〔玉妹着丧服、挎小包袱上。

玉　妹　(唱)　玉妹我来祭英魂趁三更。
忆故人泪河怒号浪涛涌,
耳边闻枝头凄厉子规声。
虎哥他壮烈殉难丧了命,
现如今我向谁人告苦衷?
寻尸骨尸骨无踪魂无影,
身戴孝戴孝祭奠无坟茔。
数月来遍访亲人面难逢,
唯有这火样旗帜暖在胸。
此时刻暂且压下悲和痛,(见香火)
是何人焚香吊孝奠英灵?

〔玉妹寻至树下,石老太突然扬起石锤。

石老太　(大吼一声)谁?

玉　妹　啊！太婆!

石虎太　是玉妹子?(摸索)

玉　妹　是我。怎么,你老人家的眼睛?

石老太　瞎了。就因端阳节那天,我来岭上给红军慰劳了几个粽子,被人告发,铲共团的杨师爷,就戳了我两刀子。

玉　妹　太婆!(扑入石老太怀抱)

石老太　苦命的闺女,你就痛痛快快哭一场吧!

玉　妹　虎哥呀,虎哥,你若有灵,就听我说:在世的工夫,你曾言讲,倘若你死了,让我把这战旗给你盖在身上。而今,你……你的尸首在哪儿啊?

石老太　虎子,你死得冤屈呀!(抚抱石锤)我这把老骨头不久人世,这渗透着血泪的石锤,我该托付给何人呀?

（陈铁嘴内声："饶命啊！"）

玉　妹　有人上岭来了！（扶石老太躲下）

〔乔大伯内唱：

　　手牵妖道上虎岭，

〔乔大伯拖陈铁嘴上，将其捆于树上。

乔大伯　（唱）　强把怒火压心胸。

　　烈士遗体遍地横，

　　不由心酸放悲声！

虎子！同志们哪……

〔玉妹扶石老太上。

玉　妹　乔大伯！

乔大伯　啊？玉妹！老婶子！

石老太　是他乔大伯吗？

陈铁嘴　哎呀，积福行善的老祖奶奶，快救救贫道性命吧！

石老太　他是谁？

玉　妹　是个道人。

石老太　罪过呀！他乔大伯，看在菩萨面上，把这个出家之人放了吧！

乔大伯　哼，放了他？你们晓得他是谁？他就是榆林城臭名远扬的算卦先生铁嘴陈半仙！尔个随了白军，当了剿共总部的秘密联络官。戳反神龙队，血洗虎跃岭，搞什么联匪抗红，就是这个黑毒虫出下的鬼主意！

玉　妹　你这披人皮蒙道袍的豺狼，（揪住陈铁嘴头发）你还我的虎子哥！

石老太　救苦救难的观世音，你把这恶人打下地狱去吧！

乔大伯　今夜晚拉他来，正是为了祭奠咱飞虎团！

玉　妹　（用石老太的拐杖穿起红旗）大伯，祭灵吧！

乔大伯　（拔刀，跪祈）虎子，同志们！

（念）　思念先烈好惨痛，

　　跪拜灵前你细听。

　　战旗自有后人擎，

砍下贼头祭英灵！

（扑向陈铁嘴，按首欲砍。内声："住手！"）

众　人　啊？（惊诧地）虎子！

〔王烈虎上，站于岩畔。

陈铁嘴　啊！鬼！我的妈呀……（昏死过去）

王烈虎　大伯！太婆！玉妹子！

石老太　是虎子？

乔大伯　是虎子！

玉　妹　虎子哥！（扑入王烈虎怀抱）

〔众拥王烈虎坐下。悲喜交集，相对无言。

乔大伯　（唱）　那日被围好惨情，

石老太　（唱）　倒下亲人一层层。

玉　妹　（唱）　战后收尸无你影，

三人合　（唱）　今夜因何又重生？

王烈虎　（唱）　那日重伤栽下河，

泪水送我东山脚。

幸逢乡亲来搭救，

伤势初愈又挥戈。

乔大伯　（唱）　分离数月常思念，

石老太　（唱）　茶饭难咽饮悲酸。

玉　妹　（唱）　只说今生再难见，

三人合　（唱）　今夜明月又团圆。

王烈虎　（唱）　霜杀山花埋根茎，

来年依旧戏春风。

擦干血泪挺起胸，

重整旗鼓再出征！

乔大伯　我们正准备宰掉陈铁嘴，来祭奠你们。

王烈虎　杀不得，这是个大有用场的活宝贝。我正派人四处寻找他呢。

乔大伯　你看这是他的自供状。

王烈虎　（看状）太有用处了！

乔大伯　现在敌人到处修碉堡、并村庄、编保甲、办自首，外逃的豪绅地主一齐反扑回来，疯狂烧杀，肃反队副队长哗变，近日带上铲共团四处搜捕红军。乡亲们简直恨透了，就盼着重新组织起来和敌人斗！

王烈虎　老高在哪儿？

乔大伯　走啦！说是回特委去搬兵，叫大伙分散隐蔽，自想办法度难关。

王烈虎　不，要斗争！要粉碎敌人剿抚兼施的反革命策略。胜利坐等不来，要用血汗和生命去换取。咱们只有坚持斗争，才能拖住大批敌人，这样就会给其他苏区以有力的援助，咱们不仅是为了保卫星火，更重要的是保卫中国工农革命的胜利果实。

乔大伯　你说怎么办？好多赤卫队员都急红眼了。

王烈虎　我已把部分被打散的同志集中起来了。

乔大伯　那就把赤卫军也集中起来，先除掉各区的还乡豪绅地主。

王烈虎　擒贼先擒王，树倒猢狲散。

乔大伯　你是说还打顽石寨？

王烈虎　对，这些豪绅之所以气焰嚣张，正是仗着顽石寨铲共团的势力，一旦拿下顽石寨，那些家伙就会自动滚蛋的。

乔大伯　如今没有当初围攻顽石寨的阵势啦。

王烈虎　不能强攻，咱就智取！太婆，你那专开顽石寨的金钥匙还在吗？

石老太　你看，（掏出小石锤）我随时带着呢。

王烈虎　太婆，给我讲讲它的来历吧！

石老太　这是太婆的传家宝啊！

（唱）　太婆我岁满八旬寿未尽，
有件事埋藏胸中到如今。
我的夫开石雕玉艺超群，
石占鳌拉他修寨起黑心。

挖暗道秉烛凿石夜深沉，
整五年不知阳世有冬春。
我每日为他煮好饭三顿，
只能够石府门边会亲人。
终盼到暗道修成期限近，
突然间灾从天降祸临身。
那日他爬出府门咬牙恨，
拉住我未曾开言泪湿襟。
言说是为把暗道秘密隐，
老贼他密令灭口要除根。
纵有翅难以飞出石家门，
叫我把血海深仇埋在心。
话落音暗暗掏出小石锤，
交与我当作家宝藏在身。
假若还有朝一日天兵临，
献出它定能破寨把冤伸。
当夜晚府内扬言洞塌陷，
众工匠惨遭毒害命归阴！
为报仇我求菩萨祷告神，
五十年望穿秋水无有音。
眼见得风前残烛化烟尘，
忽然间天降神兵起红军。
今日里捧献家宝为雪恨，
盼你们早把匪寨妖魔擒！

〔石老太拔下锤把，从空心中抽出一卷画图，送给王烈虎。

王烈虎 （读）《顽石寨暗道兴工图》！

乔大伯 难怪团匪突然包围虎跃岭，原来是走暗道，从临河岩石下的出口钻水出来的！

玉　妹 入口在哪儿？

王烈虎 你看，就在望乡阁顽石碑下。真是难得的宝图哇！

只要咱们兵力充足，就可以来它个猛虎掏心，里应外合，一举攻破顽石寨！

〔小路子上。

小路子 报告团长，鸡毛信！

王烈虎 （阅信震惊）啊？老高在黄河渡口被铲共团逮走，已经解上顽石寨！

玉　妹 哼，他也有今天！

乔大伯 这是他自作自受。

石老太 进了顽石寨，活着出不来啊！

王烈虎 得想办法营救他！

众　人 他把咱没害死，还去救他？

王烈虎 要救！一定要救！

乔大伯 顽石寨进不去呀！

王烈虎 我想利用神龙队投靠敌人这一方便条件，内外夹击，出奇制胜！

众　人 还要联合神龙队？这是自投罗网！

王烈虎 我摸过底细，神龙队投团匪，有它反动和不够坚定的一面，可是，当时老高派出骑兵连准备在峪口解决神龙队，消息走漏，才激反了任蛟龙。他走投无路，就中了陈铁嘴的奸计。咱们手中现有这个活宝（指陈铁嘴），会打消任蛟龙的疑虑。

乔大伯 咱不能为了一个老高，冒这么大的风险啊！

王烈虎 大伯，话不能这么讲！

（唱） 老高是咱星火党的领导，
顾大局咱不能分道扬镳。
纵然他犯下了错误千条，
也不能抛弃他命丧屠刀。
任蛟龙虽则把团匪投靠，
咱还要再争取不可绝交。
革命者可不能气量狭小，
求解放众人添柴火焰高。

我决意闯龙岗重修旧好，

众　人　去不得！

王烈虎　（唱）　为破寨救同志我胆把天包！

第八场　龙虎斗

〔接前场。

〔二幕前。马全宝上。

马全宝　（唱）　多年来绿林出没瞎闯荡，
到今日方知前世烧高香。
一霎时司令迎亲把路上，
这龙庙老子坐帐山大王。
只要我能享荣华腰包胀，
管他娘礼义廉耻刘关张。
抬头望日头冒花老鸹唱，
急忙为短命瘟神来送丧。

弟兄们！

（念）　这一边唢呐成对要吹响，
那一边张灯结彩放快当。
喝喜酒只管开怀放海量，
给司令脸上增光要排场。

良辰已到，全体庙前列队，欢送司令迎娶押寨美人！

〔二幕启：腾龙岗，龙王庙前。众弟兄列队，喜乐声中，任蛟龙披红插花上。一弟兄上。

一弟兄　报二爷，来了几位贺喜宾客。

马全宝　油水大小？

一弟兄　抬了一大箱子。

马全宝　啥货色？

一弟兄　只见箱口压着一条白格生生的猪尾巴。

马全宝 哪有不收粮的仓。

一弟兄 有请!

〔王烈虎便装上。

王烈虎 (念) 腾龙岗上排盛宴,
喜乐高奏闹声喧。
为了争取神龙队,
冒死前来闯龙潭!

任司令,星火黎民百姓给你道贺来了。

马全宝 还不跪下磕头!

任蛟龙 免。星火黎民百姓是生养我的娘亲,倒是应受我一拜。

王烈虎 (急扶)免!

任蛟龙 啊?你是……鬼?

王烈虎 我是人!没叫你打死的王烈虎来了!

众弟兄 啊?

任蛟龙 抓!

马宝全 上!

王烈虎 慢!

〔众弟兄刀枪围逼王烈虎。

王烈虎 有理不打上门客。我一不藏家伙,二没带兵卒,你胆怯什么?在你神龙旗下,刀枪丛中,要杀要剐,迟早还不是在你一句话嘛!

马全宝 休听他花言巧语,早些送他上路!

任蛟龙 话讲清白,不叫他做糊涂鬼。

王烈虎 这才像我当年的大哥。

任蛟龙 我没得你这负义贤弟!

王烈虎 负了何义?

任蛟龙 你听!

(唱) 无情的小儿面前站,
不由得蛟龙怒冲冠!(抛掉礼帽)
想当初白纸一张水一碗,
在此庙破指发誓对苍天。

同生不能遂心愿，
共死挽手鬼门关。
日月往返才三年，
你把良心叫狗餐！
捎书相约我照办，
顺红军同舟共济把贼歼。
哪知晓蜜糖暗用砒霜拌，
背信弃义把陷阱剜。
探马去下书你把脚筋断，
筹粮队又被一锅端。
回书上恶言限期把印献，
要将我神龙圣旗来踏翻。
峪口镇暗布骑兵连，
要将我全队人马来全歼。
你干下这号缺德事，
它与那信义有何干？
你与我说来与我辩，
今朝杀你冤不冤？

王烈虎 （唱） 你将原委讲一遍，
桩桩件件有根源。

任蛟龙 （唱） 内中可曾掺假代？

王烈虎 （唱） 件件与我有牵连。

任蛟龙 （唱） 为兄杀你亏不亏？

王烈虎 （唱） 贤弟不再蒙屈冤。

任蛟龙 （唱） 转面吩咐马总管，

马全宝 （唱） 枪膛早已压子弹！
绑了这只虎！

〔二弟兄欲擒，被王烈虎振臂豁倒。

王烈虎 任司令！
（唱） 王烈虎摆渡不登回头岸，
大丈夫何惧断头剖心肝。

你列出条条罪状且不辩，

抬过礼箱！

〔乔大伯与小路子抬礼箱上。

王烈虎 （唱） 先请你把这礼物观一观！

任蛟龙 （掀开箱盖）啊？

〔陈铁嘴从箱中坐起。众惊。

王烈虎 （唱） 他是冤仇活证见，
审明是非自了然。
你小子当着司令面，
把罪恶勾当讲一番！

〔马全宝见事不妙，拔枪向陈铁嘴射击，王烈虎眼疾手快，将其手腕一推，枪弹击中一盏红灯。

任蛟龙 嗯？

马全宝 （急掩饰）你小子胆敢不老实，那盏灯就是娃样子。我马全宝的神枪可睁眼不认人！

任蛟龙 （拔出一对腾龙刀，逼近陈铁嘴）陈先生？

陈铁嘴 司令饶命啊！

王烈虎 讲实话！

陈铁嘴 我讲，我讲！

（唱） 司令你龙威息怒听我谈，
我本是剿共总部联络官。
为解救顽石寨危受差遣，
要挑起龙虎争斗搞离间。
登龙岗重金收买马总管，

任蛟龙 啊？

马全宝 司令，别听他放狗屁！

任蛟龙 往下讲！

陈铁嘴 （唱） 我二人密议设机关。
造假信暗将探马斩，
筹粮队被他杀在后山湾。
嫁桂姐将你来哄骗，

为的是龙虎义绝把仇添。

（数） 二次前来再行骗，

诱你登寨配凤鸾。

望乡阁摆上毒酒宴，

要斩蛟龙在今天。

但等你迎亲人去远，

马全宝就将老窝一锅端。

（唱） 这本是联匪灭红连环计，

实打实不敢把假掺。

任蛟龙 （唱） 听罢言来气炸胆，

〔陈铁嘴匆忙反抓箱盖，将自己扣入礼箱。任蛟龙脚踏礼箱盖，双目逼视马全宝。

马全宝 司令！我……

任蛟龙 （唱） 我错把豺狼当心肝。

〔马全宝欲开枪，枪被王烈虎一脚踢落。马全宝欲逃，被乔大伯、小路子从两侧夹持住，任蛟龙抛出一把腾龙刀，扎中马全宝的咽喉，倒下死去。乔大伯、小路子收尸扔下。

任蛟龙 （唱） 转面我把贤弟唤，

为兄该死把你冤。

认贼作父愧难言，

错杀红军好儿男。

怨我莽撞空长眼，

悔药难医罪滔天。

双手捧上刀一把，

跪呈于你惩昏顽！

王烈虎 （唱） 双手接过腾龙刀，

仁兄莫要把泪抛。

劝你扪心细思考，

三年来走过怎样路一条？

铲共团死心为把豪绅保，

你从贼助纣为虐为哪遭？
丢弃了打富济贫神龙道，
有何颜江湖之上逞英豪！
多少代穷人血汗付东流，
多少个风云志士把尸抛！
绿林终非久留地，
插旗要选大目标。
共产党创立红军把反造，
为工农翻身解放降狂飙。
红旗指引阳关道，
星火燎原遍地烧。
千条江河归大海，
汇成巨流卷狂涛。
顺应潮流选航道，
你把舵柄要掌牢。

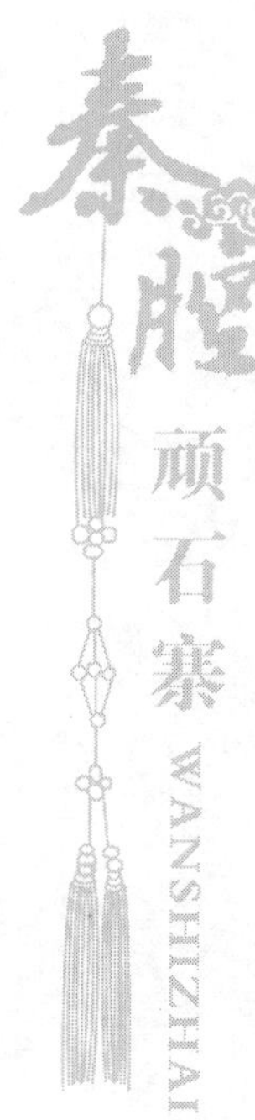

任姣龙　来呀，降下神龙旗！

〔二弟兄降下旗帜，交与任蛟龙。

任蛟龙　（唱）　数载举旗怀悲愤，
暑去冬来历艰辛。
今朝方得遇明主，
游子归来拜娘亲。

虎子，从现在起，（将旗交给王烈虎）这支队伍听凭红军调遣！

（二人紧紧拥抱）

第九场　结同心

〔接前场。

〔二幕前。

〔玉妹上。

玉　妹　虎哥前往腾龙岗，
不见回音愁断肠。

〔乔大伯内唤："玉妹！"传来马蹄声。

玉　妹　乔大伯！

〔乔大伯急上。

乔大伯　玉妹，把神龙队收编啦！

玉　妹　哎呀，这下我就放心啦。虎子哥呢？

乔大伯　正同任司令商议破寨之事，派我紧急回来调红军和赤卫军，改扮神龙队，联合入寨，迎娶桂姐。

玉　妹　这是真的？

乔大伯　没错。让你带一队人马，火速潜水下河，从暗道出口进寨，顺着兴工图所标方位，直登望乡阁，配合任司令行动，营救特派员和桂姐。

玉　妹　好。（二人同下）

〔二幕启：顽石寨望乡阁。杨延贵带二团丁拖高明远上，将其用铁链锁在顽石碑上。

杨延贵　你这茅坑沿的石头，臭硬不了几下啦。站在望乡阁，最后瞭一眼星火地面，再唱唱你那《泪水曲》吧！

〔高明远扶石碑挣扎站起。

高明远　（唱）　长镣紧锁肉绽裂，
不向团匪讨欢悦。
明远一生性高洁，
追求真理创伟业。
党派我来星火界，
沥尽肝胆洒碧血。
今日傲首永诀别，
英名笑垂青史页。

（高明远观望远景，无意中扯着另一条铁链）

（桂姐内唱）

梦与龙哥相依傍，

〔桂姐随铁索走出阁厢。

桂　姐　（唱）铁链牵动惊鸳鸯。

强睁双眼细打量，

你是何人到这方？

高明远　（头也不回地，唱）

光明磊落共产党，

雄鹰折翅陷牢房。（回首欲看，桂姐侧转身去）

你因何故被锁绑，

姓甚名谁住哪乡？

桂　姐　（唱）孤儿苦女常流浪，

不知何处是故乡。

桂姐本是我的名，

遭贼劫抢锁阁厢。

高明远　你是桂姐？

桂　姐　（转身，惊诧地）啊？你……你不是给我传送雪罗帕那个卖艺人吗？

高明远　是的，听说石占鳌娶了你，怎么……

桂　姐　我死不从贼，被锁在此三年啦！

高明远　啊？

桂　姐　你再见过我龙哥没有哇？

高明远　没有。

桂　姐　莫非他……离开了人世？

高明远　不，他活着！

桂　姐　告诉我，他在哪儿？在哪儿？

高明远　你还不知道？

桂　姐　三年来，除了听见红军攻寨子，我啥也不知道啊！

高明远　他当了神龙队的司令啦！

桂　姐　神龙队是做啥的？

高明远　土匪！三个月前降了铲共团，成了绞杀红军的千古罪人！你那妹妹死在他的手中。

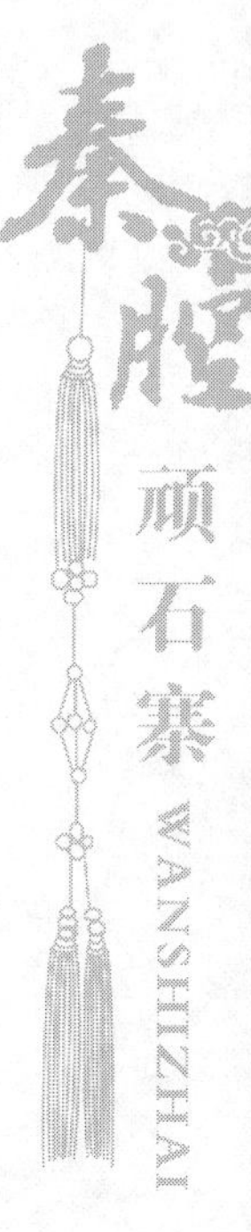

桂　姐　不,玉妹是那年端阳节晚上,当着我的面,从这儿跳楼扑下了眼泪河。

高明远　她又被人从河里救上来,还当了赤卫军。今年端阳节后任蛟龙带神龙队配合铲共团血洗虎跃岭,她被打死在乱军中。

桂　姐　(唱)　听一言只觉得天旋地动,

老天爷！你可苦煞了我桂姐啦！我含恨忍辱,日盼夜念,实指望有朝一日红军打开顽石寨,咱二人能得相见,好将这三载冤仇倾诉于你,我纵一死,靠你来日报仇。谁知你原是鼠目豆心的势利之徒,薄情负义的贼啊！

(接唱)怎忍心我三载身陷火坑！

到今日复仇念化作泡影,

〔杨延贵带二团丁、二丫环上。

杨延贵　桂姐,你的运气来啦,总爷宽恩,成全了你的夙愿,任蛟龙任司令就要登寨迎亲啦！

桂　姐　果有此事。

杨延贵　快去梳妆,准备上轿！

桂　姐　(接唱)我不能不明不白了此生。

〔杨延贵开锁,二丫环扶桂姐下。二团丁将高明远拖入阁厢。杨延贵扭转鳌头石,推开石碑。

杨延贵　进暗道！

〔四团丁鱼贯而入。杨延贵复推石碑,扭转鳌头石。

杨延贵　有请总爷！

〔二丫环搀扶石占鳌上。

石占鳌　(念)　花灯高悬照吉庆,

逗引飞蛾自送终。

明扬老夫嫁义女,

暗伏刀枪锁蛟龙！

可曾就绪？

杨延贵　一切齐备。

石占鳌　陈先生与我约定，任蛟龙今日登寨迎娶桂姐，花堂之上捉拿这个孽障。良辰将到，为何不闻迎亲的鼓乐之声？

〔唢呐声起。

杨延贵　总爷，你看，任蛟龙到了。

石占鳌　陈先生可曾同行？

杨延贵　陈先生在队前引路呢。开寨出迎吧！

石占鳌　慢来！人马暂留寨外，请陈先生陪姑爷入寨面商。

杨延贵　是。有请陈先生陪同姑爷入寨！

〔陈铁嘴、任蛟龙上。小路子随上。

陈铁嘴　石团总，这位是……是任司令。

石占鳌　老夫年迈，有失远迎。贤婿请！

陈铁嘴　哎呀，石团总……

小路子　陈先生！（用枪抵住陈铁嘴后腰，假装扶他走）当心呀！

陈铁嘴　我……路感风寒，啊……啊嚏！

石占鳌　陈先生鞍马劳累。后堂歇息去吧！

陈铁嘴　好，好好！（欲溜）

任蛟龙　陈先生，送佛送到西天，等我迎回桂姐，再歇不迟。来来来，一同坐了！（拉陈铁嘴坐于身边。陈被铁索绊了一下）

任蛟龙　阁内链锁何物？

石占鳌　共产党特派员。

任蛟龙　就是派骑兵连要在峪口消灭我的那个高明远？

石占鳌　正是他！

任蛟龙　快快唤来叫咱家广见广见。

〔石占鳌示意，杨延贵牵高明远上。

石占鳌　看看这位有功于党国的功臣吧。飞虎团困我孤寨，多亏他前来肃反除奸，囚禁烈虎，你我方得奇袭虎岭，而有今天啊！

高明远　狗强盗！悔不该上了贼当！

（唱） 群贼狂妄供真情，
犹似万箭穿我胸；
事到如今方惊醒，
冤杀的亲人难……难复生！（欲拼）

石占鳌 （狂笑）……

（杨延贵猛扯铁链将高明远拖倒）

任蛟龙 特派员！你来看！（出示雪罗帕，唱）

你可曾记得当年任蛟龙？
《泪水曲》仍在耳边留回声。
感激你传递罗帕一片情，
今日里请你同喝酒一盅！

请桂姐，谢媒人！

石占鳌 好！

杨延贵 有请桂姐！

〔二丫环扶桂姐上。

任蛟龙 桂姐！你……你受苦了哇！

桂　姐 你是谁？

任蛟龙 是你的龙哥接你来啦！

桂　姐 听说你当了司令？真的么？

任蛟龙 是真的。

桂　姐 现今顺了铲共团？

任蛟龙 有此事。

〔桂姐猛然夺过罗帕撕碎。

任蛟龙 桂姐，你不要错怪了我呀！

桂　姐 住口！

（唱） 悔不该三年牢狱空等候，
一眨眼化作泪水付东流。
决不能挣脱魔掌落贼手，
今日我此命虽绝恨不休！

（桂姐纵身跳下望乡阁）

众　人 啊？

任蛟龙 桂姐！桂姐……！是我毁了你呀……

〔任蛟龙猛转身逼视石占鳌，小路子见状欲上，陈铁嘴趁机溜至石占鳌身后。

陈铁嘴 总爷，龙虎内外合谋，是来夺取顽石寨的！

众　匪 啊！

石占鳌 （冷笑）送客！

〔杨延贵扭转鳌头石，推开顽石碑。

杨延贵 来呀！

石占鳌 锁蛟龙！

〔战旗飞扬处，玉妹闪上。后跟红军战士。

石占鳌 啊？鬼！

〔四团丁上。

〔石占鳌、陈铁嘴逃下。玉妹率众追杀下。小路子一枪击断绳索，铲共团蓝幡落下。枪声大作。

任蛟龙 小路子，掩护特派员！

〔小路子扶起高明远。一团丁扑上，被任蛟龙飞刀扎中，倒下。任蛟龙夺过长枪。

高明远 （震惊）小路子！他？

小路子 神龙队已经加入咱们红军，任司令是王团长派来救你的！

高明远 啊？

任蛟龙 快走！

〔小路子扶高明远入阁厢。陈铁嘴背身退上，被任蛟龙拦腰生擒，扔下望乡阁。四团丁拥上。任蛟龙力斗群匪，格斗下。

〔玉妹与团匪格斗上，复下。

〔石占鳌逃上。杨延贵奔上。

杨延贵 总爷，不好了，王烈虎带领人马抢占了寨楼！

石占鳌 把他给我打出去！

〔杨延贵欲下，任蛟龙上。

任蛟龙 哪里去！

〔杨延贵迎战任蛟龙，石占鳌躲向一边，趁任蛟龙戳刺杨延贵之际，向任蛟龙连开数枪。任蛟龙身中数弹，石占鳌欲再射击，子弹完了。任蛟龙挣扎着扑向石占鳌，将其掐死。

〔王烈虎、玉妹上。玉妹将战旗升起。

王烈虎 任司令！（扶起任蛟龙）

玉　妹 龙哥！

〔小路子扶高明远上。

高明远 王团长？虎子……

王烈虎 老高！

高明远 （扑向前）任司令怎么了？任司令！

任蛟龙 （强睁双眼抓住王烈虎和高明远）寨子……

王烈虎 已经打开啦！

任蛟龙 好……虎子，把袖章给我……

〔王烈虎摘下袖章，高明远接过，给任蛟龙戴在臂上。他深情地抚摸着红军二字。

任蛟龙 老高，给我再唱唱《泪水曲》吧……

〔高明远低声哼唱着，众人含泪低声合着，笛声隐隐。

任蛟龙 桂姐，我来了……（死去）

众　人 任司令！

高明远 任司令，蛟龙呀，同志啊！

（唱）　干革命你才启航扬征帆，
　　　　今日里壮志未酬血流干。
　　　　抚遗体好不痛煞高明远，
　　　　忆往昔愧难言刀把心剜！

〔四战士上，抬任蛟龙遗体下。

虎子啊！

　　　　你将我绑刑场当众宣判，
　　　　剖心血愿把欠债来偿还！

王烈虎 （唱）　烈士们滴滴鲜血把旗染，
　　　　要把这沉痛教训刻心间。

学江海不拒溪流千条线，
干革命万众齐心力无边。

〔乔大伯上。

乔大伯 虎子，好多老乡和被俘团丁，要求参加红军！

王烈虎 特派员，你看呢？

高明远 只要愿意跟共产党走，为劳苦大众打天下的，让他们全来吧！

〔众亮相。

——剧 终

西安秦腔剧本精编

演出单位

西安市五一剧团

进军路上

郑宗义　武艺群　编剧

剧情简介

秦腔现代剧,写革命烈士的儿子高志宏,参军后积极热情,受到连队领导和战士的器重。但他看不起细小平凡的工作,觉得自己高中毕业,扛步枪、当步兵是大材小用,便闹情绪,不积极参加军事训练,结果在第一次实弹射击中成绩不及格,使“射击优胜班”的红旗丢掉了。经过指导员耐心帮助,他受到了教育,曾是大学生的炊事班长秦学俭的模范行为,也使他受到了感染,但因他还未真正树立起当好普通一兵的思想,在野营训练中,情绪仍很消沉。1962 年,蒋介石妄图窜犯大陆,连队领导在战备训练中,进一步发挥解放军思想政治工作的优良传统,对高志宏思想上认真帮助,生活上细心关照,并请他母亲来部队讲述家史,从而使志宏受到了阶级教育和革命传统教育,思想进步很快,训练成绩大为提高,终于获得了“五好战士”的光荣称号。该剧 1964 年 5 月由陕西军区五一剧团首场演出,并于当年参加了陕西省戏剧会演,获得好评。

场　目

人物表

高志宏　十九岁，高中毕业生、新入伍的战士、列兵

张大海　二十三岁，神枪手、新任命的班长、下士

秦学俭　二十四岁，入伍前系大学一年级学生，现志愿超期服役。五好战士标兵、神枪手、炊事班长、中士

任金明　二十四岁，五好战士、上等兵

胡茂才　二十一岁，风趣的老战士、外号“胡参谋”、上等兵

常宗友　二十一岁，上等兵

指导员　二十九岁，上尉

连　长　二十八岁，上尉

高大妈　五十多岁，高志宏之母

老支书　五十多岁，老区红花岭生产大队党支部书记

武　英　二十三岁，老支书的女儿、红花岭民兵连长

红　花　十岁，老支书的孙女

胖豆豆　十二岁，牧童

老爷爷　六十多岁，公社社员

老大娘　六十多岁，公社社员、胖豆豆的奶奶

通讯员　十八岁，列兵

女同学　甲、乙

男同学　甲、乙、丙

战士甲、乙、丙、丁

男女民兵若干人

群众若干人

序　幕

〔1962 年春——元宵节前后。

〔高大妈家。

〔室内、右墙上格子窗户半开着，左侧是通往套间的门框，挂着门帘，正中粉白墙上挂着毛主席像，墙上贴有空军、舰队、坦克等彩色宣传张贴画，明桌净椅、闹钟、茶具合理地安排室内。室外右侧是一花砌走廊。透过门窗可以看见矮墙外，高高的矿区脚架和直入云霄的烟囱。其他建筑物隐隐约约。

〔风和日暖，春色宜人。

〔幕启：高大妈手拿着正在赶缝的衬衣，由内室上，向门外望了望。

〔喜鹊吵闹。

高大妈　（笑盈盈地）

（唱）　东风吹红日照雪消冰散，
大地醒万物新春到人间。
喜鹊儿落檐前喧闹不断，
一件件喜事儿接连相传。
志刚儿被工厂选成模范，
小志宏今日里要把军参。
喜临门不由我心窝温暖，
昨夜晚甜梦中笑醒几番。

嗨，你先说咧怪不怪，人要是高兴了，做起梦来都能咯咯地笑出声来，你当啥哩……（又向门外望了望，看了看天色）哟，这天都快晌午端了，志宏这娃咋还不见回来？……（坐下缝衣）

高志宏　（出现在窗口，喊声）妈！

高大妈　哎！

〔高志宏上。

高志宏　妈！

高大妈　志宏，你怎么才回来？没吃饭吧？妈给你端去。

高志宏　妈，不用了。我在学校刚吃过。妈，刚才开座谈会，老师和同学们非要我讲话不可。

高大妈　那你讲了没有？

高志宏　讲了呀，我说：（干咳两声，一本正经地）"老师同学们，按照宪法服兵役，是中华人民共和国每个公民光荣的义务、神圣的职责，我入伍以后，一定要向黄继光、董存瑞学习，发挥自己的才能，把自己锻炼成为一个文武双全的、伟大的、红色的人民战士！"掌声，哗哗哗……嘿，大家这一阵热烈的暴风雨般的掌声，我只觉得心里热辣辣的，头也发涨，结果把原先编好的一段豪迈的演说词全给忘光了。

高大妈　我看你这么一股荒唐劲。学校老师辛辛苦苦教育了你五六年，同学们对你那么热情，离别时分，你怎么连谢一谢都忘了。

高志宏　等以后写信再补充不是一样嘛。

高大妈　昨天晚上，妈给你叮咛的话，你记住了没有？

高志宏　你放心，我今年都是十九岁的人了，妈总把我当吃奶的娃看。

高大妈　（不高兴地）嗯，在我面前可不准你说这种话，你再大，在妈跟前，你总是个娃呢！过来，把这件衣衫试试。

高志宏　嗯！（接过穿起来）

高大妈　宏儿呀！

（唱）　自古道儿是娘心一块肉，
儿行千里母担忧。
你今年虽已年十九，

出世来未见那雨和风。
没尝过困难和艰苦，
哪懂得什么叫斗争。

（给高志宏穿上衣衫）

高志宏 （接唱）我决心参军干革命，
做一个红色接班人。

高大妈 （接唱）到部队要听首长话，
首长就是亲爹妈。
待同志要像亲兄弟，
谦逊诚恳莫自夸。
平时吃苦把武练，
战时英勇把敌杀。
常写信免得娘牵挂，

高志宏 （接唱）等着儿喜报寄回家。

高大妈 妈能接到你的喜报，当然高兴么，可是娃呀，咻红花是给英雄的，喜报是给功臣的，不下苦，种不出好庄稼，不进步就戴不上大红花，喜报可是长着眼哩，不是一阵风就能刮得来的！

高志宏 我就不信就那么难。

〔后台同学们喊："志宏同学在家吗？"

高志宏 在哩，妈，同学们来了！

〔男同学甲、乙，女同学甲、乙上。

同学甲 哎，还真赶上啦。

众同学 大妈，你好！

高大妈 好，你们都坐下呀！

男同学甲 大妈，一人参军，全家光荣。我们向你老人家致以热烈的祝贺！（同学们鼓掌）

高大妈 谢谢你们这些年轻人，我给你们烧水去。（提暖水瓶欲下）

女同学甲 大妈，不用了。

高志宏 妈，搞快点！

高大妈　快，快得很。（下）

女同学乙　（发现高志宏绒衣上罩着衬衣）哎！志宏同学你这是什么装备呀？（同学们大笑）

高志宏　噢！（大悟，边脱边笑）这是我妈才给我赶做的新衣。

男同学乙　嗳，（颇有感慨地）这真是“慈母手中线，征儿身上衣，临别密密缝，盼儿凯歌归”呀！

男同学甲　嗬，你们看，我们的青年诗人又有新作了。

男同学乙　不！不！不！这是古诗，我只是略有修改，特此声明。

〔众同学又是一阵大笑。

女同学乙　志宏，这次参军，海陆空你想的哪一门？

众同学　是嘛，你想的哪一门？

高志宏　哪一门？你们猜猜！

众同学　猜！（环视了一下周围墙上的宣传画）这不是志宏同学的理想嘛！

男同学甲　空军！

男同学乙　海军！

女同学乙　炮兵！

女同学甲　不，是边防军。

（唱）　边防战士守边疆，
日夜巡逻在国境上。
机警灵活眼睛亮，
任何敌人难躲藏。

男同学甲　（接唱）飞行员气派多英武，
驾起飞机在天空。
电钮一按咚咚咚，
打它个空中飞贼倒栽葱。

男同学乙　（接唱）说起来还是海军好，
乘风破浪海上漂。
水兵帽飘带迎风摆，
海魂衫印着蓝道道。

女同学乙　（接唱）高射炮，乌黑亮，

行军不用两腿跑。
掌握性能要文化,
几何代数能用上。

高志宏 （接唱）当海军空军我高兴,
驾起坦克也威风。
凭咱这身体与文化,
现代化兵种都能成。（留）

女同学甲 志宏同学,那要是真的分配你当一名步兵,你应该怎样认识呢?

男同学甲 哎,高中毕业生,扛一支大步枪,岂不是大材小用!不会,不会,绝对不会!

男同学乙 同学们,现在我们祖国的国防要现代化、技术兵种正需要我们有知识的青年,部队上哪会把好钢往刀背上打呀!

男同学甲 是嘛,就凭志宏这个“自来红”嗨……

〔高大妈提水刚上,听见这句话忙插问。

高大妈 自来红!什么叫“自来红”?

男同学甲 大妈,你家志宏,是煤矿工人的子弟,是吃革命饭唱《东方红》长大的,成份好,出身好,真正无产阶级的后代,所以我们都把他叫“自来红”。

高志宏 （自得地笑了笑）嘿嘿……

高大妈 （看到志宏洋洋自喜的神态,严肃地）
娃娃们,红,不是生来就有的,要听党的话,听毛主席的话。娃呀,烈火中才能炼出真金子来啊!

男同学乙 哎呀,那么美丽,而富有诗意的语言啊,淳朴、高尚、伟大!

女同学甲 志宏同学,为了祝贺你这次光荣参军,请你收下我的礼品吧!
（唱） 我赠你信封信纸五十套,
入了伍常把书信捎。
解放军里英雄多,

你把那英雄事迹多介绍。

男同学甲　给，这是我的！（亦拿出礼品）

（唱）　日记本一个作纪念，
赠与同窗表心田。
你把那豪言壮语都写上，
整理发表登报刊。

女同学乙　（接唱）一本《红岩》赠志宏，
永远莫忘阶级仇。
见了敌人狠狠揍，
光荣榜上把名留。

男同学乙　（接唱）热情洋溢我诗兴涌。
即兴一首来饯行。

男同学甲　同学们，欢迎我们的青年诗人来一段！（鼓掌）

（众鼓掌）

男同学乙　好，来一段。听着。（朗诵）

太阳啊，
向你微微笑，
杨柳啊，
向你弯下腰。
千山万水啊，
为你闪开道。
他们都在说，
你们看——
英雄的青年战士——高志宏
跨着钢铁的骏马，
过来了！

众同学　（大笑）

（唱）　这一首诗歌编得好，

〔男同学丙上，高举一个新篮球出现在窗前。

男同学丙　（唱）　你们大家往这儿瞧！

高大妈　哟，小张，你怎么才来呀！

男同学丙 大妈，你老人家好。志宏这么一走，我们球队可少了一员虎将呀，志宏呀，我代表咱们学校男子篮球代表队全体队员，一来向你表示祝贺，二来送行。这个篮球是咱们在中学生篮球联赛时得的奖品，经全体队员提议，学生会文体部批准，把它赠给你，作个纪念，请你笑纳！

男同学乙 对对对，志宏在篮球队里，五年如一日，球艺超群，屡建功勋，接受这个礼品，是受之无愧的。

女同学乙、甲
男同学甲、丙 功该！功该。

高志宏 好！

〔锣鼓声传来。

女同学甲 哎呀，欢送队的锣鼓已经敲到大门口了！看，志宏同学，大家等看给你戴大红花呢！

众同学 快拾掇。

〔众同学帮高志宏拿着旅行袋和其他物件。

男同学甲 走！

女同学乙 慢点！让大妈和志宏走在前面。大妈快来呀！（拉大妈走前面）

〔幕后传来解放军进行曲的歌声混搅在一起，众出门。

男同学甲 （发现篮球忘在桌上）志宏，篮球！（返身取篮球追下）

第一场

〔暮春。

〔四班宿舍门前。

〔春光明媚,艳阳当头。白杨树上挂一小黑板,在宿舍门口,挂三角锦旗,上面书着“射击优秀”四个字;门两侧有“争当神枪手,再创四好班”的标语。窗扇撇开,墙壁上的四好奖状和锦旗隐约可见。远处是篮球场,山峰,一堵土墙,两株垂柳,墙外是起伏的远山轮廓。

〔二幕前。

〔张大海下哨回来,背着武器上场。

张大海 (唱) 四好花开满军营,
红花朵朵迎春风。
英雄连里创四好,
光荣上面加光荣。
咱班也是四好班,
实弹射击当标兵。
争取先进再先进,
张大海日夜忙不停。

我们四班,去年评上了四好,可是不巧,老班长今年退任,这一副重担子就落到我张大海的身上。要保持住这荣誉,可真不容易啊。好在,全班同志干劲足,决心大,一个个生龙活虎,大家对今年继续创四好充满了信心,更可喜的是,班里又补充了两个新兵,有一个高志宏,是高中毕业生,工作热情,能写会画,又是篮球场上的一员闯将,他一到我们班里就对我说:“班长,咱们班里办个黑板报吧!”我说:“行!”他马上就动手干起来了。可真是雷厉风行说干就干。看起来,今年这四好班的光荣称号是丢不了啦!

(唱) 形势大好加劲干,
快马身上加三鞭。
保持荣誉夺红旗,
拼死拼活也心甘。

〔张大海喜气洋洋地欲下,指导员迎上。

指导员 谁呀?

张大海 我,张大海。呵,是指导员同志。

指导员 刚下哨回来?

张大海 嗯。

指导员 看你这副神气,好像是遇上什么喜事了吧?

张大海 嘿……我们班添了个“秀才”兵,形势越来越好啦。

指导员 哦?——那就谈谈你们班里的情况吧。

张大海 好着哩!

指导员 思想情况呢?

张大海 也好着呢!

指导员 其他方面呢?

张大海 都好着哩!

指导员 我就知道又是个“都好着呢”!

张大海 就是都好着哩嘛!老兵积极,新兵热心,说干就干,毫不含糊。就拿新战士高志宏同志来说吧,他对我们班里的小黑板报,又热心,又负责,三天两头地换内容,还积极地编歌、作诗、宣传、鼓动……

指导员 这个同志射击练得怎么样?

张大海 你放心吧,指导员,人家在新兵集训队,射击打了个三枪三中,射击标兵班的荣誉丢不了!

指导员 同志,可不能盲目乐观呀,昨天晚上,支委会还专门开会,研究了新兵入伍后的思想情况,发现各班不同程度地都存在一些问题,尤其是青年学生,感到大材小用的问题,比较严重。就拿你们四班来说,两个新兵是不是一点问题没有呢?

张大海 新兵嘛,哪能没点小毛病。

指导员 你可不能轻视这点小毛病,小毛病就是大毛病的开始,千万不能让它滋长起来!你们班长过去工作很好,你们副班长最近又学习去了,你肩上的担子可不轻呀,有事多找同志们研究,针对这个问题,把《为人民服务》那篇文章,组织大家反复再读一读。这一点,你们可要向五好"为人民服务"的炊事班学习呀。现在,军事训练正进入紧张阶段,一定要狠抓政治思想工作,特别是活的思想。

张大海 是!

指导员 好啦,我要到岗哨上去看看,你也回去吧?(下)

张大海 (自言自语)抓活的思想,我们班可有些啥活的思想呀!

(唱) 指导员给我敲警钟,
这些话儿我常听。
他怕我工作太粗心,
提早就打"预防针"。

既然指导员有言在先,我还是得动动脑筋,想想办法,抓一抓活的思想。嗯,抓一抓活的思想!

(兴冲冲地下)

〔二幕启。远处传来雄壮有力的军歌声《骑兵进行曲》,偶尔听到两三声哨音。有战士丁在宿舍门口学毛著。这时常宗友,战士甲、乙、丙拥胡茂才和任金明上。任金明、胡茂才手中提着木枪。众嚷嚷着:"再来一次!"

胡茂才 不来了!

常宗友 最后一次。

胡茂才 不来了。

众战士 再来一次!

常宗友　最后一次！

胡茂才　好！

常宗友　预备用——枪！开始！

〔任金明、胡茂才二人对刺，众欢呼助威。胡败。

常宗友　再来一下。

胡茂才　（喘吁吁地）不来了。（对常宗友）常宗友，你上去试伙试伙！

常宗友　我不行，任金明在咱们连里，除了班长谁也比不过他，咱还能行！

胡茂才　我就知道你会说个“不行”，你啥时候说过一个“行”字来，你看人家高志宏，是个新兵，无论干啥都说“我能行！”

任金明　咦！高志宏同志哪儿去了？他刚才不是还在这里吗？

胡茂才　根据情况判断，大概又是打篮球去了。（对篮球场那边喊）高志宏！

〔高志宏内应：等一下！

胡茂才　嗨，这人一见打篮球，就没命了。

战士乙　可人家的情绪还是好的。

战士甲　高中毕业生，踊跃报名来当兵，也算是不错呀！

任金明　不错倒是不错，不过……

胡茂才　好我的小指导员呢，又是你那一句老话：看问题要全面……（向内）高志宏！

高志宏　（内应）来啦！

〔高志宏一手扣衣扣，一手托篮球上。

高志宏　啥事情？

胡茂才　（将高志宏拉到一边，小声挑逗地）常宗友说来，他的刺杀比别人不行，就是能比过你，去和他较量较量。

高志宏　（拨开胡茂才）谁有功夫干那个，（指黑板报）班长给我的任务还没有完成哩！（把篮球扔进屋）

胡茂才　高志宏，常宗友可是夸下了海口，你要不比，那就算你输了。

高志宏　（卷起袖子）常宗友，来！（接过木枪，拉开架势）

常宗友　（嘿嘿一笑）算啦！别听“胡参谋”点火，快编你的黑板报吧。

高志宏　（轻蔑地）就凭你那两下子！（扔还木枪走向黑板报写起来）

胡茂才　（拉开围看的战士乙）哎哎哎，咱们别打搅诗人的灵感，走走走。（众欲进屋）

任金明　同志们，咱们趁这个练兵空隙，抓紧时间学一会毛选吧！

众战士　好！（众进宿舍）

高志宏　（在黑板上画了两下）

（唱）　参军入伍真高兴，
转眼两月还挂零。
连队的生活真新颖，
不由叫人喜心中。
英雄连来四好班，
高志宏三字有名声。
出墙报我把编辑当，
开晚会我会演戏说相声。
篮球场上显神通，
我在哪边哪边赢。
班长对我很器重，
常夸我高中毕业生。

嗨，想我高志宏初到部队，就先露了两手，得到全连同志的称赞，我们班长更是处处表杨。（走向黑板报）我们班的小黑板报今天该换了，只是缺篇稿子……（张望发现锦旗）啊，对了，我们班长经常爱夸耀我们四班，我不免写上一首诗，把我们四班歌颂一番。（想了一下，便兴冲冲地拿起粉笔匆匆地写了起

来）

〔任金明从宿舍里持枪走出。

任金明 高志宏同志！

高志宏 （头也不回地）嗯 。

任金明 这支枪是你的吗？

高志宏 （略微扫了一眼，又转回头去）好像是。

任金明 你这枪上咋这么多的土啊？（拉开枪栓）看，枪膛里都快生锈了。

高志宏 （不耐烦地）擦擦不就行了嘛！

任金明 （边擦边看）同志，武器是战士的第二生命，我们要像爱护眼睛一样地爱护它才对呀！

高志宏 什么眼睛呀鼻子的！哼，一支步枪……

任金明 （一怔）哎！你可不能小看这支枪呀，革命前辈们就是凭着这样的步枪，前仆后继，流血牺牲，才打下了人民的万里江山。

胡茂才 （出现在门口）啊！步枪！别小看我们这小米加步枪，它打败过武装到牙齿的美帝国主义哪！

高志宏 （生气地从任金明手中夺过枪）我去擦枪！你来编！给！（将粉笔扔给胡茂才，气哼哼地下）

胡茂才 你不写了？不写了我就给咱凑上两句。（拾起粉笔走向黑板报）

任金明 （拉胡茂才）哎——胡茂才，看见了嘛，情绪不对头呀！

胡茂才 根据情况判断，咻家伙好胜心强，可能是篮球打输了。

任金明 （摇了摇头）我看是这个！（指脑袋）

胡茂才 不知他这两天瞄准瞄得怎么样？

任金明 学得还快，就是不巩固，看样子他的心不在训练场上。

胡茂才 糟糕！眼看就要打靶了，这样下去，咱这四好班不就丢了吗？（生气地在黑板上写了起来）

〔秦学俭内喊:"高志宏!"挑一担菜、手拿一封信上。

秦学俭　哦,任金明,你们班高志宏的信。

〔高志宏急上,常宗友和战士甲乙带毛选跟上。

高志宏　(上前一手夺过信)拿来!(观看信封)航——空——学——校?

常宗友　是谁寄来的?

高志宏　(拆信不语)

胡茂才　谁来的,给我们公开公开嘛!

高志宏　公开就公开!(神气十足地)

(念)志宏同志:你好!告诉你个好消息,我考上航空学校了,不久就要成为一个人民空军飞行员,这一下,我的理想总算实现了……(念不下去,呆住了)

胡茂才　(从高志宏手中拿过信)

(念)我在这里一切都好,你现在在干什么?志宏,我知道你是一个有理想、有志气的青年,一定不会辜负祖国对我们的培养,望我们在不同的战斗岗位上互相学习,共同进步,争当五好战士,为保卫祖国,建设强大的国防而奋斗!敬礼!张永忠

常宗友　嗬!

胡茂才　志宏同志,看样子人家要和你挑战呢!(把信塞回高志宏的手中)

〔秦学俭拉了胡茂才一下。

胡茂才　(若有所悟)秦班长,这菠菜可真嫩呀!

秦学俭　自己种的嘛,你们好好练,下午给大家吃菠菜面。

常宗友　好,把面切宽,把醋调酸!

秦学俭　高志宏,你看怎么样?

高志宏　(心不在焉地)嗯,好!好!……(不乐地疾步进了宿舍)

秦学俭　志宏同志!(欲入又出,沉思)

任金明　秦班长,你看……

秦学俭　(对任金明)我看高志宏思想有问题,等一会你们班

长回来,大伙在一块研究一下,你这个小指导员也得动动脑子呀。时间不早了,我得回灶房去!

任金明 秦班长慢走呀!

〔秦学俭下。

胡茂才 哎,打篮球劲头那么大,怎么情绪一下就变了!

常宗友 嗨——谁知道又迷了哪一窍了!

任金明 我看高志宏的思想有些问题,我们大家都有责任展开思想互助。(对胡茂才)我看是不是今天晚上咱们先开个团小组会研究一下。(对常宗友)尤其是我们老战士要多做工作,多想办法呀!

胡茂才 想办法!想办法!马上就要打靶啦!我看哪,咱这四好班……

常宗友 有啥办法哩,让我说呀!这当先进是光荣,可也难呀,弄不好还是保不住!

胡茂才 你这是啥思想?

常宗友 好好好,我不说,我不说,"吃挂面不调盐",咱这可是有言在先,这次打靶,咱们四班能保持第一,你来打,我算账!像他那个样,不吃个烧饼,也得吃个油条!

胡茂才 依我说,等班长回来以后,咱们先开个紧急会议,叫高志宏把他的思想向大家交待交待!

常宗友 我同意!

任金明 我们还是耐心一些,先个别谈谈再说!

〔张大海暗上。

常宗友 哎……还是文化低了好,哧文化高的人,肚子里头饸饹稠,和孙猴子一样,变化多端。

张大海 你们说啥呢?文化高怎么样,文化高当然好嘛,你看人家高志宏,这黑板报办得多好。

任金明 班长,我有事情想跟你谈谈。

张大海 等一等。啊,又是一首诗!这是高志宏写的吗?

任金明 是的。

张大海 （念） 大家同志都来唱，

歌唱四班好榜样。

咱四班，不简单，

个个都是英雄汉。

对呀，是这么回事呀！

（又念）墙上锦旗一大片，

五好花儿一大串。

嗯，符合真实情况！

（又念）可是大事有一件，

这次射击不保险！

这回射击？这……这后两句是谁写的？是谁写的嘛？

任金明 班长，不要问谁写的了，我早就觉得最近一个时期，咱们班有些情绪不正常，就拿门上这几面锦旗来说，我就有些意见，为啥偏要挂外边呢？

张大海 这有什么，谁家有粉不往脸上擦？这锦旗是辛辛苦苦挣来的，又不是偷来的，谁不服气，谁把它夺走好了。

胡茂才 这一回呀，是要让人家夺走了！

常宗友 哎！

张大海 你们今天一个个这是怎么啦？

常宗友 怎么啦，高志宏卡壳啦！

张大海 高志宏？（看了一眼黑板报）你倒胡扯啥哩嘛！

任金明 班长，情绪是有些不对头呀，他的枪都快要生锈了也不擦。我说了他几句，他一气连黑板报也不写了，更严重的是，他看不起步枪。刚才接到同学由航校寄来的一封信，不知道啥原因，竟然连信都念不下去了……

张大海 这是真的？

胡茂才 向你汇报情况，谁还说假的情况，我说先开个会，叫他检讨一下，可任金明硬说应该先个别谈谈，班长你看……

张大海 话也应该谈，会也应该开，可是这几天不行，星期六就要实弹射击了，现在一切事情，都应该为射击让路，争取时间要紧！高志宏同志的问题，包在我的身上。快去吧，各带武器集合。

胡茂才
任金明 班长！
常宗友

张大海 唉，快去吧，说干就干嘛！快去！

〔众进宿舍，持枪出。

张大海 （喊口令）立正！向右看——齐！向前——看！报数！（高志宏报数声音很小）稍息！任金明！

任金明 到！

张大海 你留下帮高志宏练习瞄准，其余的，立正！肩枪！向右——转！齐步——走！（下）

任金明 志宏同志，来，你先瞄，我来检查。咱们开始吧。（一面说一面给高志宏拿来三角架，放好沙袋，把高志宏手中枪取来架好）来，现在咱们开始吧！（见高志宏不动）

〔高志宏看信。

任金明 志宏同志，怎么啦？

高志宏 没啥。

任金明 是不是为了刚才那封信？

高志宏 没啥。

任金明 人家可向你挑了战，你打算怎么办？应不应呀？

高志宏 就凭这支步枪和飞机较量呀？

任金明 为啥不能？空军有空军的本事，咱们步兵有步兵的能耐，这只是革命分工不同，都是为了一个共同的目的——保卫祖国！

高志宏 话谁也会讲。

任金明 可是不是人人都能做得到的，为人民服务没有高低贵贱之分，同志，看问题要全面啊！（高志宏勉强卧倒)现在开始!(任金明安好检查镜检查)偏左了,偏右了,好好好!就这样,这一枪瞄得好!

(战士甲内喊:"任金明同志,指导员叫你!")

任金明 好,志宏同志,你先在这儿瞄,回头咱们再练击发。我去了。(下)

高志宏 (偷眼观见任金明已走,使劲把枪一放,站了起来)唉!

(唱) 每日操场把武练,
练得志宏心里烦。
一支步枪三个点,
这点技术太简单。
日出瞄到天色晚,
瞄来瞄去没个完。
当初报名把军参,
多少愿望在心间。
我也曾想当飞行员,
穿云驾雾上青天。
我也曾盼望登军舰,
乘风破浪勇向前。
轰轰烈烈把革命干,
英雄美名天下传。
又谁知偏偏叫我当步兵,
扛一支步枪太平凡。
刚才接到信一件,
老同学成了飞行员。
论功课他还不如我,
论身体只能算一般。
好事情反叫他碰见,
"烂"步枪落到我的肩!

唉,读书十二年,参军只等闲。身在步兵连,眼望白云端。唉!想我高志宏,一个有文化、有远大理想的青年，可偏偏叫我当了一名普普通通的步兵。我一见这个"吹火筒"，就像自行车放了炮一样，成天还得把它拿在手里，扛在肩上，瞄来瞄去，还不是三点成一线！……真是！

〔张大海上。

张大海 哎呀！志宏同志，你怎么坐下了？来，我帮你检查。（见高志宏不动，走近身边，耐心地）志宏同志，你有啥问题想不通的，等打靶完了再想也不迟。你入伍以来，不是一直表现得很好吗？我相信你会想通的。来吧，时间要紧。来呀！

高志宏 我练够了！

张大海 什么？（一惊）练够了？你以为当个神枪手是那么简单吗？我当兵都三年了，成天到晚，苦学苦练，还不敢打保票，你把枪把子还没暖热哩！就……（压抑住感情）同志！你把问题看得太简单了！

高志宏 一支"烂"步枪，有啥练头！

张大海 什么？（怒）你说什么？"烂"步枪！你不要看不起这支步枪，没有它，蒋介石的八百万军队能被我们消灭？那头号帝国主义在朝鲜被我们打败！哎哎哎，他能乖乖在停战书上签字画押？"烂"步枪，"烂"步枪？（欲说又止）……过去我对你满有信心，可实在没想到你会有这种思想，你呀！

（唱） 张大海这一阵怒火难忍，
剎时间他成了另一个人。
我问你为了什么来参军，

高志宏 （唱） 为革命为人民为了祖国。

张大海 （唱） 既然是你来为革命！
就该好好练本领。

高志宏 （唱） 这点本领不稀罕，
我就不愿当步兵。

张大海 （唱） 我看你不是来革命，

你入伍动机太不纯。

〔指导员与任金明暗上。

高志宏 （唱） 大话把人吓不倒，

帽子不能压死人。

今日我就不瞄准，

张大海 （唱） 你不瞄准不得成！

你！……

高志宏 咋？

指导员 怎么吵起来了？

张大海 指导员同志，他不练习瞄准，不爱护武器，还说什么"烂步枪"！唉……（生气地）

指导员 高志宏同志，这是真的？

高志宏 （不语）

〔后台哨音响，喊声：休息！

指导员 四班长，要注意劳逸结合，休息时间一定招呼大家休息。

张大海 是！

指导员 志宏同志！走吧，咱们谈一谈！（二人同下）

任金明 班长……（张大海叹气）怎么样？

〔众战士持枪上。

胡茂才 班长，咋回事？

张大海 （泄气地）唉！（提三角架和步枪入内）

众战士 （不解其故）咋回事？

胡茂才 这个——（作碰击姿态）

〔众议论下。

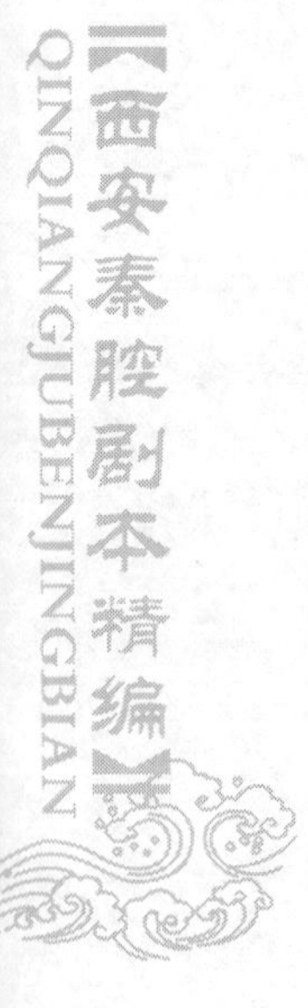

第二场

〔距前场数日后，星期天。

〔连队伙房门前。

〔舞台前一角是伙房，墙上贴有标语，中有一窗敞开着，门口挂有小牌，门外置有一小石桌，几个石凳。远处是篮球场，再远处是远山。

〔二幕前：高志宏不愉快地上。

高志宏 （唱） 阳春三月景色好，

桃红李白柳絮飘。

军营里热气腾腾多欢笑，

操场上龙腾虎跃好热闹。

同志们意气风发干劲足，

一个个斗志昂扬歌声高。

只有我心如火焚真烦恼，

好像是茫茫大海卷波涛。

真扫兴！我高志宏真是马尾拴豆腐——提不起了！昨天全连第一次实弹射击，我满以为打不上个优秀吧，也得打个良好。谁知事不遂心，六发子弹只中了两发，我们班长气得直瞪眼，说什么："一个老鼠害了一锅汤！"近几天来，我是处处碰钉子。说我不好好练吧，可自从指导员给我谈话以后，我已注意了，哪一次训练不是都参加了嘛？说我不爱这支步枪吧？哼！有什么爱不爱的！真叫人烦哪！

（唱） 提起来靶场丢丑双眉皱，

这样的倒霉事何日罢休！

（欲下）

张大海 （内）志宏同志！

〔张大海急匆匆上。

张大海 嗨，你在这儿呢，叫人好找哇！

高志宏 啥事？

张大海 志宏同志！

（唱） 清早我已对你讲，

今天轮你把灶帮。

早上不是给你说过，今天轮你帮灶呢。

高志宏 知道，我这不是就去嘛！（说着气冲冲地下）

张大海 你！你！（急躁地）唉！我是服了这号秀才兵咧！当初，我可是对他充满了信心，看他工作热情，又有文化，一心想把他培养成个过硬的神枪手，哪知他这样不争气，昨天打靶以前，连首长都作了反复动员，我还再三地叮咛，只能打好，不能打坏，要保持咱班的荣誉。哼，可他倒好！把我的话全当了耳边风啦！走上靶台，叭！叭！前两枪还打得不错，再打呀，不是上天，便是入地。唉！遇上这号"秀才"兵，真倒霉！再这样下去，我们四好班的荣誉，唉！完了！

〔欲下，刘连长上。

刘连长 你这长吁短叹的得是唱《三娘教子》哩？我问你唱的是王春娥，还是老薛保啊？

张大海 连长同志，你经常说我遇事急躁，不动脑子。说真心话，我实在是恨铁不成钢呀！

刘连长 你怎么老是这个样子！照你这样说，这钢都是恨出来的，嗯？

张大海 不是，钢是炼出来的。

刘连长 对呀！难道我们革命部队这个大熔炉，把高志宏这样一个同志就炼不成一块纯钢吗？

张大海 能。

刘连长 （模仿张大海）能，老是这个样子！同志，要多动脑子哩——好了，我还要到团部去，有时间咱们再谈吧！（下）

张大海 动脑子，动脑子！我这脑子硬是不开窍嘛！

（唱） 都怪我脑子少环环，

"秀才兵"和咱没"姻缘"。

说起来怨咱文化浅，

领导这知识分子好作难。

唉！——（下）

〔二幕启:秦学俭倒灰出,复入。持枪由伙房出。

秦学俭 (唱) 擦完锅灶洗过碗,
练射击我还得忙里偷闲,
要保持天天练来经常练,
分秒必争抢时间。
(聚精会神地练习瞄准)

〔指导员上,在秦学俭身后,用手将他端起的枪身挪动了一下,欲试秦学俭的臂力。

秦学俭 (枪身不动)谁?

指导员 嗬!还有点硬功夫啊!

秦学俭 指导员同志,你来啦?

指导员 怎么,你一个人在这里练瞄准,其他同志呢?

秦学俭 有的打猪草去了,有的洗衣服去了。

指导员 今天是几班帮灶呀?

秦学俭 四班,派的人还没有来呢。

指导员 秦学俭,今天给大家做什么好吃的呀?

秦学俭 大肉包子。

指导员 好啊!今天是星期天,要改善一下伙食。我来帮灶,你继续瞄准吧。

秦学俭 那——!

指导员 那什么?让你多练习一会还不好,不然你这个"老优秀"怎么给人家示范呀?(随即走入伙房)

秦学俭 指导员同志呀,他就是这种老作风,整天工作忙得不可开交,还总是要抽空子来帮助我们炊事班工作。
(秦学俭继续瞄准,改立姿)

〔高志宏上。

高志宏 (唱) 高中生去做饭稀奇罕见,
懒洋洋来到了伙房门前。
(见秦学俭在瞄准,惊奇地)
噫?
(唱) 秦班长手端枪挤眉弄眼,

炊事兵练瞄准加点加班。

报告,我来帮灶!

(对秦班长行军礼)

秦学俭 噢,志宏同志,你来啦?

高志宏 嗬!星期天一个人练兵,你这个"老优秀"可真积极呀!

秦学俭 这有什么奇怪嘛!常言说:"曲不离口,枪不离手,三天不唱不顺口,三天不练不顺手。"我们炊事班和你们战斗班不同,训练时间少,主要是靠平时抓紧机会练几下,上级首长要求我们天天练,经常练,要不然,将来打起仗来,可就过不了硬呀!

高志宏 你们炊事班每天起早睡晚地做饭,还要坚持搞军事训练,可真辛苦啊!

秦学俭 为人民服务嘛,辛苦什么呢?

高志宏 (旁白)嗬!一个伙头军班长,粗里粗气的,他平时讲起话来还真有水平呢!(灵机一动)我不免将他考问考问。秦班长!

(唱) 开言来叫声秦班长,
有一桩事儿问端详。
你的身世怎么样,
入伍前干的哪一行?

秦学俭 (唱) 祖辈劳动在山庄,
自小读书在学堂。

高志宏 (唱) 你文化程度有多高,
都住过什么大学堂?

秦学俭 (唱) 斗大的字儿识几石,
四年前参军进营房。

高志宏 (接着背唱)
斗大的字儿识几石,
论文化不会比我强。

(洋洋得意的样子)

你的文化水平虽然不高，可讲话的水平不低啊！

秦学俭 不怎么样，都是学来的嘛！

高志宏 那你都读过哪些名人的著作？

秦学俭 毛主席的呀！（顺手从衣服兜里拿出一本《毛泽东著作选读》接连翻了几页）你看看《为人民服务》这篇文章，道理讲得可深哩！

高志宏 （不以为然地接过书本）嗨！前几年我念初中的时候，就读过毛主席的《为人民服务》，当时背得滚瓜烂熟，几年不念，现在都忘完啦！

秦学俭 学习毛主席的著作光能背可不行啊！一定要用毛主席的思想，来武装我们的头脑，指导我们的行动。

高志宏 （随便地）那是当然的啰！（随手翻了几页，忽然发现里面夹着一片白纸，上面有字，仔细端详了一番）

咦！这篇文章写得还不错呀！情感是那样的充沛、奔放，语言又是那样的美妙、动听，简直像散文诗一样。秦班长，你这是从哪里抄来的？

秦学俭 （微笑）嘿嘿，是我自己的一篇学习心得。

高志宏 你自己写的？这两笔字也是你亲笔写的？

秦学俭 是我胡划的。

高志宏 哎呀！（惊愕地）你可是红萝卜调辣子，吃出看不出哇！

（旁白）别看这黑不溜溜的大个子，可真不简单呢！这两笔字也写得是那样的工整、清晰、苍劲有力……

（对秦学俭）秦班长！看样子，你的文化很高呀！

秦学俭 不算很高。（把“很”字咬得很重）

高志宏 其实呀，干步兵扛大枪，文化再高也没用，大老粗一样能干得了……

秦学俭 啊？（惊异地感叹）是吗？

高志宏 就拿我来说，整整念了十二年书，一个高中毕业生……

秦学俭 好啊，我们革命部队就需要这样有知识的青年呐！

高志宏　好什么呀！咱是高射炮打蚊子——一肚子的文化全浪费啰！糟蹋啰！……

〔指导员身穿工作衣，从伙房里走了出来。

指导员　一肚子的文化全都浪费啦，糟蹋啦！

高志宏　（羞涩地）指导员……

指导员　志宏同志，有什么意见，可以大胆地提出来，我们共同研究研究嘛！

高志宏　没啥！（急忙挑开话题）指导员，你……你是来帮灶的？

指导员　是呀！

高志宏　啊！你也帮灶？

秦学俭　指导员一有空就自觉自愿地来了，这是他的老作风。

指导员　志宏同志！你说一肚子的文化怎么全都浪费了，糟蹋了呢？（高志宏不语）秦学俭！你说呢？

秦学俭　我说没有浪费，也不会浪费。比如说：高志宏同志是个高中毕业生，能写能画，写诗歌，出墙报，鼓动了大家的练兵情绪，这不是用上了，怎么能说浪费了呢？

指导员　说得很对。文化，是要用来为人民服务的，但有些人往往有了点文化，背上个大包袱，好像到处都放不下他！这是个立场观点和感情问题呀。就拿你来说，入伍前还是大学一年级学生哩！

高志宏　大学生？秦班长，你——？（惊奇地）

秦学俭　大学生又能怎么样？不深入实际锻炼改造，什么也干不好。我初到咱连的时候，一见这支步枪，就觉得没啥，把瞄准看得太简单啦，左眼闭，右眼睁，三点连一线，缺口对准星，可是上靶场，就吃了个大烧饼！

高志宏　你还吃过烧饼？

秦学俭　是呀。以后我到了炊事班，一开始，火也生不着，饭也煮不熟，同志们对我有意见，我就有些不想干了，去找指导员……

指导员　当时你说，这就不是我干的嘛！

秦学俭　指导员给了我一本毛选，说：你好好读读《为人民服务》吧！毛主席的话，给了我很大的教育。于是，我下定了决心，非把炊事兵当好不可！

指导员　（对高志宏）几年来，他用脑子，想办法改进炉灶，为国家节省了上万斤煤，还教炊事班的同志学文化，帮他们由初小提高到初中程度，他们现在也能自己学习毛主席著作了！

秦学俭　指导员，这完全是同志们的努力呀！

指导员　好吧！你们一起谈谈吧。志宏同志你可要好好向秦班长学习呀！（进伙房）

高志宏　秦班长，你能安心做一个炊事员工作，可真不简单呀！

秦学俭　这有什么不简单的，都是革命工作嘛！毛主席的《为人民服务》，我们反复学过五次，每学一次都有一次新的收获。通过对主席著作的学习，才使我逐步地认识到，炊事工作就是最具体的为人民服务，只要同志们能吃好喝好，工作起来有劲，就是我最大的幸福，只要革命需要，干一辈子，我也甘心情愿。

高志宏　秦班长，可是我……

〔指导员挑担子出。

秦学俭　指导员，你这可干啥去？

指导员　喂猪去！

高志宏　（急起）指导员，让我去！

指导员　你们谈谈吧，我去。

高志宏　（去抢担子）我去，我去！

秦学俭　指导员，把担子给他，让他锻炼锻炼也好。

指导员　好，给你！

（高志宏担起桶，走路有些摇摆）

指导员　把脚步踏稳，肩膀挺硬，再重的担子都能挑得起！

高志宏　嗯！（下）

〔指导员、秦学俭二人会心地笑了。

秦学俭 指导员,他是个好小伙子呀!

指导员 是呀!可就是脚步还不扎实,入伍前还有许多不切实际的幻想,我们对他还要好好帮助呀!走!咱们干活去!(进伙房)

〔秦学俭收起枪刺和其他,欲下。张大海匆匆上。

张大海 秦班长!(依门寻找高志宏)

秦学俭 四班长,什么事?

张大海 我们班高志宏来了没有?

秦学俭 你说呢?

张大海 嗨!我就知道他没有来!这号"秀才"兵呀!真把人能气死!

指导员 (走出门来)什么事,把你还能气死。

张大海 (见指导员穿白工作服)指导员,唉!我早上就给高志宏说过,让他今天帮灶,我不放心还专门催了他一次,结果还是没有来。指导员,你的工作忙,星期天也该休息休息了,让我来帮灶。

指导员 四班长,给你说过好多次了,在党的小组会上,同志们也对你提了不少意见,对待新战士,尤其是知识青年,更要耐心呀。

〔秦学俭收拾东西进伙房。

张大海 指导员,我有时爱犯急躁,方式是有些简单,可我完全是出于好心呀!

指导员 真正的好心,还要看效果。毛主席经常教导我们:一个人做事只凭动机,不问效果,就等于一个医生只顾开处方,病人吃死了多少他都不管,难道说这样的心,也是好的吗?我问你昨天打靶的问题,你们班对高志宏准备怎么办呢?

张大海 指导员,别提打靶了,提起这事……唉——!

(唱) 昨日里打靶真窝囊,
提起来叫人脸上烧得慌!
全班个个争四好,

他一个老鼠搅坏一锅汤。

指导员 （唱） 我问你这件事情怎处理？

张大海 （唱） 开会批评把意见提！

指导员 班里同志有没有不同意见？

张大海 有，任金明说看问题要全面，不要开会，先在下边个别谈谈。

指导员 你打算怎么办？

张大海 我已经给几个同志布置好了，今天晚上开个班务会，叫他检讨检讨，大家提出批评意见！

指导员 嚯，你的计划倒不错呀！我问你，一个战士有了缺点的时候，我们应该热情关怀，耐心帮助改正缺点呢？还是动不动就开会批评呢？同志，把毛主席的著作再好好读一读，你当班长已经几个月了，也该多动动脑子，学会做思想工作呀！

连　长 （内喊）指导员！指导员！

〔连长匆匆上。

指导员 唔！你开会回来啦？

连　长 我就知道你又钻到伙房里来了。

指导员 什么事？

连　长 （将指导员拉向一边）刚才开会，团首长指示，要提前把部队拉出去进行训练。时间很紧急，得马上派人到后勤去领帐篷。

指导员 既然这样，我们很快开个支委会，好好研究研究，做一番思想准备工作。（回头边脱工作服边说）四班长！你们晚上开班务会，我也参加。

张大海 是！

连　长 四班长，给你说过多少次了，你怎么老是这个样子。同志！高志宏同志的问题，与你这个当班长的，是有很大责任的，要好好从思想上检查检查！

指导员 走吧。（把工作服交给张大海，与连长下）

张大海 唉！（边穿工作服边丧气地说）我就是改不过我这

个老毛病,脾气暴,办法少,态度糟糕,伢动不动就想发躁嘛!真是老毛病,老毛病!

〔秦学俭走出伙房。

秦学俭 老毛病要好好改哩!(为张大海结带子)指导员常说:当干部要关心每一个战士,爱护他,帮助他,经常地了解他……

张大海 嗳!秦班长,说正经的,连首长经常强调严格管理,耐心说服教育,可我把吃奶的劲都鼓上了,对高志宏咻号人呀……没办法!

秦学俭 指导员不是经常说,一把钥匙开一把锁,要注意抓活的思想哩!

张大海 抓活的思想?一谈话就炸!一批评他就给你来个向后转——对不起!

秦学俭 照你这样说,人家一点优点都没有?

张大海 有嘛,能写能画,球打得不错,歌儿唱得不坏……

秦学俭 这也是人家的优点呀!

(唱) 志宏他年少好出身,
我们要热情对待多关心;
帮助他卸包袱轻装前进,
成为革命的接班人。

张大海 秦班长!

(唱) 他冬里种来春里生,
为什么根好花不红?
他不知天高和地厚,
哪像个革命接班人?

秦学俭 (唱) 冬里种来春里生,
要知道"雨不洒花花不红";
革命熔炉炼真金,
我们要苦心培养接班人!

张大海 唉!我看他呀!

〔胡茂才内喊:"班长"!匆匆上。

胡茂才　班长，你怎么也来帮灶，叫我好找，一个班要一个公差，我去啦！

张大海　什么事？

胡茂才　到后勤领帐蓬去！

张大海　帐蓬？

胡茂才　（神秘地）根据情况判断，部队马上要行动。

张大海　哦？

胡茂才　有新的任务，据说是咱们部队改编成"庄稼"兵了。

秦学俭　（误会）"装甲兵"？怎么，你想开坦克去？

胡茂才　不，我说的是搞生产、种庄稼！

秦学俭　去去去，再不要胡参谋咧！

张大海　"包谷面打浆子"你一点都不沾边么！

胡茂才　秦班长，根据你经验哩？

秦学俭　可能是野营训练。

张大海　野营训练？

胡茂才　乖乖呀！这一下咱们的"秀才"兵可咋能吃得消啊！

〔高志宏挑担子上。

高志宏　胡参谋，你在这儿又参谋啥哩？

胡茂才　哎……没说啥，没说啥！班长，我去了（跑下）

（高志宏有点惊疑）

张大海　（见了热情地）志宏同志，我还以为你——（高志宏不理睬地径直走进了伙房）嗨！……

秦学俭　（见张大海哭笑不得的样子，忍不住笑了起来）哈哈哈……你呀！

张大海　你还看我的哈哈笑哩！你看看看，咧倒是个啥态度嘛！唉！长途行军，背上这个大"包袱"，唉！

秦学俭　我看你这思想情绪啊！开始是盲目乐观——骄气；接着是满腹牢骚——怨气；最后是长吁短叹——泄气！走走走！我给你找个气管子，再给你打一点"勇气"！

（秦学俭推着张大海下）

第三场

〔初夏。

〔爷台山下红花岭。

〔老支书家。右侧有一孔窑洞,门前枣树成荫,枝繁叶茂,豆棚瓜架攀墙登枝,院中有一碾盘。矮石墙外有一棵大核桃树,横枝上悬有一颗炸弹壳。远山重叠。

〔二幕前。

〔幕内传来军歌声由远而近。连长内喊:"同志们!加油啊!翻过这架山就是宿营地,加油上啊!"

众战士 (内唱)长途行军三日整,

〔张大海、任金明、胡茂才、常宗友上。

众战士 (唱) 爷台山上去野营。

翻山越岭往前赶,

(秦学俭内喊:"噢——同志们!加油上啊!")

张大海 噢——秦班长!

秦学俭 (内喊)哎——四班长!前边就是爷台山,加油啊!

张大海 听!秦班长给咱们鼓动哪!加油上!

(四人作攀山状)

众战士 (唱) 赶了一程又一程。

〔一伙战士上。

连　长 (内喊)同志们,休息一下!

张大海 好,同志们,原地休息!

常宗友 谁带的路嘛,崖崖坎坎的,简直就没有路么!

胡茂才 (暗中取出呱哒板)哎!

(说快板)

说起路，道起路。
行军不是为了溜马路。
宗友同志你弄清楚，
咱野营可不是为了找甜头。

任金明 行军练兵就是为了实战，将来打起仗来还讲啥路呢！

胡茂才 （继续说）对！

红军当年过雪山，
万里长征路难修。
自古路靠众人走，
咱们走的是革命的路。
比起当年红军苦，
咱还差着九万九千九百九十九点九。

众战士 好！再来一段！（众欢呼鼓掌）

胡茂才 （继续说）

不傲风霜梅不艳，
蜂儿不酿蜜不甜。
铁凭打，钢靠炼，
磨子常靠石匠锻。
勤喂母鸡能下蛋，
平时练兵为实战。
既从难，又从严，
攀山涉水只等闲。
山高没咱的脚板高，
水急没咱的意志坚。
人民战士铁打的汉，
困难中才能练出铁脚板。

众战士 好！再来一段！（热烈鼓掌）

胡茂才 （继续说）

同志们，你们看，
前边不远就是爷台山。
爷台山，不简单，

八路军在此打过反击战。
今日我们过此山，
要学英雄破万难，破万难！

（连长内喊：“同志们！继续前进！”）

张大海 常宗友，把你的枪给我！

常宗友 你放心，班长，咱当不了先行，可也不至于拖尾巴。

任金明 咦！高志宏呢？

胡茂才 （眺望）那不是，又抛锚了！嘿！这个同志！……第一天行军还不错，第二天就不行咧，蹓蹓跶跶，今天更不行了，拖拖拉拉的。你们大家看，他倒品麻，坐的青石板，靠的杨树杆，翘着腿，仰着脸，我看就缺一壶好香片！

任金明 （嗔怪的）茂才同志，你忘了？咱俩才参军那时，头一回急行军不是也走不动吗？

胡茂才 那也不像他呀，班长把背包给他背上，水都让他喝了，他还不挣扎着走么！

张大海 （喊）高志宏！

〔隐约传来高志宏有气无力的应声。

张大海 （把腿一拍）唉！

胡茂才 我看呀！咱们的秀才今天要变成千金小姐啰！

任金明 你……

胡茂才 好好好，又怪我多嘴！

张大海 （又喊）高志宏！高——志——宏！

（不见回答）

胡茂才 听！又变成哑吧了！

任金明 （观望）班长，我去看看。

张大海 不！你们跟部队前边走，我去！（欲走又止）任金明同志！

任金明 到！

张大海 由你负责，带领大家前边走，我随后就到。去吧！

任金明 把高志宏的背包给我！（取班长身上的背包，班长不

给）

张大海 我能行！

胡茂才 （从背后提下）你拿来吧！（背起）走吧！

任金明 走吧！（众下）

张大海 高志宏？（从上场口下）

〔高志宏服装不整，疲惫地上。

高志宏 （唱） 层层山来重重天，
望不绝来走不完。
一层更比一层高，
一步更比一步难。
走得我不住地把气喘，
头昏脑胀腰腿酸。
还有这支七斤半，
扛在肩上像座山。
口干舌燥满身汗，

〔张大海内喊："高——志——宏！"

高志宏 （生气地）叫魂呢！
（接唱）喊来喊去叫人烦。
一路上翻山涉水、涉水翻山、弯弯曲曲、曲曲弯弯走不断，
何时才到爷台山？
（艰难地坐下，解开衣扣，抓下帽子擦擦汗，随手扇起凉来）这个鬼天气，硬把人往死里热呢！（咽咽唾沫，从腰间拉过水壶，一晃，空的，只得甩开）真倒霉！
〔张大海上。

张大海 （热情地）志宏同志，你又怎么啦？

高志宏 （冷漠地）没啥。

张大海 （亲切地）是不是腿疼？

高志宏 （厌烦地）没啥！

张大海 （耐心地）脚呢？

高志宏 （恼怒地）没啥！

张大海 没啥就好，来，我扶你走！

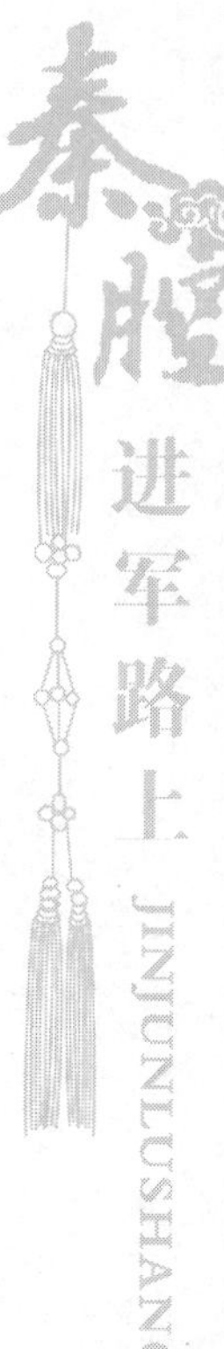

高志宏　（将张大海推了一下）我能行！

张大海　志宏同志！你怎么这样的倔强呀！

（唱）　志宏同志听我劝，
行军不能落后边。
战斗中一分一秒要计算，
胜利全靠抢时间。
平时不把苦来练，
战时怎能把敌歼。
照这样拖拖拉拉、松松垮垮、想走就走，
想站就站太随便，
全班为你发熬煎。

你呀！

〔指导员上。

高志宏　（不满地）我有啥可熬煎的？（把头一扭）

〔指导员笑嘻嘻地走近高志宏，拍了拍他的肩头。

高志宏　（用力甩开）少拉拉扯扯的！

张大海　你！

高志宏　咋！（抬头见是指导员，不好意思地站起）指导员！（由于脚疼，他哆嗦了一下）

指导员　怎么，走不动了，来，坐下歇一会。（扶住高志宏坐下）来，吃些行军丹，（取水）来，喝水。（高志宏接过大喝，张大海给擦汗，高志宏推开）脚怎么样？我看看。（蹲下察看）

张大海　（一惊）志宏同志，你脚磨破了，怎么不早说呢？

指导员　破了点皮，不要紧，到前面包扎一下！志宏同志你看，山后已经冒起炊烟了，那是秦班长给我们烧水做饭哩，路不远了，我来扶着你走。

张大海　等一等！（放下背包）

〔高志宏一怔。

张大海　志宏同志，你看，飞机，飞机！（高志宏一仰头，他趁

机一猫腰，把高志宏背了起来）

高志宏 （大呼）班长，放开我，我能走哇……（指导员摘下张大海的枪）

张大海 走吧！起飞喽！（跑下）

指导员 四班长，下坡时小心啊！

（内应："好！"）

指导员 真是个猛张飞！

（唱） 四班长性直爽一员虎将，
可就是脾气暴常把人伤。
事虽小却能把团结影响，
遇问题犯急躁慌里慌张。
高志宏参军时抱有幻想，
不愿当普通兵扛这步枪。
平凡事他没有看在眼上，
遇困难他怎能意志坚强。
为此事我还得细思细想，
帮助他进军路上更轻装。

（背上张大海的背包和高志宏的枪支下）

〔二幕启：夕阳正红，满院生辉。

〔民兵连长武英上。

武　英 （唱） 解放军来到爷台山，
金村人人都喜欢。
沟口民兵把队站，
锣鼓敲得震山川。

爹！

老支书 嗳！（同群众涌出窑门）啥事？

武　英 部队来了！

老支书 （惊喜地）在哪儿？

武　英 已经进沟了！你听！（众侧耳静听，远处传来《三大纪律八项注意》歌声）

老支书 武英，真是老三团吗？

武　英　错不了！

众　真的来啦！

老支书　（喜欢地）好呀！

（唱）　听说来了老三团，

不由叫人喜心间。

光阴荏苒十七载，

久别重逢在今天。

老大爷　老支书，怕还有咱们的老房客哩吧？

老大娘　这些年，怕都认不得了！

老支书　变不了，放心吧！吃咱边区小米长大的，那模样儿永远不会改变！——武英，住的地方呢？

武　英　早腾好了！

老支书　水呢？

武　英　停当了！

老支书　民兵呢？

武　英　全体整队欢迎部队去了！

老支书　嗬！（对众）你们听！这民兵连长，还干得不坏呀！

老大娘　看你说的，人家这时候的连长，比你当年当的那个民兵连长要威风得多呢！

老大爷　年月不同了嘛！

老支书　这次部队来了，除了把生产安排好，你们民兵可得好好跟上学点本事啊！

武　英　我们早计划好了，除了请他们指导以外，我们还准备和部队来个联合大演习哩！

老支书　好啊！大家赶快分头去检查一下，看窑洞准备得咋样，其余的人全到村头集合，叫大家把家伙敲起来……

武　英　嗳！大家快走！（跑下，众随下）

老支书　（对老大爷）你这个老民兵，给咱把钟也敲起来！

老大爷　好！敲钟！

老支书　红花！

〔红花内应:“哎!”

〔红花上。

红　花　爷爷!

老支书　汤熬好了没有?

红　花　好咧。

老支书　多拿几个碗,解放军马上就到了。(下)

〔矮墙外,老大爷击打弹壳。

老大爷　(呼号)社员们!老三团回来喽!赶快到村头迎接去!

〔顿时,群众欢声四起,胖豆豆用话筒喊,群众纷纷从墙外穿场而过。锣鼓喧天。

〔红花端碗出。

红　花　(唱)　天上艳艳飘彩霞,

窑前喜坏了小红花。

我这里,忙摆碗,

迎接亲人到我家。(下返,提汤出)

又是米汤又是茶,

拍手欢迎吹喇叭。

咚咚锵,哇哇哇,

跳舞唱歌把话拉。

〔锣鼓声大作,人声乱杂,武英内喊“红花”!

红　花　哎!二姑!(眺望)

〔武英与群众领任金明、胡茂才、常宗友、战士甲乙丙丁上,群众拥上,红花给战士们倒水。

武　英　红花,快给叔叔们舀汤!

任金明　同志们,原地休息。

武　英　同志,快喝汤!

常宗友　不用了,我们不渴!

武　英　这么热的天,走了那么多的路,还能不渴?来,我给你们舀。(盛汤)

胡茂才　不客气,我们自己来!

任金明　这就太打搅你们了,同志……

红　花　咦！啥同志,我二姑是红花岭民兵连连长呢！

任金明　(尴尬地)哎,这……(忽地收起笑容,一本正经地立正敬礼)报告民兵连长同志,上等兵任金明代表四班全体战士,感谢乡亲们的热情招待！

〔众哄笑,红花忙着给战士们端汤。

武　英　不要客气,都是自己人嘛！以后我们民兵连少不了要麻烦你们,到那时候可不许保守呀！

胡茂才　一定尽力协助！

众战士　互相学习嘛！

任金明　我们要向民兵同志们学习哪！

〔张大海扶高志宏上,战士们护上前去,扶住高志宏,小红花急忙端汤。

武　英　你咋了？同志！

高志宏　没啥！(抬头,见是个女的,忙扭过脸去)

武　英　你……

胡茂才　(急忙掩饰)嗯嗯,他心上不大谐和,早上吃得多了,没克化,哎,没克化！

红　花　(天真地)叔叔,喝碗汤吧,喝了汤就克化了！

高志宏　我不喝！

〔红花一愣。

武　英　路上走累了吧？走！我来扶你到窑里歇歇,缓缓气去。(欲扶高志宏)

战士丙　我来,我来！(扶高志宏入窑,武英、红花跟入)

常宗友　(向窑内斜了一眼)真不像话！

〔张大海仰头灌了一碗凉汤,嘴一擦,走过去坐在碾盘上,沉思起来。胡茂才凑了过去。

胡茂才　班长！(朝内)咋相？

张大海　反正是情绪不高,有问题呀。同志们！大家得商量一下,怎么办？

战士甲　班长,我给老支书提水去。

张大海 好！

战士乙 胡参谋，你不是会参谋吗？

张大海 对呀！胡茂才！现在给你个任务，给咱想条妙计出来！

胡茂才 （难为地）这个……

战士甲 别这个那个的了，完成任务要紧！

任金明 （怂勇地在胡茂才腰上捅了一下）哎，路上你对我咋讲的？你说……

胡茂才 那也要根据情况来判断呀！

任金明 现在就不能判断啦！

胡茂才 对！根据——

战士丙 情况判断！

战士乙 又是老一套！

胡茂才 别打搅！嗯——他八成是怕吃苦！

张大海 废话！

常宗友 连我这木头脑袋也能看出这一点，还用你参谋呢！

胡茂才 你能看出来？好，我问你这一阵他心里想的是什么？咹？

常宗友 （摸摸后脑勺子）这……这是指导员的事。

胡茂才 噢，照你这么说，咻人人做思想工作，单单就没有你的份？（大声地）咹？

常宗友 你别给我出气嘛！

张大海 算了，嬖抬扛了，快说咋办嘛！

胡茂才 （发现瓜蔓，忽然计上心来）依我说，咱们就顺着这个蔓蔓摸出它个蛋蛋。

战士甲乙丙 有门！

张大海 咋个摸法？

任金明 今晚咱们开个摸蛋蛋会，你看如何？

张大海 行！

常宗友 嘿，新鲜！（摇头）

张大海 你这是啥意思，什么叫新鲜？

〔武英从窑内出来，老支书上，二人同时听到此话。

老支书
武　英 什么叫新鲜呀？

胡茂才 （不好意思地）这……（忽然发现树上的弹壳）我们说的这个玩意儿！（指弹壳）大家瞧！多新鲜！

〔众笑。

老支书 噢，你们就说这炸弹壳呀！

胡茂才 是呀！老支书，怎么把这玩意儿挂在这儿呀？

老支书 嗨，提起来话就长啦。

胡茂才 老支书，给我们讲讲吧！

老支书 好！

（唱） 四五年，七月间，
抗战胜利在眼前。
反动派调来四个师，
大肆围攻爷台山。
大炮轰，扔炸弹，
爷台山上起烽烟。
八月八号那一晚，
黑夜漆漆行路难。
我军发起了反击战，
战士们一个一个犹如猛虎冲上山。
敌人个个吓破胆，
打得他抱头鼠窜抛尸遍山川。
爷台山上红旗展，
英雄们胜利凯歌还。

武　英 这炸弹，就是当时民兵们从敌人手里夺来的！

老支书 我们把它卸开来，倒出火药做了地雷。这个炸弹壳就挂在这儿当钟敲，十多年来，它就成了传播警报、集合开会、上工下工的警钟了。

胡茂才 嘿，这倒是个废物利用呀！

老支书 武英，你赶快把咱们队上准备的青菜给炊事班送去。

武　英　好！

老支书　同志们，你们歇着，我到二班去看看。

任金明　老支书，有空给我们详细讲讲爷台山反击战的情形吧！

胡茂才　越多越好！

老支书　好啊，只要同志们乐意听，讲三天三夜都成！（下）

任金明　听说当时我军只有六个连的人马！

胡茂才　乖乖，六个连打敌人四个师，真了不起呀！

〔连长内喊："四班长，带领队伍，到村头去搭帐篷。"

张大海　是！各带被包村头集合！（入窑，复出）志宏同志，你好好休息！（众下）

〔红花收拾碗罐入内。胖豆豆从矮墙外冒出来，骑上墙头。

胖豆豆　红花！

红　花　（内应）哎！（出）胖豆豆，叫我干啥哩？

胖豆豆　快走，解放军那个做饭的班长叔叔，在村头说快板哩，快听走！

红　花　真个的？

胖豆豆　哄你我是个小狗！

红　花　叫我把东西收拾一下！（二人拾掇碗，红花送入，上）我给叔叔说一声，（向内）叔叔你睡着哦，我一会就回来咧。（对胖豆豆）走！

〔胖豆豆、红花高兴地拉着手唱《我是一个兵》，跑下。

〔高志宏扶着门框，探出头来，向外张看了一下，吃力地走出来。

高志宏　咳！

（唱）　高志宏在窑内坐卧不定，
急行军累得我实难支撑。
双肩痛腿打颤两手懒动，
一坐下浑身瘫寸步难行。

想当初多少理想成泡影，
到如今变成了没翅的鹌鹑。

唉！几天急行军，其苦实难忍，全身不舒服，胳膊腿儿抽了筋。唉！真不是个滋味呀！今天晚上说不定还有什么行动，是什么行动呢？刚才紧急集合，该不会是战斗演习吧？……（焦急地沉思）想当初参军之时，抱有多少远大理想，临行时，母亲叮咛千万，如今我……唉！（又沉思）给妈妈写了几封信，怎么连一封回信也没见呢？如今来到这爷台山野营训练，我不免把这里的情况及我烦乱的心情，再写封信告诉妈妈！嗯！（入窑内）

胖豆豆　（内）红花！红花！

〔红花跑上，藏于碾下，胖豆豆追上，寻找不见，发现在碾下，他从肩上摘下枪爬上石碾。

胖豆豆　（大喊一声）不许动！（红花出）红花，叫我看看，秦叔叔给了你个啥？

红　花　不，先看你的！

胖豆豆　先看你的！

红　花　先看你的。

胖豆豆　好好好，先看就先看。（从怀里拔出一把小木刀）看！

红　花　咦！（惊喜）把把刀！

胖豆豆　哎！（得意地）把把刀！

（唱）　秦班长叔叔手儿巧，
他给我削了一把刀。
我要学习解放军，
长大保国立功劳。

看你的！

红　花　（拿出针线包）看！

胖豆豆　咦，针线包！

红　花　（得意地）哎！

（唱）　秦叔叔送我个针线包，

他叫我衣衫破了自己缭。
说这是革命的传家宝，
要把那朴素二字永记牢。

胖豆豆 （唱） 这把刀，

红　花 （唱） 针线包，

胖豆豆 （唱） 叔叔的话儿，

红　花 （唱） 莫忘了。

胖豆豆 红　花 （唱） 不调皮来不学娇，
革命传统永记牢。

〔老大娘上。

老大娘 胖豆豆！胖豆豆！

胖豆豆 咋了！奶奶？

老大娘 快回去，到咱咻杏园里摘些杏走。

胖豆豆 我不去！（不高兴地）前两天我摘杏你还打我呢！

老大娘 前两天杏没熟么，你吃了你咻肚子疼呢，今天是给你解放军叔叔摘的。

胖豆豆 （喜欢地）真的？奶奶？

老大娘 真的么。

胖豆豆 好奶奶，我去我去。（对红花）红花，咱们俩一块去！

红　花 我不去！

老大娘 红花，你不去？

红　花 我不去，我还要照顾叔叔呢，奶奶你走。

〔胖豆豆、老大娘下。

红　花 叔叔！叔叔！

〔高志宏出。

高志宏 红花，你们这儿有寄信的地方没有？

红　花 有哇，刚才我还看见邮寄员叔叔来过。

高志宏 （掏出信）你把这封信给我寄出去，别对人乱讲哦！

红　花 （点点头）嗯！（拿信跑下）

〔高志宏入窑，指导员端脸盆上。

指导员 （唱） 端起热水走得急，

要与志宏把病医。

志宏同志!

高志宏 (迎出)指导员!

指导员 来,把脚洗一洗,然后再上些药。

〔二人入窑内。

〔秦学俭上。

秦学俭 指导员!指导员!

指导员 (出)呵,秦学俭,啥事?

秦学俭 指导员,你叫我好找呀,我以为你把水端回帐篷洗脚了。开饭都一会了,快走,吃饭去。

指导员 我等一会再去,秦学俭,志宏同志今天行军……

秦学俭 我已知道了,我给他单另做了些饭,一会就好!

指导员 好,你先去,我等一会就来。

秦学俭 又是等一会儿!(嗔怪地)指导员,我对你可有个意见呢!

指导员 那好嘛,现在就提吧!

秦学俭 指导员呀!

(唱) 不是学俭把你怨,
有几句话儿说心间。
你有疾病我知晓,
要靠少吃又多餐。
生硬冷食不能咽,
你却从来不言传。

指导员 这点小毛病算不了什么,你去,我随后就到。

秦学俭 一定快来呀!(下)

〔高志宏出。

指导员 脚洗好了?(扶他在石头上)志宏同志,(亲切地)不要发愁,我当兵的时候,第一次行军还不如你呀,锻炼几回就好啦,志宏同志呀!

(唱) 战士们脚掌打泡为行军,
农民们手上磨茧为耕耘。

只要你坚持锻炼有恒心，
那铁柱也能磨成绣花针。
只要你阶级立场站得稳，
狂风暴吹不倒革命的人。

志宏同志，行军对一个人民战士来讲，是一件非常重要的事情，它是练人练武练思想的一项重要问题。比方说，今天晚上，我们对面山头有一股敌人要逃跑，我们该怎么办呢？

高志宏　（心不在焉地）追呀！

指导员　怎么个追法呢？

高志宏　用机械化部队追。

指导员　这是山地，坦克、汽车、摩托开不上去？

高志宏　调空军配合作战。

指导员　你忘了，我说的是夜间。

高志宏　那……只有靠两条腿啦！

指导员　可是敌人也在跑呀！

高志宏　可以走捷径。

指导员　两边是悬崖峭壁，没有捷路。

高志宏　这……

指导员　想想看！

高志宏　（思索）那就看谁的本事大，跑得快了。（羞愧地低下头）

指导员　是呀！这就得看谁的功夫硬，谁是铁脚板，谁有坚强的意志了！

（唱）　吃大苦，耐大劳，
勤学才会武艺高。
从难从严把兵练，
临阵方能逞英豪。

志宏同志，（从包内取出一双袜子和一双新布鞋）你的袜子破了，鞋小又磨脚，等一会儿把这个换上。

高志宏　不，指导员，我不要。

指导员 穿上吧！穿上吧！

高志宏 不，指导员。

指导员 志宏同志，近来你妈给你来信了吗？

高志宏 没有。

指导员 你给你妈写信了吗？

高志宏 写了几封！

指导员 志宏同志，你妈妈是个好妈妈呀，出发前我和连长接到她老人家寄来的一封信……

高志宏 （一惊）我妈？

指导员 是呀，妈妈希望你好好锻炼，成为革命的接班人……可是你一遇到点风吹草动就心灰意懒，经不起一点风雨，经常顶撞班长，这怎么能成为一个革命的接班人呢？要知道，你是一个人民战士啊！

高志宏 （沉重地）我……

〔张大海端饭上。

张大海 志宏同志，你看，这是你最爱吃的酸汤面、烤馍片，这是秦班长特意给你做的，快吃吧！（把碗递向高志宏）他还说，你想吃啥就吭声，快吃吧！

（高志宏不接，他为难地望望指导员，指导员接过）

指导员 志宏同志，别难过，吃饭吧，给！

高志宏 （双手捧住碗，激动异常）指导员，班长……（泪水涌了出来）

指导员 快别这样，吃吧！

张大海 覅着急，我已给王军医讲过了，他正在给群众看病呢，一会就来给你看。

高志宏 我……！

指导员 你有啥话就说吧？

高志宏 （欲言又止）没……没啥。

〔指导员和班长对望了一下。

指导员 也好，你先吃饭。

〔通讯员上。

通讯员 报告指导员,政委请你去一下。

(张大海入窑端水拿袜子出)

指导员 好!(通讯员下)志宏同志,先吃饭,有空咱们再谈谈(下)

张大海 志宏同志,快吃吧!(欲走)

高志宏 班长你把袜子放下,我自己洗。班长……

张大海 快吃吧,我去了。(跑下)

〔高志宏趋前一步,一霎时感触万千。

高志宏 (唱) 高志宏这一阵心如麻乱,
想以往不由我悔恨万千。
连首长爱护我这样温暖,
他为我求进步常把话谈。
同志们帮助我克服困难,
一路上关心我兄弟一般。
还不是为了我心回意转,
还不是为了我轻装上前。
我的娘给连里写来信件,
她盼我锻炼成革命青年。
秦班长他住过大专学院,
为什么他甘当炊事人员?
比起他不由我满面羞惭,
比起他不由我心似油煎!
说什么海阔天空任我选,
说什么轰轰烈烈干一番!
分什么英雄与一般,
分什么伟大和平凡,
似这样怕受批评爱表现,
畏惧困难图安然。
辜负了大家心一片,
我……算什么革命的好青年?

〔红花上。

红　花　叔叔！

高志宏　红花！（急不可耐地一把抓住红花）信呢？

红　花　送走咧！

高志宏　（焦急地）快去，赶紧给我要回来！

红　花　人家早骑上车子走了！

高志宏　（大惊）啊？

（唱）　高志宏做事欠思忖，
瞒哄组织骗母亲。
千错万错自悔恨，
要对领导去交心。

我……我找指导员去！（奔下）

红　花　叔叔！叔叔！（追下）

第四场

〔六月。

〔爷台山上。

〔远处群山重叠，白云缭绕，苍松翠柏点缀于山岭之上。梯田层层，麦浪起伏。现出大小香山，近处有一旧时的碉堡残骸，碉堡旁架起一座行军锅，炊烟袅袅。

〔二幕前。

高大妈　（内唱）头顶烈日把路赶，

〔高大妈背小包袱上。

（唱）　浑身大汗湿衣衫。
不管这山路多峻险，
恨不得飞往爷台山。
背地里我把志宏怨，
忘了娘临行时寄话万千。

志宏啊，志宏！我含辛茹苦，好不容易将你抚养长大，实指望儿思想进步，好好革命，成为国家有用之人，谁料你参军之后，竟然好高骛远，怕苦怕难！你……你真是气煞妈妈了啊！

（唱） 急急忙忙把路赶，（跌倒）

〔指导员上。

指导员 （唱） 团部开会转回还。

噢！大妈！（扶起高大妈）大妈，山路不好走，你可要当心呀！

高大妈 噢！同志！谢谢你。（扑打尘土）

指导员 大妈，你走得这么急，怕是有啥要紧事吧！

高大妈 我是到部队里去看儿子的！

指导员 大妈，山路不好走，我送你一趟，你知道他们部队住在什么地方？

高大妈 就在前边爷台山下的红花岭。

指导员 红花岭？大妈！你儿子叫什么名字？

高大妈 他叫高志宏！

指导员 高志宏？大妈！你就是志宏同志的母亲？

高大妈 （点头）嗯。就是——

指导员 大妈！志宏同志就在我们连里。

高大妈 噢！就在你们连部？你就是连长吧！

指导员 我是指导员。

高大妈 你就是指导员？唔，我来问你，志宏果真是病了么？

指导员 没有哇！前些日子行军时，脚上打了泡，早已好了呀！

高大妈 （气愤地）这么讲，他果然不出我的所料哇！

指导员 大妈，出了啥事了？

高大妈 指导员呀！

（唱） 前几天志宏他把信传，
言说是部队野营在爷台山。
不服水土他他他把病染，

双脚磨破血斑斑。
白日里想娘饭难咽，
夜晚想娘难安眠。
我见信将他的心看穿，
字字刺痛我心肝。
儿苦里生来福里长，
温室的花朵怕风寒。
都怪我平日少训劝，
苦与甜很少对他言。

指导员 大妈呀！

（唱）志宏他年岁小缺少锻炼，
初参军多幻想也很自然。
同志们帮助他改了缺点，
如今他大转变急步向前。
立大志为祖国勤学苦练，
真不愧有志的革命青年。

高大妈 怎么，他……

指导员 是呀！现在可进步啦！

高大妈 这是真的？

指导员 你见了他就晓得了。走吧！我把包袱给你提上，咱们走吧！（拿过包袱）

高大妈 好，咱们走。（二人边谈边下）

〔幕启：秦学俭坐在行军锅旁读《毛选》。稍顷，给锅下添加几捧柴火，山后传来清脆的枪声，山鸣谷应——部队在进行打靶。

秦学俭 （闻声跳上山石，观望山后动静）

好啊！打靶又开始啦！

（唱）耳听得枪声阵阵响，
战友们打靶在山岗。
只见那优胜红旗接二连三迎风飘荡，
不由叫人喜心上。

今天优秀射手肯定不少哇！（拣柴中发现弹片）咦，弹片——还有字呢！（用土擦了擦）USA，美帝造的！哼！

（唱） 手拿这块破弹片，
仇恨烈火胸中燃。
美帝援蒋打内战，
血债累累罪滔天。

毛主席在《抗日战争胜利后的时局和我们的方针》一文中，提到过爷台山上反击战。抗战八年，蒋胡匪帮消极抗日，拿着美帝国主义给他的枪炮，却积极进行反共，就在这一带大搞摩擦，向我边区大肆挑衅进攻，经我八路军坚决反击，歼灭了这帮王八蛋。前几天蒋介石又在疯狂地叫喊要窜犯大陆。哼！你是妄想！

（唱） 前几天政委作动员，
战士们杀敌情绪高破天。
带着敌情把兵练，
加紧备战不消闲。
只等祖国一声唤，
奔赴前线把敌歼。

指导员 （内）秦学俭！

秦学俭 噢！高大妈和指导员上来了！

〔高大妈和指导员边说边上。

秦学俭 报告指导员，水已经烧开了！

指导员 好哇！射击马上就完，同志们正需要水喝呢！

秦学俭 （端起两碗水递给指导员和高大妈）大妈！喝水吧！

高大妈 指导员！（观天色）今天怕有雨呢？

指导员 大妈，练兵打仗可没有什么黄道吉日可选呀！

秦学俭 大妈，雨中练兵，更能练出一手过硬的本领呢！

指导员 是啊！现在美蒋匪帮正在企图窜犯大陆……

秦学俭 指导员！（掏出弹片）你看！

指导员　（看了一下）美帝造的，哪来的？

秦学俭　就是在这儿捡到的。

高大妈　这是啥东西呀？

指导员　炸弹片，美帝造的！

高大妈　美帝造的？（接弹片在手，端详着）

指导员　是呀！（愤怒地）前几天美蒋匪帮又在大喊大叫，企图窜犯大陆，消息传到连里，战士们群情激愤，一致表示要以当年保卫边区的革命斗争精神，要像爷台山反击战一样，坚决、彻底、干净、全部消灭敢于侵犯的敌人！

高大妈　他们还要回来骑在咱们的头上啊？哼！他是梦想，指导员，志宏他爷爷就是被……

指导员　大妈，不要难过，昨天晚上，你对我讲的你一家在旧社会受压迫受剥削的苦难遭遇，今天请你给我们全连同志要讲一讲，让大家都受一次深刻的阶级教育。

高大妈　我就怕说不好……

指导员　大妈！

〔内喊："指导员——！"

指导员　唔，连长上来了。

〔连长上。

连　长　大妈？你上来咧！

高大妈　上来咧！

指导员　怎么样？

连　长　打完了，成绩不错，自从前天政委动员以后，战士们怀着满腔愤怒，斗志高昂，带着敌情练兵，劲头可大啦！

指导员　（对连长）刚才我和高大妈已经商量好了，趁今天射击训练的空隙，就请大妈给同志们讲一讲她一家在旧社会的苦难遭遇。

连　长　这太好了嘛！秦学俭。

秦学俭　到！

连　长　通知部队，马上到这里集合。

秦学俭　是。（跑下）

连　长　高大妈，明天我们部队和民兵就要做战术演习了，让战士们带着阶级仇恨去练兵，这对我们练人练武练思想！将要产生更大的力量呀！

秦学俭　（内喊）同志们，加油啊！（众内应）

〔秦学俭上。

秦学俭　报告连长，部队上来了。

〔战士们和民兵唱着军歌欢快地上。群众送水随上。

高大妈　（高兴地）嘿嘿！一个个都是好小伙子啊！

众战士　高大妈，你老人家好哇？

高大妈　好，好，好！

（女民兵们亲热地围坐在高大妈的周围）

高志宏　（亲切地）妈，你不在家里歇着，跑到山上干啥来了，看把你累成啥了？

高大妈　妈不累！（给儿子擦汗）今天你的枪打得准不准呀？

高志宏　（不好意思地）差得远呢！

胡茂才　大妈！志宏同志今天射击可大有进步啊！

〔众战士，民兵相互敬水，胖豆豆在一旁帮忙端水，秦学俭担水桶下。

连　长　同志们，坐下！（众就地而坐）

指导员　同志们！（严肃地）今天战斗射击成绩还不错，现在借这个练兵空隙，请高大妈给咱们讲一讲他们一家在旧社会的血泪史。志宏同志家是煤矿工人出身，在旧社会受尽了剥削压迫，他一家苦大仇深啊！

高大妈　同志们哪！你们都很年轻，没尝过咱们穷人在旧社会所受的苦处啊！你们看，这是什么？

高志宏　（接过炸弹片）啊！炸弹片！美帝造的？……

众　炸弹片？哪儿来的？

胖豆豆　就在这儿拣到的。

高大妈　同志们，这就是美蒋匪帮杀害人民的罪证啊！

高志宏 （愤怒地）同志们，我爷爷就是被反动派的飞机，活活炸死的啊！

高大妈 反动派！

（唱） 美蒋匪帮罪滔天，（激动，落泪）

连　长
指导员 大妈，不要难过。

任金明 大妈，把你的苦难对我们说说吧！

众 是呀，大妈，对我们讲讲吧！

高大妈 （唱） 忆往事不由得口颤心酸。
旧社会我全家受尽苦难，
好比那黄连煮苦胆。
志宏爹祖居在河南陕县，
九岁上丧双亲孤孤单单。
水旱蝗汤起祸患，
黄河岸十有九户断炊烟。
小高英孤叶飘零无处站，
跟随着逃荒人群落难到矿山。
白日里沿门乞讨求茶饭，
夜晚间栖身破庙避风寒。
我的父见孤儿万分怜念，
将高英收留在他的身边。
他二人做苦工出卖血汗，
终日里苦挣扎牛马一般。
那一年反动派扔炸弹，
我的父身受重伤丧黄泉。
我出门给人家去做针线，
志宏爹下矿井挖煤挣钱。
狗工头对工人狠毒凶险，
用皮鞭打得他周身血斑。
我为他朝夕哭泪流满面，
两个人相依命度日如年。
谁料想大祸偏把穷人赶，

煤矿里克扣工资不发钱。
众矿工满腔怒气难下咽，
志宏爹参加罢工起祸端。
反动派残酷镇压鲜血溅，
警察抓他到堂前。
百般苦刑全用遍，
打得他皮开肉绽押进监。
受尽了折磨气奄奄，
临终时唤我母子到跟前。
千言万语讲当面，
怀抱着志刚志宏泪如泉。
他教儿莫忘穷人的苦和难，
长大莫忘报仇冤。
可怜他口吐鲜血把命断，
撇下我母子走投无路活命难。
四九年春雷一声乌云散，
党领导劳苦人民把身翻。
祖国建设大发展，
幸福生活节节甜。
可恨那美蒋匪帮起邪念，
梦想兴风再变天。
望你们紧握钢枪把武练，
革命二字记心间。
永远莫忘阶级苦，
时刻牢记今日甜。

〔群情沉痛，激奋。

指导员　（激情地）同志们，高志宏同志家的身世，是旧中国千千万万劳苦人民的血泪史，他们一家的苦难，就是我们大家的苦难。今天我们在党和毛主席的英明领导下，正在进行着轰轰烈烈的社会主义建设，但是帝国主义和反动派并不甘心他们的死亡，蒋介石近来又在大喊大叫，妄想窜犯大陆。我们人民战士，一定要牢记阶级仇恨，提高革命警惕，加强备战观念，加紧练兵，随时准备打击一切敢于侵犯的敌人，保卫社会主义建设。

任金明 （激动地呼口号）牢记阶级仇恨，提高革命警惕！

高志宏 （呼口号）加紧练兵，保卫社会主义建设！

〔众随二人之后，同时呼口号。

〔天空乌云翻滚，雷声大作，灯灭。

第五场

〔1962 年元旦。

〔军营里，四班宿舍门前。

〔与第二场同，白雪覆盖，宿舍门口三角锦旗不见了。门两侧标语已换，上写："苦练杀敌本领，保卫伟大祖国。"白杨树上，小黑板仍然挂在那里，但却被一块油布盖着，油布上落了一层雪花。

〔二幕前：秦学俭拿扫把上。

秦学俭 （唱）　今夜晚天气冷北风呼啸，
军营里白茫茫四野静悄。
秦学俭起五更忙把雪扫，
走一阵想一阵喜上眉梢。

（念）　自古有名言，
瑞雪兆丰年。
战士更喜满天雪，
摸爬滚打把兵练。

自从我们由爷台山回来，连里更是一派新气象。经过几个月紧张的军事训练，我们连队再次荣获四好连队称号。我们炊事班是个满堂红，被评为全团四好标兵班。昨天全团开罢庆祝会，同志们个个情绪高涨，生龙活虎，朝气蓬勃。决心在新的年度里，乘胜前进，争取好上加好！

（唱） 爷台山大练兵凯歌高唱，
胜利归迎冬训斗志昂扬。
营房里好一片欢腾景象，
创四好争五好活泼紧张。

秦学俭 谁呀？

任金明 （内）我！

〔任金明上。

任金明 噢，是秦班长在路上扫雪哩！秦班长，你起得真早啊！

秦班长 （擦擦汗）睡不着呀！你看这场雪下得多好，今年又是个好收成呀！

任金明 是呀！冰天雪地，也是我们练硬功夫的大好时机呀！

秦学俭 你这是到哪里去？

任金明 今晚该我带哨。

秦学俭 现在谁在哨位上？

任金明 胡茂才。

秦学俭 （忽然想起）任金明，听说在昨天全团庆祝大会上，举行射击表演，你们班五好战士高志宏又中了个优秀？

任金明 是啊！难道你这个“老优秀”不服吗？

秦学俭 哎，我是说这个小伙子进步得真快呀！

（唱） 高志宏经过那野营训练，
他好比刀刃上又把钢添。

任金明 （唱） 争五好求进步大大转变，
练三伏练三九不避暑寒。

秦学俭 （唱） 革命熔炉把金炼，

任金明 （唱） 革命精神代代传！

〔连长上。

连　长　噢,是你们两个呀?

秦学俭
任金明　连长同志,干啥去了?

连　长　查哨去了。(看见秦学俭手中的扫把)你这是……?

秦学俭　我把练兵场的雪扫了扫。

连　长　我说过你多少次了,秦学俭同志!叫你注意休息,你怎么老是这个样子啊?好同志,身体是革命的本钱啊!

秦学俭　连长!……(欲言被连长打断)

连　长　好了好了!回去躺一会儿吧!离天亮还早呢!——任金明!

任金明　到。

连　长　你们班今年创四好的计划订了没有?

任金明　昨天晚上就订好了!

连　长　好哇!告诉你们班长,你们班现在是满堂红,是全连的尖子。名大,风大!一定要防止骄傲自满情绪,你现在已经是副班长了,要多协助大海同志出主意想办法才行啊!

任金明　是。(连长下)秦班长,你忙,我查哨去了!(下)

秦学俭　(看天色)天快亮了!今天是元旦佳节,说不定天一亮,同志们又要在冰天雪地里抓紧时间练兵,我们炊事班,该给大家做些什么呢?……(稍思索)

嗯!糊……辣……汤!

(唱)　扫罢雪来回灶房,
　　　先烧一锅糊辣汤。
　　　常言说人是铁来饭是钢,
　　　为战友练兵添力量。(兴冲冲下)

〔二幕启:门窗紧闭,万籁俱寂,少顷,宿舍门慢慢打开。高志宏出现在门口,他侧着身子,手持步枪,悄悄走出。转身又把门闭好。

高志宏　(兴奋地朝四周看了一下)好大的雪呀!

(唱)　哪怕你寒风呼呼扑满面,

哪怕你雪天冰地刺骨寒。
高志宏心似一团火，
风雪严寒只等闲。
钢铁本是烈火炼，
百炼成钢破万难。

（练刺杀动作，越刺越有劲，不觉喊出声来）杀！杀！杀！（这时宿舍门响）糟咧！想是班长起来了，我得赶快躲过，另找地方。（下）

常宗友 （持枪从屋内走出，把门带上，低声）高志宏！咦，我明明听见他在这里杀呀杀的，怎么一晃眼就不见了？（又叫）高志宏！这家伙！最近一个时期，他可是真的苦学苦练，几次射击，他都比我强，再说，我又和他挑了战，我一定急起直追，迎头赶上！

（唱） 下决心要把志宏赶，
哪顾风雪五更寒。
如今人人争先进，
迟一步就要落后边。

〔常宗友练刺杀，胡茂才下哨归来，上。

胡茂才 （发现有人）谁？

常宗友 我！

胡茂才 我当又是高志宏呢？你这家伙，怎么过元旦也来了个早起床！

常宗友 （制止地）嘘！小心叫班长听见了！

张大海 （披衣出在宿舍门口）常宗友，你不好好睡觉，爬起来喊叫啥呢？

常宗友 这……

胡茂才 快说！

张大海 你看你们，半夜三更的，吵得大家都不能睡觉，连长来了又要说：（学连长语气）你们这个四班啊！老是这个样子！

常宗友 班长！还有高志宏呢！

胡茂才　啊！

张大海　高志宏？他人呢？

常宗友　不见了！

张大海　你们先睡觉去，我去找他！（欲走，门又响了，战士甲、乙也持枪走出）你们……唉，你们咋也起来干啥嘛！

战士甲　你们都起来了，我们当然也不能落后啊！

张大海　（一笑，忽又板起面孔）去，去，都回去睡觉去。

战士甲　依我看，反正天快亮了，咱们还是一块练吧！

张大海　不行，今天是元旦佳节，放假一天。连长说过，不许加班！

胡茂才　班长，过佳节更得加劲干才对呀！今天是元旦头一天，来它个开门红！

张大海　不行，不行！指导员说过，要劳逸结合。

胡茂才　人家五班可干得凶呵！咱们又和人家挑了战，说不定人家现在都起来了，这四好班优胜红旗嘛……

张大海　（有些心动）不过，要是连长……

胡茂才　这你尽管放心，刚才连长才查过哨，根据情况判断他不会再来了！

（突然呐喊："四班长！"）

张大海　到。（回头对胡茂才）看看看！来了吧！

〔连长上。

连　长　四班长！说过你多少次了，不许这样搞，你怎么老是这个样子！

张大海　难吗？连长，你看……

胡茂才　（连忙接住话头）连长同志，我们可是按照你的指示办事哩！你不是说训练要从难从严嘛！我们在这雪地里练硬功，不正是从难从严吗？

常宗友　对呀！

连　长　从难从严也不是叫你们不睡觉呀！（风趣地指指胡茂才）你这个胡茂才呀，我说过你多少次了，你怎么老是这个样子？成天胡参谋一气，你以为刚才我没有听见你那些怪点子。

〔指导员上。

指导员 不是一个胡茂才，这里还有一个呢！（对内）高志宏，你过来！

〔高志宏满身是雪，满头大汗地持枪走出。

指导员 张大海，这是为什么？

高志宏 指导员……

指导员 唉，我说你呀！（用手拍去高志宏身上的雪）回去吧！

连　长 都回去！四班长，叫大家回去休息！

〔张大海推众战士进宿舍，连长拉住门。

连　长 （感慨地）多好的同志哇！才半年时间，这个高志宏，就成了另外一个人了。你看他苦练的这股子劲头有多大呀！

指导员 不光是军事训练方面，你没看他那几本《毛选》上面圈圈点点都画满了，笔记、心得也写得不少哇！

连　长 是呀，像这样的战士，只要他们真正懂得了为什么革命，为什么当兵，那就一定会锻炼成为一个坚强的革命战士。（这时幕后传来"杀，杀，杀！"的喊声）咦，这又是咋回事？

指导员 咋回事！全起来了！

〔喊"杀"声大作。

连　长 哎呀？（兴奋地）乱咧套了！

指导员 连长，经过半年的军事训练与政治学习，部队变样了，当战士们情绪高涨起来的时候，我们可要好好地掌握啊！

连　长 是啊！今天上午咱们召开个干部会布置一下，你也给全连动员动员！

指导员 好吧！走！

〔二人下，"杀"声渐小，以后时断时续。

胡茂才 （从屋内伸出头来）走了！快来呀！（战士们欢快地奔出宿舍）班长，咱们先跳跳山羊，暖和暖和！

张大海 行，我来保险！

〔众跳山羊，天色变亮，一片蔚蓝的晴空，接着朝霞四射，远处“杀”声，此起彼伏。

〔秦学俭挑一担糊辣汤上。

秦学俭 糊辣汤热的！

〔众围上。

张大海 秦班长，你咋这么早就送汤来啦！

秦学俭 你们雪地练武辛苦了，我们炊事班烧了点热汤，大家喝了暖和暖和，打打身上的寒气。快来吧！

（众取碗）

（唱） 葱胡子粉条加生姜，
和辣子熬成一锅汤。
油盐酱醋里面放，
喝到口里味道香。
你若不信请来尝，
管保你满身寒气一扫光！

张大海 （接唱）想得周到手艺妙，
炊事班同志风格高。

胡茂才 （接唱）风格高来风格高，
秦班长领导有功劳。

秦学俭 （唱） 捧过一碗递志宏，
祝你再当五好兵。

高志宏 （接汤，唱）
未开言谢谢秦班长，
有两句话儿听端详。
你是我学习的好榜样，
还望你继续对我常相帮。
志宏决心永向上，
不枉你雪地送汤情意长。

秦学俭 （发现高志宏手上有血迹）志宏，你怎么满手是血呵？

张大海 （一怔）呵？叫我看看！你这是怎么搞的嘛！（又仔细查看高志宏的全身）还有哪里破了没有？

高志宏 （笑道）班长！不要紧，这是刚才练刺杀时我没小心，擦破了一小块皮 。

张大海 （心疼地）你看你，天气这样冷，出来为啥不把手套戴上！

高志宏 钢铁要在烈火中锻炼，战士要在困难中成长，戴手套干啥！不合乎实战要求哇！

张大海 好，有骨气！

（背躬唱）

志宏同志进步快，
不由大海喜心怀。
不愧是革命的好后代，
熔炉里练出了丹心来。

来，把手伸出来！让我给你包扎一下。

高志宏 不用了！班长。

张大海 哎！你快把手伸出来吧！（替高志宏包扎）

秦学俭 四班长，来，你也喝一碗！

高志宏 （接住碗）班长啊！

（唱） 班长待我情意长，
时刻不忘记心上。
今后你把宽心放，
我一定要学葵花向太阳。
一颗红心忠于党，
永远握紧手中枪。

秦学俭 （感动地）好哇！志宏，应该这样！四班长，志宏有这样大的决心，你们班又有这样大的干劲，今年再创四好大有希望。

张大海 比起你们这个全团的标兵班来，还差得远呢！

常宗友 依我看，行啊！炊事班，咱们班，还有其他班都没问题。

张大海 宗友哇！可千万不敢骄傲呵！

常宗友　班长,看你说的,六一年得了个四好,六二年咱们连又创造了个四好,现在形势大好,就凭咱们这么干下去,今年再创四好还有啥问题嘛!

张大海　看看看,八字还没见一撇呢?可说不成问题了!不是我说你,我可是吃过这骄傲的亏!(对高志宏)志宏同志,这一期黑板报的内容,就以反对骄傲自满为中心,大家都写一篇稿子,检查一下,表示个态度,找找薄弱环节!

高志宏　班长,这一期已经写好了!

张大海　什么时候写的?

胡茂才　昨天晚上就搞好了!

张大海　啊,什么内容?

胡茂才　大学毛主席著作,苦练二百米硬功!

张大海　让我看看!(高志宏抢前揭开黑板报的油布)嗬!又是一首诗啊!

(念)　毛主席著作是明灯,
照得战士心里红。
努力学习永向上,
要做革命接班人。

好哇!胡茂才,这是高志宏写的吧?

胡茂才　根据情况判断,除了高志宏,再没别人。班长!下面还有一首哪?

(念)　闹革命凭的这支枪,
保卫祖国离不开这支枪!
接过这支枪,
热爱这支枪。
熟练这支枪,
永远紧握这支枪。

张大海　好哇!(拉胡茂才)胡茂才,根据情况判断,这又是高志宏写的吧!

胡茂才　班长,这一下你把情况判断错了。

战士甲　这是咱们的常宗友同志的杰作。

张大海　嗬!咱们班又出了个秀才呀!

常宗友 嘿嘿嘿！那还不是高志宏同志帮助的呀！

张大海 （对高志宏）好啊！我们大家就应该这样互相学习，取长补短。胡茂才，你也学学写诗嘛！

胡茂才 哎呀！别的事好办，这碗饭咱可吃不了。

张大海 谁叫你靠写诗吃饭吗？你看我现在不是也向高志宏学拉胡琴嘛！难道我靠拉胡琴吃饭不成？人民战士嘛！啥也要懂一点，当然，对我们来说，握紧枪杆子是最重要的呀！

胡茂才 高志宏，听见没有？你看班长对你多重视呀！（玩笑地）唉！我说这当兵该不是大材小用吧！

高志宏 当然不是啰！

胡茂才 可是你过去不是说过，手里拿得是烂步枪、吹火筒吗！……

张大海 （拉胡茂才制止他）胡茂才，你……

胡茂才 （给班长递眼色，悄声地）班长，根据情况判断，现在不要紧了！

张大海 你……

高志宏 （神色自若地）过去，我是这样想过，那是我的思想不好。

秦学俭 那现在呢？

高志宏 现在，通过这个时期我对毛主席著作的学习，和对我自己的思想检查，使我认识到了，个人愿望一定要服从党的事业的需要，脚踏实地从自身岗位上做起，在任何岗位上都可以为党的事业作出贡献，决定因素不在于当步兵或当空军、海军，而在于对党的事业是否忠心耿耿！

秦学俭 对，志宏同志，学习毛主席著作就要这样联系实际去学。你刚才这一番话说得很对，毛主席在纪念白求恩一文中说过：一个人的能力有大有小，但要成为一个大有利于人民的人，归根到底就是要全心全意为人民服务，而毫无自私自利之心，有了这样的心，才能提高你的才能，发挥你的才能。否则，即使你有所谓大才，也办不了什么对人民有利的大事。毛主席这些教导，我们要永远记住啊！

〔连长、指导员暗上。

高志宏 我要永远扛着这支枪，做毛主席的好战士。

众战士 对，做毛主席的好战士！

指导员 好啊！

众战士 指导员、连长来啦。

指导员 同志们，我们一定要牢记住毛主席的教导哇！虽然我们连在去年连续被评为四好连队。但缺点还是不少，决不能因为取得了一些成绩，就骄傲自满。要懂得越是取得成绩，就越要看到缺点。在新的一年中，一定要狠抓薄弱环节，以高标准要求自己。

连　长 这样就会练出一手过硬的本领，任何敌人，任何困难，都阻挡不住我们前进的步伐。

指导员 让我们更高地举起毛泽东思想的伟大旗帜，在向四好进军的道路上，阔步前进！

众战士 前进！前进！

〔幕后响起强烈的军歌声。

——剧　终

西安秦腔剧本精编

演出单位

西安市五一剧团

大路朝阳

郑宗义　丁树荣　　编剧

剧情简介

廖市长欲调原公交公司副经理秦竹梅回公司担任书记兼经理，秦因“文革”中曾在公司受到冲击，且公公江守中现任公司书记，丈夫江涛任车队队长而不愿接受。但当她和廖市长在朝阳门车站亲历公交秩序的混乱，司乘人员的粗暴以及群众的怨声，便欣然接受组织的决定。

司机大勇依靠“关系”从炊事班调为司机，又想从司机调到工会，且工作极不负责，服务态度恶劣，群众影响极坏，却受到了江守中的袒护。

秦竹梅大力整顿纪律，首先扣除了江守中无故休假的工资，其次要将三次甩站、违反纪律的大勇开除，为此她和江守中发生激烈冲突。不得已江守中说出大勇乃是廖市长的儿子，而路大妈却道出大勇不过是廖市长在路边捡来抚养的，实际乃是秦竹梅“文革”中被押送农场劳改时丢失的儿子，这一幕幕无不揪动众人的心。但为了严肃纪律，秦竹梅还是毅然忍痛将大勇开除。

经过整顿，体现公交面貌的朝阳门车站焕然一新，司乘人员争做好人好事，公交秩序有条不紊，群众赞不绝口。

场　　目

第　一　场
第　二　场
第　三　场
第　四　场
第　五　场
第　六　场

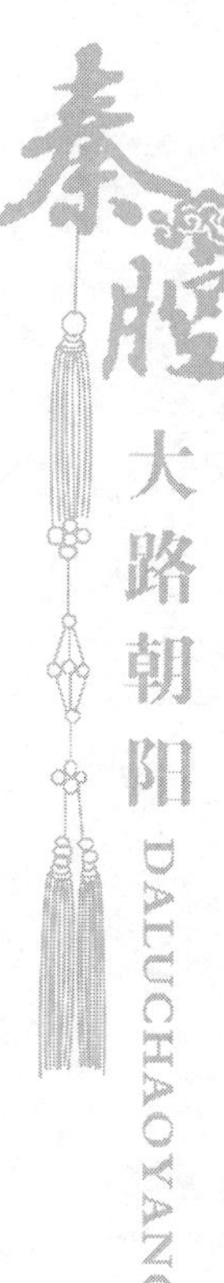

人物表

秦竹梅　女,四十余岁,公共交通公司新任经理兼党委书记
廖市长　男,五十余岁,西北某大城市市长
郑秀廉　女,五十余岁,公交公司顾问
丽　娟　女,二十余岁,郑秀廉之女,公共汽车售票员
大　勇　男,二十余岁,有来头的人,公共汽车司机
江　涛　男,四十余岁,秦竹梅的丈夫,车队队长
江守中　男,六十余岁,江涛之父,公交公司副书记
金玉华　女,二十五六岁,纺织工人
路大妈　女,五十余岁,农妇
闻新采　男,三十余岁,《古城晚报》新闻记者
小　唐　女,二十余岁,公交公司党委办公室秘书
严　艳　女,二十余岁,三路汽车调度员
小尤、小林及其他男女司售人员若干
盲人、男乘客、女乘客、一青年及其他男女乘客若干

第一场

〔八十年代，初夏，凌晨。

〔古城，朝阳门三路公共汽车站。

〔横贯舞台的是一条繁华街道。舞台纵深处竖有公共汽车站牌。天幕上呈现出栉比鳞次的高楼大厦及古建筑物剪影。

〔幕启：天刚蒙蒙亮，路灯尚未熄。

〔秦竹梅快步上。

秦竹梅 （唱） 五月里榴花似火红艳艳，
晨光中古城显得更壮观。
面对这良辰美景我无暇看，
迈大步前往宾馆去上班。

〔秦竹梅欲下，廖市长上。

廖市长 竹梅。

秦竹梅 （惊讶地）廖市长！

廖市长 嘘！……（示意别叫）你怎么不坐车？

秦竹梅 不坐不生气。我乘“十一路”倒痛快。你呢？

廖市长 我和你一样，也乘坐“十一路”。

秦竹梅 哎呀，你这么大岁数，整天跑路上班，可吃不消呀！

廖市长 今日呀，我再不走了！

秦竹梅 为啥？

廖市长 我要到省委去，申请退休！

秦竹梅 退休？你不干了？

廖市长 不干了。

秦竹梅 那为什么呀？

廖市长 难呵！

（唱）　矛盾错综秩序乱，
当个市长太艰难！
几百万市民生活都要管，
整天介扯皮磨牙、招惹是非被人背后骂祖先。
倒不如辞职回家转，
退避三舍享清闲。
凌晨打打太极拳，
到晚来电视机前听听乱弹看看电影多舒坦。

秦竹梅　你真的要退休呀？

廖市长　你没听见群众骂？再不退我非被当作一块排骨肉让市民熬着吃了不可！

秦竹梅　你怕了？

廖市长　怕倒不至于。竹梅呀，工作难做哇。

秦竹梅　要好做，三中全会以后，何必把你调来当市长！我看哪说出来耍见怪，你这老领导思想上有点退坡呀。

廖市长　我不否认。不退不行啦，我指挥谁谁都不干，我就是长三头六臂也不成！

秦竹梅　你不会执行纪律，采用铁手腕？

廖市长　难呵。比方有这么一个人……

（唱）　她对那公交公司最知底，
曾当过模范售票员和司机。
到后来出任公司副经理，
她朝气蓬勃工作泼辣真是一个好样的。
一株红梅正艳丽，
"文革"的暴风雪将她袭击。
批过来斗过去又被迫调离，
经受了那么多折磨委曲。

秦竹梅　（长叹一声）唉——

廖市长　（唱）　现如今她在宾馆当书记，
工作还是挺积极。
实可惜千里马改行去犁地，

又怎能春风得意马蹄疾！
我要她回公司担任经理……

秦竹梅　（忙摆手）你别说了！
（唱）　这工作对于我太不适宜！

廖市长　不适宜？我还要让你兼任党委书记呢！

秦竹梅　我的妈呀！这不是要我的命吗？

廖市长　就是要你豁出命来干！

秦竹梅　老领导，请你饶了我吧，我给你敬个礼！

廖市长　敬礼？哈哈哈……你就是作揖、磕头也不行。你刚才咋批评我来着？

秦竹梅　噢，你拐着弯儿整我呀！

廖市长　你不是让我用铁手腕吗？竹梅呀，你不是不知道，公交公司的经理郑秀廉和书记江守中同志年纪大了，虽然也想把工作干好，心有余而力不足呀。他们向市委推荐，愿将“头把金交椅”让给你，自己退居二线。

秦竹梅　（赌气地）不干。说啥我也不回公交公司。

廖市长　（严肃起来）可市委已经同意了。

秦竹梅　这……（无可奈何地）既然市委已作出决定……

廖市长　组织上服从，思想上不通。

秦竹梅　廖市长，我……

廖市长　你要讲，我清楚！
（唱）　资历浅能力差难孚众望，
心怯火烂摊子犹豫徬徨。
你公公你爱人帐下为将，
媳管公妻管夫有口难张！

秦竹梅　你既然知道我的难处，为啥还非得逼我去挂帅？

廖市长　不是我逼你，是革命工作需要，是群众呼声所迫！

秦竹梅　你让我再想想吧！

廖市长　不要关在屋里想。我今天专门在这儿“拦路绑票”，叫你看看现实！

〔戴眼镜的男教师与一位正吃油条的小伙子急上。他俩挨着秦竹梅在站牌下等车。教师从兜里掏出《古城晚报》在看。

〔怀抱婴儿的金玉华慌张奔上，候车。婴儿啼哭，金玉华不断哄孩子。

金玉华 哦哦，好乖乖，别哭了，妈妈带你坐汽车……哦哦……

青　年 大嫂，给——（递油条）把娃哄哄。

金玉华 谢谢，他才三个月。

〔盲人以竹竿探路上。一头撞在站牌杆上，摔倒在地。秦竹梅与廖市长忙去搀扶。

廖市长 同志，摔伤没有哇？

盲　人 不要紧。谢谢你，好同志啊！

秦竹梅 （关切地）你这是去哪儿？

盲　人 先上医院治眼窝，然后去盲人工厂上班。

秦竹梅 来，就在这儿排队等车吧。

盲　人 不用了，我走着去。

秦竹梅 那得走个把钟头呢。

盲　人 我不是不想坐公共汽车。过去我在这朝阳门三路汽车站坐过车，可是十有九回坐不上。再见！（欲下）

秦竹梅 呀，血！等等，你的腿摔破了！

廖市长 来，我扶你到马路对面的卫生所上点药。（掏出一封信递给秦竹梅）这有封群众来信，你好好看看。（搀扶盲人下）

〔路灯熄灭，东方出现瑰丽的朝霞。

〔一男一女外地乘客，各自提着旅行袋，结伴奔上。二人边擦汗边看站牌。

女乘客 （操上海口音）朝阳门，三路汽车站。

男乘客 （操四川口音）对头，对头！

女乘客 （问教师）同志，侬晓得勿晓得，这里的公共汽车几分钟一趟？

教　师 按规定五到十来分钟一趟，可有时得等一两个钟头。

男乘客　那是郎个搞的吵？

金玉华　谁知道是狼搞的还是狗搞的，反正车不来，就得等。

〔廖市长搀盲人上。

廖市长　今日你就坐汽车走吧！

盲　人　天晓得能不能等上车。

教　师　你们看，《古城晚报》上写得多好听，廖市长检查卫生，连省委机关都罚了款！

盲　人　难怪叫廖市长，就是嫽！

金玉华　嫽个屁！连个公共汽车都管不了，要这号市长熬肉呀！

秦竹梅　同志，这可不能怨市长……（廖市长暗中拉她一把）

教　师　是呀，市长又没长三头六臂。

盲　人　一个巴掌捂不住六个眼呀。

教　师　要打屁股，就打公交公司头头的屁股！

金玉华　不吃凉粉，让他们早些腾板凳。

青　年　应该把这些官老爷拉出办公室，让他们大清早到这儿来等等车试合试合，尝尝这是啥味气！

〔幕后隐隐约约地传来汽车声。

盲　人　（眼虽看不见，听觉甚灵敏。惊喜地）车来了！

众　人　（皆引颈张望，面露喜色）来了！来了！

〔汽车声越来越响。

〔人群开始骚乱。

秦竹梅　（不由自主地维持起站上秩序）大家不要乱，排好队！

青　年　哟是“文化大革命”前的规矩，老黄历不顶事了！

秦竹梅　（着急地）要讲文明礼貌呀！请朝后让一让，叫这位盲人老大爷和抱小孩的女同志先上。

青　年　（拼命往前挤）我还等着上班呢！

〔这时，观众可以从台上演员拥挤的部位和一致横移的目光及马达声的强弱变化中，感觉到汽车已越站而过。

青　年　（气愤地）他妈的，又甩站了！

男乘客 （恼火地）这龟儿子，真缺德哟！

女乘客 （焦急地）糟糕，阿拉还要赶火车呀！

教　师 （叹息地）唉，有什么办法呢？

廖市长 （劝慰地）别着急，等下一辆吧！

金玉华 （忧伤地）下一辆？头辆车甩了站，后面的车一见站上人多，更不停了。唉，今日又迟到啦！（又急又气，潸然泪下）

秦竹梅 大妹子，别难过！我替你抱抱。（接过婴儿）

金玉华 （拭泪）大姐，你哪知道我的苦衷呀！

（唱）纺织厂距我家四十里地，
厂里又难解决住房问题。
我知道咱国家还不富裕，
不可能一下子把房盖齐。
我没有为此事而闹情绪，
租了间私人房暂时安居。
我丈夫工作忙远在外地，
全靠我操家务育儿寒饥。
我每日四点钟就把床起，
将家里安顿好已露晨曦。
抱起娃往外跑赶到这里，
等汽车等得人好不焦急。
那汽车又常常甩站而去，
害得我上班迟到、影响生产、连累班组、失掉先进流动旗。
大家都正为"四化"在尽力，
我反倒前进路上马失蹄。
我羞愧呀我忧虑，
我伤心啊我着急。
我像是久旱的禾苗盼春雨，
盼只盼公共汽车正点运行、不要甩站、切勿再把乘客欺。

可是我盼来又盼去，
酸果也没变糖梨。
我怎能不把汽车恨？
我怎能不把眼泪滴？……（接过孩子）

秦竹梅 （唱） 她那里哀哀述说乘车难，
一字字一句句令我不安。（转对金）
我劝你忍悲痛莫把泪弹，
要体谅各项工作有艰难。
看眼前百废待兴有急缓，
我相信公共车终会改观。

金玉华 谁能把这种局面改变呵？你能吗？

秦竹梅 我……（欲言又止）我想会有人的。

青　年 我看呀，只有把那些甩站坑人的司机美美地收拾一家伙才行。

教　师 谁敢收拾他们？不如给廖市长写封信，反映一下公共汽车存在的问题。

盲　人 对，写封信告他们一状。

青　年 写信？末了还得转到公司头头手里，顶屁用！这些人呀，脸皮比城墙还厚，锥子都扎不出血来。

女乘客 市长勿管事，侬就给省长写，给中央写。（对廖市长）侬讲对哦？

廖市长 对对对！

男乘客 对头。总理在我们四川工作时，是很重视群众来信的。

金玉华 我给廖市长写过信，至今连个音讯都没有。

秦竹梅 （突然想起地）信！（忙掏出廖交给她的那封信，悄悄打开一看，对金玉华）你叫金玉华？

金玉华 （一怔）是呀，你……

〔幕后又传来汽车声。

〔人群再次骚动。

金玉华 噢，车来了！……哎呀，看架势又要甩站！这可怎么办呢？……（急得直跺脚）

秦竹梅　（义愤填膺地）我去把它拦住。（冲向马路中间，张开双臂）停车！停车！……

金玉华　大姐，危险！

众　人　快闪开！

〔尖锐刺耳的急刹车声。

〔秦竹梅迅速退至侧幕内。

众　人　车停了！车停了！（蜂拥而上，冲至侧幕附近，争先恐后地挤成一团）

〔身背照相机的《古城晚报》记者闻新采一边啃着肉夹馍，一边奔跑呼喊着跑上。

闻新采　别开车。等一等……（跑至人群处，朝前挤去）

教　师　挤啥呀，没看见前边人抱着娃吗？

女乘客　哎哟，侬怎么往阿拉脚上踩呀！

〔秦竹梅复上。

秦竹梅　大家不要乱挤！（忙去保护金玉华）

〔廖市长搀扶盲人，绕道进侧幕。

〔众人像一窝蜂似的，时而挤入幕侧，时而又被挤出来。

〔丽娟从看不见车窗的侧幕内探出半截身子。

丽　娟　不要拥挤，先下后上！

〔一个刚下车的小伙子从人群中挤出来，提包却挂在车上，他嚷着朝下扯。

丽　娟　喂，穿喇叭裤的，买票了没有？

小伙子　（油腔滑调地）我有月票！

丽　娟　拿出来看看！

小伙子　（亮出月票）看吧，看吧！小伙子的照片还怕大姑娘看？给你看个够！

丽　娟　呸！流氓！

小伙子　（打个飞吻）古得拜！（吹着口哨下）

〔路大妈挎着一篮子鸡蛋，从人群中挤出来。

丽　娟　喂，挎篮子的，你的票呢？

路大妈　闺女，我一上车就买过票了。

丽 娟 拿出来看看。

路大妈 哦,(忙在兜里掏)咦,票呢?(越急越掏不出)

〔穿着司机服、戴着白手套的大勇上。

大 勇 (对路大妈)你到底有票没有?

路大妈 看这娃,嚼啥?我都恁大岁数了,能哄你?(将竹篮放在地上,又在衣兜里翻找)

大 勇 (早已不耐烦)少装洋蒜!(一把抓过篮子)走,上车。

路大妈 (忙夺篮子)我买过票了,买过了!

大 勇 老滑头!(用力一拽,篮子落地,鸡蛋乱滚)

路大妈 (惊呼地)我的鸡蛋!哎呀,我这是给亲戚送的呀,天杀的,你赔我的鸡蛋!

大 勇 赔?……哼,我还没罚你的款呢!

路大妈 啊!你还要罚我的款!

〔教师被人从侧幕内挤出来。

教 师 (见大勇在刁难路大妈,忙上前劝解)小师傅,算了,算了,让她走吧!(面对大勇,却从背后以手势告诉路大妈:"你还不快走!")

〔路会意,忙拾起竹篮,快步走下。大勇欲追。

教 师 (阻拦地)算了,算了!

〔众乘客从侧幕内挤出。

大 勇 (眼见路大妈走远,迁怒于教师)你他妈的充什么好人?

教 师 你怎么骂人?

大 勇 (蛮横地)骂?我还要揍你哩!(猛地一推)去你妈的!

〔教师打了个趔趄,摔倒在地。引起"连锁反应",将金玉华、盲人、闻新采等都撞倒了。金玉华的孩子哭了,教师的眼镜掉了,盲人的棍子丢了,闻新采的照相机扔了。

金玉华 (边哄孩子,连悲叹)哦哦,我的孩子!

教　师　（边找眼镜，边怒斥）野蛮！太野蛮了！

盲　人　（边摸棍子，边呵责）作孽呀，太作孽了！

闻新采　（拾起照相机检查着）万幸，真是万幸！

（秦竹梅、廖市长等分别扶起摔倒的人）

秦竹梅　（对大勇）你这个同志太不像话了，怎么可以这样对待乘客呢？

大　勇　（轻蔑地）嚯，马槽多张驴嘴。也不尿泡尿照照，你算老几？

秦竹梅　你……

大　勇　去去去，阿达娃多阿达耍去！

〔群情愤慨。

金玉华　你怎么一张嘴就骂人？

女乘客　侬个嘴比茅坑还臭！

男乘客　你龟儿子，简直无法无天！

大　勇　（有恃无恐地）干什么？干什么？想打架？好哇，谁不服就上来试合试合！（摆出斗殴的架式）

青　年　我看你小子皮松了！（挽起袖子，欲上前较量）

秦竹梅　（一把拉着）不许动手！

教　师　对，咱们以理服人。

青　年　跟他这号油子还讲啥理！

盲　人　把他拉到公交公司论理去！

大　勇　公交公司？你告到市长那儿我也不怕！（冷笑）嘿嘿……

（唱）　告吧告吧去告吧，
何必在这乱吱哇！
我一不偷，二不拿，
三没反党犯王法。
到哪老子也不怕，
看谁敢把我一根汗毛拔！

〔正当他洋洋得意之际，怒不可遏的廖市长从人群中走出，劈头盖脸给了大勇一巴掌。秦竹梅急挡住廖市长。

大　勇　（惊叫一声）啊！（转过身来）好哇，你小子八成活腻了。（扯开竹梅，举拳欲打，见是廖市长，倒吸一口冷气）啊！……（愣住了）

〔丽娟跑上。

丽　娟　（对廖）你怎么随便打人？

廖市长　我就是要打他！（又举起巴掌）

大　勇　（一面躲闪，一面对丽娟）丽娟，快上车！（拉着丽娟跑下）

众乘客　上车喽，上车喽！（尾随至侧幕旁，又挤成一团）

〔闻新采举起照相机，拍下了这拥挤、混乱的场面。

〔汽车启动声。

〔乘客呼叫着追下。秦竹梅扶盲人跟下。场上只留下廖市长和闻新采。闻新采又往前跟拍了一个镜头。

廖市长　这个镜头抢得好！

闻新采　还好！（转过身来）啊，廖市长！

廖市长　这镜头很能说明问题。可谓主题鲜明，形象生动呀！你回去告诉你们《古城晚报》的主编，你拍的这张照片明天见报！

闻新采　是！（下）

〔秦竹梅复上。

廖市长　竹梅，怎么样？

秦竹梅　（百感交集地）廖市长！

（唱）　我多年不想问公交事情，
上班都不坐车宁肯步行。
今早上才觉得如梦初醒，
今早上才感到孤陋寡闻。
想不到公共车这样难乘，
想不到甩站风那样害人。
想不到乘客们怨恨如焚，
想不到群众有强烈呼声。

悲凄凄那女工哭诉不幸，
恶狠狠那司机骄横蛮惛。
眼睁睁见此景怎不伤情，
乱哄哄这局面令人痛心。
羞惭惭我今朝暗自悔恨，
急切切我盼望能挑千斤！

廖市长 好，我就等着你这句话哩！（紧紧握住秦竹梅的双手）

〔切光。

第二场

〔数日后的星期天傍晚。

〔秦竹梅家。

〔这是一幢常见的住宅楼内的一个单元的客室。左后通室外，左前通江守中的卧室。右后通厨房，右前通秦竹梅和江涛寝室。正面是一个大落地窗，窗外有阳台。栏杆上摆着几盆花木。室内陈设着桌、椅、茶几、沙发之类。桌上摆着玻璃鱼缸。

〔幕后：江守中从阳台上端着一盆月季花，走进恬静的室内。

江守中 （念） 星移斗转无穷尽，
两鬓霜白病缠身。
虽说夕阳无限好，
可惜时已近黄昏。

（摆好花盆，着手松土，修枝）

（唱） 年龄大身体差在家休养，
种种花养养鱼安度时光。
但求得精神愉快心舒畅，

胜似那吃蜂乳、喝佳酿、听仙乐、观霓裳、遨游五洲四大洋。
欢愉中未免有一丝惆怅，
儿媳妇当经理非同寻常。
这丫头办事呆板脾气犟，
怕只怕她会把人得罪光。
我需把人情世故对她讲，
以免她船行滩头折了桨。
思绪万千如潮涨……

〔大勇、丽娟从左后侧上。

大　勇
丽　娟　（唱）　尊一声江书记你可安康！

江守中　哦，大勇、丽娟来啦！

〔右后侧传来剁肉声。

江守中　（对右后侧）江涛，你慢点，把我的花瓣都快震落了。（转对大勇、丽娟）请坐！（端花盆进入阳台）

大　勇　（低声地）丽娟，你今天可得好好给我敲敲边鼓。

丽　娟　我妈已把我刮了一顿，我再不干了。要说，你自己说。

大　勇　作江老头的工作，我有把握，当初进驾训班就是他帮的忙。

丽　娟　小声点，别叫队长（指了指右后侧）听见了。

〔江守中从阳台上进屋。

江守中　你们俩还站着干什么？快坐呀！（大勇、丽娟在沙发上坐下）

大　勇　我们队长钻在厨房里弄啥？

江守中　做饭呢。

大　勇　（笑）嘻嘻……男子汉大丈夫还干哟事？

丽　娟　（瞪了大勇一眼）咋？难道就该女的干？难道你不知道秦阿姨如今是公司经理兼党委书记？

大　勇　女的当头头，男的就该倒霉呀！

江守中　现代的爱情都是女的管男的。

大　勇　我才不怕她哩。

丽　娟　谁还怕你!

江守中　互相尊重嘛。

大　勇　今日个不是星期天吗？秦经理还忙什么?

江守中　公司明天开常委会,她在准备发言提纲哩。

大　勇
丽　娟　噢!

江守中　找我有啥事？说吧!

丽　娟　你倒是快说呀!

大　勇　江书记!

（唱）　我整天跑车忙得团团转,

丽　娟　（唱）　没能向你来问安。

大　勇　（唱）　心里常把你想念,

丽　娟　（唱）　心里常把你挂牵。

大　勇　（唱）　想念你这好书记,

江守中　（唱）　说话不要绕弯弯。

有啥事就直截了当地说吧,只要我力所能及,一定解决!

大　勇　够朋友!

江守中　啊?

大　勇　（忙改口）哦,不,是讲义气……不,反正这么说吧,只要你肯帮忙就好!

江守中　到底是啥事呀?

大　勇　（对丽娟）你快说!

丽　娟　你自己不会讲!（去阳台看花）

江守中　说吧,何必吞吞吐吐。

大　勇　江书记,我不是早给您讲过了,关于我调动工作的事。

江守中　哦,你想到工会当干事。

大　勇　对,我就爱吹拉弹唱,打球照相,陪客吃饭,带头鼓掌……

江守中　（为难地）你不是才从驾训班出来吗,为啥又不想开车了？现在缺司机，把你调到机关里，以工代干，别人会怎么想？

大　勇　江书记，帮个忙吧！

江守中　这……

大　勇　江书记呀！

（唱）　谁不知您和群众心连心，
谁不知您对部下亲又亲。
谁不知您是一位好领导，
谁不知您是位空前绝后、世间少有、打着灯笼也难找到的善良好心人！

江守中　行啦，行啦，要给我戴二尺五了。这事我同公司其他领导研究一下再说吧。

大　勇　还研究什么呀？你是公司党委书记，你说行谁还敢说个不字？

江守中　现在不比以前啦。现如今我是副书记，正书记是你秦阿姨兼任的。

大　勇　可她是你儿媳妇，还不得听你这当公公的。

江守中　你懂个啥？家庭关系怎么能和工作关系拉扯到一起呢？这事，你先给你们队长谈谈，他要同意的话，就打个报告上来。

〔江涛提水壶从右后侧上。

大　勇　为啥还要征求队长的意见？

江守中　得问问他放不放你走？

江　涛　我没意见！（往暖瓶里倒水）

大　勇　（高兴地）你放我走？

江　涛　放！

〔丽娟从阳台上进屋。

丽　娟　真的吗？队长！

江　涛　（阴沉着脸）谁还跟你开玩笑！我希望你们俩立即从三队滚出去！

大　勇
丽　娟　啊！

江守中　江涛！你……

江　涛　爹！

（唱）　争先进全队上下决心大，
同志们含辛茹苦力出扎。
汗珠儿顺着尻子刷刷刷，
放个屁都能够掀起浪花。
他们俩三天两头请病假，
工作上吊儿郎当要麻达。
甩站当成家常饭，
辱骂乘客无王法。
但愿你们快些走，
咱们队小庙难容大菩萨。

大　勇　（恼怒地）江胡子！三教九流我可都见过，你不过就像公鸡头上那点肉——大小算个官（冠），有啥了不起？你吹胡子瞪眼窝想做啥？我不吃你咧一套！

丽　娟　大勇！……

江　涛　不吃你就走！

江守中　江涛！……

大　勇　让我走可是你说的。

江　涛　我说咧。哼！（愤然下）

江守中　他就咧号火药脾气，心直口快，说完就完，你们俩别在意。

大　勇　江书记，队长已经同意放我走了。

江守中　他同意，公司还得研究嘛。

大　勇　你说，啥时研究？

江守中　你们俩先回去，等竹梅回来，我和她商量商量。

大　勇　秦经理多会回来？

江守中　她下各场调查，很难说啥时回来。

〔秦竹梅上。

大　勇　（未发现秦）那我就在这死等，我不吃饭、不睡觉，你也别想吃饭、睡觉。

江守中　（欲发火）你……

大　勇　（强硬地）咋？

江守中　（欲怒不得，只好无可奈何地叹口气）唉——！

丽　娟　大勇，你这是干啥？真丢人！

大　勇　怕什么？他能把我开除了！

秦竹梅　（突然插话）那也说不定。你要犯着这一条，照样开除。

丽　娟　秦阿姨回来啦！

秦竹梅　丽娟、大勇，你们等我有什么事呀？

大　勇　我要求调动工作，队长已经同意了，江书记也不反对，现在就看你这大经理大书记能否高抬贵手了。

秦竹梅　我认为这件事可以考虑。

大　勇　（深感意外地）你可要糊弄人。

秦竹梅　我的确正在考虑。

大　勇　好，君子一言，驷马难追。不说了，丽娟，咱们走！

〔二人下。

江守中　竹梅，你真的同意把大勇调上来？

秦竹梅　不，我是在考虑把他调下去。

江守中　为什么？

秦竹梅　爹！

（唱）　上任来我反复做过调查，
有些事必须要狠心来抓。
走后门刮歪风反映很大，
身不正影必斜难以执法。

群众反映，大勇是以炊事员名额招进公司的，结果却走后门，空中过桥，没进炊事班就当了售票员。按规定售票两年、表现好的才能进驾驶员训练班，可大勇只售了半年票就当了司机。这些情况，你知道吗？

江守中　（不安地）好像是这样。老问题，还提它干啥！

秦竹梅　爹，无论是老问题还是新问题，咱们现在都要好好抓一下。如果不把机关作风整顿好，势必造成“上梁不正下梁歪”的恶果,又怎能在全公司开创出一个新局面呢?

江守中 话是这么讲,做起来并不容易。如今的后门堵不胜堵,咱何必那么认真呢?

秦竹梅 (欲争辩)爹……

江守中 竹梅!你听把话说完。你还年轻,待人接物缺乏经验,如果不慎重些,将来会吃亏的。有道是:峣峣者易折,皎皎者易污。水至清则无鱼,花太洁则不香啊!

(唱) 当领导必须有高度涵养,
遇事情要冷静勿露锋芒。
多维持一个人多一条路,
多得罪一个人多一堵墙。
处理问题要来回想,
千万别把和气伤。
处世讲究人缘好,
莫让人戳后脊梁。
负重任步要稳可别逞强,
望你把我的话仔细思量。

秦竹梅 爹!

(唱) 我知你对儿媳关怀无比,
生怕我步走错众叛亲离。
我也知当领导很不容易,
需妥善处理好各种问题。
我更知现如今有股风气,
关系好道路通能登天梯。
我还知自古来秉公不易,
老好人却往往加官晋级。
多年来党教我坚持正义,
我怎能为个人讨好树碑。
对歪风就应当坚决抵制,

对邪气决不能迁就姑息。

江守中 你……

秦竹梅 我想让大勇回炊事班去。

江守中 什么,什么?

秦竹梅 把大勇按招工指标退回炊事班!

江守中 你……这不是成心给老子脸上抹黑吗?

秦竹梅 爹,你咋能这样讲?

江守中 这些事,都是我干的。当时,那也是为了安定团结才那样处理的。再说,走后门调动工作又不光是一个大勇,他们都是些有来头的人。他们的后台,哪一个都比你我的职位高、资格老、腰杆粗,你能把他们都从现在的岗位上退回去?你这不是寻着捅篓子、董乱子吗?

秦竹梅 我觉得,违反党的政策、不合原则的事,就应该纠正。我想,郑大姐她会想得通的。

〔郑秀廉与廖市长上。

郑秀廉 江老!

江守中 好,她来了。你跟她说吧!(从左前侧悻悻而下)

廖市长 嚯,这老家伙好大的火气!

郑秀廉 竹梅,大姐有件事想找你谈谈。

廖市长 你们说,我给老江消消火去。(从左前侧下)

秦竹梅 郑大姐,你喝水。

郑秀廉 竹梅,你能不能给大姐帮个忙呀?大勇他……

秦竹梅 哦,刚才大勇和丽娟来了,爹也同我谈过了。我觉得实在是……

郑秀廉 竹梅!

(唱) 天上下雨地下流,
地下有河也有沟。
要过宽沟需有桥,
要过大河需乘舟。
大姐我如今遇到为难事,

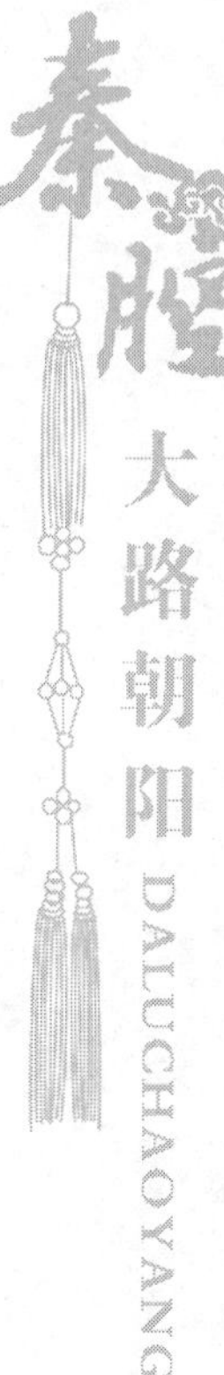

真好比身困水边犯忧愁。
这件事我在位时难开口，
到如今当顾问才把你求。
丽娟她同大勇相爱日久，
丈母娘疼女婿我照顾不周。
你把他调到工会当干部，
为大姐帮个忙解愁分忧。
咱两家关系好友谊深厚，
我想你总不会一点面子也不留。

秦竹梅 这……

郑秀廉 怎么样啊？

秦竹梅 大姐呀！

（唱） 水面上是荷花下面是藕，
土上面结蚕豆下有根瘤。
关系好更应当共辨良莠，
切不可似杨柳随风飘悠。
大姐呀休怪我性情执拗，
这件事我不能来把路修。

郑秀廉 你真不答应？

秦竹梅 大姐，公司机关已经超编，人浮于事，本该精简，怎能再从下面往上调人呢？

〔廖市长、江守中同上。

郑秀廉 竹梅，我虽然不当经理没权了，可瞎好还是个顾问嘛，我想把大勇调动一下你都不答应。真个是"人一走，茶就凉"啦！

江守中 （劝解地）秀廉，你嫑着急。（转对秦竹梅）竹梅，大勇调动的事由我来办吧，权当你不知道该行了吧？

秦竹梅 爹！

郑秀廉 竹梅，我已经老啦，只有丽娟一个闺女。常言说：一个女婿半个儿。我无非是想把娃安顿好，将来有个靠头呀。

廖市长　竹梅，秀廉同志的要求也是人之常情，你是不是可以考虑一下？

秦竹梅　（一惊）廖市长，您也这么想？

廖市长　你说呢？

秦竹梅　不行。机关没有指标了，再说……

廖市长　那好办，我给你们五个"指标"。

江守中　（高兴地）五个指标？太好了！

秦竹梅　不，我们不要这样的指标。

江守中　竹梅，你……

郑秀廉　你比市长还高明呀？

廖市长　你真的不要？

秦竹梅　（果断地）不要！

江守中　你发昏了！

廖市长　可别后悔呀！

秦竹梅　我不会后悔的。

廖市长　好吧。（从兜里掏出一份市委文件交给秦）你看看这份文件。

秦竹梅　（迅速翻阅后，欣喜地）啊，要，要，廖市长，我要这五个指标！

江守中　（欣慰地）这就对了！

廖市长
郑秀廉　（大笑）哈哈哈……

秦竹梅　（见廖、郑二人同笑，恍然大悟地）噢，你们俩串通起来整我呀！

廖市长
郑秀廉　（更畅快地笑了）哈哈哈……

江守中　（莫明其妙地）你们这是……

秦竹梅　爹，他们刚才是在对我"考试"哩。

江守中　噢！

郑秀廉　竹梅呀，这下我就放心啦！

江守中　嗳，那五个指标到底是咋回事？

秦竹梅　这文件上说，市委和市政府很重视公共交通存在的

问题，经过调查研究，做出三项决定。

江守中 哪三项决定？

秦竹梅 第一，由于我市公共汽车月票的售价低于成本，亏损较大，决定对我们公交公司实行亏损补贴包干，今年补贴四百万元。

江守中 啊，四百万元。好哇！

廖市长 你叫好，财政局长却叫苦呀。但为了全市人民的福利，他只好勒紧裤腰带。

郑秀廉 第二条，为了减轻早晚乘车高峰的压力，决定将一百四十八个企事业单位的上下班时间进行调整。

江守中 错开上下班时间，匀开高峰时的客流。好，这一条也好得很哪！

秦竹梅 第三，为了维护交通秩序，刹住歪风邪气，对那种屡教不改的"害群之马"，可以开除。市委和市政府决定授权公交公司五个开除指标。

江守中 噢，五个开除指标！（不安地）这……

廖市长 怎么，不好？

江守中 能行得通吗？

秦竹梅 能行就能通。要管好企业，必须赏罚分明！我们既要对先进人物实施各种奖励，也要对违章乱纪者给予必要的惩处。

郑秀廉 家有家规，国有国法；不立规矩，不成方圆呀！江老，咱们过去吃亏就吃在这上面。沉痛的教训啊！

江守中 可开除人，那……

廖市长 那会得罪一些人，会招来不满、怨恨，甚至报复，对吧？你呀……

江守中 不能不考虑后果。

廖市长 后果当然要考虑，就看你从什么角度去考虑。你想过没有？公共汽车服务质量的好坏，关系着全市的物质和精神文明建设。它是城市的橱窗，代表一个城市的风貌。不下狠心抓，那是不行的。现在，市委和市政府虽然做出这三项决定,但能不能把公共交通事业搞上去,还得看你们有没有决心和勇气。

秦竹梅 我们一定尽快提高服务质量,改善服务态度,为群众提供安全、迅速、方便、整洁的乘车条件,使广大群众满意。

廖市长 尽快?伸缩性太大了。要知道,目前甩站已成了怨声载道、群情激愤的大问题。必须立即对这个脓疮开刀治疗。市委要求你们,一周内煞住这股歪风!你们能做到吗?

秦竹梅 (充满信心地)能!

廖市长 漂亮话谁都会说。

秦竹梅 我愿立下军令状:一周内解决不了甩站问题,我向全市人民公开检讨,并且辞职让位。

江守中 竹梅,这是闹着玩的吗?

郑秀廉 竹梅,你写,我签名!

秦竹梅 好!(迅速取出纸笔)

江守中 咳!(颓然跌坐在沙发里)

〔秦竹梅奋笔疾书。

〔幕后伴唱:

上山不怕云缠腰,
行船何惧风浪高。
车轮滚滚闯新路,
疾书笔下起波涛。

第三场

〔数日后,上午。

〔三路汽车调度室门前。

〔舞台正面是一幢别致的平房。中有一门可出入。

门额上高挂着红布横幅，上写“大干一百天，定叫公共交通面貌换新颜”的战斗口号。门右边的墙上，挂块大黑板，上写表扬及批评等内容。房门前是个横向走廊，走廊左端设有数级台阶。走廊右端伸入侧幕内。在调度室和走廊前面平地上，有棵冠盖如伞的梧桐树。树荫下摆一个茶水桶和几张躺椅。

〔大幕在一阵欢笑声中徐启。

〔几名年轻的司售人员，有的坐在躺椅上，有的站在水桶边，有的俯在栏杆上，一面喝水、休息，一面说笑、嬉闹。

〔小林提一网兜黄瓜上。

女　甲　哈罗，林黛玉。你在哪儿买这么好的黄瓜？

小　林　车过朝阳门时，我下去在自由市场上买的。来，一人一根！（分黄瓜）

男　甲　还是小林有办法，出车买黄瓜，公私两不误，这可是违反行车纪律呀！

女　乙　要叫检查组看见，那还不挨批评呀！

小　林　检查组的人我都认得，我是避开他们干的！为了这几斤黄瓜，有个外地乘客穷咋呼，嫌我耽误了他的时间，等他下车时，我猛地把车门一关，一下子就把他咻后腿夹住了，疼得他吱吱哇哇地乱叫。

〔众笑。

男　乙　对那些歪货，就得这么整！

〔小尤提录音机上。众围观。

小　尤　哥儿们，别乱拧。

女　甲　嗬，飞利浦，双声道、四波段、四个喇叭的，真嫽。打开听听吧！

男　乙　放段苏小明的《军港之夜》吧。

女　乙　还是听交响乐解馋。有贝多芬的《狂想曲》吗？肖邦的《钢琴奏鸣曲》、柴可夫斯基的《幻想曲》、舒伯特的《圣母颂》，我都爱听。

小　林　光听乐曲有什么意思？要是能在那种具有强烈节奏感的“迪斯科”乐声中跳起舞来，那才嫽呢！

小　尤　那咱们今天晚上就跳，怎么样？

众　人　好！

小　林　先听一段嘛！

小　尤　行！（打开录音机，传出乐曲声）

〔严艳手拿几张“路单”，从调度室里走出。

严　艳　（在走廊上喊）小尤，该你出车了。

小　尤　真要命！（关掉录音机）我刚跑了一趟，回来休息还不到二分钟，又让我出车呀！

严　艳　你刚才那趟车晚点十分钟，现在当然就不能再休息那么长时间了，快走吧！

小　尤　不行，我的骨头都快累散了。（躺在躺椅上）哎哟，腰酸腿疼。

严　艳　（严肃地）你到底走不走？

小　尤　（强硬地）不走！

严　艳　那咱们就按制度办，你不服从调度，可得扣发你的奖金。

小　尤　（跳起来）你敢！

严　艳　你看我敢不敢！（提笔欲在“路单”上填写）

男　甲　（忙打圆场）严师傅，您别生气。这趟车我先出。

小　尤　够朋友！（转对严）严大调度，他先替我出，等会我再替他跑，我们这是自愿交换，你还有什么话说。

严　艳　哼！（将“路单”递给男甲）

男　甲　（对女甲）走！（二人从右侧下）

〔幕后传出汽车启动、开走之声。

严　艳　（对小尤）这么倒腾一下，你又能多休息几分钟嘛？

小　尤　多休息一分钟就可以多舒服六十秒。这才叫“分秒必争”哩！

〔众笑。

严　艳　真是个“油葫芦”。

小　尤　油葫芦？叫得好！这个外号十分准确，十分精辟，本人能得此桂冠，感到不胜荣幸之至。不过，我说严艳，哦，严大调度员，你家要是缺油吃，只管言传，我把工作服、手套拧一拧，足够你家吃几个月了。

〔众哄笑。

严　艳　（气得涨红了脸）该死的！……（从一人手中夺过茶杯，将杯中水朝小尤泼去）

小　尤　哎哟……我的喇叭裤！

严　艳　嘻嘻……（笑着跑进调度室）

小　林　油葫芦，你的“四化”搞得不错呀！

小　尤　别瓤人啊！

小　林　岂敢！我是说你已经达到了“工作自由化，生活美满化，打扮西洋化，家庭摆设现代化”这“四化”啦！

小　尤　你呢？也够帅的嘛！

小　林　我哪能比得上你这位公子哥儿呀！

小　尤　我算什么？你还没见我那些好朋友的衣、食、住、行哩！

（唱）　高级毛料新西装，
吃鱼嚼肉喝鸡汤。
骑的铃木摩托车，
住的花园小洋房。

（他边唱边舞，一副扑克牌从兜里掉落）

男　乙　哎，快看，新扑克。

小　尤　来，甩两把。

小　林　少胡猖。难道你不知道吗？公司顾问郑秀廉正带领检查组找咱们的差错，秦经理正带领蹲点组在咱三路督战，我们的队长江胡子又一心想夺红旗、当先进。你小子刚才顶撞了调度员，现在又要打扑克，这不是寻着挨“挫”吗！

女　乙　是呀，前一阵《古城晚报》上点名批评了我们队，现在江队长正在火头上，小心吃家伙！

小　尤　（满不在乎地）老汉叫门——没事。什么整顿劳动纪律，改善服务态度，那都是糊弄人哩！

小　林　何以见得？

小　尤　就拿抓"甩站"的事来说吧，公司是怎么规定的？

小　林　司机一次甩站，扣发工资百分之二十。

男　乙　二次甩站，停职半年，举办学习班，学习期间只发百分之七十工资。

女　乙　三次甩站，开除公职。

小　尤　可是，认真执行了吗？

小　林　咋没执行？大勇甩了一次站，就被扣发了当月奖金和百分之二十的工资。

小　尤　可你们知道吗？前几天他又第二次甩了站。

小　林　真的？

小　尤　谁还骗你不成？

女　乙　我也听说他二次甩了站。

男　乙　那怎么没见给处分？

小　林　公司是咋搞的嘛！

小　尤　咋搞的？（小声神秘地）人家大勇是顾问郑秀廉的未来女婿，明白了吧？

女　乙　噢，官官相护呀！

男　乙　太不像话了。

小　林　有粗腿到底好嘛！

小　尤　我不是早说了，纪律是样子货。你别看秦竹梅说得挺邪乎，其实呀——

（唱）　秦竹梅新官上任三把火，
也不敢去捅大勇那马蜂窝。
从此后休想给咱套枷锁，
打扑克他们又能奈我何！

众　人　好，打！（围在一起打牌）

〔江涛手拿一卷纸，从右侧沿走廊上。

江　涛　（恼火地）你们在干什么？

小　尤　（嬉皮笑脸地）学习五十四号文件，武装武装思想嘛！

江　涛　（暴怒地大吼一声）收起来！

小　林
女　乙　（如雷贯耳地）我的妈呀！

小　尤　哎，我说江队长，这八月十五还没到，你咋就寻着捏软柿子？

江　涛　什么意思？

小　尤　你自己清楚。

江　涛　我当然清楚。（将手中纸卷展开）看看吧！（贴于黑板上）

〔众围观。

小　林　关于对大勇第二次甩站的处分决定。

小　尤　停职半年，举办学习班，只发百分之七十工资。（吐舌头）乖乖，来真个的了。（突然发现什么）嗳，队长，这处分决定是五月十日做出的，今天可是五月十五日了，你怎么才贴出来？

江　涛　（语塞地）这……不关你的事！你们还是老老实实工作，谁再甩站，他就是娃样子！

〔严艳从室内出。

严　艳　油葫芦，出车！

小　尤　（爽快地）是，马上走！（接过"路单"，对女乙）快！

〔二人同下。

〔右侧幕内传来汽车启动、开走声。

严　艳　（奇怪地）咦，小尤这回咋恁积极的？（欲转身进屋）

江　涛　严艳！

严　艳　嗳！（止步）

江　涛　大勇的车啥时回来？

严　艳　（看了看手表）还有十分钟。

江　涛　等他回来，覅让他继续出车了。

严　艳　可今天已经来不及另派司机了。

江　涛　我先顶一班。

严　艳　好！（进屋）

江　涛　（对男乙）你看看你那辆车有多脏，有谝闲传、打扑克的功夫，就不能把车擦洗一下吗？

男　乙　是！（跑下）

江　涛　（对小林）你呢？整天就知道打扮，为啥不抓紧时间学会用普通话报站？

小　林　我已经学会啦！你听——（操普通话）“三路，开往火车站。下一站是朝阳门，请做好准备，先下后上。”（说到“下”字时，又习惯性地用方言发音，把“下”字说成“哈”）

〔众嗤嗤暗笑。

江　涛　你呀，你呀！你看看人家丽娟吧！她原先也不大安心售票员工作，可最近的表现就很不错嘛！不仅能用流利的普通话报站，服务态度也非常好。许多乘客给公司写信表扬她。你们好好看看！（给黑板上贴表扬信）

〔众围观，并悄悄议论。

〔左侧幕内传来公共汽车进院、停下的声音。

〔身背照相机的闻新采从左侧上。

闻新采　江队长！

江　涛　（头也不回地）少啰嗦，擦车去！

闻新采　（一怔）啊！擦车？我坐车时可没违反规定呀，干吗罚我给你们擦车？

江　涛　（回头一看）你是……

闻新采　《古城晚报》记者。

江　涛　闻新采？

闻新采　对对对，我是来采访的。

江　涛　（热情地）请坐，喝水！

小　林　（对众司售人员，小声地）就是他上回在报上点了咱三队的名。这回别让他又抓住把柄。走！（同众溜下）

闻新采　江队长，三路汽车的近况如何？

江　涛　打从你上次拍照片、写文章批评三路，公司来帮助我们进行了思想整顿，现在大变样啦！

闻新采　好哇！（掏出笔记本）有些什么新气象？

江　涛　（炫耀地）形势一派大好哇！

（唱）　百日大干热浪滚，
人勤车净气象新。

闻新采　（环顾四周）是不错呀！

（唱）　那边正练普通话，
这边擦车汗淋淋。

江　涛　（唱）　你再看这表扬信，
乘客称赞古城春。

闻新采　好极了！（欲拍照，突然发现布告）这是怎么回事？

江　涛　（唱）　不守纪律是个别人，
赏罚分明两区分。
现如今——
人人都想当先进，
个个立志表决心。
没人再敢乱甩站，
天天捷报传佳音。

〔严艳手拿电话听筒，出现在窗口。

严　艳　队长，你的电话。（递听筒，走开）

江　涛　（对话筒）喂，我是江涛……啊，在什么地方？这个混毬！（生气地扔下听筒）

闻新采　（关切地）出了什么事？

江　涛　（烦躁地）没什么。

闻新采　（知趣地）你忙吧，我再找别的同志谈谈。（沿走廊从右侧下）

江　涛　（独白）这个该死的大勇，他又第三次甩了站！（苦恼地走至树荫下）这可怎么办呢？

（唱）　好鼓儿偏遭铁锤擂，
好花儿偏遇暴雨摧。

原指望争当个先进车队，
不料想这一下把脸抹黑。
恨大勇恨得我牙关咬碎，
悔当初留祸根自找倒霉。
愁云在压我胸锁我双眉，
怒火在炙我肝烧我心扉。
倘若还报告给我妻竹梅，
评先进必定会蛋打鸡飞。
同志们流下了多少汗水，
难道说眼看着全被风吹？
大勇他同丽娟又将婚配，
开除他郑大姐岂不伤悲！
对此事切不可草率冒昧，
陷困境谁能够为我解围。

〔大勇、丽娟上。

江 涛 你们俩过来！（拉二人到角落）

大 勇 （带有抵触情绪地）作啥？

江 涛 （小声地）你刚才是不是又甩站了？

大 勇 哼！（不予回答）

江 涛 （对丽娟）他甩站没有？

丽 娟 （难言地）他……

江 涛 （严肃地）快说！

丽 娟 他甩了……

大 勇 丽娟，说话可得凭良心！

丽 娟 （忙改口）……没有。

江 涛 啥？甩了没有？你问谁呀？你是售票员，同车司机甩没甩站，你是最可靠的证人。这事关系重大，公司的明文规定是上了报的，你要好好想一想，他刚才甩没甩站？

丽 娟 他……

大 勇 谁他妈的诬赖好人，告黑状，老子饶不了他！

江　涛　住嘴！丽娟，你说，他到底甩站了没有？

丽　娟　他……没有。

江　涛　（松了口气）没甩就好！

大　勇　就是真的甩了，谁敢把我怎么样？

江　涛　你……（气得一把抓住大勇衣领）

丽　娟　哎呀，队长！

江　涛　（放开大勇）你已经两次甩站，教训还小吗？看看吧，那是对你第二次甩站的处分。你要是再敢第三次甩站，可就要把你开除了。这不仅会连累全队同志都拿不到奖金，百日竞赛得不了红旗，同时也会影响丽娟即将得到的先进标兵称号，还要影响到丽娟她妈、我们的老经理郑大姐的声誉。你明白吗？

大　勇　（似有所悟）噢！

江　涛　可不要再耍二杆子了。

大　勇　（点点头）嗯！

江　涛　丽娟，要是公司查问这件事，你可要坚持正义，没甩就是没甩，不能随便乱说。

丽　娟　我……记住了。

〔秦竹梅端一个大竹筐上。

秦竹梅　同志们，开饭啦！

〔男乙、小林及其他司售人员拥上。

小　林　嘿，秦经理亲自给我们送饭，今天我可得多吃点。

秦竹梅　（玩笑地）我可不敢让你多吃。

小　林　为啥？

秦竹梅　怕你这身材苗条的林黛玉会变成过于富态的薛宝钗，那贾宝玉可就不爱了。

（众笑）

男　乙　没关系，贾宝玉不爱，我爱！

小　林　滚一边去！

〔众大笑。

〔小林从秦竹梅手中接过竹筐，端进室内。司售人员跟下。

秦竹梅 （站在走廊上，对江涛、大勇、丽娟）你们三位想绝食呀？

江　涛 （对大勇、丽娟）你俩去吃吧！

〔大勇、丽娟上走廊，进屋。

秦竹梅 （对江涛）哎，你咋不过来？

江　涛 （闷声闷气地）我不饿！（点燃一支烟，大口地吸着）

秦竹梅 （发现江涛神色异常，忙走至他身旁，关切地）你咋啦？

江　涛 你去问问公司检查组吧！

秦竹梅 检查组咋？

江　涛 大勇没有甩站，他们为什么打电话胡说八道。我可告诉你，谁要想给三队脸上抹黑，我可不答应！

秦竹梅 你怎么能这样说话？大勇是不是又甩了站，总会查清的。

（唱）　风过山林有响声，
　　　　寻声觅迹知真情。
　　　　只要认真细查证，
　　　　是非曲直能分清。

〔大勇从室内冲出，丽娟跟出。

大　勇 （对秦竹梅高吼）你查吧，没甩就是没甩！

〔严艳、小林、男乙、闻新采、众司售人员拥出。

秦竹梅 （对大勇）你大呼小叫的干什么呀？

大　勇 （以攻为守地）干什么？头两次甩站，我承认了吧？好汉做事好汉当嘛！可我已经吸取了教训，还有人诬告我甩站。哦，看我好欺侮呀！

秦竹梅 大勇，这事情我们会调查清楚的。

〔郑秀谦、江守中、小唐上。站在人群后观望。

大　勇 （虚张声势地）你必须尽快查清楚，我要看看是哪个兔崽子、王八蛋在造我的谣！

郑秀廉 是我！

大　勇
丽　娟　（大惊失色地）啊！

郑秀廉　是我和唐秘书在朝阳门汽车站检查时，亲眼看到123号车甩了站。

小　唐　郑大姐当时就让我给江队长打了电话。

江守中　（对大勇、丽娟）你们……咳！

大　勇　江书记，我没甩站！

江守中　（对郑秀廉）那……

郑秀廉　丽娟，你要老实讲，你们123号车刚才在朝阳门甩站没有？

丽　娟　（心情矛盾地）我……

郑秀廉　孩子，你可要做个诚实的人呀！

丽　娟　（看看母亲）我……（又看看大勇）我……

郑秀廉
大　勇　（同时催促地）你快说呀！

江　涛　你刚才是怎么说的，就怎么讲嘛！

众　人　说吧！

丽　娟　（左右为难地）我……我不知道！

众　人　（震惊地）不知道？

丽　娟　我什么也不知道！（哭着跑下）

众　人　丽娟……

秦竹梅　大家先工作，对这个问题，我们一定要调查清楚。

大　勇　你调查吧，哼！（急下）

江　涛　（光火地）调查，调查，调查个屁！你把人都逼跑了，我这个队长还怎么干？（气呼呼地拂袖而下）

江守中　江涛……咳！（不满地瞪了秦竹梅一眼）你看看，你看看！简直乱了套啦！

秦竹梅　爹！

（唱）　别忧虑，莫心焦，
树壮不怕狂风摇。
大山压泉泉更旺，
礁石挡潮潮更高。

队里形势乱不了，

江守中 （唱） 队长担子谁来挑？

郑秀廉 我来代理队长。

秦竹梅 （从严艳手中接过"路单"）唐秘书！

小　唐 到！

秦竹梅 跟我出车！

〔众亮相。

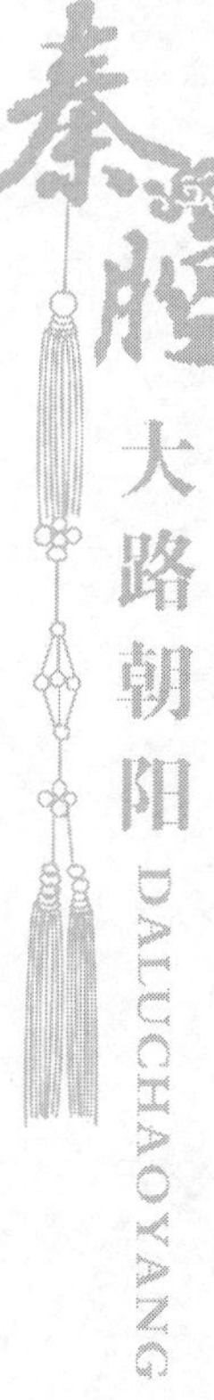

第四场

〔当天晚上，月夜。

〔职工宿舍门前花圃旁。

〔幕启：室内灯火通明，录音机放送着舞曲。透过纱窗可以望见大勇、小尤和小林等人在跳交际舞。

〔丽娟忧心忡忡上。

丽　娟 （唱） 思想起今上午撒下谎言，
坐不住立不宁忡忡不安。
含羞愧躲在家神志惶乱，
谁能够解脱我精神负担？
我有心把真情如实去谈，
又恐怕大勇他误把我冤。
我二人两相爱经月有年，
怎能够因此事抛弃情缘？
同志们创先进艰苦奋战，
毁荣誉责任大后果不堪。
倘若还把甩站继续隐瞒，
做此事理有亏于心何安？

（欲推门，又止，惴惴不安地）唉，我该怎么办？

（接唱）愁绪乱理不清更难剪断，

对明月连声叹倍觉忧烦。

〔江涛上。丽娟欲躲避。

江　涛　丽娟!

丽　娟　江队长……你来啦。

江　涛　站在这儿弄啥?

丽　娟　没……没啥。

江　涛　(发现室内舞影笑语)好哇,一个个不好好工作,钻到宿舍里干这事! 搂搂抱抱的,成何体统! 这儿简直快变成小香港了!(对丽娟)没干啥? 怕是疯狂够了,跑出来透气的吧?

丽　娟　不不,我没有参加。

江　涛　那你为啥不干涉? 你这先进售票员是咋当的?

丽　娟　我算啥先进! 连自家个都管不了……

江　涛　他们是老虎? 我就不信猫不吃浆子!(捶门)停下! 停下!(舞曲戛然而止)都给我出来! 听见没有!

〔大勇、小尤、小林等拥出。

小　尤　哟嗬,队长大人驾到,稀客稀客,里边请!

众　人　请!

江　涛　行咧! 油腔滑调的,像个啥样子?(对大勇)我来问你,谁让你们在宿舍里胡日鬼?

大　勇　你把话说清白,啥叫胡日鬼?

江　涛　谁让你们跳舞? 呃?

大　勇　跳舞也犯法,要罚款?

小　林　公司又没规定……

小　尤　队长,这儿是光棍堂,不是三路站,八小时之外,你呀,管不着!

江　涛　什么? 管不着? 今日个我非管不可!

(唱)　为了把交通面貌来改变,
全公司跃马加鞭干劲添。
你几个竟然男女混杂搂搂抱抱不顾影响忙中来偷懒,

凉房子底下享清闲。
不由人越看越气火难按，
今夜晚全都给我去加班！

小　尤　队长，你……

江　涛　少废话。加班去！

〔秦竹梅上。

大　勇　加班靠自觉自愿，这会儿命令吃不开，想让哥们加班，得让秦经理来。

秦竹梅　我来啦。

江　涛　你？

秦竹梅　咋，不认得？

江　涛　你来干什么？

秦竹梅　我是专门来看他们跳舞的。

大　勇　跳舞了，怎么样？

秦竹梅　小尤，去，把录音机提出来。

小　尤　（不安地）咋办？

大　勇　拿去！

〔众人不安地张望着，一时不知所措。小尤提出录音机，放在石桌上。秦竹梅打开键钮。舞曲在夜空中飘荡。

秦竹梅　你们瞧瞧，明月当空，清风送爽，树枝摇曳，满院花香，多美啊！何必关门闭户地闷在屋子里。来，跳啊？

〔众面面相觑。

秦竹梅　我们试试。丽娟，（丽娟躲开）小林，咱们俩来！（拉住小林，翩翩起舞）

〔众窃窃私语。

女　乙　哟，秦经理还有这一手？

小　尤　华尔兹跳得多帅！

〔江涛恼怒，关掉录音机。

江　涛　（扯开秦竹梅）你疯了？

秦竹梅　不服？你也来试试。（拉江涛欲跳）

众　人　（鼓掌）好，来一个！

江　涛　（甩开秦竹梅）乱弹琴！（悻悻下）

〔众哄笑。

秦竹梅　瞧瞧，你们胡子队长多封建！

大　勇　（嘲讽地）你不怕这块小香港？

秦竹梅　香港也是咱们中国的领土嘛，怕啥？

〔众人忙倒水。

小　尤　（打开饭盒）秦经理，请吃块点心。

秦竹梅　（从中抓起一个又黑又硬的馒头）我吃。（咬了一口）好酸！放了几天了？

小　尤　下午才从场里食堂买来的，味道咋个向？赛过上海发酵粉，气死山西老陈醋！

秦竹梅　你们就吃这号饭？

小　林　可不！一天三顿，磁锤冷馍熬茄子！

丽　娟　大热天，谁也吃不下去。

大　勇　简直是猪食！你们干部回家开小灶，工人却活受罪。谁管？

秦竹梅　问得好。大伙说说，职工食堂为啥办成了这个样子，问题的根子在哪里？

小　尤　明摆着，炊事员十个有五对不安心。

秦竹梅　为什么呢？

小　林　因为和他们同样以炊事员指标招来的人。一个个走后门、空中架桥，有的当了售票员，有的进了驾训班，有的到卫生所穿上了白大褂。

秦竹梅　对于这些“空中飞人”，你们意见该咋样处理比较好？

小　林　好办，从哪儿来，还回哪儿去！

小　尤　好我的林妹妹呢，你整天呆在大观园，只晓得个潇湘馆，认得个贾宝玉。你把谁能撞动？一个比一个大腿粗！

小　林　要戴“紧箍咒”，大家都戴。

秦竹梅　大勇，你不也是以炊事员招进公司的么？

大　勇　就算是的，又怎么样？

秦竹梅　你来带个头，先回炊事班。怎么样？

〔郑秀廉暗上。

大　勇　好哇，秦竹梅，你成心处处跟我过不去，手段真毒辣！公司调我到工会，被挡了驾，刷掉了；我甩了两次站，你张榜罚款，勒令停职臊我的皮，还陷害我第三次甩了站，开除目的没达到，如今又想把我塞进炊事班。你安的什么心？

秦竹梅　出以公心，按照政策，原则办事！

大　勇　我问你，你有没有儿女？

秦竹梅　有过一个儿子。

大　勇　你疼不疼儿？

秦竹梅　哪个母亲不疼儿！

大　勇　你娃多大了？

秦竹梅　和你岁数一般大。

大　勇　你娃该不是做饭的吧？

秦竹梅　（悲痛地）我……不知道。

大　勇　好一个不知道！别骗人了！有立军令状的能耐，就有让自家娃当伙夫的勇气嘛。怎么样，我的秦大经理，堂堂的党委书记同志，要叫你娃干，我立刻卷铺盖进伙房，要是说个不字，我大勇就是四条腿爬的！

小　尤　大勇立下军令状了。秦经理，怎么样？

丽　娟　（拉小尤）你少跟风扬碌碡！

大　勇　说话呀？

秦竹梅　可惜，他不在……

大　勇　他在哪儿？

秦竹梅　我不知道……

大　勇　哼！（冷笑）漂亮话说得多好听，建设“四化”要全心全意呀，什么从我做起呀，舍己为人呀……行咧，别来卖狗皮膏药了！

郑秀廉 住口！

众　人 郑大姐？

郑秀廉 我真替你害臊！你都说了些什么呀？

大　勇 我说的是她儿子！

郑秀廉 你这是在伤一个母亲的心呀！你们哪里知道，竹梅的孩子早就……不在了！

众　人 啊？

秦竹梅 那还是十六年前的事啦！

（唱） 提起往事心潮涌，
思念娇儿泪花生。
六六年掀起了“文化革命”，
古城内乌云弥漫刮妖风！
那时节我被戴上修正主义黑典型，
进“牛棚”连日游街挨斗争。
江涛父子被隔离，
家破人散音不通。
我儿刚满四岁整，
终日无人来照应。
那一日我被押赴农场去劳动，
娇儿牵衣放悲声。
惹恼暴徒绝人性，
将我儿抛在朝阳路边树丛中！
从此一别无止境，
访遍古城无回声。
仰天呼唤儿不应，
鸿雁绝迹儿无踪。
朝阳路年年开花红，
明月儿岁岁依旧照门庭。
儿音容夜夜入残梦，
醒转来汩汩珠泪滚滚湿枕冷如冰。
做娘的望子成才展鹏程，

干革命哪能不分工？
莫忘了新一代道远任重，
想一想应该怎样度人生？
似这样胸无大志拈轻怕重不守纪律浑浑噩噩混光景，
国家何日能振兴？

众　人（唱）秦经理推心置腹讲一遍。
方觉得心胸开朗眼界宽。
低下头细思细想愧满面，
悔不该虚度年华混时间。

大　勇　哼！（提起录音机下）

丽　娟　大勇！

众　人　大勇！……

丽　娟　秦阿姨，你处分我吧！

秦竹梅　我还要表扬奖励你哩。公司连日收到不少群众来信。赞扬你助人为乐，以车为家，文明服务，礼貌待客。你应该好好总结一下，后天在全公司经验交流会上，给大伙介绍介绍。

丽　娟　我不配。今日个上午我撒了谎，大勇在朝阳门确实甩了站，当时我让他停车，他就是不停。

郑秀廉　在调度室追查时，你为啥不说？

丽　娟　当时我怕……

郑秀廉　怕什么？

丽　娟　听江队长讲，我们三路车是先进队，要是出现三次甩站，就会扣发全队同志的奖金，毁了先进队的声誉。再说，我怕大勇被……秦阿姨，你能原谅他么？

秦竹梅　甩站这件事，我不能原谅。因为那只能助长歪风邪气，自毁行车纪律，反倒害了大勇呀！丽娟，
（唱）先进队靠的是创造劳动，
有缺点万不能包庇怂恿。
对大勇你应该满腔热情，

求进步得开展思想斗争。
要耐心帮助他改邪归正，
才能够肩并肩比翼凌空。

丽　娟　我懂了。（拭去泪水）

秦竹梅　找他好好谈谈，要让他认识错误的严重性，认真找找思想根源。

丽　娟　嗳。

秦竹梅　去吧！

〔丽娟下。

众　人　秦经理，我们这就去加班。

秦竹梅　不用去了。今晚好好休息，明日我带你们到金玉华同志所在的纺织厂去参观。

众　人　误不了！我们走啦！（下）

郑秀廉　多么可爱的年轻人啊！

秦竹梅　是啊。

〔小唐上。

小　唐　竹梅同志，你让我通知的各场场长和党委书记，还有主管后勤工作的副场长，都到齐了。

秦竹梅　好。唐秘书，你把这个馒头带去，让干部每人尝一口，然后带他们到职工食堂去开现场会。

小　唐　好。（下）

秦竹梅　郑大姐，咱们先去找炊事员谈谈。你看怎么样？

郑秀廉　好主意！

〔秦竹梅挽郑秀廉下。

第五场

〔数日后，傍晚。

〔秦竹梅家。

〔景同二场。

〔幕启：江守中在浇花。

〔小唐捧文件夹子上。

小　唐　江书记！

江守中　哦，小唐呀。快来看，我这株月季花怎么样？

小　唐　呀，花儿开得好鲜艳呀，你老可真精心。

江守中　不精心还成？阳光、雨露、土壤再好，还得靠园丁服侍、培育才成。把洒壶递给我。

小　唐　你老的身体可不如从前啦。

江守中　好不了啦。同咱们公司那些破车一个样，机器到处出毛病，用吧，老抛锚，报废吧，又舍不得。血压一会儿高，一会儿低，今日个又不大美气，今日晚上，准保要变天。

小　唐　那晚上开常委会，你能参加么？

江守中　精神来不了，腿脚也不大听使唤，我就不去了。

小　唐　秦经理说，请你尽量参加。

江守中　（心不在焉地）把剪刀递给我。（继续修枝）哦，你刚才说啥来着？

小　唐　请你今晚参加常委会。

江守中　研究啥事？

小　唐　对违反劳动纪律有关人员的处理。

江守中　处理人？问题有那么严重？

小　唐　反正不小。这是我起草的文稿。（递文件）秦经理让请你先审阅一下，以便提交常委会讨论。

江守中　（看罢文件，一惊）啊？要把大勇开除公职，留场察看一年！……小唐，这是谁指示让你搞的？

小　唐　秦经理。

江守中　又是她！怎么能随便开除一个工人？小唐，你是多年的党委秘书，难道不懂组织原则？竹梅才上任，年轻气盛，缺乏领导工作经验，容易感情用事，你应该提醒她、帮助她，咋能支持她？我当书记的时候，你见啥时开除过人？在目前社会秩序不大正常的时期，不利安定团结的话，不能讲；不利安定团结的事，千万不能干！

小　唐　可是，咱们公司制订的纪律上讲得一清二楚，而且见了报……

江守中　那是造造舆论，是思想政治工作的一种手段，不是目的。要求从严，处理要从宽，不能认得那么真。

小　唐　但是，群众反映很大，一致要求公司党委严查处。

江守中　你这同志，难怪人家说你是机械学院死板系毕业的高材生。群众嘛，七嘴八舌头，你叫他要说啥？马列主义有个灵活性嘛。党员准则早公布了，可在现实生活中，谁能逐字逐句都做到？人无完人么。告诉竹梅，这事，不能上会！

小　唐　好。（欲走又止）刚才市政府办公厅袁秘书来电话找你。

江守中　你没问啥事？

小　唐　他不晓得从哪儿听说公司要开除大勇，让我转告你，对待人的处理要慎之又慎，大勇虽然有些毛病，批评教育一下行了，叫你考虑后果和影响。听他的口气，大勇似乎还和什么领导干部有关？

江守中　我知道了。你去，把竹梅给我叫来。

小　唐　好。（欲走又止）我差点忘了，这月工资我替你代领了，总共一百一十元零五毛。

江守中　你弄错了吧？

小　唐　没错。因为你一个多礼拜没上班，一未给办公室打招呼，二无病休假条，按公司纪律规定，以旷工论处。所以，扣发三十五元。

江守中　啊？这是谁批准的？

小　唐　秦经理在考勤表上批的字，已经张榜公布了。

江守中　好哇，居然整到老子头上来了！

（唱）　怒火阵阵如浪卷，
　　　　只觉头晕目又眩……

（江守中站立不住，小唐急扶）

　　　　掌权不到三月半，
　　　　竟然朝我抡马鞭！

〔秦竹梅上。

江守中　（扔掉文件夹子、工资袋）你去告诉秦经理，秦大书记，就说我江守中老朽无能，冒犯了她的王法，不配当这个副书记，请求恩准，告老还乡。

小　唐　江书记！你……

〔秦竹梅拣起文件夹子、工资袋，示意小唐，小唐下。

秦竹梅　爹！

江守中　我不是你爹！（愤愤地将酒壶朝月季花砸了下去）

秦竹梅　（唱）　为育苗你曾朝夕洒过汗，
　　　　砸毁它难道你就不心酸？

江守中　（唱）　育芳菲日夜盼她争奇艳，
　　　　谁料想原是莠草无心肝。

〔江守中入内，取出酒瓶，满斟一杯欲饮，秦竹梅急拦。

秦竹梅　（唱）　那是你一时糊涂看花眼，
　　　　犯急躁借酒浇愁愁更添。

江守中　（唱）　难道说喝酒也把纪律犯？
　　　　还得要扯旗放炮张榜罚款书面检讨把名签？
　　　　你如今羽毛丰满把翅展，
　　　　我只求早些免职早罢官。

秦竹梅 （唱） 爹爹你不必动气怒满面，
假若还气坏身体儿不安。
我出任书记原是你推荐，
若有错还望指教来扶搀。

江守中 （唱） 老子我革命风雨几十年，
难道说不能在家歇几天？
自古来干部休假无规范，
竟让我示众出丑丢脸面！

秦竹梅 （唱） 你虽然为了革命洒血汗，
更应该保持晚节走在先。
要发扬艰苦奋斗好传统，
怎么能无故缺勤不上班？

江守中 （语塞）这……

秦竹梅 爹呀！
（唱） 党教咱光明磊落排私念，
党教咱前赴后继志要坚。
党教咱敢于斗争莫畏难，
党教咱坚持原则把好关。
党教咱不循私情要果断，
党教咱赏罚分明不能偏。
没想到今日把你名来点，
你竟然大动肝火怒冲冠。
似这样今后儿怎把令传，
咱发布规章制度为哪般？
立法规不愿遵循法规办，
你说说该对谁严对谁宽？
对违反劳动纪律不抓不管长此一往任泛滥，
岂不是放弃原则功过不分赏罚不明助长歪风姑息退让来养奸！
儿若还把你的面子来成全，
到头来失信于民公司面貌咋改观？

江守中 别拿我的事掩盖你的错误！我问你，为什么要开除大勇？

秦竹梅 他三次甩站，影响极坏，民愤很大。经车队、场部和公司干部多次说服教育、会议帮助，至今拒不认错，而且态度蛮横，实属屡教不改的“害群之马”，难道不应该按照纪律，予以开除吗？

江守中 目前，社会风气未能根本好转，哪个单位不是如此？违反劳动纪律的人，何止一个大勇！

秦竹梅 改变社会风气要靠大家一齐动手，倘若各个单位都放任自流，任其发展，社会风气就不可能得到改变。

江守中 就你能！旁人避都避不及，躲都躲不开，你有多大能耐，非得去捅这个马蜂窝？还嫌公司矛盾少呀？

秦竹梅 如果为了躲矛盾，当初我就不回公司来挑这副担子！

〔江涛风风火火奔上。

江　涛 我的大书记，你还有心在家品麻喝酒，我可是晕了头啦！

秦竹梅 怎么了？

江　涛 三路站乱套了！

江守中 咋回事？

江　涛 （唱）大勇他大闹调度站，
寻衅滋事吵翻天。
扬言找你把账算，
动刀子不怕坐牢监。
他言说：谁敢开除试试看，
立即死在他面前。
正赶上市长来查验，
三路站这下臭名熏上天。

江守中 廖市长怎么讲的？

江　涛 正找乘务员和大勇谈话呢。报社记者也闻见风跑着采访去了！

江守中 你看看，你看看，这都是你——

秦竹梅 我？我怎么了？

江守中 你不立军令状，能惹出这些麻达？

江　涛 甩站么，罚俩钱，就罚俩钱，你偏要分个一二三，开除人。市上给了五个指标，人家说话腰不疼，你却把麦秸棍当令箭。你得罪人事小，咱这个家日后就覅想安宁！三队的荣誉也被你一锤子砸了！

秦竹梅 照你讲，家丑就不外扬，就该包起来？那不是先进，那是徒有虚名的冒牌货，我看砸了好！

江　涛 你砸，你砸吧！这一回，我再也不当这个队长了！

秦竹梅 要辞职？马上写报告，我批！

江　涛 好，我写！

〔江涛抓起笔、欲写，江守中上前一把夺过，扔出窗外。

江　涛 哼，难怪人家在背后吃杂碎，砸洋炮，说你立军令状是为了出风头，排挤打击老干部，不惜砍红旗，讨好卖乖，领着青年娃们去跳舞、逛工厂，捞取政治资本，一心往上爬。我都替你害臊！

秦竹梅 什么？（痛苦地）我为了捞取政治资本，一心往上爬？

（唱）　心颤抖一瞬间掀起狂浪，
　　　　不由我秦竹梅暗自思量。
　　　　阿公恨丈夫怒谣言诽谤，
　　　　难道说这一刀错把人伤！

江守中 整顿劳动纪律，整顿的后果咋向？越整越乱！好端端的一个公司，让你折腾成什么样子了？

江　涛 到头来，你辞职让位、身败名裂！

江守中 我告诉你，大勇不能开除！

秦竹梅 （自言自语地）大勇为什么敢这么胡搅蛮缠呢？

江守中 你晓得他是谁吗？

秦竹梅 丽娟的对象，郑大姐的女婿呀。

江守中 你既然清楚，为啥还这么固执？（劝慰地）竹梅，千万不能感情用事啊！

（唱）当干部要胸怀全局观念，
遇矛盾容人度量要广宽。

江　涛（唱）郑大姐经风沐雨几十年，
干公交苦奔波心血劳干。

江守中（唱）一颗心甘把青春年华献，
到如今积劳成疾白发添。

江　涛（唱）为革命主动退出第一线，

江守中（唱）保荐你走马上任来接班。

江　涛
江守中（唱）期望你朝阳路上挑重担，
你怎能忘恩负义把脸翻？

秦竹梅（唱）我难忘大姐培养把路引，
更难忘育我入党介绍人。
她教我全心全意为人民，
她教我要把爱憎两区分。
教我学青竹红梅高洁性，
抗严寒光明磊落来争春。

〔郑秀廉暗上。

江　涛（唱）郑大姐树立红旗你伤损，

江守中（唱）你执意开除大勇剜她心！

郑秀廉（唱）郑秀廉并非那样糊涂人，
我怎能为己护短来乱真？
树红旗原为率众把路引，
军纪严方能够号令三军。

秦竹梅　大姐！

郑秀廉　江老呀，制订行车纪律，发布规章，实行岗位责任制，你身为党委副书记，不是在党委扩大会上也表过态吗？

江守中　咱们从前不也立过法规，哪一条又兑了现？

郑秀廉　不错。但你想过没有，为什么兑不了现？不是群众不守，而是我们不敢坚持原则，缺乏信心，没有胆识，让怕字捆住了手脚，对少数闹无政府主义的人，一味迁就、退让，挫伤了大多数职工群众的积极性，才招致混乱恶果呀！

江守中 事出有因，不能离开当时的客观因素，孤立地看问题。

郑秀廉 难道主观上就没有因素吗？不能严于律己，焉能服人？自己干不了，又不愿放手让别人干，处处抱残守缺、拖后腿，能打开工作新局面吗？老江，古城解放时，我来公司担任军代表，那时，你江守中可不是这个样子啊！

江守中 好汉不提当年勇。老啰！

郑秀廉 那就应该支持年轻人大刀阔斧干，可你抱的啥态度？

江守中 我是怕……

郑秀廉 又来了！我同意开除大勇！

江守中 你——事到如今，我实话告诉你们，大勇他……

众　人 他怎么样？

江守中 他是廖市长的儿子！

众　人 （震惊地）廖市长的儿子！

江守中 风已经吹进市政府办公厅，袁秘书打电话在追查这件事！

众　人 啊？

江守中 这也难怪他呀！

（唱）廖市长年近花甲霜两鬓，
数十年戎马生涯受人尊。
文革中遭受迫害全家命丧尽，
唯留下爱子大勇一条根。
来古城两袖清风不染尘，
他带头送儿插队下农村。
那一年招工大勇把城进，
老廖他让我不要露身份。
对大勇思想教育要抓紧，
因此上调换工种到如今。

你今日开除大勇不当紧，
影响了市长声誉谁担承？

众　人　（为难地）这……

〔廖市长上。

廖市长　这个什么呀？

众　人　（不安地）廖市长！

廖市长　我是为大勇的事来的。

秦竹梅　情况你都知道了？

廖市长　（点头，痛苦地）我真痛心哪！

（唱）　儿有错与我有责任，
当家长未曾尽到心。
只为娇儿难生存，
自幼缺少母爱亲。
因此娇生常惯养，
我把他视作掌上珍。
思想上很少来过问，
只操心饥饱与寒温。
自由散漫无长进，
野马成性生劣根。
悟彻方知恨时晚，
儿被除名揪我心。
今日检讨来登门，
此事对我教育深。

秦竹梅　（唱）　市长悲诉意未尽，
爹爹苦衷我知音。
开除大勇心何忍？
难煞我这掌权人。

众　人　竹梅，你看呢？

秦竹梅　我……

〔路大妈上。

路大妈　竹梅！

秦竹梅　路大妈！

路大妈　孩子，我给你报喜来啦！

秦竹梅　我在这儿正发愁呢？

路大妈　告诉你，你让我打问多年的那个人，找到啦！

江　涛
秦竹梅　在哪儿？
江守中

路大妈　你们看！（出示报纸）今日个早上，我在这张《古城晚报》上忽然找到了他！就是这个人！

江　涛
秦竹梅　（惊讶地）是他？（将报纸递给郑秀廉）
江守中

路大妈　没错。虽然过了十六年，他这模样我记得清清的。

廖市长　谁？

郑秀廉　你！

廖市长　我？

秦竹梅　大妈，（指廖市长）你看，是他么？

〔路大妈与廖市长同时一怔，相视良久。

路大妈　你是六六年夏天，在朝阳门过路的那位解放军同志？

廖市长　你是抱孩子进城看病的那位大嫂？

路大妈
廖市长　啊呀，我可把你找到啦！（二人紧紧握手）

路大妈　那孩子现在哪儿？

廖市长　就在门外。（对外）进来吧！

众　人　（冲幕内）是他？

〔大勇痛苦地上。

秦竹梅　大勇？

大　勇　秦经理……

路大妈　她就是你妈呀！

大　勇　什么？

廖市长　你还记得我讲过，关于你妈的话么？

大　勇　我一辈子都忘不了。一九六六年夏天，我被我妈抛弃在朝阳门马路边……

路大妈　是我把你抱起,当时我正奶着病病孩子,无力抚养……

廖市长　我到古城执行任务,正好走到那儿,就收养了你。

秦竹梅　我出了"牛棚",返回古城,同江涛四处打听,好不容易才在郊区寻见路大妈。

路大妈　我怎么也打听不到你的下落。

廖市长　我也是多次来古城打听,一直没有音讯,后来部队又经常换防,越走越远,就再没机会了……自从转业到了古城,我天天步行从朝阳门路过,为了能有机会在群众中找到你呀!

秦竹梅　大勇,我的孩子!

大　勇　不,我不是你的娃!

廖市长
路大妈　孩子,没有错。

秦竹梅　你……叫声妈妈吧!

大　勇　不!

众　人　大勇!

大　勇　我妈早……死了!

（唱）　我的娘如今若还在世上,
焉能够一十六载不访小儿郎?
我的娘如今若还把儿想,
焉能够任儿孤苦痛悲伤?
我也曾时时刻刻念亲娘,
到今日不知我娘在何方?
多少次朝阳路上把娘望,
直望到星移斗转寒露浸衣夜风潇潇一轮明月照西窗。
多少次彻夜徘徊长怅惘,
盼娘亲一直盼到升曙光。
普天下儿女都把母爱享,
唯独我常把珠泪当酒浆。
我想唱弦断琴折无音响,
我想笑犹如利剑扎胸膛。

我也曾立过壮志怀理想，
怎奈是悒郁压心难轻装。
自暴自弃逐波浪，
咬牙悲愤骂穹苍。
不提娘亲还罢了，
提起娘亲恨满腔。

秦竹梅 （唱）大勇儿句句话狠如刀刃，
一字字扑面来刺穿我心。
朝思儿暮盼儿梦萦心魂，
多年来每念起泪湿衣襟。
我只说娇儿命苦永难寻，
怎料到近在咫尺不知根。
终盼到有幸重逢儿不认，
反落下铁石心肠无情人。

郑秀廉 大勇，你妈为了寻你，吃尽了苦哇！

廖市长 那年月，能怨得了你妈吗？

江　涛 生儿没有养儿，是我不好。要恨，你恨我吧！

江守中 我这当爷的，也没尽到责任啊！

秦竹梅 不，是我对不住他。大勇，原谅妈妈吧！……

众　人 大勇！

大　勇 妈妈——

秦竹梅 大勇！

（二人拥抱，众皆垂泪）

（伴唱）一十六年离人泪！
化作涌泉浪花飞。

大　勇 你能原谅我么？

秦竹梅 嗯。

大　勇 不开除我了？

秦竹梅 这——

大　勇 好妈妈，从今往后我一定重新做人，遵守行车纪律。

江守中
江　涛 竹梅，孩子悔过认错了呀。

秦竹梅　大勇呀！

（唱）　你今迷途能知返，

还是娘的好心肝。

怀抱娇儿心麻乱，

临到自己举棋难……

大　勇　妈妈，你说呀！

秦竹梅　（唱）　我若还执意不改变，

三代人心似滚油煎；

我若还不把儿开除，

今后纪律谁把关？

倘若还对己不求严，

怎能开创新局面？

大　勇　怎么样？

秦竹梅　要开除！

江守中
路大妈
江　涛　（一惊）啊？

廖市长
郑秀廉　竹梅！（二人兴奋地抓住竹梅双手）

〔切光。

第六场

〔初秋，清晨。

〔朝阳门三路汽车站。

〔金菊怒放，红叶似火，歪斜的站牌整修一新。

〔幕启：秦竹梅持夹票板兴冲冲上。

秦竹梅　（唱）　古城飘彩秋风爽，

金菊盛开送清香。

百日大干汗水淌，

朝阳路上换新装。

〔教师、盲人、一青年等乘客，喜气洋洋上。

众乘客 秦经理！

秦竹梅 哎呀，都快八点了，你们怎么才去上班？

众乘客 今天我——休——息！

秦竹梅 看样子，你们是一块去参加婚礼呀？

（众大笑）

秦竹梅 笑什么？

众乘客 我们应江队长的邀请，是去三路站参加“乘务员和乘客如何办好文明车厢”经验交流会的！

秦竹梅 欢迎欢迎。可得请各位多批评、多出主意呀！

众乘客 没问题。咱们是朝阳路上的战友嘛！

教　师 我们意见早写好了。（展示一幅画卷）

你们看！

众　人 大路朝阳！

教　师 对！

（唱） 浓墨重彩无限情，
三路汽车树新风。
为民架起金彩桥，
朝阳路上共远征。

众乘客 （鼓掌）好。

〔路大妈挎篮子急上。

路大妈 （唱） 从前坐车无保证，
鸡飞蛋打一场空。
现如今按时准点不挤不拥礼貌文明进城就
像儿女把我敬，
车上车下暖融融。

一青年 大妈，这回再不怕鸡飞蛋打了。

路大妈 这一回呀，摔在地上也打不烂咧！

一青年 （从篮子抓出一只鸡蛋）哟，熟的！

路大妈 为了感谢三路汽车乘务员对我的照顾，我呀，今日煮了一篮茶鸡蛋，给娃们去送点慰劳品。

众乘客 （鼓掌）好！

一乘客 （当初下车验票时说下流话者）要是有谁把三路汽车的事迹，编成秦腔就嫽咧！

一青年 大伙耍笑话，我编了个剧本，（出示剧本）今日想在会上念念，听听意见。

众乘客 嫽扎咧！（鼓掌）

一乘客 哥们，哦，同志，先给咱唱两句咋向？欢迎！

〔众鼓掌。

一青年 好，不过，我这嗓子——

一乘客 耍做作，保险赛过秦腔正宗李正敏！

一青年 （学女声唱）

月季花开月月艳，
三路车面貌日日鲜。
新人新车新风尚，
礼貌待客美名传。

盲　人 （唱）盲人乘车逢温暖，
上车犹如到家园。
治病生产两不误，
重见光明眼界宽。

众　人 （惊喜地）你的眼睛亮了？

盲　人 是啊！（拉住秦竹梅）秦经理，丽娟可是党教育出来的好姑娘啊。她不但照顾我上下车，而且为能使我按时到医院治疗、扎针，她天天下班后用自行车推我去医院。终于使我重见光明啦！（从提包中取出一件东西）这是我在盲人玩具厂利用业余时间制作的电动公共汽车，送给三路站作个纪念。

众乘客 （鼓掌）好！

〔金玉华捧包袱上。

众乘客 你这是——

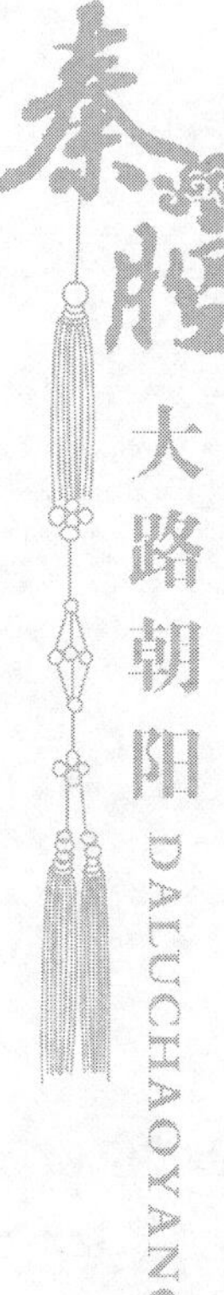

金玉华 和你们一样，参加交流会。

（唱） 过去我天天迟到出了名，
如今我天天满勤当标兵。
这个月任务超额受奖励，
要感谢三路汽车好作风。

路大妈 小心娃着。（忙扶婴儿襁褓）

金玉华 你们看！（打开怀中包袱）

众乘客 锦旗！（上写着赠给生产标兵金玉华）

金玉华 我把它赠给三路站！

众乘客 （鼓掌）好！

〔闻新采、郑秀廉陪廖市长上。

众乘客 廖市长，你也去参加经验交流会？

廖市长 去，我也是有月票的一名乘客嘛！

闻新采 乘客同志们，你们对古城公交现状和未来建设，有何感想？

众乘客 廖市长，你代表咱们乘客谈谈吧！

廖市长 对此，（示意闻新采）你最好请教秦经理！

〔众鼓掌。

秦竹梅 同志们，我们公司的任务，就是一个目的，为乘客服好务。目前，交通虽然有所改善，仅仅是治表，还未能从根本上加以解决。要适应随着经济建设的飞速发展和人民的需要，还必须下大决心，从根本上努力啊！

（唱） 要建设现代化公交系统，
还须要鼓干劲发奋振兴。
绘蓝图靠大家共同制订，
我愿做朝阳路上一尖兵！

〔马达声。123号车靠站。车身上挂着"文明礼貌标兵车"红牌。车门开处，丽娟跳下。

丽　娟 三路，开往朝阳路，请先下后上。

〔小唐下车。

小　唐　秦经理、郑大姐，江书记和江队长让我来请你们，经验交流会就要开始了。

秦竹梅　好，大家上车吧！

〔众乘客陆续上车，大勇提饭桶、穿炊事员工作服奔上。

丽　娟　大勇，快！

〔带着行囊的男、女二乘客气喘吁吁呼叫着跑上，拼命往前挤。

大　勇　同志，请别拥挤，慢慢上。

男乘客　不挤郎个行？又要甩站啰！

女乘客　啊？又是侬！阿拉若是勿挤，一天也上勿去车！

〔众乘客笑。

男乘客　笑啥子哟！你们忘了吗？三个月前，在这朝阳门等车那一回，就是他龟儿子把人推倒的。

大　勇　你说的，那是从前不讲文明礼貌的司机廖大勇。

〔小尤从车后转上。

小　尤　同志，我帮你把东西递上去。

众　人　我来！（争抢上下递交、转送东西）

闻新采　别动！

〔众惊回首，闻新采拍下这个镜头。

〔众上车。

〔幕后合唱：

歌声高，马达唱，
文明礼貌大发扬。
大路朝阳宽又广，
一曲凯歌传四方。

丽　娟　大家扶好、坐好，开车啦！

——剧　终

演出单位

西安市五一剧团

南方怒火

柳　滨　郑宗义
胡文龙　王瑞檀　编剧

剧情简介

这出戏是反映越南南方人民，在人民革命党和民族解放阵线的领导下，抗击美帝国主义侵略和反对南越反动派血腥统治的英勇斗争。游击队配合解放军，和人民群众一道，打飞机、炸机场、搬据点，捣毁“战略村”，建立“战斗村”，扩大解放区。歌颂南越人民宁愿站着死、不愿跪着生的斗争精神和伟大的英雄气概，揭露美帝国主义和南越反动派的滔天罪行。越南南方人民不畏强暴，英勇斗争，革命烈火愈烧愈旺，取得了一个接一个的胜利。正像毛主席所指出的“帝国主义的寿命不会很长了，他们做尽了坏事，全世界一切受压迫的人民决不会饶恕他们”。

场　　目

序　　幕
第 一 场
第 二 场
第 三 场
第 四 场
第 五 场
第 六 场
第 七 场
第 八 场
尾　　声

人物表

阮维英　越南南方×地区游击队长，歼敌勇士。

范代表　越南南方民族解放武装力量×部代表。

阮大娘　维英母亲。

老游击　老年游击队员。

黎　明　地下工作者。

阿　强　男游击队员。

阿　勇　男游击队员。

阿　实　男游击队员。

阿　聪　男游击队员。

阿　春　女游击队员。

阿　彩　女游击队员。

阿　菊　女游击队员。

六　嫂　根据地村干部。

小英子　坚强的南方小姑娘。

小英爷　群众积极分子。

游击队员及群众若干人。

汤　姆　美国侵略军上校。

吴八京　伪军地区长官。

哈　蟆　伪民卫队长兼联保长。

洛　克　泰国帮凶军中尉。

美军报务员。

伪排长。

伪军哨兵。

美伪兵若干人。

序　幕

〔幕前合唱：

　　东风吹，战鼓擂，
　　现在世界上究竟谁怕谁？
　　不是人民怕美帝，
　　而是美帝怕人民。
　　“得道多助，失道寡助。”
　　历史规律不可抗拒！
　　美帝国主义必然灭亡，
　　全世界人民一定胜利。

〔合唱声中幕启，纱幕上映显：

　　全世界人民团结起来，打败美国侵略者及其一切走狗！

毛泽东

一九七〇年五月二十日

〔纱幕字映显后，舞台灯光渐亮。

〔战火纷飞的越南南方，椰林深处，怒火团团。

〔幕内合唱起《阵线之歌》

〔范代表率民族解放武装力量战士，高举红蓝金星旗冲杀过场。

〔游击队在阮维英指挥下翻山越岭，匍匐前进，表现出决战决胜的坚强意志。

〔阮大娘指挥民兵和男女群众埋地雷，挖陷井，插蒺藜……六嫂、阿春等杠运子弹过场。

〔敌机声由远而近，军民以各种武器对空瞄准射击，敌机中弹，尾拖浓烟而坠。

〔众举武器簇拥红蓝金星旗呈欢呼塑像后，红旗前导，军民迎着战火,奋勇前进!
〔灯光渐暗,纱幕上推出四个大字:

南方怒火

〔灯暗。

第一场

〔1970年雨季的一天早晨。越南南方某地游击队根据地。

〔幕启:村头竹屋一角。屋舍毗连。椰树、竹林、芭蕉一片郁葱。一株老槟榔树上挂着一面“QUTFT、THATNU”(决胜)流动红旗。朝霞瑰丽,晨风轻拂,鸟雀齐鸣。

〔老游击和阿勇等制地雷,女游击队员和女民兵在削竹尖。

〔幕内合唱:

朝霞一出(哎)红满天,
三千里江山(哎)金光灿烂。
“决胜”红旗迎风展,
四千万同胞斗志坚。
人人作好“三准备”,
胡伯伯教导记心间:
“决战决胜”斗到底,
祖国统一要实现。

〔女民兵和女游击队员手持削好的竹尖,欣然起舞。

〔齐声合唱:

制地雷(嗨)削竹尖,
椰子树下刀光闪。
满腔仇和恨,

竹枪削得尖。

锦绣江山三千里，

岂容美帝来侵犯！

军民团结齐奋战，

人民战争力无边。

杀！杀！杀！

老游击 （喝彩）好！这伙姑娘们可真行啊！

阿　春 七大伯，你又夸奖我们。可是比起你这老游击，我们还差得远哩！

〔阿勇从装地雷处走下。

阿　勇 嗨！那还敢比，七大伯打法国鬼子的时候，还没有咱们呢！前天，反空降时，敌人直升飞机正想落地，七大伯“崩”的一枪，飞贼就来了个倒栽葱，再也飞不动了。

老游击 那是咱们阮队长指挥得好。他摆了个迷魂阵，弄得敌人晕头转向，走投无路啊！

阿　彩 咱们的阮队长呀，可真是智勇双全。

阿　勇 （取来地雷）你们看！咱们这次试制的地雷就是按阮队长教的办法作的。

老游击 是啊！这种雷叫“神经过敏”，只要敌人稍一撞上，就开花啦！

阿　勇 那时候，美国佬喊“上帝保佑”也来不及了。

（众笑）

老游击 这是咱们阮队长的发明创造！

〔阿勇把地雷放回原处。

阿　春 咱们阮队长，真不愧是个打虎英雄。

阿　彩 是啊！在三二五高地夜战中，他一人就消灭了三十多个敌人。

阿　勇 在东山战斗中，他还活捉了美国侵略军少校尼克尔逊呢！

老游击 （自豪地）是呀！阮维英不愧是一个歼敌勇士、打虎英雄啊！

（唱） 我越南打虎英雄千千万，

阮维英智勇双全美名传。

胡伯伯教导记心上，

“决战决胜”斗志坚。

烈火中炼就刚毅胆，

灵活机动把敌歼。

你们看！（指红旗）这面“决胜”红旗，就是胡伯伯亲手赠给咱阮队长的，这是他的光荣，也是我们游击队和南方人民的光荣啊！

众 是呀，这是一面指引我们走向胜利的战旗啊！

阿 春 七大伯，什么时候批准我们参加游击队？

老游击 快啦！

阿 勇 七大伯，美帝国主义最近又疯狂扩大侵略战火，我们坚决参加游击队，消灭入侵的美国鬼子！

老游击 好！有志气！

〔阮维英及几个游击队员上。

众 阮队长！

阿 勇 阮队长，快给我们发枪吧！

阮维英 嗬，这么急！好！一会就发给你们枪，已经批准你和阿春、阿彩参加游击队。

阿 勇 （高兴地）敬礼！

〔阿春、阿彩欢喜地跳跃，众表示祝贺。

老游击 这下可高兴啦！维英，给乡亲们藏粮食的地道挖好了吗？

阮维英 挖好了。七大伯，美帝国主义最近又扩大侵略战火，我们要帮助乡亲们作好一切准备，随时消灭一切来犯的敌人。

老游击 竹尖、地雷都准备好了，敌人胆敢来犯，管叫他吃个饱。

〔六嫂提一篮抗战鞋和几个群众上。

六　嫂　阮队长！

阮维英　六嫂！

六　嫂　刚帮乡亲们挖好地道，也不知道让同志们休息一下，又跑到这儿来啦！

阮维英　我们不累呀！

六　嫂　阮队长，这是乡亲们给游击队做的抗战鞋，请你收下吧！

阮维英　六嫂，这——

六　嫂　别这个那个啦！穿上这抗战鞋，打美国佬就更带劲哪！

（唱）　同志们抗美救国斗志坚，
　　　　穿林越岭把敌歼。
　　　　穿上这双抗战鞋，
　　　　好比猛虎把翼添。

阮维英　（唱）　抗战鞋，为抗战，
　　　　深情厚意在上面。
　　　　感谢乡亲们心一片，
　　　　同心协力把敌歼。

六嫂，乡亲们对游击队太费心了。（接过篮子，又转给一游击队员）真是：千难万难，有了人民不难呀！

阿　勇　阮队长，我们穿上乡亲们做的抗战鞋，一定要把美国佬赶出越南，赶出印度支那！

六　嫂　对！他们早上不走，我们早上打，晚上不走晚上打，直打到越南国土上没有一个美国佬！

众　　直打到南北骨肉团圆，祖国获得统一。

阮维英　同志们，四月二十八日印度支那三国人民最高级会议发表了联合声明，这对我们正在进行战斗的南方军民是极大的鼓舞！

〔众欢呼。

阮维英　阵线再次号召我们，要更紧密地与柬、老人民团结一致，并肩战斗！

众　　坚决响应阵线号召,把美国佬全部赶出印度支那!

阿　勇　阮队长,我们应该很快拔掉西乡的"战略村",早日救出阮大娘和乡亲们。

六　嫂　对,应该早日把阮大娘和乡亲们救出来!

老游击　唉!老嫂子和乡亲们在"战略村"可真受苦了。

阮维英　同志们,相信我娘和乡亲们会经得起艰苦斗争考验的,她们在那里也是同样和敌人斗争的。

〔阿菊跑上。

阿　菊　阮队长,指挥部范代表来了!

〔众迎,范代表上。

众　　范代表!

范代表　同志们好!乡亲们好!(与众一一握手)

阮维英　范代表,指挥部对我们有什么指示。

范代表　阮维英同志,指挥部决定给你们一项新的战斗任务!

众　　(高兴地)新的战争任务,太好啦!

阮维英　范代表,快讲吧!

范代表　同志们!

(唱)　尼克松扩大战火把老、柬进犯,
扶朗诺政变后血染金边。
南越的美伪军集结西线,
近日来搞清乡活动频繁。
据情报这一带敌要把机场扩建,
为的是调兵运火好增援。
我主力和敌人浴血奋战,
你们要出奇兵与敌周旋。
破坏他飞机场难以扩建,
拔据点救乡亲痛把敌歼。

阮维英　对!捣毁万恶的"战略村"!

范代表　有什么困难吗?

众　　坚决完成任务!

阮维英　同志们,作好准备,待命出发!

众　　是。

〔亮相。

〔灯暗。

第二场

〔紧接前场。

〔敌机场工地上。远处隐约可见飞机。侧有建筑物、铁丝网和扩建机场的木牌等。

〔幕启:阴云密布,空中昏暗,敌机怪叫,内传出伪兵吆喝声:"上工时间已经过了,还不快走!""走!走!快点走!"几个伪兵持枪威逼群众过场。哈蟆持鞭气凶凶上。

哈　蟆　他妈的,赶了半天,才来了这么几个人。(对内)叫他们好好干,一会儿八京长官就要来检查!

伪　兵　(内应)是!

〔幕内汽车喇叭声。

哈　蟆　嗯!来啦!(整衣迎上)

〔吴八京带洛克上,后随一伪兵。

哈　蟆　(合十致敬)迎接八京长官!

吴八京　嗯!(对洛克)这就是民卫队长哈蟆,也是这里"战略村"的联保长。(转向介绍)这位是泰国盟军洛克中尉。

哈　蟆　昨天已经认识啦!

吴八京　(不解地)怎么,昨天就认识啦?

哈　蟆　是的,昨天美军装甲车队遭到越共部队伏击,我民卫队奉命出击援救,莫料途中误击了泰军。

洛　克　(生气地)阁下的部队也太不像话啦,竟向我军开火!

哈　蟆　那完全是误会。

吴八京　（训斥他）太愚蠢啦！

哈　蟆　是！

吴八京　（环视工地）联保长，命你把“战略村”的老百姓统统赶来机场做工，怎么搞的，工地上稀稀拉拉这么几个人。

哈　蟆　这！——

吴八京　为了扩建这个机场，西贡美军新派来的基地司令汤姆上校，今天要来工地视察，你要我怎么交代？

〔黎明急上。

黎　明　八京长官，汤姆上校到。（下）

〔吴八京及众走狗迎去，汤姆率美兵上。

吴八京　（奴颜婢膝地）汤姆上校！

汤　姆　噢！八京长官！

吴八京　上校先生！（指洛克）这位是泰国黑虎营的洛克中尉！（洛克敬礼）

汤　姆　见到你，我很高兴，你们营长呢？

洛　克　负伤住院了。

吴八京　（指哈蟆）这是民卫队长兼联保长哈蟆！

哈　蟆　（合十、卑躬）迎接上校阁下！

汤　姆　（环视工地）这里的工程进度太缓慢啦！八京长官，我明确地告诉你，这个机场的扩建，不仅涉及到你们越南战场上的需要，而且关系到我们美国“绥靖计划”在整个印度支那的推行。这个你应该完全明白！

吴八京　明白，明白！

汤　姆　这个机场扩建起来，我们就可以有更多的飞机从这里直接飞到老挝、柬埔寨。密斯特吴，你飞黄腾达的时机到了。

吴八京　愿为自由世界效劳！

黎　明　报告上校，车队马上出发拉运材料，需要部队护卫。

汤　姆　（对洛克）中尉先生，车队护卫由你部担任。

洛　克　是！

汤　姆　八京长官，公路、桥梁由你部守护，要保证材料运到，加快施工。

吴八京　是！

汤　姆　好！回据点。

〔汤姆下，黎明、吴八京、洛克、哈蟆等随下。

〔阮大娘上。

阮大娘　（唱）　万恶美帝逞疯狂，
强迫做工修机场。
众乡亲奋起把敌抗，
要点燃革命烈火迎曙光。

〔阿实急上。

阿　实　阮大娘，内线……

〔阮大娘机警地观察四周。

阮大娘　讲吧！

阿　实　内线通知，今晚三更维英带游击队来捣毁“战略村”，要我们作好内应。

阮大娘　（激奋地）好！

阿　实　三更前队伍赶到，三更梆响，村里门灯齐灭，他们就开始行动。

阮大娘　门上的灯要齐灭？

阿　实　对！三更梆响，你把门外的灯取下，向村内摇晃三下，全村灭灯。

阮大娘　好！

阿　实　大娘！哈蟆从那边来啦！

阮大娘　你快离开，我来对付他！

〔阿实急下，阮大娘坐在石头上。

哈　蟆　你不好好做工，坐在这里干什么？

阮大娘　歇一会。

哈　蟆　快去那边修跑道！

阮大娘　哼！（下）

〔哈蟆点燃纸烟，幕内传来小英爷的反抗声：“不干，就是不干。”二伪兵推小英爷上，男女群众跟上。

哈　蟆　干什么？

伪兵甲　报告联保长，这个老头拒不干活。

哈　蟆　（抓住小英爷）你想造反，竟敢抗拒做工。

小英子　（扑上去）放开我爷爷！你们想干什么？

小英爷　（甩开哈蟆）哼！想要我在越南土地上给美国修机场，让强盗飞机残害南方人民，轰炸北方骨肉，那是万万办不到的。

哈　蟆　胡说——

小英爷　满口胡说的不是我，是美国侵略者和你们这些越奸走狗！

〔哈蟆扬鞭欲打，被小英爷拨掉，他气急败坏开枪击毙小英爷。小英扑向爷爷。

阮大娘　走狗，竟敢开枪把人打死，我们罢工，抬尸游行！

众　对，罢工，抬尸游行！

哈　蟆　哪个罢工，枪毙！

小英子　越奸，走狗！

（唱）　仇恨的怒火烧心上，
骂声越奸吃人狼，
你给美帝当走狗，
对着人民开了枪。

阮大娘　（唱）　灭绝人性理不讲，
恶贯满盈罪昭彰，
今日岂能饶恕你，

众　（唱）　血债定要血来偿。

〔群情愤怒威逼，哈蟆与伪兵吓得挤成一团。

〔灯暗。

第三场

〔当天晚上。

〔敌“战略村”内。左侧竖有“战略村”字样的木牌，尖桩铁丝网。右侧是阮大娘住屋的一半，门外灯架上挑起了点燃的油灯，置有汽油桶。村内集中营式的茅屋外，油灯盏盏。隐约可见敌炮楼。

〔幕启：乌云遮月，风声飒飒，敌探照灯摇曳。伪兵巡逻队步入村内。木牌附近敌哨兵挟枪游动，突然战栗地发现什么？

敌　哨　谁？（畏缩地端着枪）

内　声　我们——

〔哈嗼带伪兵上。

哈　蟆　他妈的，留心点，小心越共混进来，听到了没有。

敌　哨　听到了。

哈　蟆　今天太不像话啦！明儿天亮挨家挨户地赶，所有的人都要去修飞机场，不能马虎。

众伪兵　是！

〔哈蟆挥手下，伪兵随下。敌哨游入左侧。

〔阮大娘自内室走出，机警地从门缝里观察动静。

阮大娘　（唱）　乌云滚滚天昏暗，

满怀激愤夜难眠。

美伪强盗逞凶残，

烧杀抢掳罪滔天。

修机场强把乡亲赶，

“战略村”集中受摧残。

大好河山被血染，

怒火不住胸中燃。
岩石可裂不可卷，
钢刀能断不能弯。
贤良江流水难割断，
南北骨肉心相连。
四千万同胞团结紧，
坚持抗战斗敌顽。
为革命哪能怕风险，
烈火中斗争志更坚。
祖国统一要实现，
分离骨肉要团圆。
单等那更梆响三遍，
接应来游击队痛把敌歼。
捣毁这万恶“战略村”，
迎来那旭日东升红满天。

小英子 （自内屋走出）阮奶奶！

阮大娘 小英子，叫你先睡一会，怎么又起来啦！

小英子 奶奶，我哪能睡得着，我爷爷……（哭）

阮大娘 （义愤地）抬起头来，不要哭。奶奶给你说过，我们越南人民宁愿站着死，不愿跪着生。你爸爸和你妈妈，为了祖国统一，在与美伪斗争中英勇牺牲，是不屈的勇士。你爷爷不畏强暴，敢于斗争，敌人杀害了他，这只能激起我们对敌人更大的仇恨。既有英雄的越南人民在，决不留下一条美国狼！

小英子 （坚强地）阮奶奶，我不哭，我要和敌人作斗争！

阮大娘 好孩子，有志气！

小英子 奶奶，我维英叔叔和游击队什么时候打回来？

阮大娘 就在今夜三更。

〔村内传来二更梆声。

小英子 奶奶，听，二更了。

阮大娘 嗯！“战略村”一捣毁，就要升起我们的旗帜，快进屋把那面没绣完的旗拿出来,赶快绣完。

小英子 好!

〔小英子入内,阮大娘倚门望外。小英子拿旗及针线上。

小英子 奶奶,我帮你绣。

阮大娘 你给奶奶穿针引线。

〔二人至特设的红光区绣旗。

小英子 (穿线)奶奶,快,快!

阮大娘 (接过线头)好——

小英子 (唱) 奶奶绣旗我穿线,

阮大娘 (唱) 要为革命把力添。

小英子 (唱) 千针万线心一片,

阮大娘 (唱) 颗颗红心绣上边。

合 (唱) 争取祖国统一早实现,
金星旗插遍全越南。

小英子 奶奶,绣好啦!

阮大娘 绣好啦!(无比激奋地)小英子,来,把旗展开。

小英子 好!(二人展旗)

阮大娘 (庄重地)这红蓝金星旗,是我们民族解放的象征,是我们南方人民的理想和希望。看见她就眼明心亮,想到她,就有了智慧有了胆,对敌斗争有力量。

〔小英子听阮大娘讲着,无比深情地将面颊贴在旗面上。

〔正面窗上三响。

小英子 (一惊)奶奶!(指窗)外面——(二人收旗)

阮大娘 (走到窗前,窗外又响三下)谁?

外　声 我!

阮大娘 自己人!(示意小英子盯门外,取下窗板)是阿实呀!

阿　实 (在窗外)游击队已到外围,西边通道已派人去接应。

阮大娘 情况有什么变化?

阿　实 一切照旧,三更行动!要设法把敌人引出炮楼来打!

阮大娘 给!(从窗口递旗)想办法把我们的旗先升起来。

阿　实　好!(下)

〔阮大娘将窗板挂上。

小英子　(欣喜地)奶奶,维英叔叔和游击队就要打进来了。

阮大娘　是啊! 报仇的日子到了。小英子,一会三更梆响,把门外灯取下来向村内摇晃三下。

小英子　记下了。

〔更梆三响。

小英子　奶奶,三更梆响了。

阮大娘　行动吧!

〔阮大娘机警地开门,小英子迅速走出,敏捷地跳上汽油桶,取下油灯,朝村内摇晃三下,村内门灯齐灭。

阮大娘　(小声地)先进屋。

〔二人入内室。

〔敌哨惊上。

敌　哨　呵——怎么灯都灭了?

〔阮维英、阿勇急上。

敌　哨　谁!

阮维英　游击队!

敌　哨　啊!(欲开枪时,阮维英急闪敌哨身后,一刀将敌哨戳死,卸下敌哨枪,阿勇忙将敌哨尸首拉到一边。阮向外招手,众游击队员急上)

阮维英　进村!

〔众游击队员急奔村内。

〔敌探照灯交叉摇曳,一阵嗓杂声。哈蟆带伪兵上。

哈　蟆　怎么? 村里灯全灭了! 哨兵! 哨兵呢?

伪兵甲　(发现哨兵尸体)报告,哨兵被人戳死!

哈　蟆　啊!

〔伪兵乙跑上。

伪兵乙　报告队长,旗杆上升起了越共的金星旗。

哈　蟆　呃——一定是混进了越共,立即搜查!

伪　兵　是!

〔二伪兵踢开阮大娘家门,阮大娘持铜斧与小英子由室内走出。

哈　蟆　啊——是你们,门口的灯呢?

阮大娘　不知道!

哈　蟆　(发现阮大娘手中有物)手里拿着什么?

阮大娘　(举斧)铲除越奸走狗的武器!

二伪兵　(惊)啊!

哈　蟆　快,把她绑了!(伪兵畏缩)

阮大娘　越奸走狗,你们的末日到了!(举斧逼近)

哈　蟆　(欲举枪,小英扑过去)原来是你!(将小英子甩开)我毙了你!

〔阮大娘、小英子与敌搏斗,正在千钧一发之际,阮维英率游击队员冲上,当场击毙二伪军,活捉了哈蟆。

阮大娘　维英,(指哈蟆)他就是杀害小英爷的越奸、走狗哈蟆!

小英子　叔叔,我要报仇!(打哈蟆)

哈　蟆　请饶命,我投降!

阮维英　你这个越奸走狗,地头蛇,祸国殃民,血债累累,罪大恶极,岂能容得,拉下去处决!

〔二游击队员拉哈蟆下。

阮大娘　维英!

小英子　叔叔!

阮维英　娘,小英子,你们配合得很好!

〔幕内传来处决哈蟆的枪声。

阮大娘　哼!哈蟆这个走狗,终逃不脱应得的惩罚。

〔幕内一阵猛烈枪声、杀喊声。

阮维英　娘,我们去消灭据点里的残敌。

小英子　叔叔,我也要参加战斗!

阮维英　好样的,走!

〔三人走出门,阿强急上。

阿　强　阮队长,炮楼上的敌人全部缴械。

〔老游击、众游击队员及群众持武器陆续上场，欢呼胜利。阮维英拔掉村头的“战略村”木牌，站到高处。

阮维英 乡亲们！我们在“阵线”的统一领导下，响应印度支那三国人民最高级会议的号召，军民配合，捣毁了这个万恶的“战略村”。

众 （欢呼）好！

阮维英 乡亲们！现在马上拆除尖桩铁丝网，建立战斗村，与美伪战斗到底。

众 建立战斗村，与美伪战斗到底。

〔阿聪急上。

阿　聪 阮队长，情报。

阮维英 （拆看）……同志们，准备出发！

阮大娘 维英，怎么，你们马上就走？

阮维英 娘，游击队接到新的战斗任务，必须于明日赶到椰林桥。

阮大娘 好，你们走吧！

阮维英 我们走后，你和乡亲们要提高警惕，防止敌人反扑！

阮大娘 你们放心走吧！

阮维英 同志们，出发！

（合唱）举起刀，
端起枪，
胸中怒火高万丈。
祖国统一要解放，
誓把美伪消灭光！

〔在合唱声中，阮维英率游击队员精神抖擞走下，阮大娘及乡亲目送。

〔灯暗。

第四场

〔中午。公路桥头。

〔幕启：右侧露出桥头堡，堡侧有岗亭，上贴着告示。左侧有株槟榔树。远处是茂密的椰林。二敌哨持枪上，东张西望。

敌哨甲 长腿！

敌哨乙 跑得快！怎么啦？

敌哨甲 不晓得啥道理，今天我的心一直在跳！会不会出啥事情？

敌哨乙 放大胆，没事。

敌哨甲 没事？你知道吗？游击队昨天夜里捣毁了西边那个“战略村”，联保长哈蟆也叫干掉啦！

敌哨乙 怕什么。八京长官说过，有美国的“空中优势”给咱们作后盾。

敌哨甲 算了，算了，再别听那骗人的鬼话。美国人吹嘘的“空中优势”也是不中用，短命的飞机一出去，就别想再回来。今天八京长官又带上部队去清剿游击队，我看又得碰得焦头烂额。

敌哨乙 伙计，不敢乱说呀，要是叫长官听见，你可吃不消。

敌哨甲 这个我知道。

〔内传来脚步声。

敌哨乙 注意，排长查哨来了。

〔伪排长上。

敌哨甲 敬礼！

伪排长 有什么情况？

敌哨乙 一切正常。

伪排长 今天有盟军给机场运送材料的车队通过,要注意桥上安全。

二敌哨 是!

伪排长 出了问题,我枪毙你们!

二敌哨 是!

伪排长 有什么情况,立即报告二号哨所。

二敌哨 是。

〔伪排长下。二敌哨向四周巡视一番。敌哨乙露出睡意。

敌哨甲 伙计,怎么啦?

敌哨乙 两个晚上都没睡好了,实在困得受不了。

敌哨甲 排长刚查过哨,你去找个地方睡一会。

敌哨乙 好,真够朋友!(下)

〔敌哨甲走上桥头。

〔阮维英上。

阮维英 (唱) 内线八号送情报,
敌运材料通过椰林桥。
奇袭计划安排好,
截车之后再炸桥。

(向内抬手,老游击扮卖椰子汤老人上,二人耳语后,阮维英急隐退。敌哨甲游上)

敌哨甲 干什么的?

老游击 (吆喝)椰子汤,椰子汤,凉甜解渴味道香。

敌哨甲 噢,卖椰子汤的,(走近)多钱一碗。

老游击 随便,先喝吧!

敌哨甲 好,来一碗。

老游击 (递给)味道怎么样?

敌哨甲 还不错,再来一碗。

〔敌哨将枪放在地上,连喝三碗。

老游击 (指另一罐)来一碗这个吧!

敌哨甲 那是什么?

老游击 米酒。味道长，劲头大，耐饥又解乏。来一碗吧！

敌哨甲 那个不敢喝，还要放哨呐。

老游击 嗨，放哨，放哨，把枪一抱，有事吆喝，没事睡觉。

敌哨甲 这里只留下我一个人，还敢睡觉？要是碰上了越共游击队，那还了得？

老游击 游击队怎么样？

敌哨甲 可厉害啦。

老游击 怎么个厉害？

敌哨甲 嗨，你听我给你说！

（念） 游击队有个阮维英，
神通广大用奇兵。
谁要敢去和他碰，
十人五双活不成。
联保长是他毙的命，
提起他长官害头疼。

老游击 噢，就这样厉害。

敌哨甲 不厉害，美国上校还不悬赏捉拿他哩。你看那边还贴着告示，谁要捉住阮维英，奖赏两千美金。

老游击 这个阮维英你认识吗？

敌哨甲 不认识。

阮维英 （跃出）你看我是谁？（端着枪，向内招手）

敌哨甲 啊……你……

老游击 （取过地上的枪）不准动！（众游击队员跃出）

敌哨甲 请饶命，我投降！

阮维英 阿勇，把他押下去，将衣服换了。

阿　勇 走！（押敌哨甲下）

〔远处传来汽车声。

阿　彩 敌人汽车来了。

老游击 我们作好准备。

阿　彩 敌人汽车停了。

〔阿勇换伪军衣服上。

阿　实　车停了,他停在哪儿就在哪儿打!

阮维英　不,这里距敌机场很近,我们争取一枪不打。

阿　彩　车上下来个当官的朝这儿来了。

阮维英　阿勇同志,对付他!同志们,按原计划执行!隐蔽。

〔众隐蔽。场上只留下老游击和阿勇。老游击在收拾卖椰子汤的东西,阿勇在桥头站着。

〔幕内传出洛克的声音:"车先停在那里,人不准下车!"稍倾,洛克上。

洛　克　谁在这里?

阿　勇　报告,是我。

洛　克　桥上可曾安全?

阿　勇　平安无事。

洛　克　他是干什么的?(指老游击)

阿　勇　卖椰子汤的。

老游击　(大声吆喝)椰子汤,椰子汤,凉甜解渴心不慌!

洛　克　让他来一杯。

阿　勇　来一杯椰子汤。

〔老游击端一碗椰子汤上前,洛克欲接时,老游击将碗一泼,洛克怪叫一声。阿勇夺其枪,阮维英急上。

洛　克　啊——

阮维英　(执枪逼住洛克)不准动!

洛　克　你们是!

阮维英　游击队!

洛　克　啊——(又故作镇静地)你们开枪吧,四面都是我们的部队,只要枪一响,你们也跑不了。

阮维英　(掏出匕首)你敢顽抗,我宰了你!

洛　克　我——投——降!

阮维英　我问你,来了多少车?

洛　克　二十辆。

阮维英　装的什么?

洛　克　扩建机场的材料。

阮维英　多少人护送？

洛　克　一个排。

阮维英　叫他喊话。

阿　勇　快，叫车上的人都下来，

阮维英　到公路北边椰林集合休息。

洛　克　是！

阿　勇　快喊话！

洛　克　（对幕内喊）原排长，叫车上人全部下来到北边椰林集合休息。

〔内应："是。"

阮维英　（向老游击）七大伯，准备炸桥。

老游击　是！（下）

〔内喊："不许动"，"缴枪不杀！"

〔阿强急上。

阿　强　报告，敌人全部缴械！

洛　克　（大惊）啊！

阮维英　把他和战俘押上车，原车开往指挥部。

阿　勇　是！

阿　强　走！（与阿勇押洛克下）

〔老游击上。

老游击　报告，桥下地雷埋好。

阮维英　好，转移。（同下）

〔内传出：汽车驰去声。

〔伪排长急上。

伪排长　哨兵！哨兵！

〔桥头爆炸，伪排长吓倒。

〔灯暗。

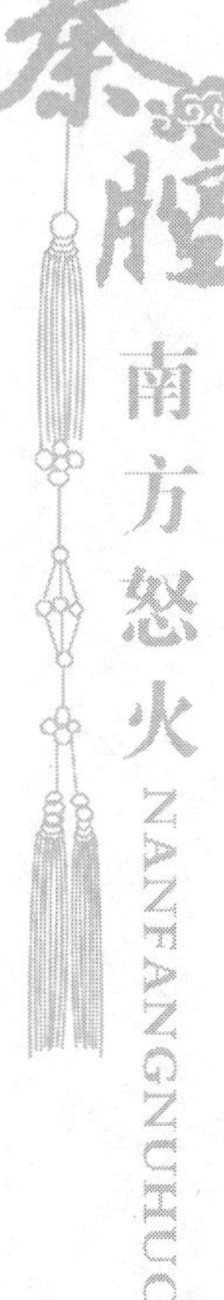

第五场

〔前场后不久。敌正在扩建的机场内。

〔幕启:右侧传出吴八京行刑声:"招,快招!不招,我要了你的老命!"同时,站在外面的黎明,神情不安,来回走动。

〔幕内传来汽车喇叭声、刹车声。汤姆踉跄上,后跟一美军。

黎　明　(上前)上校先生!

汤　姆　密斯特黎,修机场的民工今天复工了没有?

黎　明　没有。

汤　姆　(烦恼地)嗯,八京长官呢?

黎　明　在那边审讯室里。

汤　姆　请他到这里来。

黎　明　是!(下)

汤　姆　(唱)　吴八京不中用,
　　　　对付越共太无能。
　　　　民工到今不复工,
　　　　机场扩建任务怎完成?

〔吴八京急上,黎明随上。

吴八京　上校阁下,什么事?

汤　姆　昨天你的防区发动的大清剿怎么样?

吴八京　按你的指示,及时血洗了村子,烧掉了民房。

汤　姆　游击队可曾抓到?

吴八京　游击队战术莫测,行动神迅,我们又扑空了。

汤　姆　八京长官,我们扩建机场的材料车被劫,七号桥被炸,民工罢工,清剿又扑空,这太不像话啦!

吴八京　是的!

汤　姆　越共游击队的存在,严重地妨害着我们"绥靖计划"的推行,这个你应该完全明白!

吴八京　上校阁下,我们清剿虽然没有抓到游击队,可我们抓到了一名要犯。

汤　姆　什么要犯?

吴八京　煽动刁民闹事、罢工的要犯。

汤　姆　煽动刁民闹事、罢工的要犯。

吴八京　也就是越共游击队长阮维英的母亲。

汤　姆　真的吗?

吴八京　真的。

汤　姆　(像捞到救命稻草似的)这太好了!我敬爱的八京长官,你不愧是我们美国培养的军人,你的忠诚应该得到我的赞许。

吴八京　谢谢上校先生。

汤　姆　要犯现在何处?

吴八京　现在审讯室,听候上校发落。

汤　姆　嗯,带上来,我要亲自审问。

吴八京　是!(向黎)把犯人带到这里来。

黎　明　是!(下)

〔汤姆点燃雪茄烟,与吴耳语。二伪兵押阮大娘上,黎明随上。

阮大娘　(唱)烈火炼成刚毅胆,
历尽风险斗志坚。
胸怀深仇把敌见,
何惧火海与刀山。(挺胸站定)

吴八京　阮老婆子,上校先生要和你谈谈,你可要放明白点。

汤　姆　(假慈悲地)哦,老太婆,你吃苦了!

阮大娘　(昂首挺立)少啰嗦,有话就说。

汤　姆　好!我喜欢你这种爽朗的性格,那我们就直率地在一起谈谈吧!

阮大娘　我会“满足”你的。

汤　姆　这个就好，你是一个明智的越南人。我问你，为什么要煽动刁民闹事、罢工？

阮大娘　为了消灭你们。

汤　姆　是谁指使你这样作的？

阮大娘　祖国、人民。

汤　姆　哈哈哈，好漂亮的词儿，你这样固执是没有什么好处的。

吴八京　阮老婆子，你要放明白点，你是罪犯。

阮大娘　我犯了什么罪？

吴八京　你……

汤　姆　你儿子是越共游击队长，你煽动刁民闹事、罢工……

阮大娘　你们才是犯罪！霸占了我们越南的土地，破坏了我们国家的统一，害得我们家破人亡，骨肉离散，又在印度支那点燃侵略战火，你们是土匪、强盗！

吴八京　你敢骂上校先生。

（唱）　你不要敬酒不吃等着罚，
惹恼了美国上校要把头杀。

阮大娘　你这个民族的败类！

（唱）　越奸走狗休嚣张，
灭绝人性黑心肠。
祖国财富把你养，
你认贼作父、卖国求荣当豺狼。
民族气节你全丧，
引狼入室罪昭彰。
美国佬杀人你磨刀，
美国佬放火烧房，
派捐拉伕把粮抢，
罪恶累累非一桩，
总有一天人民和你算总账，
你走狗的命运不久长。

吴八京 （穷凶极恶地）我枪毙你！

阮大娘 来！（敞胸）朝这儿打吧！

汤　姆 慢！（制止地）哎呀呀，老太婆，这多么不值得呀。我们美国是来“保护”越南的，我们不轻易伤害一个越南人。“保护”你们是我们神圣的责任。我们美利坚向来是酷爱“和平”，提倡民主、自由……

阮大娘 呸！满口骗人的鬼话。你们需要的自由，就是施放毒气和细菌，就是活埋、剖腹、挖心！你们所指的和平，就是轰炸和屠杀人民。在南方，在印度支那，在世界，哪一处没有你们欠下的血债！

汤　姆 （张口结舌）这……

阮大娘 好一个“仁慈”的强盗！

（唱） 狼虽披羊皮难改兽性，
狗强盗手拿屠刀口念佛经。
说什么你们“保护”越南责任重，
说什么你们一向爱“和平”。
美国佬的“恩德”我们早已领，
刽子手竟想充救星。
你们的画皮早剥净，
烈日下纸老虎早露原形。
毒辣、阴险、凶恶、残暴野兽性，
扶越奸屠杀老百姓。
和平的村庄焚烧净，
到处建起集中营。
杀人的凶器千万种，
苛捐杂税数不清。
野心勃勃白日做幻梦，
又集结顽伪军在印度支那扩大侵略战争。
反革命伎俩到处用，
这就是你美国的所谓“和平”。

汤　姆 老太婆！我们美国虽然酷爱“和平”，但克制也是有限度的,你知道吗,我们美国的刑法可是无情的。

阮大娘 (朗声大笑)……

汤　姆 你笑什么?

阮大娘 (唱) 我笑你张牙舞爪空咆哮,
我笑你阴谋诡计成徒劳,
我笑这黑夜将尽东方晓,
我笑你灭亡的命运总难逃。

汤　姆 你要再逞强,我就要把你活活处死。你怕吗?

阮大娘 哼!

(唱) 朽木焉能挡巨浪,
魔爪岂能遮日光。
任你烧杀逞疯狂,
怎抵南方人民志坚强!
帝国主义在我们越南横行霸道一百多载,
青山依然绿,稻谷仍放香。
越南人民世世代代求解放,
不畏强暴拿起枪。
敢斗争,敢反抗,
一代更比一代强!
法国鬼在越南被埋葬,
日本的侵略军在这里举手投降缴了枪。
美国佬到今天也走上这条老路,
到头来也不会有什么好下场。
纵然我马上刀下死,
眉头不皱心不慌,
革命先烈是榜样,
誓死解放我南方。
革命的烈火越烧越旺,
四千万越南同胞举刀枪!
五洲风雷激,
怒火烧四方,

一定要把你这万恶的魔鬼消灭光！

汤　姆　（气极）来，把她拉下去泼上汽油烧。

伪　兵　是！

〔伪兵欲拉阮大娘。

阮大娘　闪开，我自己会走！（昂首从容地走下）

〔黎明突然走向汤姆。

黎　明　上校先生。

汤　姆　你要讲什么？

黎　明　我看这个老太婆不宜马上处决。

汤　姆　（向内）缓刑！

吴八京　怎么？

汤　姆　好，你讲！

黎　明　上校先生不是经常讲，要用美国的"文明"征服人心吗？

汤　姆　是的，是的！

黎　明　这个老太婆既是游击队长阮维英的母亲，又是罢工闹事的带头人。如果利用美国的"文明"把她感化过来，利用她……

汤　姆　嗯，利用她来动员民工复工，涣散、瓦解游击队，是吗？

黎　明　（点头）……

汤　姆　这倒是"一箭双雕"的好办法。正是我们推行"越南化"所需要的。八京长官，你的见解？

吴八京　上校阁下，以我之见，干脆处决。

汤　姆　不，不！我相信，我们美国的文明会使她屈服的。（对黎明）聪明的密斯特黎，你不愧是越南民族的精华，有高见。从现在起，你就在我身边，这个要犯的工作也交给你。

黎　明　是！

吴八京　（不满地）啊！

〔灯暗。

第六场

〔前场后数日的早晨。深山密林，游击队临时营地。

〔晨雾迷蒙。远处是气势磅礴的山峰，一块巨石上刻有“决战决胜”四个大字。幕内游击队员们在苦练杀敌本领，不时传出“杀！杀！杀！”的喊声。

〔阮维英上。

阮维英 （唱） 晨风阵阵吹急浪，
椰林怒吼气昂昂。
人民武装军威壮，
游击健儿练刀枪。
狠狠打击侵略者，
把美帝陷入烂泥塘。
敌受挫又到处调兵遣将，
穷凶极恶逞疯狂。
指挥部分析了当前情况，
命我队转移、坚守待命在山岗。
同志们杀敌怒火高万丈，
一声令下举刀枪。

〔阿实跑上。

阿　实 阮队长，根据地六嫂和乡亲们给游击队送木薯来了。

阮维英 走，看看去。（同下）

〔稍顷，空中传来敌机声。老游击、阿勇、阿彩等急上，对空瞄准，敌机已去。

阿　勇 （气愤地）哼！飞贼还这样嚣张。

老游击 敌人越临近死亡，就越要作垂死挣扎。

阿　彩 像扑灯蛾一样，越挣扎死得越快。

阿　勇　可我们待在这儿，敌人能自行灭亡吗？

阿　彩　要消灭敌人，我们就得快下山。

阿　勇　对，我们应该早些下山和敌人干。

老游击　怎么，你急啦？

阿　勇　早就急啦！我们那天捣毁了敌人“战略村”，截了敌人的材料车，炸了七号桥，正好迎击敌人的反扑，却马上转移，我真有点想不通。

阿　彩　是啊，我也有点不明白。

老游击　打游击嘛，就得有进有退，有打有歇。

阿　勇　我们也不能歇在这儿不动？

〔阮维英上。

阮维英　怎么，对休息还有意见？

阿　彩　队长，敌人飞机刚才又在叫嚷，我们怎么能休息得下？

阿　勇　我们干脆下山和敌人大干一场！

阮维英　（向老游击）七大伯，你说呢？

老游击　要我说呀，上级叫转移，不是放着敌人不打，而是要更有力地打击敌人。

阮维英　七大伯，说得很对。

老游击　我也说不出什么道理，你给大家讲讲吧！

阮维英　七大伯，我记得你还编有一首打游击的传单诗，念给大家听听吧！

阿　勇　真是个老游击，还有打游击诗哩。

阿　彩　七大伯，快念给我们听听。

老游击　说得不好，大家可不要笑哇！

众　　快说吧！

老游击　好！

（说唱）南方人民有志气，
宁死不愿受奴役。
抗美救国齐奋起，
平原山区飘红旗，

游击队，打游击，
任务明确要牢记：
挖陷井，插蒺藜，
割电线，断消息；
截车队，缴武器，
拔据点，反空袭。
打得美帝哭啼啼，
人民拍手笑嘻嘻。

众　（拍手）好！

阮维英　重要的还在后边。

阿　彩　七大伯，继续说吧！

老游击　（接说唱）

游击队，打游击，
灵活机动要注意。
敌人多，暂撤离，
敌人少，就袭击。
前半夜，去出击，
后半夜，就转移。
今日东，明日西，
有时分散有时聚。
消灭敌人是目的，
团结一致夺胜利！

阮维英　同志们，七大伯说出了很多道理。我们游击队的行动，不管是出击，还是转移，都是为了一个目的，就是消灭敌人，保存自己。

阿　勇　消灭敌人，为啥还要转移？

阮维英　转移是为了更好地出击！

阿　勇　（不解）转移是为了更好地出击？

阮维英　我来问你，拳头是这样（比划）一直直着打出去有力呢，还是这样（比划）先收回来，再打出去有力呢？

〔众试着比划。

阿　勇　嗯——这下我明白了。

阿　彩　我也明白了。

阮维英　阿勇同志！

（唱）　歼敌不只凭勇敢，
必须智勇两双全。
战略战术要讲究，
机动灵活把敌歼。

同志们，我们在未接到新的任务之前，应该一边作好战斗准备，一边抓紧休息，随时准备出击！

众　　只要能消灭敌人，不休息都行。

〔内传出："同志们，六嫂送来的木薯煮熟了，开饭啦。"

阿　彩　阮队长，吃木薯去！

阮维英　你们先去吃吧！

〔众议论着走下。阮维英登高遥望。敌机又从空中飞过，远处传来隆隆炮声。

阮维英　（唱）　飞贼又在空中窜，
炮声隆隆震山川。
遥望山下硝烟漫，
千仇万恨心头翻。
尼克松战争犯顽固好战，
不甘心在南越陷入泥潭。
扩战火又发动军事冒险，
印度支那遍地起硝烟。
湄公河水流万里永不断，
越、柬、老三国人民心相连。
组织起抗美救国统一战线，
同仇敌忾誓与美帝不共戴天。
被压迫人民奋起齐抗战，
互支援、排万难，团结战斗肩并肩。
近日来美伪军集结西线，

扩机场，大扫荡罪恶滔天。
同志们纷纷来请战，
义愤慎膺握铁拳。
我虽然劝他们严阵以待听召唤，
自己也心急犹如箭上弦。
但愿阿聪早回转，
带回战命好下山。
争取祖国统一早实现，
威风凛凛把敌歼。
彻底埋葬侵略者，
笑迎那阳光灿烂满人间。

〔阿彩急上。

阿　彩　阮队长，小英子上山来了。

〔老游击引小英子上，众游击队员随上。

阮维英　小英子，你怎么一个人上山来了？

小英子　叔叔！……（扑向阮维英怀内）

阮维英　村里发生了什么事情？

小英子　叔叔，阮奶奶……

众　阮大娘怎么样？

小英子　我说：

（唱）　美伪匪狗急又跳墙，
灭绝人性逞疯狂。
昨天进村来“扫荡”，
强迫乡亲修机场。
奶奶带头把敌抗，
不幸被捕起祸殃。

众　队长，我们马上下山消灭敌人，营救阮大娘！

阮维英　同志们！

（唱）　南方人民都有一本仇恨账，
要解放不只是我娘。
新仇旧恨记心上，

整装待命下山岗。

小英子 叔叔,我要求参加游击队!

众 批准她吧。

阮维英 好!

〔哨兵上。

哨　兵 阮队长,阿聪和范代表上山来了!

〔群情激奋,范代表、阿聪上。

阮维英 (迎上)范代表!

众 范代表,快给我们下达战斗任务吧!

范代表 同志们,我给大家带来了一个振奋人心的好消息。

众 振奋人心的好消息。

阮维英 快讲给我们听吧!

范代表 同志们,五月二十日,兄弟的中国人民的伟大领袖毛泽东主席发表了庄严声明!

众 毛主席发表了庄严声明!(众欢欣雀跃)

范代表 (拿出一张特制的五·二〇声明至特设的红光区)同志们,看!

〔红光照射着声明,《东方红》乐曲起,众以无比激动的神情围着观看。

阮维英 (双手接过声明高声朗读)

全世界人民团结起来,打败美国侵略者及其一切走狗!

毛泽东一九七〇年五月二十日

众 (高歌起舞)

春雷响(嗨),天地动,
革命烈火迎东风。
毛主席北京发声明,
五洲四海齐沸腾。
"声明"字字比山重,
金光闪闪映长空。
吓破美帝白日梦,

光照环球宇宙红。

阮维英 同志们，看！毛主席讲得多好哇，“当前世界的主要倾向是革命。”

众 革命。

阮维英 （严肃地再念）

“中国人民坚决支持印度支那三国人民和世界各国人民反对美帝及其走狗的革命斗争。”

众 （无比激动地）

毛主席支持我们！兄弟的中国人民支持我们！

〔老游击接过声明。

老游击 毛主席啊！你老人家说出了我们越南人民心坎上的话啊！（语重心长地念）“现在世界上究竟谁怕谁？”

众 不是人民怕美帝，而是美帝怕人民。

老游击 “无数事实证明，得道多助，”

众 “失道寡助”。

阿　春 “弱国能够打败强国，”

众 “小国能够打败大国。”

阿　强 “小国人民只要敢于起来斗争，敢于拿起武器……”

阿　勇 “就一定能够战胜大国的侵略。”

众 “这是一条历史的规律。”

阮维英 对！我们越南人民抗美救国斗争，已经有力地证实了这一历史规律。

范代表 同志们！毛主席的声明，有力地说明了我们的斗争不是孤立的，我们高举胡伯伯“决战决胜”的旗帜，有民族解放阵线和共和临时革命政府的领导，有毛主席和兄弟中国人民的支持，我们一定能够取得最后胜利！

众 （高呼）世世代代不忘胡伯伯的恩情！

毛主席万岁！

范代表 同志们，毛主席的庄严声明，对我们正在战斗的南方军民是极大的鼓舞，给了我们巨大的力量。阵线和共和临时革命政府号召我们，和兄弟的柬、老人民互相支援，并肩战斗，把抗美救国斗争推向新阶段。

阮维英 请下达战斗命令吧！

范代表 敌人正在这一带扩修机场，入侵老挝，威胁北方。指挥部决定，向敌机场发动攻势，你们的任务是今夜奔赴敌机场周围与 8 号联系，潜入敌机场，作好内应。

阮维英 （握拳）我们坚决不惜牺牲，排除万难，英勇战斗。

众 （握拳）英勇战斗！

〔灯暗。

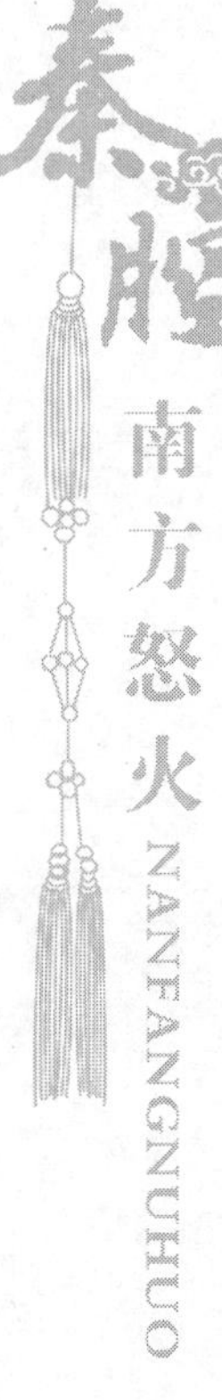

第七场

〔当天夜里。征途上。

〔幕启：雷声隆隆，风雨交加。

阮维英 （内唱）顶风冒雨把征途上，

〔阮维英率众游击队员上。

（接唱）走悬崖、穿椰林兼程奔忙。
配合主力捣毁敌机场，
要消灭美国佬、越奸匪帮。
将地雷和炸药埋入敌心脏，
管叫敌机场开花冒火光。
加快脚步向前闯，
哪怕雨暴风又狂。
冲破这漫长黑暗夜，
欢庆胜利迎朝阳。

〔继续前进时，山涧断路。

阮维英 （唱） 眼前山涧把路挡，

众 （唱） 挡不住颗颗红心志坚强！

阮维英 同志们，跳越而过，注意爆炸物。

〔众准备跳越。

阿　强　小英子，我背你过去。

小英子　不，我自己能过去。

阿　强　好，你先过吧！

〔小英子竭尽全力跳过。

老游击　（扶小英）跳过来了，够个小游击！

小英子　跳不过山涧，怎么消灭美国佬。

阮维英　同志们，继续前进！

（唱）　同志们一个个心红胆壮，
满怀深仇上战场。
誓死消灭美国佬，
为祖国不怕血洒光。

阿　强　敌人铁丝网！

阿　勇　铰断它！

阮维英　（观察片刻）这是敌人机场外围，先跳过去。

〔众游击队员翻越铁丝网。灯暗。

〔灯光复明后，下场门口露出敌哨所一角。

〔阮维英、阿强、阿勇侦察上，注视敌哨所，发现动静，急隐蔽。敌哨兵抱枪游上复入内。

〔内声：敌哨："口令"，黎明："高山。回令，"敌哨："河水。"黎明急上。

黎　明　（唱）　打入敌巢快一年，
敌情部署全了然。
应变返队在今晚，
借查哨接应部队把敌歼。

〔黎明向内吹口哨，内应以布谷鸟叫，黎明复吹口哨。阮维英带阿强跃上。

黎　明　（与阮握手）维英同志，大家都来了吗？

阮维英　来啦。（示意阿强监视敌哨所，向内挥手，众游击队员上）

阮维英　（介绍）这就是我们平时所谈的八号——黎明同志。

黎　明　这里只有一敌哨，先将其押在哨所内。

阮维英　阿勇，你去执行。

阿　勇　是。（入内）

小英子　黎叔叔，我阮奶奶她……

黎　明　一切安全。（掏图）阮队长，这是敌人机场的设备图。

阮维英　（接图）太好啦，老黎同志，还有什么情况？

黎　明　（唱）　近日来敌受挫惶惶不安，
增设防线盘查严。
不过他部署未更变，
一切全在图上边。

阮维英　好！七大伯！
（唱）　你带领一个班坚守外线，
迎接咱主力军防敌增援。

老游击　是！

阮维英　阿强同志！
（唱）　爆破组跟随我进敌据点，
这任务既艰巨又光荣非比一般。
闯虎穴要灵活机智应变，
敢斗争敢胜利突破难关。

阿　强　是！

阮维英　（唱）　游击健儿浑身胆，
艰巨任务敢承担。
任凭他美伪匪层层防线，
也不过纸老虎外强中干。
胡伯伯教导记心上，

众　（唱）　“决战决胜”把敌歼！
〔组成进军塑像。
〔灯暗。

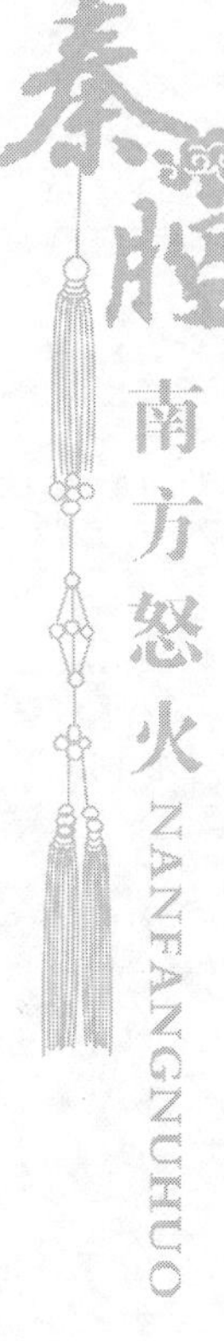

第八场

〔深夜。

〔敌机场中心据点，汤姆办公室。透过纱窗可以看到外面机场油库的一角。台右侧有一收发报的内室。左侧是汤姆办公的地方。

〔幕启：一缕缕淡蓝色灯光射在桌上，室内一片阴森。汤姆像一条困兽，来回奔走，显得惶惶不安。内室不断传出收发报机的滴达声。

〔报务员上。

报务员 报告上校！

汤　姆 什么事？

报务员 西贡来电，催报机场扩建情况。

汤　姆 回电：机场正在扩建中，材料不足。

报务员 空军司令部来电通知：入老直升飞机 12 架 1 日上午 11 时在机场加油。（递报夹）

汤　姆 嗯！（拿笔在报夹上签字）告诉皮尔诺上尉，照办。

报务员 Yes！（下）

（电话铃响）

汤　姆 （拿起听筒）哈喽！嗯，我就是。什么，什么……几个黑人士兵闹事，什么？厄尔逊斯中尉酗酒……实在的糟糕，你立即进行处理。（放下话筒）太不像话啦！

〔报务员上。

报务员 上校，杜勒特将军来电：速报"绥靖"推行情况。

汤　姆 速报，速报！到处催逼。（沉思片刻）回电：基地附近地区已办起四个模范"战略村"。

报务员 （不解地）上校阁下，我们的"战略村"不是早让越共游击队拔掉了？

汤　姆 笨蛋。

报务员 （无可奈何地）Yes！（转身入室内）

汤　姆 哎呀呀，我的上帝！（像泄了气的皮球一样坐在椅子上）

〔黎明急上。

黎　明 上校先生！

汤　姆 （无精打彩地）密斯特黎，那个越共阮老婆子现在怎么样？

黎　明 经过我一番努力，已有所好转，她表示愿意和上校谈谈。

汤　姆 好，密斯特黎，你的工作有成绩。什么时候谈呢？

黎　明 她现在就想和你谈谈。

汤　姆 好！好！我亲自再开导开导她！

〔汤姆拿起特制手杖同黎明下。

〔阮维英伪装上。

阮维英 （唱）　巧改装闯过了层层防线，

痛歼美伪在眼前。

炸药已放好，

电线也割断。

只等主力发信号，

管教这敌机场火光冲天！

内线与敌去纠缠，

抢时间捣毁敌发报机关。

〔内室传出收发报机的滴达声。阮维英拔出匕首入内室。稍顷，传出报务员的尖叫声。

〔汤姆气冲冲地走上，将手杖放在桌前。

汤　姆 太不像话啦，又变了！（向内喊）报务员，报务员！

〔阮维英自内室走出。

阮维英 不准动！

汤　姆　啊！你是干什么的？

阮维英　专门消灭美国佬的！

汤　姆　（后退几步，望窗前，发现窗外的阿强）噢——

阮维英　不准动！胆敢嚎叫我就宰了你！

汤　姆　（故作镇静）嗯——你是越共游击队，这儿是我们的机场，有大兵守卫，防线层层，你跑不了啦！

阮维英　哼——美国佬！

（唱）　你睁开双眼先看清，
　　　　这大好河山谁是主人翁。
　　　　抗美救国怒涛涌，
　　　　你已落在人民战争的汪洋大海中。

汤　姆　（畏缩地）你们这血肉之躯的老百姓，就凭砍刀能怎么样？

阮维英　（唱）　四千万越南人民齐奋勇，
　　　　问天下谁能敌全民皆兵。
　　　　法国的远征军在此丧命，
　　　　日本鬼在越南缴械投诚！
　　　　今天又轮到你们这短命鬼，
　　　　同样也要进墓坑。

汤　姆　No，No，你要知道，我们美国有的是“空中优势”、核武器，我们可以把越南炸平，我们可以随时毁掉地球任何一个角落。

阮维英　做梦！

（唱）　你野蛮残暴侵略性，
　　　　痴心梦想一场空。
　　　　像绿头苍蝇到处把壁碰，
　　　　焦头烂额乱嗡嗡。
　　　　你“绥靖计划”早已成泡影，
　　　　“空中优势”被打得倒栽葱。

美国佬，尽管你们顽固好战，凭借武器，妄想在世界称王称霸。觉悟了的人民并没有被你们吓倒，越南人民不会轻饶你们，印度支那人民不会轻饶你们。你们美国人民也正在觉醒，他们也不会轻饶你们。在世界人民革命的斗争烈火中，你们已是日暮途穷！

汤　姆　（恐惧无奈）啊——阁下，我建议我们坐下来和平谈谈。好吧，你提提条件。

阮维英　呸！

（唱）　死在临头要花招，
　　　　口喊和平胸藏刀。
　　　　收起你这鬼一套，
　　　　今天岂能把你饶。

〔夜空出现两发信号弹。接着，一声巨响，可见机场油库被炸，火光映红夜空。

汤　姆　呃——

〔一美兵跑上，被窗外的阿强击毙。黎明急上。

汤　姆　密斯特黎，快抓住他！

阮维英　哼！你们完蛋啦！

〔汤姆欲拿手杖，黎明抢先拿起，拆露手枪，对住汤姆。

黎　明　不准动！

汤　姆　啊！你？

黎　明　我是真正的越南人，我来消灭你！

阮维英　把他押下去！

阿　强　（上前）举起手来，走！（押汤姆下）

阮维英　黎明同志！（握手）迎接主力，全歼顽敌！

〔幕内一阵冲锋号声。

〔天空怒火团团。

〔灯暗。

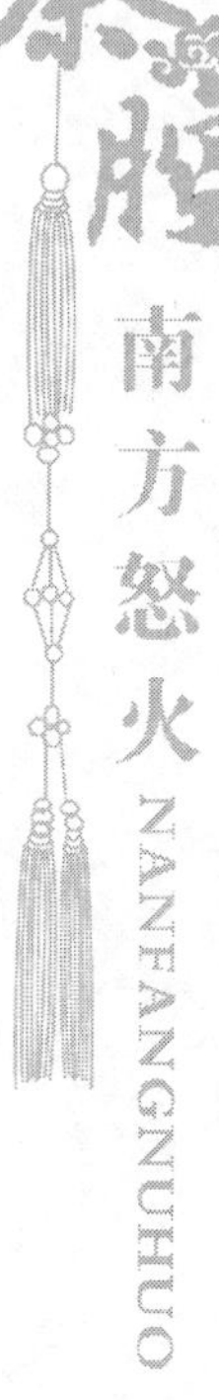

尾 声

〔紧接前场。敌机场内。

〔灯复明，一片爆炸声，天幕上怒火熊熊，幕内冲锋号声嘹亮，阵阵冲杀声。

〔吴八京狼狈跑上。伪兵随上。

伪 兵 报告八京长官，我们被包围啦！

吴八京 汤姆呢？怎么不见人影子？是不是坐直升飞机跑啦？

伪 兵 直升飞机已全部被炸。

吴八京 突围冲出去！

伪 兵 越共来势凶猛，包围严密，冲不出去了！

吴八京 死也得冲出去！

（在一阵密集的枪声中逃下）

〔美兵、伪兵慌乱逃遁。阮维英、黎明率游击队冲上，击毙二美兵，追下。

〔老游击奋战美兵、伪兵，小英子举斧急上，砍死一美兵。二人追美兵、伪兵下。

〔主力部队战士与美兵、伪兵一场短兵相接的格斗。

〔阮维英追吴八京上，一阵格斗，处死吴八京。游击队员押汤姆等战俘上。

阮维英 美国佬，看一看谁消灭谁？

汤 姆 我投降！

阮维英 押下去！（游击队员押汤姆下）

〔范代表率主力部队高举阵线旗帜上。

阮维英 范代表！（握手）

〔阿菊、小英子扶阮大娘上，军民陆续上。

范代表 阮大娘!

阮维英 娘!

〔天已黎明,东方朝霞灿烂,阵线旗帜更加鲜艳。

范代表 同志们! 我们胜利地攻占了敌机场,给了扩大侵略战火的美国侵略者以迎头痛击。我们要继续高举胡伯伯“决战决胜”的旗帜,和兄弟的柬、老人民团结一致,并肩战斗,为彻底打败美国侵略者及其一切走狗,为支援世界革命而乘胜前进!

众 乘胜前进!

〔天幕上映出:

越南必胜!

美帝必败!

〔徐徐闭幕。

——剧 终

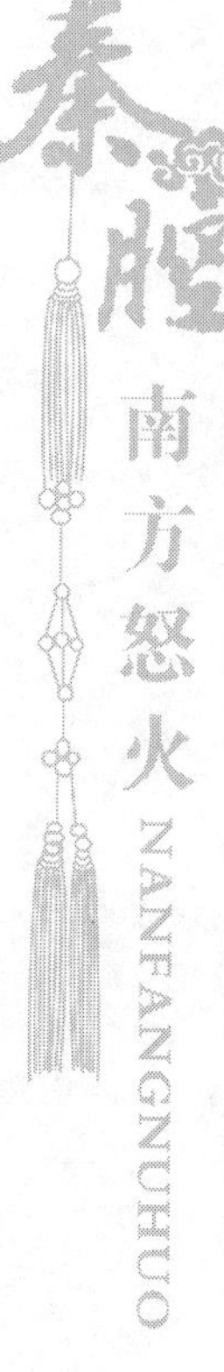

演出单位

西安市五一剧团

母子情

根据淮剧《母与子》改编

郑宗义　改编

剧情简介

适逢中秋节之际,因劳动教养期间表现较好而提前获得释放的待业青年小林,怀着对过去失足的无限悔恨,对未来生活的希望憧憬,忐忑不安地踏上新生之途。可是,当他回到家中,却发现生母去世后,桂珍带着她的女儿小岚突然闯进了他家的生活,引起了他思想上的波澜,使他布满创伤的心灵投下了阴影。

面对新生活带来的新矛盾,小林的不信任,加之社会的偏见,作为后娘,桂珍将如何处理母子之间的复杂关系?故事就从这里开始……

场　　目

第 一 场
第 二 场
第 三 场
第 四 场
第 五 场
第 六 场
第 七 场
第 八 场

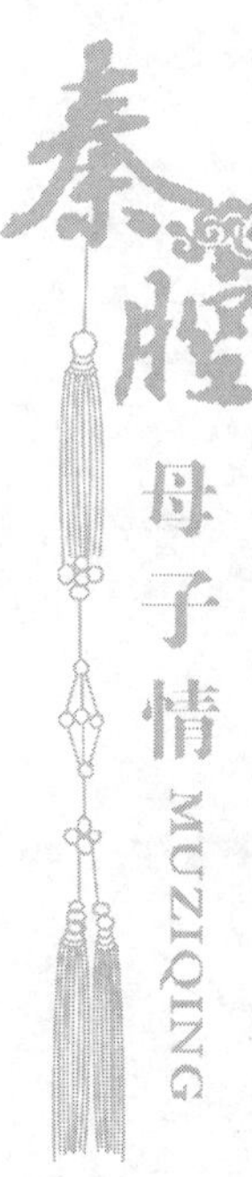

人物表

（以出场先后为序）

小　岚	女	营业员，桂珍的女儿
外　婆	女	小林的外婆
桂　珍	女	纺织工人，小林的继母
小　林	男	待业青年，张连生的儿子
飞虎娘	女	家庭妇女，飞虎的母亲
飞　虎	男	待业青年
张连生	男	纱厂钳工，桂珍的丈夫
大　毛	男	待业青年
何大妈	女	街道居委会主任
老　严	男	商店值勤纠察
小　方	男	民警

第一场

〔现代，中秋节傍晚。

〔张连生家。

〔舞台后侧是整洁明丽的内室，靠墙设有一张八仙桌，桌上方悬挂着张连生与续妻桂珍的大幅合照镜框；门外是幽静清雅、秋色宜人的庭院，一株红枫在晚霞余晖中燃烧。

〔幕启，鸟雀啁啾。

〔小岚腰系围裙端酒菜上。

小　岚　（唱）　今日里喜逢中秋人欢笑，
　　　　　　　　庆佳节合家团聚乐陶陶；
　　　　　　　　小岚我施展手艺把菜炒，
　　　　　　　　待夜晚赏月品尝好味道。

外婆，快来呀！

〔外婆挟针线蒲罗上。

外　婆　小岚，啥事呀？

小　岚　外婆，你尝尝，味道咋个向？

外　婆　（苦笑）我可从来不动荤腥啊！

小　岚　呀，真该死，我怎么忘了。

外　婆　我老了，吃不吃没啥。只要你一家人高兴……就行呵。

小　岚　看你说的，人老了更应该吃好点么，我去给你炒盘鸡蛋，再来个虎皮豆腐粉丝汤！（下）

外　婆　不用了！……我咽不下去啊。（察看饭桌）只有四双筷子，四个酒盅，（凝望窗外，无限感慨地）又是一个中秋节，又是一顿团圆饭啊！

（唱） 逢佳节痛念亲人情难禁，
忆往昔伴随女儿育外孙。
现如今秀娟故世难追寻，
小林他农场劳教揪我心。
终日里梦萦魂牵难安枕，
思想起心灰意冷泪湿襟。
女婿他虽然忠厚又勤恳，
怎奈是时过境迁续新人。
桂珍她热肠待我多殷勤，
日每间贤惠侍奉问寒温。
说到底不是亲娘不是婆，
终归是萍水相逢难贴心。

〔外婆辛酸地补衣，桂珍兴冲冲上。

桂　珍 （唱） 今日里一封通知报喜讯，
桂珍我亲迎小林回家门。
喜的是儿在农场有长进，
也叫我难免担着几分心。
虽说是合家团聚享天伦，
从此后育儿责任重千斤。

（亲热地）妈！

外　婆 哦，小岚娘，下班了？

桂　珍 哎，妈，又补啥呢？快歇着，回头我来补。（夺过衣衫）这是……

外　婆 这是小林的一件上衣。明天是劳教农场探亲日，我想补补，让连生给娃送去。

桂　珍 妈，不用送了，我告诉你……

外　婆 你别说了。（不悦地）都怨我糊涂多事。（夺过衣衫匆匆欲下）

桂　珍 妈，你听我说……

外　婆 你啥也别说了！

〔小岚端菜上。

小　岚　（挡住外婆）外婆，你尝尝，炒鸡蛋！

外　婆　我没哟口福！（下）

小　岚　妈，外婆咋了？

桂　珍　待会她会高兴的。（察看桌上的酒菜）手艺不错嘛！（特意添了一双筷子和一个酒盅）

小　岚　（诧异地）妈，要来客人？

桂　珍　不，要来亲人！

小　岚　谁？

桂　珍　待会儿你就知道了，准得叫你高兴！

小　岚　人在哪儿？

桂　珍　我这就去车站接他。（从提包内取出一盒糕点）这是素月饼，给你外婆送去。我走了。（二人分头下）

〔小林内唱：

回乡路走过一程又一程，

〔小林提旅行袋上。

心切切意气风发步生风。
望断云山盼故里，
到家猛觉愁肠生。（欲进又止）

（旁唱）月照窗棂花枝动，
红叶凋谢戏晚风；
眼前犹见旧日景，
耳旁似闻慈母声。

小　林　（唱）　不见妈妈慈祥影，
秋虫声声绕耳鸣。
昔日温暖今何在，
寒风透骨月如冰。

妈妈呀！

千声万唤叫不应，
满腹话儿诉谁听？
小林悔恨祭亡灵，
我不该忠言逆耳、一意孤行、

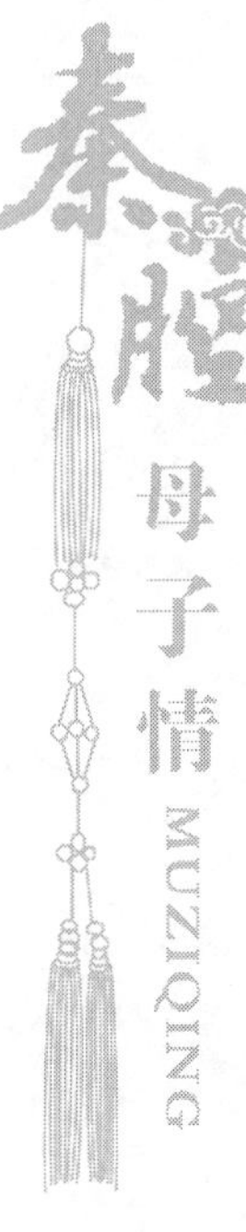

伤娘心肝、害娘染病一命终！
到而今浪子把罪请，
爹爹他能否把我容？

〔飞虎娘挎篮子上。

飞虎娘 哟，这不是小林嘛？

小　林 大婶！

飞虎娘 真想不到哇。啧啧啧，劳改不到两年，把人折磨得简直像个麻杆。小林呀，听说那鬼地方一天四两包谷糊汤面，睡觉还得用麻绳穿成串？……

小　林 胡说八道！

飞虎娘 谁说不是！（见风使舵地）这下好了，打从你妈死后，你外婆整天伤心落泪，想你都快哭瞎眼睛了。你爸倒好，想得开，心眼大，仨月前又给你寻咧个后妈。

小　林 （一怔）后妈！

飞虎娘 你还不知道？你这个后妈呀……（摇头）

小　林 她怎么样？

飞虎娘 过门没有仨月半，里里外外说了算，恶得像个母老虎，谁敢不跟上她的尻子转？不是大婶在背地说长道短，你爸简直像娶回个菩萨活祖先！就是苦了你外婆，终日受气真可怜啊……

小　林 这是真的？

飞虎娘 你在街坊邻居打听打听，常言说得好，十个后妈九个狠，一个不死都害人。娃呀，往后有你受的罪呢！

〔飞虎上。

飞　虎 老太婆，我还没吃饭呢！

飞虎娘 妈这就去给我娃割肉包饺子。飞虎，你看谁回来了？

飞　虎 小林？好小子，出庙了？嘿，这下咱哥们又多了一员虎将！（递烟）来一支！

小　林 （推开）刚到家，有话改日再说吧。

飞　虎 也好，伙计，先回去看看，说不定你那漂亮的后妈等着给你接风哪！

小　林　你……

飞虎娘　小祖宗,你悄悄的。回!(对小林)小林呀,回去忍着点儿,她本来就嫌弃你,而今你又是个劳改释放犯……

小　林　劳改释放犯碍她啥事?

飞虎娘　好瓜娃呢,谁愿给劳教犯当妈受连累呀!

小　林　受连累?

飞　虎　哥们可不怕受连累,有困难找我。那小婆子敢在你头上拉屎,我就给她点颜色瞧瞧!

飞虎娘　人家乐意顶尿盆下跪,关你屁事!走吧。

飞　虎　我不想吃饺子,给点钱!

飞虎娘　夜个你不是才拿去五块吗?

飞　虎　夜个是夜个,今日是今日,给不给?不给我自个去想办法!(欲下)

飞虎娘　(急拉住)给你,我的小祖宗。(递钱)

飞　虎　小林,拜拜!(下)

小　林　大婶,你不能这么乱给钱呀。

飞虎娘　儿是娘心一块肉呵。你娘活着不也常给你钱花吗?如今你在家只要能吃上碗锅底饭,就算你娃前世烧了高香啦!(下)

小　林　我该怎么办?

(唱)　爹爹呀娘死周年期未尽,
怎能够忘却前情又续亲?
外婆她可怜吞声把气忍,
你哪有一点父子情和恩!
越思越想越烦闷,
满腹愁肠绞我心。
想到后娘门难进,
她能否容我把身存?

〔小岚上。

小　岚　你找谁?

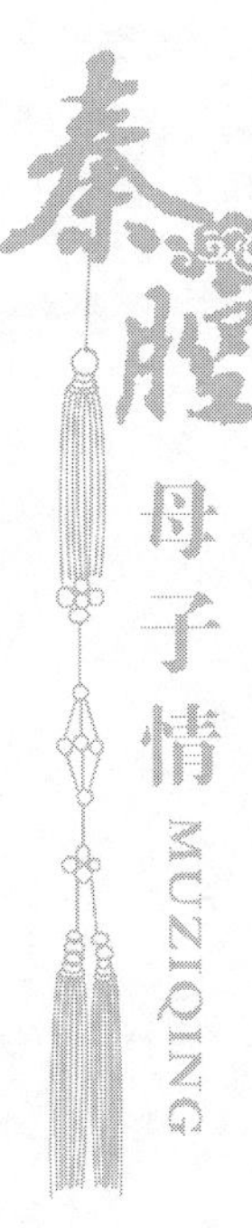

小　林　（毅然进门）……

小　岚　哎哎哎,（急拦）你想干什么?

小　林　（没好气地推开她）你管不着!

小　岚　这是我的家,怎么管不着?

小　林　你的家?哼,烧香的还想搬菩萨!

小　岚　什么烧香、菩萨,你怎么这样不讲理!

小　林　谁不讲理,你把嘴放干净点!

小　岚　告诉你,派出所离这儿不远!

小　林　（冷笑）你告去,我刚从那儿来。

小　岚　你,无赖!（对内急呼）外婆,快来呀!

〔外婆上。

外　婆　啥事?

小　岚　你看,这个人闯进咱家要无赖!

外　婆　（冲小林背影）你给我滚出去!

小　林　（怒转身）啊?外婆!

外　婆　小林!

小　岚　小林?（尴尬地）我端盆洗脸水去。（下）

外　婆　小林,你怎么回来的?判了三年,我算得清清楚楚,这才一年两月零三天呀!

小　林　外婆,我提前释放了。

外　婆　叫外婆好好看看!好乖乖,你……可回来了啊!

（唱）　日思夜念盼小林,
今日解我倒悬心。
婆孙相逢如梦境,
喜煞我白发年迈人。
猛抬头望见照片暗思忖,
一股忧伤结眉心。
但不知后娘可愿将儿认,
唯愿他母子有缘分。

小　林　外婆,你……你受苦了。

外　婆　（摇头叹息）……

〔小岚端水上。

小　岚　外婆，水端来了。

外　婆　好，小林，快洗洗脸吧。

小　岚　我去冲杯茶。（下）

小　林　她是谁？

外　婆　她叫小岚，算是你妹子。

小　林　我妹子？

外　婆　我正要告诉你，你爹他……（示意柜桌上边的镜框）又娶人了。

〔小林凝视照片，悲愤交集，从旅行袋中取出一张画像展开。

外　婆　秀娟？是你妈，真像活着一样呵。是你画的？

小　林　是在劳教场得知妈妈不幸的消息，我流着泪凭记忆画的。

外　婆　（捧过画像感伤地）秀娟呀，你看见了么，小林，你的小林回来啦！可怜她至死不合眼，一个劲念叨着你：小林，小林，妈舍不下你啊！……

小　林　外婆，我……我对不起妈妈呀！

外　婆　秀娟哪，你听见了么，小林回心转意啦。你要活着，今日这顿团圆饭该多叫人高兴呀！

〔小林猛地摘下镜框。

外　婆　小林，你要干啥？

小　林　（取出合影，装上画像）让妈妈永远和我们在一起！

〔张连生兴冲冲上。小林将合影掷出窗外，张连生拣起。

张连生　（一惊）谁干的？

小　林　我！

张连生　啊？（进门）小林！好哇，你总算回来了。（自责地）我这个人脾气不好，性急粗暴，过去对你关心不够，耐心说服教育差，才让你落了这么个下场……

外　婆　过去的事，还提它做啥。

张连生　好，不说了，从哪儿跌倒从哪儿往起爬，我告诉你从今往后，你老实给我呆在家里，好好学习，等有了工作好好干。但是要记住，千万千万不能再像从前那样子，吃喝赌博，绺窃偷抢走邪道。娃呀，要是再犯罪，一辈子就完了！

外　婆　你呀，娃才到家，不能说点别的？小林，先洗洗。

张连生　好，好，回头再说，今日八月十五，高高兴兴吃顿团圆饭。你知道不，这顿饭是你妈让小岚特意为你回来准备的。

小　林　我妈……

张连生　是呀。她到车站接你去了，你没见到？

小　林　（摇摇头）

张连生　她叫桂珍，和我在一个纱厂工作。她几次都想去劳教场看你，我都没让去，心想还是等你刑满回来再说。

〔桂珍上。

张连生　如今反正是一家人了，你呢，往后在家做事说话要有分寸，要像亲娘一样待她，一会儿见了面，要亲亲热热地叫声妈，牛性子要改！

小　林　我只有一个妈。

外　婆　娃一时还叫不惯，先叫阿姨也行呀。

小　林　我啥也不叫！

张连生　你……太不像话了！

小　林　可你这么做，对得起我死去的妈妈吗？

外　婆　小林，你怎么……

小　林　外婆，你别管。我只承认（对画像）这个亲妈妈！

张连生　（发现画像，暴怒地）你……太放肆了！

〔小岚端茶水上。张连生夺镜框取出画像，小林不让，二人争夺。桂珍见状愕然。

小　岚　（气愤地）妈！……

〔桂珍制止住女儿讲下去。

（旁唱） 盼儿归呀情满腔，
母子相逢降冰霜。
扬帆偏遇顶头浪，
桂珍呀，
看你如何拿主张？

〔桂珍上前从连生手中取过镜框，又从小林手中取过画像，装入镜框，恭敬地悬挂起来。

〔众皆愕然。

桂　珍 你是小林吧？一路辛苦了，来，先洗洗脸，准备吃饭。小岚，（拉过痴呆的女儿）这就是你小林哥。（拉女儿迎小林走去）

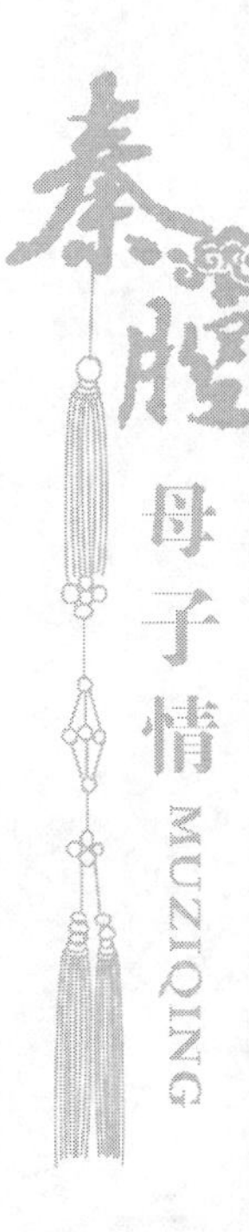

第二场

〔数日后的一个下午。

〔张连生家庭院中。

〔幕启，小林在作画。由于心情烦乱，画不下去，扔下画笔。

小　林 （唱） 在农场天天盼望早释放，
回家来不知出路在何方？
飞虎他叙旧情常来探望，
我岂能再干那罪恶勾当。
闲在家中愁断肠，
有心学画意彷徨。
好比孤鸟困罗网，
难向云天展翅膀。
后娘非亲爹爹嚷，
寄人篱下不舒畅。
盼只盼早有工作把班上，

怎奈是名誉远扬人人唾弃如怕老鼠败坏一锅汤。

谁能把我心情来体谅?

〔桂珍上。

桂　珍　(唱)　为小林早就业四处奔忙。

方知晓处理待业非寻常,

细思忖国穷人多难周祥。

看眼前百废待兴有先后,

为国家分忧解愁理应当。

居委会为此正将办法想,

教小林奋发图强莫忧伤。

小林,(看画,鼓励地)画得不错嘛!

小　林　画得再好有什么用?

桂　珍　只要有一技之长,还愁没有用武之地?国家要搞四化建设,要振兴中华,需要大量的人才呀!

小　林　我算什么人才,在人们的眼里,还不是个劳教释放犯。

桂　珍　人们的看法也不是一成不变的,问题在于自己有没有决心和勇气来改变人们的看法。一个人跌了跤并不可怕,关键是看他有无爬起来重新迈步的坚强意志。自学成才的人多得是,要自己闯出一条路来!

小　林　我……唉!

桂　珍　用不着灰心丧气,你怎么了?又不比谁少鼻子少眼,告诉你,我刚才到居委会去了一趟,何大妈讲,街道办事处准备筹办一个待业青年工艺美术服务部,打算让你参加筹办呢!

小　林　(将信将疑)这……这是真的?

桂　珍　真的。(掏出两张参观券)给,这是我托人搞来两张画展入场券,等你爹下班回来,让他陪你去看看。

小　林　好吧……(收起画夹、工具下)

〔桂珍拣起小林外衣,若有所思。小岚上,悄悄走近母亲，捂住她的双目。

桂　珍　死女子，快松手。

小　岚　（取出一包糕点）给，你爱吃的咸点心。

桂　珍　光给妈一个人吃呀？

小　岚　（拍拍挎包）给全家买的在这儿。

桂　珍　（疼爱地）我小岚到底是大姑娘了，懂事啦。

小　岚　妈，给你，（递钱）这是工资，三十块。

桂　珍　你不给自己留点零用钱？

小　岚　妈呀！

（唱）　小岚我虽然不把家事问，
妈妈的难处时刻挂儿心。
你终日里外操劳心费尽，
起早贪黑受苦辛。
拆洗缝补饭三顿，
白日上班夜拈针。
天阴下雨腰难伸，
伤臂隐痛汗淋淋。
常此下去儿不忍，
累垮身体儿担心。

桂　珍　（唱）　原以为岚儿年幼不懂理，
今方知我儿成人能自立。
钱虽少饱含体贴情和意，
全家人和睦相处情依依。
回想起十余年来苦相济，
你为娘分忧解愁娘感激。

小岚，妈想拿这钱给你小林哥——（示意外衣）

〔外婆提水桶上，静听。

小　岚　买件外衣？

桂　珍　对。你看合适么？

小　岚　行。我陪你一块去买。

桂　珍　真是妈的好闺女，走吧。（二人下）

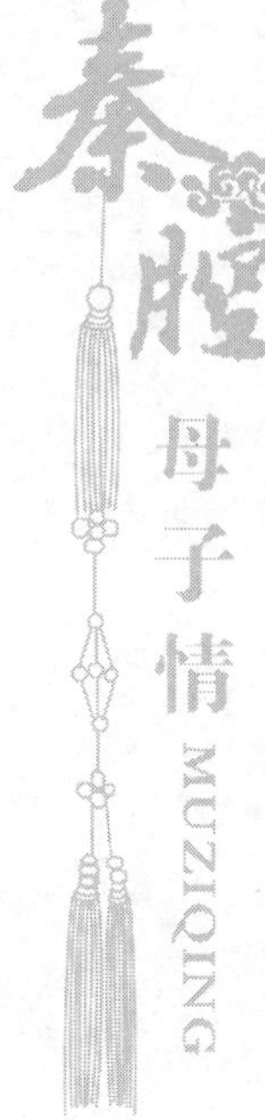

外　婆　到底是自己的骨肉亲啊。（拣起小林外衣，悲从心起）唉，没娘的娃可怜哪……

（唱）　她母女亲亲热热把衣买，
　　想起小林痛伤怀。
　　无娘的孩子无人爱，
　　怎不叫人泪满腮。

〔张连生上。

张连生　（诧异地）妈，你不舒服？

外　婆　（言不由衷地）没……没啥。

张连生　小林呢？

外　婆　帮隔壁他三爷买粮去了。

张连生　好小子，知道做事了。他妈让我陪他去看画展，照这些日子表现，说不定还真能改邪归正，变成块好料哩。

外　婆　看画不管饱，又不能挡寒。

张连生　妈，有啥话你就直说嘛！

外　婆　小林爹，我一不是婆婆，二不是亲娘，有句话不知该讲不该讲……

张连生　妈，谁也把你没当外人看呀！

外　婆　如今添人进口，做父母的可要一碗水端平，手心手背都是肉啊。

张连生　妈，我有啥不到处，你老人家只管说。

外　婆　我不是说你。刚才桂珍拿钱给小岚去买衣裳，（示小林外衣）你看看这，也没说给娃买一件。

张连生　桂珍是个懂道理的人，她早就说要给小林买外衣的呀！

外　婆　我是黄土拥到脖子的人了，还能睁眼昧心说瞎话？我不怪她，不怪，谁养的娃谁不心疼？可怜小林，是没娘的娃呀！（伤心拭泪）

张连生　唉！

（唱）　家有五口四个姓，

八仙桌围座四方人。

非亲进的一个门,

说亲不是连着根。

各人心头一本账,

朝夕共处难贴心。

桂珍她今日做事欠思忖,

儿和女怎能两样分。

〔小林擦汗上,见状止步。

张连生 妈,这点小事,你老人家覅往心里搁,再说,小岚是个乖娃,从不胡乱花钱,工资从来都是拿回来补贴家用,即就是她妈给买件衣裳也不越外,姑娘大了嘛。等桂珍回来我问问,回头给小林也买一件就是。

外　婆 千万别问,不要为了这件事伤了你们夫妻的和气。

〔桂珍、小岚兴冲冲上。

桂　珍 连生!

张连生 你跟小岚买衣裳去了?

桂　珍 嗯,你看。(欲取衣裳)

张连生 有啥好看的!你也该同我商量商量嘛!

桂　珍 我是想……

张连生 你光想着女儿,就没想还有个儿子么?

桂　珍 (一怔)这话从何说起?

张连生 (将小林外衣举起)你难道看不见?

小　林 (一把夺过)我啥也不要!(扔下参观券,欲走)

桂　珍 小林,你不去参观画展了?

小　林 我是闲人,不配!(愤然下)

张连生 小林!

外　婆 小林!(追下)

张连生 唉!(下)

桂　珍 连生!

小　岚 妈!

〔桂珍拣起参观券,沉思。

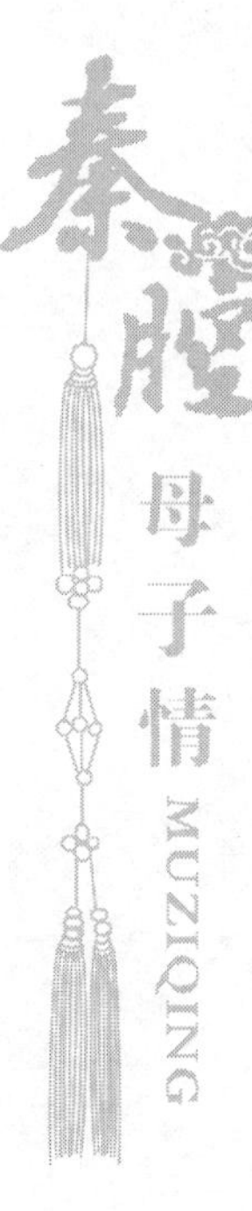

第三场

〔次日上午。

〔景同一场。

〔幕启：小林凭窗眺听鸟鸣。小岚提一捆书上。

小　岚　给你，看看吧！

小　林　（瞟了一眼）我没兴趣。

小　岚　这是特意为你借的。

小　林　为我借的？

小　岚　你看，《人的一生该怎样度过》《青年思想修养》《理想、道德、情操》《钢铁是怎样炼成的》……

小　林　我又不是炼钢工人，看它有屁用？

小　岚　哈哈哈，亏你还是高中生。这书对你很有针对性。

小　林　少拿我开心！（下）

小　岚　你——唉！

（唱）　妈妈她总是对我讲，
让我耐心把他帮。
可恼他一意孤行逞横强，
哪里把兄妹之情胸中装！
为母亲我处处留意来忍让，
终难换取好心肠。
辛苦借书汗水淌，
对牛弹琴空指望！
这样的日子活受罪，
哪一天才能喜眉扬！

〔飞虎提录音机带大毛上。

飞　虎　小林在家吗？

小　岚　不知道！

飞　虎　哟，好大的火气！

大　毛　（翻书）钢铁是怎样冻成的？嘻！这铁还能冻？

小　岚　不准动！（夺书）都出去。

飞　虎　我们是来找小林的！

〔小林内应："谁呀"？）

小　岚　勾魂的！（抱书下）

〔小林上。

小　林　飞虎！

飞　虎　小林，来，认识认识，这是大毛。（递烟）

小　林　（推开）坐吧。

飞　虎　兄弟知道你在家受管制，闷得慌，特来帮你解解闷。

〔打了个响指。

〔大毛打开录音机，不知怎么开，飞虎推开他，打开录音机，传出嘈杂的乐曲。

小　林　（烦躁地）关了！

飞　虎　怎么？怕后娘？嘿，没想到大名鼎鼎的男子汉张小林，成了娘们手里的面团儿了。（关掉录音机）大毛，走！

小　林　站住！（夺过录音机，打开）

飞　虎　好样的！（与大毛随乐扭舞）

〔小岚上。见状关掉录音机。

飞　虎　你也管得太宽了！

小　岚　谁让你们在我家胡闹？

小　林　我！

小　岚　你？

小　林　大毛，开！

小　岚　不许开！

大　毛　这……

〔小林自己打开。

飞　虎　别装正经了。现在思想解放，小阿妹，来一个。（欲搂小岚）

小　岚　流氓！（关掉录音机）你给我滚出去！

飞　虎　嘿，比女皇后还厉害呀！小林，她是你的小后娘吧？啊，哈哈哈哈……

〔小岚抓起茶壶欲打，大毛推飞虎提录音机逃下。

〔桂珍上，见状观察。

小　林　（在桌上猛击一掌）我警告你，以后我的朋友来家，不许你干涉！

小　岚　你把流氓引到家，就不行！

小　林　这是我的家，你管不着！

小　岚　为啥管不着？

小　林　你算老几？这是我的家，看不惯，就滚！

小　岚　你的家？简直成了流氓窝！

小　林　既然是流氓窝，谁请你来的？

小　岚　你！……

桂　珍　（进门）小岚，和你哥吵啥嘴？

小　岚　你还怪我？妈！

桂　珍　到底为啥？

小　岚　你问他！

桂　珍　小林……

小　林　行了！不要指着和尚骂秃子！

桂　珍　兄妹俩赌啥气，有话好好说嘛。

小　林　飞虎来家玩，她凭啥把人家轰走？

小　岚　谁让他在这耍流氓？

桂　珍　小林，飞虎的为人，你应该知道呀！

（唱）　交朋友需慎重品行要好，
　　　　同学习共进步方作知交。

小　林　（唱）　我不是三岁娃娃无头脑，
　　　　看得清认得准心里明瞭。

桂　珍　（唱）　你年青少经验尚欠思考，
　　　　做父母有责任帮你提高。

小　林　（唱）　反正我不顺眼多余挡道，

有啥话摆当面何必唠叨！

桂　珍　（唱）　我愿你做人处事走正道，

小　林　（唱）　七尺汉用不着谁来指教！

〔外婆上。

桂　珍　小林，你——

小　林　你看着办吧！

外　婆　小祖宗，你少说两句吧！（对桂珍）小岚娘，大人不记小人过……

桂　珍　妈，我在跟他讲道理。

小　林　讲什么道理？我是劳改释放犯，是流氓，连累你们了是不是？

桂　珍　这是谁告诉你的？

小　林　无风不起浪……

外　婆　早从飞虎娘嘴里传到街巷去了。

小　林　（对外婆）给我点钱！

外　婆　做啥？

小　林　买烟！

桂　珍　你应该安心在家学习、练画，不能抽烟。这毛病不好哇。

小　林　给不给？

外　婆　（递钱）你就少抽点吧。

桂　珍　妈，这钱不能给。

小　林　你没资格管我！（下）

桂　珍　小林！……妈，不能这么做呀！

外　婆　天地良心，这钱是我早年攒下的。

桂　珍　我不是这个意思。妈，该花的钱花多少都行，不该花的，一分钱也不能给他呀。这会把他惯坏的！

外　婆　不是谁身上掉下的肉，谁不心疼啊！

桂　珍　妈……

外　婆　小岚娘，自打你过门，我们没红过脸，不是我多嘴，你就不要管得这么宽了，睁一只眼，闭一只眼，也好在

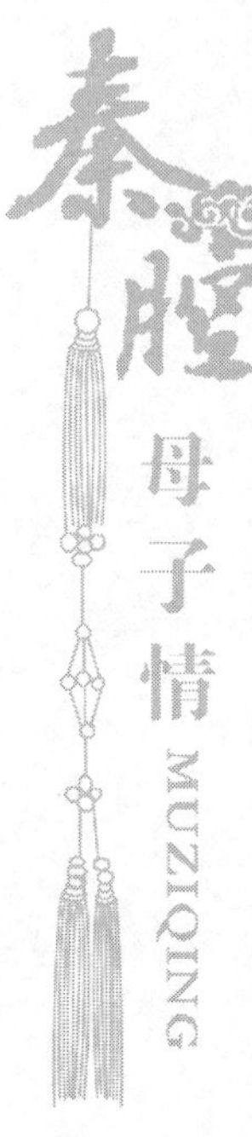

外头落个好名声吧！（下）

桂　珍　在外头落个好名声？

小　岚　妈！你这是何苦哇！……（哭下）

〔何大妈上。

何大妈　桂珍！

桂　珍　何大妈！……

何大妈　怎么啦？

桂　珍　难啊！想不到……

何大妈　我都听说了。桂珍哪，大妈打心眼里替你高兴。小林回来这些日子，没有重新跟上飞虎他们跑，有空还帮他三爷瘫痪老人买粮拉煤，在家学画画，很有长进，收获不小哇！

桂　珍　可是……

何大妈　小树苗一夜长不成材，得慢慢来。小林过去走弯路，和家庭教育不得法有很大关系哩。桂珍，你不知道，他妈把小林惯的，他外婆又护，他爹见娃有错就抡拳头，能教育好么？而今，你这套办法他一时不习惯，再加上他听了一些人对后娘的旧成见，难免要犯病。这说明，他对你还不太了解，你对他也并不完全了解呀。你知道小林两年前是咋样犯的罪么？

桂　珍　听说他拦路抢劫。我几次想上农场看看他，了解一下他的思想，可是连生硬是不让去。

何大妈　不光是拦路抢劫，而且用刀子砍伤了人！

桂　珍　什么人？

何大妈　就是你呀！

桂　珍　大妈，这是真的？

何大妈　（点点火）我也是今日才知道。

桂　珍　天哪！

（唱）　手抚伤臂怒火涨，

怎料到仇人竟是小儿郎！

一波未平又起浪，

一声霹雳透脊梁。
世上道路宽又广，
却为何冤家狭路聚一堂？
这一杯苦酒叫我怎样尝，
对小林我这后娘该咋当！

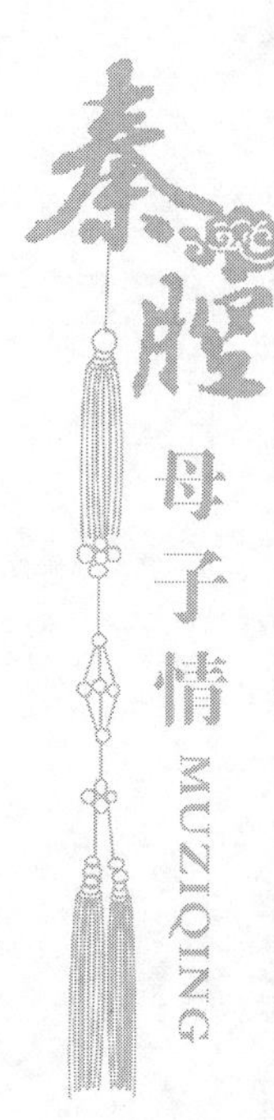

何大妈 桂珍哪！
（唱） 难言苦衷无须讲，
你心洁如玉我知详。
小林他身染恶习性放荡，
犹如野马脱了疆。
只要你耐心教育办法当，
深情似火化冰肠。
你一贯容人量宽广，
对待小林胜亲娘。
经劳教他浪子回头有希望，
且看这悔过图新的决心信中藏。
（递信）

桂　珍 哪来的信？

何大妈 这是你原住的街道派出所转来的，是小林从劳教农场写给你的。

桂　珍 写给我的？

何大妈 对，是一封向你悔悟请罪的信。

桂　珍 噢，是一封悔悟请罪的信！

何大妈 你看看。

桂　珍 （念）请转交受我伤害的那位阿姨！
〔小林幕后唱：
我姓张，名小林，
误入歧途罪孽深。
阿姨呀！
那天你夜半下班离厂门，
我是那拦路抢劫的作案人。

一刀害你落伤残，
自己险些误终身。
多亏政府来挽救，
追悔莫及痛彻心。
今朝特写请罪信，
表我悔恨情意真。
但求阿姨多宽恕，
小林立志重做人！

桂　珍　求我宽恕，决心重新做人？

何大妈　桂珍哪，要扶他一把呀！

桂　珍　（唱）　读书信激起我心潮翻滚，
信笺上留下他点点泪痕。
一字字一句句心意诚恳，
我似见一颗忏悔求进心。
望画像思绪万千情难禁，
细端详悄然无语画中人。
小林他情深意切把娘画，
描绘下无娘孩儿爱至深。
这封信寥寥数语意无尽，
足见他良知未灭盼阳春。
秀娟她为儿辞世留遗恨，
我怎能抽身退却怕艰辛？
必须要驱邪扶正把他引，
定要把小林教成有用的人！

大妈，你放心！

何大妈　好桂珍！（紧紧抱住桂珍）

第四场

〔接前场。

〔街心花园旁。

〔幕启：小岚内吼："站住！"

〔飞虎、大毛慌张溜上。

大　毛　飞虎，糟了，你刚走，那个农村妇女丢了三十块钱，哭得好伤心呀，你看，纠察和商店的营业员追上来了！

飞　虎　胆小鬼！怕什么，又没人认得我们。

大　毛　咋不认得，你看，她是小林的妹子呀！

飞　虎　（一惊）唔？

大　毛　（紧张地）要是让逮进派出所，我爸非打断我的腿不可，咋办呢？我怕……

飞　虎　脓包！还没进庙，骨头就软了？

大　毛　快想个办法呀！（欲下）啊，小林来了！

〔小林烦乱地上。

飞　虎　好，救命菩萨来了！（迎住小林）小林，后娘开恩了！

小　林　哼，开恩，我想干啥就干啥，谁也管不着。

飞　虎　不吃管？看，甩了老后娘，小后娘又跟上了！（趁机将钱塞进小林衣袋）

小　林　哼！

〔小岚急上，严肃地打量着三个人。

飞　虎　看啥，不认识？

小　岚　你们刚才在我们商店，围着那个农村妇女干什么？

飞　虎　你算哪一路神？又不是我的后娘，我逛商店关你屁事？

小　岚　少装糊涂！（扯住大毛）老实讲，谁把那个妇女三十块钱掏了？

大　毛　谁掏了我咋知道？少给我搁事！（溜下）

〔飞虎欲溜，老严上。

老　严　站住！

飞　虎　干什么？

老　严　跟我走！

飞　虎　你们少诬赖好人！

老　严　把钱交出来！

飞　虎　来，搜吧！（翻出所有口袋）看见没有，彻底无产阶级！

〔老严与小岚相觑，飞虎扬长而去。小林见小岚扭头欲下。

老　严　站住！

小　林　怎么，连我也怀疑上了？

〔桂珍上。

老　严　坦白从宽！

小　林　好，不信了请看。（翻衣兜，掉出一叠钱）

桂　珍　（一惊）啊？

小　岚　（拣起一数）正好三十元。

老　严　这钱是哪里来的？

小　林　我……我不知道。

老　严　哼，不知道？老"钳工"了，手气不坏呀！

小　林　师傅，我真的不知道哇。

老　严　少装洋蒜！你小子前两年常在这条街上作案，以为我不认得？有一次被我当场抓住扭送派出所，你大概不会忘记吧？

小　林　那是以前的事……

老　严　狗能改了吃屎！

桂　珍　小岚，咋回事？

小　岚　偷人贼！

小　林　造谣！

老　严　少废话！走！

小　林　到哪去？

老　严　派出所！

〔老严带小林下。

桂　珍　师傅，等一等……

小　岚　妈，你别管！

桂　珍　（唱）　见此情不由我心如刀绞，

小　岚　（唱）　见此情不由我怒火中烧！

桂　珍　（唱）　难道他旧病复发迷心窍？

小　岚　（唱）　亲眼见人赃俱在罪难逃！

桂　珍　（唱）　细思忖此事来得好蹊跷，

小　岚　（唱）　实可恨全家蒙耻染腥臊！

桂　珍　我去派出所问问情况。

小　岚　妈，你！

桂　珍　妈不能不管呀。事情没弄清楚，先不要告诉你爹和外婆。

小　岚　哼，还是他们惯坏的，自作自受，还让别人跟上带灾！

桂　珍　话不能这么讲，究竟是不是小林干的坏事，又没当场抓住。

小　岚　那三十块钱是哪来的？

桂　珍　可也不能肯定是他掏下别人的呀。

小　岚　他呀，出窑的砖，定型啦！

桂　珍　不能把人看死了。即就是他偷的，说明当妈的没把子女管教好哇。（欲下）

小　岚　你不能去！

桂　珍　为啥？

小　岚　严师傅把他押去，万一晓得他是咱家的人，我……我往后在商店还有啥脸见人！

桂　珍　小岚！

小　岚　妈！（拉住母亲，想到伤疤）你手臂上这块伤疤是咋来的，难道你忘了？这号人把你害得还不够苦吗？

（唱）　你忘了两年前雨夜回家门，

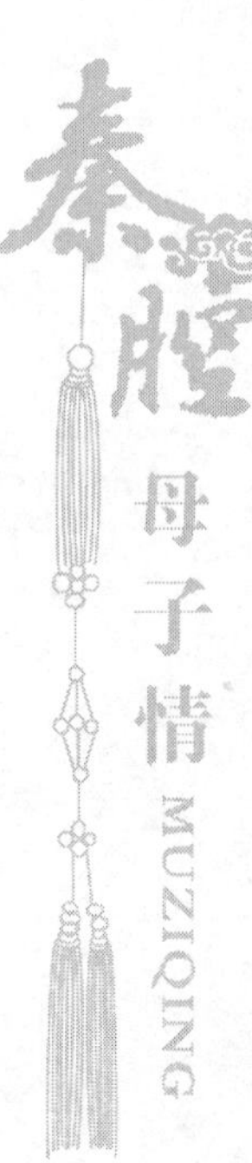

歹徒他抢手表丧尽良心！
无情钢刀将你砍，
终生隐痛留伤痕。
那一夜你滴滴点点鲜血淌，
守床边我点点滴滴泪湿襟。
娘你受惊痛难忍，
儿我心疼似火焚。
怎能将血的教训全忘尽，
反为这流氓盗贼费苦心！
小岚自幼父命殒，
母女相依度时辰。
儿是娘亲心头肉，
娘是儿的至亲人。
虽然日子苦清贫，
和美相安享天伦。
谁想到自从进了张家门，
你可知污言秽语乱纷纷？
说什么十个后娘九个狠，
千年偏见劣根深。
纵然你襟怀坦荡咬牙忍，
儿我却心如扎进万苗针。
你终生难逃后娘恶骂名，
我落个捎连带头低三分。
到如今自打枷锁抱怨恨，
娘呀你叫儿往后咋做人！

桂　珍　小岚呀！

（唱）虽然说小林并非我生养，
既结亲同是儿女手一双。
你要把为娘苦衷来体谅，
儿有错哪个父母不心伤？
任凭那流言蜚语恶毁谤，

我自有母爱心跳荡胸膛。(下)

小　岚　妈……(伏椅恸哭失声)

第五场

〔紧接前场。

〔桥洞一角。

〔幕启:飞虎带大毛窜上。

大　毛　有人撵来了!

飞　虎　快,到桥洞下躲一躲。

〔二人下。

〔小林急上。

小　林　(唱)　天降横祸受牵连,

小林无故蒙屈冤!

分明是飞虎"过桥"栽赃款,

追查真相把案翻!

(四下寻找,从桥洞中拉出飞虎)

小　林　你小子干的好事!

飞　虎　哥们,咱都敬的一个菩萨,何必失了和气。

小　林　三十块钱是不是你塞给我的?

飞　虎　这……

小　林　不交底,休怪我小林不够朋友!

飞　虎　"过过桥"嘛。

小　林　你好狠毒哇!

飞　虎　兄弟给你赔不是,走,我请客!怨我事前没给你打招呼,多多包涵。

小　林　那好,跟我上派出所讲清楚。

大　毛　小林哥,都是自家哥们,你饶了这一回吧。

小　林　少来这一套,有种的,跟我走!

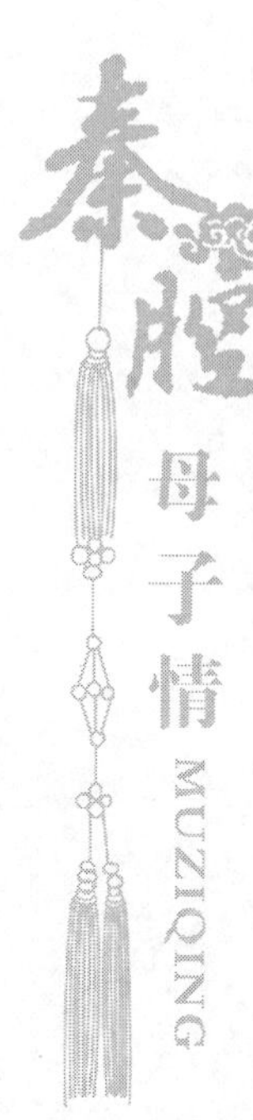

飞　虎　（冷酷地）怎么？还来真格的？

小　林　好汉做事好汉当。

飞　虎　你要咬住不放，休怪我飞虎不认人！老子进了庙，也得拉个垫背的，这事可是咱们仨同伙合谋，坐地分赃。

小　林　你敢血口喷人！

飞　虎　（拉过大毛）他是活见证！就是戴上“808”，我也不过是个初犯，大不了拘留十天半拉月，养养精神歇歇腿。可你，一个前科犯，罪加十等，到时候少不得吊销户口，发配边疆，永无出头之日！

小　林　啊？你……

飞　虎　别装正经了，劳教释放犯，还想脱贼皮？（冷笑）你以为出了庙就成好人了？谁不知咱们是一路货！谁相信你，光你那该死的后娘就饶不了你！她巴不得你蹲一辈子大牢呢！

小　林　我不做犯法事，谁能把我怎么样？

飞　虎　算了吧，不做犯法事，为啥商店的纠察要把你押上派出所，不是你那后娘让她女子盯稍，旁人能怀疑你？

小　林　这么说，是她要害我？

飞　虎　怕什么！她们又没当场逮住你，只要不开口，神仙难下手。伙计，别做梦了，今日有酒今日醉，回来一块干吧。

（掏出酒瓶、罐头）来！

〔桂珍上。

桂　珍　小林！

飞　虎　看，来了没有？

小　林　（冷冷地）干什么？

桂　珍　跟我回去。

飞　虎　是派出所让你来的吧？

桂　珍　不做亏心事，去派出所有啥关系？

飞　虎　小林，你娘请你去派出所享福呢。

小　林　你的“好心”我领教了！

桂 珍 小林,刚才那三十块钱到底是咋回事?

小 林 问你女子去!

桂 珍 我要你老实回答,那钱是咋来的?

小 林 用不着你管!

飞 虎 你算什么?

桂 珍 我是小林的妈妈!

飞 虎 妈妈?(耻笑)谁他妈能狠心把儿子朝牢房撵?难怪人家讲,十个后娘九个狠,你的心也太毒辣了!

桂 珍 后娘怎么样?后娘也是娘啊!

(唱) 后娘同样是母亲,
并不比谁矮三分。
教儿育女有责任,
能不为儿来操心?
你们都有生身母,
做娘的难道不问津?
倘若生母不过问,
生母又有什么亲?
似这样花天酒地不劳而获夜不归宿来鬼混,
法纪难容误终身!
你手捂胸口扪心问,
能甘做辜负娘亲的寄生人?

大 毛 我……

飞 虎 (对桂珍)别在这儿猫哭老鼠了!

桂 珍 小林,你不是痛恨这种行为么?怎么今天……小林呀,小林,回头路万万走不得啊!

小 林 我走什么路,用不着你操心!

桂 珍 你听妈说……

小 林 我没得你这个妈。从今往后,我不是这个家的人,你就全当我死了。(奔下)

桂 珍 小林!小林……

飞 虎 (嘲弄地)野鸡抱不了家鸡娃!

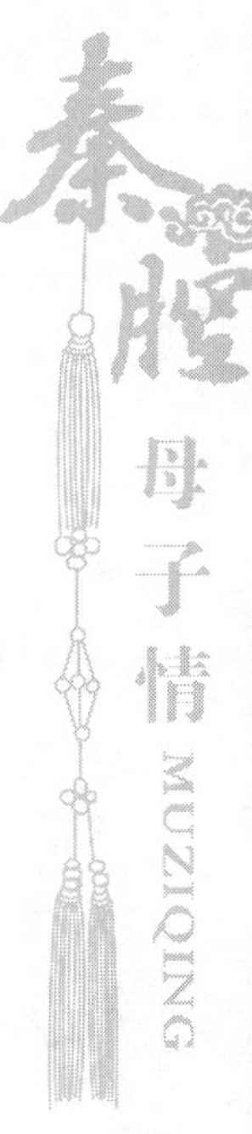

大　毛　飞虎！（劝阻）阿姨，你不要在意。

桂　珍　大毛，告诉我，那三十块钱到底是谁拿的？

大　毛　这……

飞　虎　狗逮老鼠，多管闲事！（拉过大毛）我们可不想招个害人的后娘！走！（拉大毛下）

桂　珍　（唱）　飞虎他蛮横无理来阻挡，
　　　　　　　大毛他言语支吾口难张。
　　　　　　　小林逞性发牛犟，
　　　　　　　似有苦衷心头装？
　　　　　　　必须寻他细察访，
　　　　　　　不能让他再迷航。

〔桂珍欲下，外婆上。

外　婆　小岚娘！

桂　珍　妈？深更半夜的，你来做啥呀？

外　婆　我放心不下小林呀。他人呢？

桂　珍　刚才还在这儿，这阵子又生气走了。

外　婆　事情我都晓得了。小岚娘，小林要是真的掏了钱，这回关进去，就没日子啦！

桂　珍　妈，你覅难过。都怪我没尽心呵。

外　婆　不，不，小岚娘！
　　　　（唱）　我求你高抬贵手把他放，
　　　　　　　为自己积点阴德烧灶香。
　　　　　　　对民警就说那钱是你给，
　　　　　　　让他上街买衣裳。
　　　　　　　只要能混过这一堂，
　　　　　　　我保他往后把你叫亲娘。

桂　珍　（唱）　妈妈你疼孙之情儿体谅，
　　　　　　　依我看瞒哄会把事弄僵。
　　　　　　　教孩子心怀诚实不可忘，
　　　　　　　若有错包庇怂恿不应当。

外　婆　（唱）　恳求你念在秀娟命惨丧，

我婆孙苦命相依人一双。
还望你人前做个好后娘，
切莫把这棵孤苗来损伤。

桂　珍　（唱）我何尝不想做个好后娘，
因此上接替秀娟把育儿担子扛。
今日事尚未查明真情况，
怎能够欺骗政府捂脓疮？

外　婆　（唱）只要你答应救儿走一趟，
到明日我就带他去下乡。
从此后永不把你来影响，
也省得遭受连累脸无光。

桂　珍　（唱）妈妈你不能把话这样讲，
怕连累我就不会改嫁来把后娘当！

外　婆　（唱）想不到后娘果然心隔墙，
一颗心狠如钢刀冷似霜！

〔外婆忿忿欲下，桂珍急拦。

桂　珍　妈，你听我说……

外　婆　（甩开桂珍）这个妈，我担待不起！

〔外婆悲泣下。桂珍木然地凝望着外婆远去的背景，泪如泉涌。

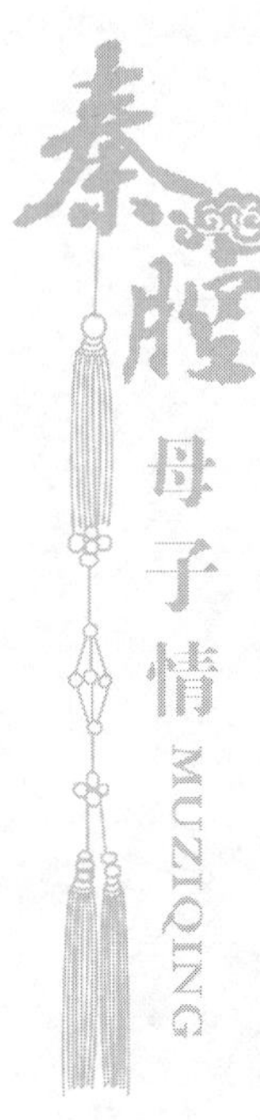

第六场

〔接前场。

〔景同一场。

〔幕启：小林提旅行袋欲下，突见母亲画像，犹豫地收住脚。捧画像。

小　林　（唱）一朝失足万人恨，
谁相信我这回头人？

到如今浑身是口难分辩，
妈妈呀，
唯有你能知儿心。

〔外婆踉跄上。

外　婆　小林？

小　林　外婆！……

外　婆　告诉外婆，到底是咋回事呀？

小　林　叫我……怎么说呢？

〔张连生怒冲冲上，破门而入。

张连生　小畜牲！你……你干的好事呀。你给我跪下！

外　婆　小林爹，你先覅生气，有话慢慢说！

张连生　妈，你还护着他？昨天小岚亲眼看见他掏人钱包！

小　林　你少听那个"捎连带头子"造谣！

张连生　住口！你敢骂你妹子……（抄起凳子欲砸）

小　林　你打吧，我早不想活了！

外　婆　（急拦）你疯了？

张连生　妈，你松手，打死这个孽种，我去偿命！

外　婆　看在秀娟份上，这是她留下的一条根，你们的亲骨肉啊！要打，你就先把我打死吧！（跪）

张连生　妈！

〔外婆晕眩，张连生撇了凳子急扶，小林抓过毛巾给外婆敷在额上。

小　林　外婆！你醒醒啊？

〔外婆苏醒。

张连生　我前世作了什么孽哟！

小　林　爹……

张连生　小林，小林呀，两年前，你去劳动教养，我和你妈几天几夜不能合眼，眼泪不止往下滴，哭红了眼睛，哭哑了嗓子，哭碎了肝肠，想呀想，怎么也想不明白，我们这个世代清白的人家，它怎么会有你这么不争气的后代，可怜你妈，一急成疯，她……车轮之下……

外　婆　不要讲了！

张连生　你提前释放回来，我真是满心欢喜，我想你妈妈要能见到这一天该多好呢，孩子，父母的一颗心你能理解吗？小林啊，小林你叫我拿你怎么办啊！

（唱）　爹爹我半生煎熬霜两鬓，
为儿你终朝每日操碎心。
自打你二十年前生下世，
疼爱你如同至宝掌上珍。
曾记得七岁送儿入校门，
半年后光荣戴上红领巾，
读中学连年三好苦发奋，
全家人为儿进步暗欢欣。
谁料想连年动乱起乌云，
从此你荒废学业误青春。
步入歧途去鬼混，
流氓恶习染上身。
多少日呀夜深沉，
外婆她依门彻夜盼外孙！
无奈何灯下祈祷把神问，
担惊受怕泪纷纷。
多少日呀夜深沉，
你的娘抱病冒雨把儿寻。
声声唤儿儿不应，
可怜她气淤心胸车轮之下命归阴！
多少日呀夜深沉，
为父我借酒浇愁愁更深。
只为你绺窃丧德丢尽人，
我这个八级钳工刀剜心！
往事辛酸诉不尽，
唯盼你迷途知返发奋图自新。
哪知你恶习难改不长进，

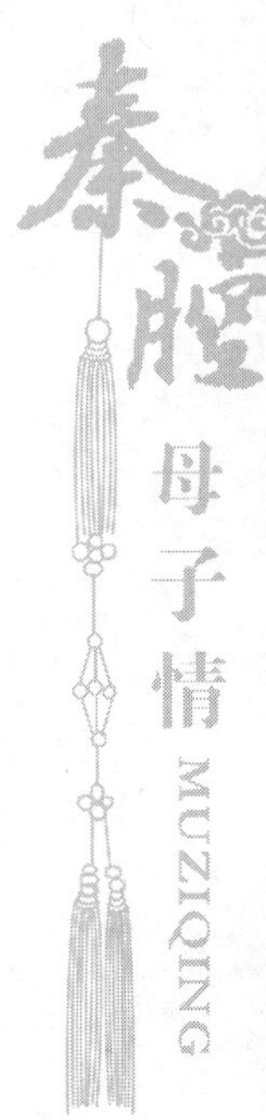

眼睁睁活活气煞白发人。

小　林　我没有干什么坏事。

张连生　啊！你还想瞒我！

小　林　信不信由你。难道一个人做过错事偷过人，就一辈子被当作贼么？有了污点就永远洗不清了？

〔小岚上。

小　岚　张小林！派出所请你哪！

张连生　怎么？

小　岚　他偷人被逮，半路上逃跑了！

张连生　啊！

〔飞虎娘上。

飞虎娘　小林，还不快走，你后娘带着民警抓你来了。

外　婆　天哪！……

〔小林提包欲走。

张连生　你上哪里去？

飞虎娘　连生，让他出去先避避风头吧。

小　岚　畏罪潜逃，罪上加罪！

张连生　早抓去，早太平，告诉你，从今以后，我没得你这个儿子！

外　婆　小林爹！……

小　林　（悲愤地）好，我走！（欲下）

〔桂珍同小方上。

桂　珍　小林！

小　林　你这狠毒的后娘！……滚开！（推开桂珍，越窗而下）

小　方　张小林！

桂　珍　小林，回来！……

外　婆　（拖住小方）民警同志，行行好，我求你们饶他这一回吧。

桂　珍　妈，小方同志不是来抓小林的。

小　方　老人家，我是来找小林了解情况的。

张连生　什么？

小　方　根据失窃人提供的线索，盗窃犯与你家小林面貌不符。

小　岚　他没偷？那三十块钱咋到他腰包的？

小　方　这就是我要了解的原因。当然，现在还不能排除他参与作案的可能性。我想调查一下，他为什么会在那个时辰与飞虎、大毛一起在街心花园。

外　婆　唉，家里人要有个好脸色，他咋会逛荡到那儿去招祸！

飞虎娘　是嘛！娃没得亲娘，能不受气么！

小　方　飞虎娘，你家飞虎有亲娘，为啥也在作案现场！

飞虎娘　这……我可不晓得呀。

小　方　据反映，飞虎这些天活动很反常。

飞虎娘　我飞虎这些日子可是老老实实呆在家的。

小　方　那么我问你，他的录音机是哪里来的。

飞虎娘　这……我可不太清楚。

小　方　作家长的，孩子拿回家的东西你怎么不过问？

飞虎娘　我……

小　方　走，咱们到你家去好好谈谈。桂珍同志你找一下小林，同他耐心谈谈。

桂　珍　好吧！

小　方　（对飞虎娘）走吧。

〔飞虎娘同小方下。

外　婆　小林爹，事到如今，我在这儿成了多余的累赘，你就让我回乡下去吧。

张连生　妈，你可不能走哇！

外　婆　你是个忠厚人，妈心里清楚，这些年难为你照顾我了……

桂　珍　妈，我要是有什么对不住你老人家的地方，你痛痛快快说我、骂我都成。

外　婆　我哪敢。只怪我老不中用了，小林又是个不干净的

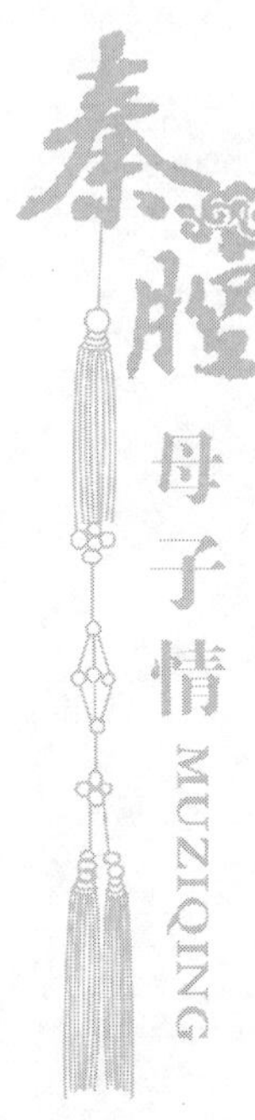

人，俺婆孙俩住在这儿丢人显眼，让你娘们的跟上带灾……

小　岚　外婆，你咋能这样说话！

外　婆　从今往后我再不说了。（下）

桂　珍
张连生　妈！……

小　岚　这叫什么家！（捂脸痛哭奔下）

〔桂珍与张连生相视沉默。

张连生　桂珍，有句话我早就——

桂　珍　你讲吧。

张连生　小林虽不是你抓养的，总在一个锅里搅勺把，平日要是能为他多操点心，也不至于落到这步田地。

桂　珍　对小林我是关心不够。

〔小岚挎提包上，欲走又止。

张连生　就拿买衣裳来说，你先想着小岚，外婆她咋能不多心。

小　岚　好心当作了驴肝肺！

桂　珍　小岚！

小　岚　我偏要说，这就是你的报应，咱到这儿来是为了挨骂受冤枉气吗？你何苦哇！

桂　珍　你胡说些什么呀！

小　岚　够了，这个家我一分钟也呆不下去了！——（从提包中拉出小林的新上衣，朝连生面前一扔）妈，你就待在这，让我自由吧！（哭奔下）

桂　珍　小岚！……

张连生　（抓起衣衫，看见是男式的）这？

桂　珍　给小林买的。

张连生　（内疚地）我……真糊涂啊！桂珍，我错怪了你呀！

（唱）　我和你同厂劳动十余春，
连生为人你知音。
想当初年年登榜评先进，
为生产废寝忘食搞革新。

自打从小林犯罪离家门，
秀娟忧愤丧了身。
外婆终日痛伤神，
连生我痛悲羞愤气淤心。
只说是今生倒霉苦无尽，
那料想甘露润我枯萎根。
你不嫌外婆受拖累，
不怨冤孽戴罪人。
强忍嘲讽耻笑泪，
驱乌云带来满堂春。
实指望和睦同奋进，
那料想逆子将仇来报恩。
外婆疑猜冷言待，
害你母女两伤心。
看起来只好分家另立户，

桂　珍　连生！你怎么能这么做？我进张家门，是为了医治两家人的心灵创伤呵！怎么能让他婆孙另起炉灶呢？

张连生　（唱）　那只好你我两离分。

桂　珍　（唱）　你把这违心话儿讲出唇，
难道说分手就能剜病根。
连生你疼我爱我心相印，
更应知桂珍不是糊涂人！
我与你成夫妻虽非原配，
却也是互爱互敬情意深。
想当初甘愿来把你门进，
就不怕流言秽语加上身？
我图你生产积极好人品，
也为了小岚有个好父亲。
两家人同病相怜遭不幸，
结鸾凤互敬互爱知寒温。

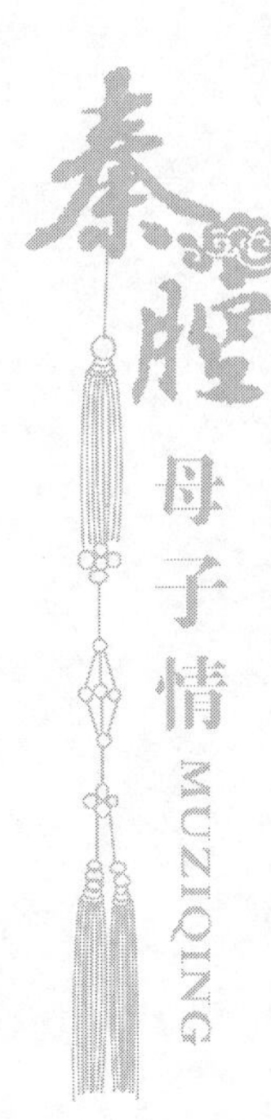

桂珍我愿倾一腔情和爱，
换来那春风拂暖众人心。
可谁知千年恶习比刀狠，
心血泪付诸东海无回音。
困难中盼你相助加把劲，
怎料你急流转舵要抽身！

张连生 桂珍！

桂　珍 （唱）外婆她虽非我的亲生母，
共患难情同骨肉难离分。
小林他非我怀胎十月孕，
无娘的孩儿更须娘教恩。
入歧途疮痛在身要医治，
要培养受害花朵须经心。
今日事不能轻易下结论，
不明曲直要乱真。
寸草能报三春暖，
后娘我更应尽到责任心。
桂珍无有金和银，
咱有颗火热慈母心。
愿心血化作春雨降甘霖，
定能够消冰溶雪迎来万木春！

张连生 桂珍，你……

桂　珍 你快去把咱妈接回来。我去寻小林。万一他走投无路，就可能被坏人拉下水，到那时后果就不堪设想了！

张连生 好！

〔暴雨倾泻，桂珍挟伞，拿小林外衣二人冒雨冲下。

第七场

〔接前场。

〔护城河边树林中。

〔幕启：风雨交加。

〔飞虎戴口罩同大毛上。

飞　虎　（唱）　为躲民警四处逃，

大　毛　（唱）　好似残叶随风飘。

〔小林上。

小　林　（唱）　满腹委屈谁知晓？

〔桂珍内唤：“小林——！”小林闻声躲下。桂珍上。

桂　珍　（唱）　不见小林心发焦！

（桂珍滑倒）

飞　虎　快走！

大　毛　到哪去呀！这么大的雨……

飞　虎　到火车站候车室去！

大　毛　好，那儿比这护城河边暖和多咧。（突然惊叫）哎哟！踩到钉子上了。

桂　珍　这不是大毛吗？

〔飞虎急躲下。

大　毛　阿姨！

桂　珍　见到小林没有？

大　毛　没有哇。

桂　珍　天这么晚了，又下着雨，你在这儿弄啥？怎么不回家去！

大　毛　我怕……

桂　珍　哎呀，血！你脚怎么了？

大　毛　刚才碰破了。

桂　珍　来。我给你包扎一下,(将衣衫披在大毛身上)然后去医院看看,当心感染化脓。(替大毛包扎)大毛呀,你们真不知道做父母要操多少心呀?

(风雨暂息)

(唱)　父母将你们来抚养,
满怀希望情意长。
盼你成人长成材,
为国为民献力量。
广阔天地任飞翔,
父母脸上也荣光。
你怎能夜不归宿胡乱闯,
辜负慈母好心肠。
似这样胸无大志无理想,
你娘她在家焉能不心伤!

大　毛　谢谢你,阿姨。你是找我小林哥的吧?你是找不到他的。

桂　珍　小林这孩子太不懂事啦,你不知道,有人为他一急成疯,死于车轮之下。

大　毛　阿姨,你说的是我小林哥他亲娘?

桂　珍　是啊,可他现在把这些都忘了。如果放任他再走上歧途,我还算什么后娘呢?既对不起学校对他多年的培养,也对不起他亲娘的遗愿啊!

大　毛　可是,小林哥和飞虎说,你寻他是为了把他朝派出所里送。

桂　珍　傻孩子,哪个做娘的不是望子成材?让他去派出所,是为了帮助弄清事情真相,他却反而赌气出走,这风雨夜,他衣衫单薄,没吃没喝,怎么受得了呢?一个人犯了错误,是要严肃批评教育,可也不能因为这,就把他看死呀。小林虽然不是我生的,可是帮他走上正道是我做母亲应尽的责任哪。找不到他,我怎么能安心呢?

大　毛　（唱）　阿姨她一番话打动我心房，

小　林　（唱）　后娘她一番话我愧悔难当！

桂　珍　（唱）　但愿得一番话把他眼拨亮，

飞　虎　（唱）　这女人一番话令我恨满腔！

大　毛　阿姨，你不要怪小林哥，昨天的事，不是他干的。

桂　珍　那是咋回事？

大　毛　是……飞虎干的。

飞　虎　大毛！（冲出，猛击大毛一拳）你敢胡说？

大　毛　你——（呜咽着奔下）

〔飞虎欲追，桂珍拦住。

飞　虎　你要干什么？

桂　珍　你应该投案自首，争取宽大处理。

飞　虎　投案自首，哼，你这个臭女人，害了小林，还想送我进庙，我今天要叫你知道我的厉害，（一拳将桂珍打倒）看你还敢多管闲事！

桂　珍　管！一定要管！我不能看着你错上加错。

飞　虎　好！（拔出刮刀）

〔小林冲出。

小　林　飞虎！

飞　虎　小林？

小　林　把刀子给我！

飞　虎　好，看你的！（将刀子扔给小林）

桂　珍　小林，你……

小　林　我全明白了。（猛转身扑向飞虎）

〔二人格斗，飞虎狼狈逃下。

〔小林上前拉住桂珍手臂欲扶，一道闪电划破夜空，小林猛惊。

小　林　伤疤？

〔小林的声音："把手表脱下来！"

〔桂珍的声音："放开我！来人哪！"

小　林　（唱）　见伤疤顿觉雷轰顶，

难道她竟是当年受害人?
若知情定将我怨恨,
全家人难容我小林!(奔下)

桂　珍　小林!小林——!这是为什么呀?(追下)

〔切光。暗转。

〔街巷雨夜中。

〔小林奔上,桂珍踉跄追上。穿插绕场。

小　林
桂　珍　(唱)穿大街绕小巷步履踉跄,
哪顾得夜漆漆雨猛风狂!
心切切意惶惶只恨夜长,
放眼望我应该奔向何方?

小　林　(唱)城河边悲切诉衷肠,
小林方才心亮堂。
为孩儿生母气疯命惨丧,
寻孩儿后娘奔波受恓惶。

桂　珍　(唱)秋风凉雨刺骨凉,
浑身疼痛揪肝肠。
为孩儿秀娟不幸车下亡,
寻孩儿桂珍受苦又何妨!

〔天幕变幻转景。桂珍呼唤:"小林——!"

小　林　(唱)走一程叹一阵满腹惆怅,
声声唤如锤敲击我心房。

桂　珍　(唱)走一程呼一阵满目迷茫,
声声唤不知小林在何方?

小　林　(唱)苍天啊求你把大地来照亮,
赐给我一线生机和力量。

桂　珍　(唱)苍天啊求你把大地来照亮,
好让我早些找回小儿郎!

小　林　(唱)悔不该无端怀恨乱猜想,
听谤言恶言冷语把她伤。
害得她彻夜苦奔忙,

旧疤上无辜添新伤。

桂　珍　（唱）莫非他隐痛话难讲，

认出我臂上旧刀伤？

我必须拆掉隔心墙，

解除顾虑换轻装！

〔传来呼救声，二人机警查找张望。

〔小岚惊慌奔上，飞虎追上。

小　岚　来人哪！

飞　虎　住口！

〔二人扭打，小岚扯下飞虎口罩。

小　岚　啊！原来是你！

飞　虎　你不是想送我上派出所吗？今日我先送你进地狱！

〔飞虎逼近小岚，小林冲上打倒飞虎。小方与老严急上，扭住飞虎。

小　岚
小　方
老　严　（异口同声地）谢谢你，同志！

小　林　是你们？

小　岚
小　方
老　严　是你！——

桂　珍　小林！

小　林　我……（欲走）

桂　珍　走，跟妈回家去，有话慢慢讲吧。

〔桂珍拉小林缓步走下，众随下。

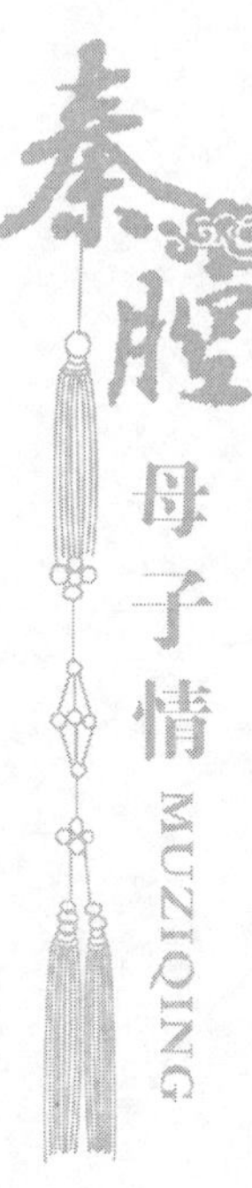

第八场

〔次日清晨。

〔景同一场。

〔暮启:风和日丽。

〔外婆惴惴不安地凭窗眺望。

外　婆　(唱)　雨过天晴气象新,

母子不归愁煞人。

我不该错把桂珍恨,

思前想后愧万分。

〔张连生陪何大妈上。

张连生　妈!

外　婆　寻见人了么?

张连生　寻见了,真相大白啦!

何大妈　老嫂子,在桂珍的启发帮助下,大毛主动上派出所作了坦白交待,偷钱的事是飞虎拉他干的,与小林没关系。

外　婆　这就好,这就好哇。

何大妈　多亏了桂珍哪!

张连生　在小林身上,她比我想得周到啊。

外　婆　(感叹地)过去我总以为女儿死了,小林没人疼,不是你开导,我差点冤了桂珍。

何大妈　心里的疙瘩解开了就好哇。

〔桂珍带小林上,小岚随上。

张连生　他们回来了。

外　婆　桂珍,小林……

〔桂珍晕眩欲倒,众扶。

张连生　你怎么了!

小　林　让飞虎打伤了。

外　婆　啊!

桂　珍　妈,不要紧。(抓过桌子上的衣衫)小林,快换换吧。

〔小林捧衣,百感交集。

外　婆　桂珍,来,吃点心。

桂　珍　(感激地)妈!

外　婆　走,妈帮你把湿衣衫换换。

〔外婆扶桂珍下。

小　林　我恨……

张连生　你恨谁？

小　林　恨我自己！

何大妈　心里有啥解不开的疙瘩？

小　林　我对不起你们，对不起这个家，更对不起她……你让我走吧！

张连生　到哪去？

小　林　劳教农场。那儿虽然苦一点，但我挺得住，让我在哪儿干一辈子吧！

〔桂珍与外婆上。小林取下镜框取出母亲画像，换上合影照片。

外　婆　我不让你走！

桂　珍　小林，没有过不去的河，攀不过的山，心里有啥，你就直说吧。

小　林　我……

桂　珍　难道你一定要走吗？

小　林　（点点头，拿起旅行袋）

桂　珍　你一定要走，我也不拦你。不过，请你带个口信。

小　林　给谁？

桂　珍　给一个和你一样的青年人！

（唱）　他也曾误入歧途把罪犯，
在农场劳动改造把身安。
三年前曾因聚赌输了钱，
为还债铤而走险把路拦。
为抢表持刀行凶将我砍，
一失足千古遗恨泪不干。
到今日幡然悔悟恨时晚，
寄给我悔罪书信来道歉。
言说道平时不听忠言劝，
他悔恨一害自己二害他人落伤瘢！

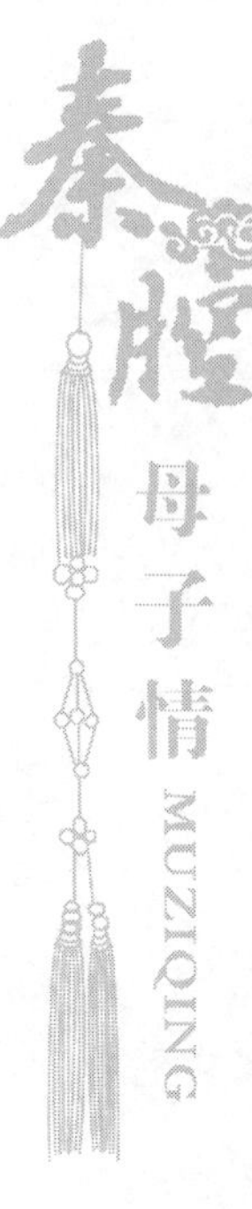

期望我度量宽宏莫埋怨，
他决心彻底改造把身翻。
点点泪水湿信笺，
句句倾吐肺腑言。
常言道骏马失蹄终难免，
贵在那迷途知返勇把高峰攀！
今托你将我心意转，
就说我殷切盼他重新作人回家园。
待来日登门相会再见面，
我定会如他亲娘喜迎浪子还！

张连生 外　婆 桂珍，这个凶手是谁家的娃呀？

小　林 你们不要问了……这个人，就是我。

外　婆 张连生 是你？

小　林 是我犯下的大罪啊！

外　婆 桂珍，你为啥不早说？

桂　珍 我本来不想讲。

外　婆 你不怪罪他么？

张连生 你能原谅他么？

〔桂珍点头。

小　林 你……真的不恨我么？

桂　珍 恨！怎么不恨？我也是个人嘛！可是，这杯苦酒不是你一个人酿成的。这刀伤刻在我的手上，更刻在你的心上，这是永远值得记取的教训啊！

小　岚 小林哥，你不要走了！

桂　珍 小林，这是咱的家，妈怎么舍得你走呢？

何大妈 告诉你，街道办事处已经批准你参加工艺美术服务部，明天就让你去北京学习哪！

小　林 （再也抑制不住）妈妈！（扑进桂珍怀抱）我的好妈妈，亲妈妈！……

（旁唱）一声妈妈叫出口，

怎不叫人喜泪流；
有情胜似亲骨肉，
合家团聚乐悠悠。

——剧　终

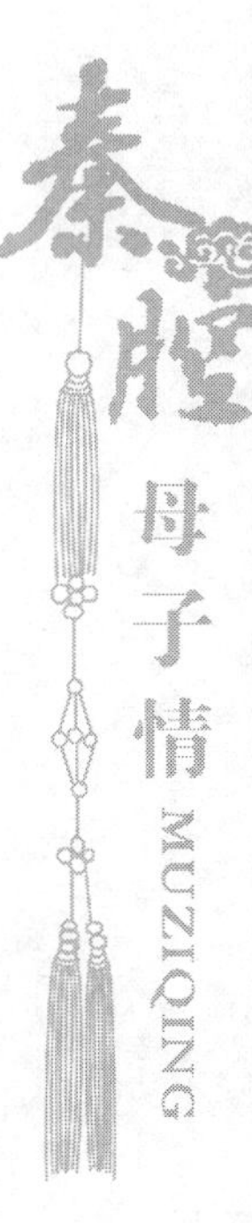

演出单位

西安市五一剧团

青梅

根据陈其通同名话剧改编

郑宗义　改编

剧情简介

渔民何阿九思想落后，对加入渔业公社的寡居儿媳青梅心存不满。他不顾其妻相劝，固执己见不愿入社。此时，地主分子何老么投其所好，领蒋匪特务到其家，谎称解放军副连长借船返乡。正当其时，何老九的儿媳、民兵排长青梅回家，识破漏网特务，全家人奋力捉住了特务阿三和地主何老么并决意加入公社。

人物表

青　梅　二十五岁，海湾渔业公社社员、民兵排长、渔民何阿九的儿媳妇。

何阿九　五十多岁，渔民，左腿在旧社会被渔霸打断了，现在走起路来有些微跛。

何妈妈　五十多岁，青梅的婆婆、阿九的老伴，是个忠厚善良的渔妇。

何老么　将近五十岁，地主分子，奸诈凶恶，人称笑面虎。

刘阿三　三十五岁，何老么的远亲表兄弟，蒋匪第三纵队中校司令，特务。

〔时　间:一九六四年初夏,傍晚。

〔地　点:福建沿海某海湾,一家渔民的院子里。

〔布　景:海湾一渔家,背山面海。院中有鱼网、鱼叉、有一豆棚,豆藤上鲜花盛开,棚下设有小桌,竹椅。院墙用石砌成,正中有一楼门,上有双扇竹篱门,门开时可见大海。太阳刚落,月亮已爬出海面,海显得平静而美丽,点点帆影可现。墙外有一芭蕉树。

〔幕启:何阿九扛着橹和鱼篓微跛着走上。

何阿九　(唱)　清早间出海湾去把鱼打,
谁知晓倒了霉时运不佳。
到晚来空手归我肝胆气炸,

(随手撂下橹,气冲冲地扔下鱼篓,一屁股坐在竹椅上)

何妈妈　(从内屋上关怀地)怎么,又没有打着鱼?

何阿九　(接唱)穷海中哪来鱼好不气煞!

何妈妈　那是怪你没本事!

何阿九　啥?我没本事?

何妈妈　(唱)　你看那公社船队在海下,
归村来点点白帆似箭发。
满舱的黄花鱼儿个头大,
难道说同海打鱼各有差?

何阿九　那不是本事,那是他们走运。

何妈妈　这不是命呀运的,这是人民公社的威力!(见何不语)我说死老汉……

何阿九　你少给我叨叨叨!

何妈妈　看在夫妻份上,你就听我这一次话吧。加入公社吧,叫我们也过过社会主义日子吧!

何阿九　你那聪明的儿媳妇,不是早就加入了吗?

何妈妈　是呀!

（唱）我儿媳入了社人人敬爱，
不愧是我渔家女中英才。
常劝你早入社你不理不睬，
硬是要闹单干死守棺材。
叫青梅好儿媳怎把头抬，
羞煞我在人前难把口开。

何阿九（接唱）儿在世她对咱倒也不错，
儿今死难把你口称婆婆。
听人言今夏天难得熬过，
眼睁睁她就要另找下落！

何妈妈（接唱）死老汉讲此话错上加错，
提起了我儿死心如刀割。
去年间打鱼去飞来横祸，
在海上遭贼打被浪吞没。
每想起不由我满腔怒火，
一阵阵烧心胸浑身哆嗦。
有一日抓住那美蒋匪特，
我定要将贼子千刀万戳！
儿死后小青梅忍痛不说，
她立誓要把咱二老养活。

何阿九（接唱）腿能动肩能挑摇橹掌舵，
凭双手用不着谁来养活！
再说，我二儿子明年就要从部队上复原回来了，我又不是绝户。

何妈妈 人家是解放军，比你进步，他回来要知道你还死犟着不入社，会依了你？

何阿九 他敢不听老子的话！

何妈妈 我问你，你为啥不乐意入社？

何阿九 天天开会受不了，我这样自在些。

何妈妈 噢，靠儿媳吃饭就自在是不是？亏你讲得出口！

何阿九 谁靠她吃饭？叫她明天就给我走，去嫁给那个公社刘社长去！

何妈妈 呵，你原来是怕儿媳妇嫁给刘社长，你到公社没脸见人，因此就死不入社，是不是？死落后！我看咱这日子也过不成了，你不入社我入社，我明日就搬到公社新村去住，再不和你这个死老汉住在这个孤村里了！

何阿九 要走你就走，我可是何家的后代，我祖宗三代都住在这里，我死也死在这里。

何妈妈 好吧，我明日就跟你打离婚！

（说着气冲冲地走进屋去，关了门）

何阿九 哎！要离婚还得明天，今晚上你还是我的老婆。拿饭来！（无人应，走去拍门）端饭，你想把我朝死里饿呀？

何妈妈 （拿出饭菜搁在桌上）往死里吃吧！解放都十多年了，谁像你呀！

（唱） 骂声老汉死封建，
只知打鱼在海滩。
会不开，集不赶，
只知惦念祖坟园。
媳妇嫁人嫌丢脸，
守在孤村图清闲。
光明正道你看不见，
党的话儿丢一边。
光顾得一日三餐吃饭打鱼，打鱼吃饭何时回心把意转，
入社咱把力量添。

何阿九 你积极，我落后！

何妈妈 落后！落后！跟上你真倒了八辈子霉了！

何阿九 少啰嗦，拿酒来！

何妈妈 没酒了！

何阿九 就说你拿不拿！（跳起欲打）

何妈妈 这是什么世道呀，你还敢打人！你要动我一根毫毛，

我就到公社告你去！

何阿九 （怒发冲冠地拍着桌子）拿酒来！

何妈妈 （毫不示弱地）没酒了！这里到合作社十几里路，媳妇出海了，没人给你去打。你要喝，咱明日就搬到公社去住，那儿有的是酒，你天天喝！

何阿九 看我今天揍你……（随手捞起小竹椅）你过来！

〔传来何老么的声音：阿九哥！

〔妈妈就势跨入内屋，关了门。

何老么 （手提两瓶酒推门而入，一见何阿九急忙一躬身，笑嘻嘻地）阿九哥，小弟何老么来看你，给你送酒来了！

何阿九 平白无故给我送的什么酒？

何老么 九哥呀！

（唱） 小弟我送上两瓶老陈酒，
为的是前来给你把寿祝。

何阿九 什么？祝寿？

何老么 是呀！

（接唱）何家门我为老么你老九，
咱二人原本是同宗同族。
有道是裙带瓜葛丝连藕，
患难中互敬互爱要同舟。
大姪死小姪儿参军出走，
你好比孤叶飘零逢晚秋。
常言道兄长当父嫂比母，
你生日我怎能硬装糊涂。

何阿九 不，我不能收你的。

何老么 九哥，这是小弟我的一番情义哟！

何阿九 老么，你记错了，我的生日是九月十五，今天才五月初三呀！

何老么 啊？真该死！你看我怎么会记错日子呢！不过九哥，有道是：有酒即有寿啊！你看小弟我这个病病身子，说不定活不到九月了，就算兄弟我提早来给哥哥

祝寿吧！（就地一揖见阿九不理就连续磕头）

何阿九 哎呀，老么！（扶起）你这是干什么，我收下就是了。（接过酒）坐吧。（看酒瓶）真是好酒呀！你从哪里弄来的？

何老么 不瞒九哥你说，如今这个世道，我能到哪里去弄这样的好酒？这是我刘家表兄弟送来的。

何阿九 你有个刘家表兄弟，我咋从来不知道呢？

何老么 就是我老婆娘家哥哥的大舅子的表兄弟。不但你没见过，连我也是头一回。他小时候没有到过我家，长大就参军了。

何阿九 参军了，参的哪个军？从哪里来？

何老么 （唱） 那年海湾刚解放，
他就参军把兵当。
而今是个副连长，
上饶驻防正紧张。

何阿九 那他跑回来干啥？

何老么 （接唱）忽报母亲病在床，
连夜搭车赶回乡。

何阿九 那他不回家，跑到你这儿来干啥？

何老么 他原想从这儿搭汽车回家，谁知咱这儿是既没车又没船，又错过了旅店。万般无奈，才想起我这个穷亲戚来了。

何阿九 他现在住在你家里？

何老么 本想住在我家，可是现在又改变主意了！

何阿九 怎么？

何老么 人家解放军阶级立场稳！（难过起来）

何阿九 解放军就不能住在亲戚家？

何老么 哎呀，好我糊涂的九哥呀！

（唱） 我是地主未摘帽，
走到处总是一身骚。
被管制，正改造，

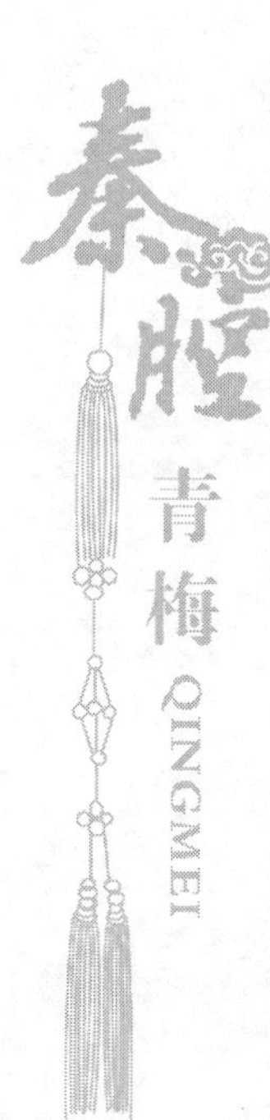

他翻脸不愿把我交。（伤心哭泣）

他……他硬是不认我这个亲戚了，（几乎要放声痛哭）就说马上要走！……

何阿九 要走？

何老么 是呀。他不认我不要紧，我得照顾他呀！因为他是劳苦功高的解放军。九哥，天黑了，他一个人怎么走呢？这儿离他家还有四十多里路，再说，最近蒋匪军派了好些特务渡海登陆……

何阿九 听青梅说，不是全给消灭光了吗？

何老么 谁知道呢？万一在路上碰上一个两个的怎么办？你我能忍心叫解放军同志受害吗？万一出了问题，人是从咱海湾出去的，这儿只住着咱们两家，到时候你我可担待不起呀！

何阿九 要不，叫他住到我家来吧。

何老么 （一躬身）谢谢九哥，那我就去问问他，他要愿意，我就带他到这里来。（欲走）咦，嫂子呢？

何阿九 （一呶嘴）那不是在家呕气呢！

何老么 怎么和我侄儿媳妇青梅吵嘴了？

何阿九 吵嘴？哼，想吵还吵不上呢！

何老么 怎么了？她也不在家？

何阿九 她呀，是公社的人！我这儿是店不是家，她想来就来，想走就走，谁能管得了！

何老么 九哥，你这话就不近情理了！青梅这娃可称得起是个孝女哇！

何阿九 我何家不稀罕她这号孝女！

何老么 九哥呀！

（唱） 提起青梅人夸讲，
说话带笑好心肠。
年纪轻嫩文化强，
人才面貌世无双。
共青团员好思想，

民兵连又把排长当。

防特她是一员将，

卫国为民出力量。

少年丧夫能守房，

节孝双全两无伤。

何阿九　（接唱）说什么节孝两无伤，

提起来叫人气满腔。

我儿死后才三天，

她竟然身不披麻，头不戴孝，不守坟茔。

东奔西跑到处闯，

公社开会走得慌。

何老么　（唱）　说什么戴孝守孤坟，

说什么高堂侍双亲。

此事难把青梅怪，

都只因……

何阿九　因什么？

何老么　都只因……

何阿九　因什么？

何老么　（接唱）　刘社长找她进椰林！

何阿九　啊？（气昏）

何老么　九哥！九哥！

何阿九　（唱）　听一言不由咬牙根，

谣传果然始有因。

何老么　（唱）　水性杨花难本分，

女人总归是女人。

近日闲话耳边闻，

听说是……

何阿九　（大吃一惊）什么？

何老么　怎么，你还不知道哇？

何阿九　我是个残废人，哪里都不去，咋会晓得，你快讲，听到什么了？

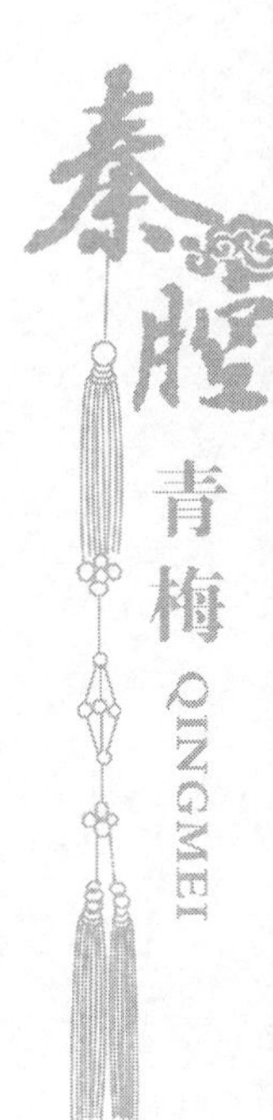

何老么　这……我说错了！我也不知道。九哥，我走了，表弟还等着我呢。（欲走）

何阿九　回来！（一把揪住何老么的领口）今天你不说清楚，我就饶不了你！

何老么　九哥！九哥！饶了我吧，我刚才说溜了嘴。（自己打自己耳光）我该打！我该打！

何阿九　（怒不可遏地）够朋友，是兄弟，就告诉我实话！听说什么了！

何老么　（唱）　刘社长和她要结婚。

何阿九　（放下手，反而平静下来）原来这样！

何老么　九哥，这话你千万不要对旁人讲呀！

何阿九　说了让大家评评理，男人死了还没满一年就嫁人，该不该……

何老么　说了我就没命了！哎呀，我的九哥呀！他们会说我是造谣、挑拨，就会惩办我呀！

何阿九　你没有造谣，他们会说你是造谣？

何老么　因为他是社长，我是地主呀！九哥，到哪里去说理呢？

何阿九　好，我不说。

何老么　你真是我的好九哥，我去叫我表弟了？

何阿九　去吧。

〔何老么匆匆下。

何阿九　（对内）喂！把钳子和酒杯拿出来！（未见何妈妈出来）不出来我就打进去了！

何妈妈　（开门出来）谁叫你和地主来往？

何阿九　你少管！（开酒瓶）难道他说的不是实话？

何妈妈　青梅已经对我说过了，要走，也得等你入了社，有人照顾了才走。告诉你，等会儿青梅回来了，你可不能找她的岔子，要不然我明日就同她一起走，叫你同那个野兄弟鬼混吧！人家给你个麦秸棍，你就当成拐棍拄着哩！

（唱） 何老么到门庭他来意不善，
莫信他狗嘴里鬼语谗言。
现在是人民把江山掌管，
他见你才称兄又把亲攀。
想从前在人前他威风八面，
恨不得把咱的心血榨干。
曾不记你的腿何人打断，

何阿九 （唱） 那原是他大伯渔霸刘先。
解放后将老贼逮捕归案，
公审后枪毙在望海渔滩。
冤有头债有主已经偿还，
你怎么把此话常挂嘴边！

何妈妈 （唱） 你忘了那一年未交税款，
是何人将你我悬挂高杆？
钢丝鞭抽得你皮开肉绽，
用浆板打得我血染沙滩。
那时节他冷笑一旁观看，
纵恶奴砸碎了命根渔船。
逼得你走南洋去把工揽，
此一去三五载不见回还。
我只得拖儿女沿门讨饭，
解放后咱才得合家团圆。

何阿九 他过去对咱坏，现在对咱好了。

何妈妈 好个屁！
（唱） 表面上装老实他心眼不善，
内心中无时不在想翻天。
咱儿死他暗中施放恶言，
说什么不该入社惹祸端。
说什么共产党江山不远，
说什么蒋该死就要回还。

何阿九 真是人心难测呀！

何妈妈　（唱）　倘若还要是真的变了天，
他早就一脚把你踢一边！

何阿九　他梦想！

何妈妈　你分过他的地，斗争过他，他会饶了你吗？

何阿九　（强词夺理地）哼！有毛主席，有共产党，有解放军，蒋匪帮他永远来不了！（正要喝酒）

何吗妈　不能喝！给我！（夺过酒瓶）还给他去！你要喝，我明天叫青梅到合作社去打半斤，叫你喝个够。喝了以后，咱们搬家入社，离开这个孤村，躲开那个坏蛋！

何阿九　（无可奈何地）以后我不接近他还不行！

何妈妈　不行！一定要入社！

何阿九　你！……

〔青梅声音：娘！

何妈妈　啊！青梅回来了！

〔何阿九不满地提上酒瓶走进屋去。青梅肩上扛着米、面袋，挎着篮子，手上提了三、四个瓶子，背上挎着个竹梆子，腰上挂一个海螺。挂包上。

青　梅　娘！

何妈妈　哎！哟，青梅呀，我的好闺女！你这都买了些什么呀，这么多！（帮青梅取下东西）

青　梅　娘呀！

（唱）　公社里今日开会庆丰收，
分粮款全体社员乐悠悠。
给儿我分来现款八十九，
还有那米面共分三百六。
给我爹打了二斤西凤酒，
给娘你扯了一身青府绸。
买油盐称辣椒又打酱醋，
买来了新网一张配小舟。
还买来毛选一套供我读，
这包药专给我爹治咳嗽。

各样的日用品一大提兜，
现剩下三十块钱交娘收。

何妈妈 不，钱，你收着用吧。

青　梅 娘呀！

（唱） 儿我吃穿样样有，
莫要为我来担忧。
只要一心跟党走，
美好的日子在后头。

娘，你收着吧，我要用，再向你要嘛！

何妈妈 好，我就收着。

青　梅 娘，我爹呢？还没回家吗？我接他去。

何妈妈 早回来了，他有点不舒服，在屋里躺着哩。你累了吧？快吃饭吧，吃了饭好好睡一觉。

青　梅 不，娘，我在船上吃过饭了，把东西送回来一会儿就要走。

何妈妈 还要走？青梅呀，你看天都黑了，还出去干什么呀？

青　梅 娘呀！

（唱） 守的海防责任重，
防特本是大事情。
民兵排长我担承，
站岗查哨不能松。
今晚开会把计定，
要抓特务去山中。

何妈妈 （唱） 前日才把匪捉净，
哪有特务来逞凶？

青　梅 （唱） 前日虽然把匪平，
仍然脱网贼一名。
逃了中校匪司令，
连日搜剿影无踪。

何妈妈 （唱） 狗特务太可憎，
千万莫叫贼逃生！

青　梅　他跑不了!

（唱）　封海岸，锁路径，

天罗地网是民兵。

他倘若顽抗不投诚，

刺刀之下送贼终。

娘，我开会去了。

何妈妈　好，你去吧，娘不拦你，快去快回。（发现梆子）哎，你背个梆子做啥?

青　梅　这是抓特务的联络信号。只要发现特务，就敲梆子。梆子一响民兵就从四面八方围上来了。梆子给你挂在这儿吧。（将梆子挂在凉棚架上）娘，要是发现了特务，你就敲啊!

何妈妈　对，你腰里挂个海螺干啥?

青　梅　这是战斗的号角，只要海螺一响，民兵就投入战斗。

何妈妈　你的枪呢?晚上出门不带上?

青　梅　出了点故障，拿到连部修理去了。我走了，娘，没事就早点睡吧。（走到院门口）

何妈妈　青梅，（欲言又止）

青　梅　（不解地）娘，怎么了?

何妈妈　听说你最近要到哪儿去……

〔何阿九依窗窃听。

青　梅　噢，省上要召开民兵代表会议，可能叫我去参加。

何妈妈　（泪汪汪地）去了……还会回来么?

青　梅　娘!你放心吧!

（唱）　我怎能撇双亲离开家院，

劝母亲切莫要珠泪涟涟。

等二弟从部队复原回转，

待二老入了社再作打算。

眼看着老爹爹年迈身残，

不入社小日子哪来靠山?

娘你要勤对他好言相劝，

把道理一字字多讲几番。
咱怎能翻了身忘本不前，
咱怎能雪了恨忘了仇冤。
近日来贼地主将他纠缠，
怎能把阶级立场撇一边？
别看他装正经把殷勤来献，
谁不知笑面虎他诡计多端。
露笑脸藏祸心口蜜腹剑，
难保他暗地里不设套圈。
莫听他狐狸嘴巧语花言，
要分清是与非辨明忠奸。
娘呀你勤留神多加防范，
免教儿常为爹坐立不安。

何妈妈 （唱） 你爹爹满脑子迷信封建，

青　梅 （唱） 也怨我少帮助不够周全。
我爹爹思想旧人却勤俭，

何妈妈 （唱） 你千万莫同他见识一般。

青　梅 娘，以后咱们要劝他多出去参加开会，听听国家大事，少同地主来往，这两天你要特别留神笑面虎的行动，发现了特务千万莫把他放走，立即敲梆子报告附近的民兵！

何妈妈 好，娘我记下了。

青　梅 好，我该走了。（走近院门）嗬！涨潮了，娘，我划着爹的小船走吧，走水路近得多。（拿起橹）娘，烫壶酒叫爹喝了好休息，我去了！（下）

何妈妈 （依门而望）青梅，早点回来呀！

青　梅 （声）我一会儿就回来！

何妈妈 （自语地）多好的儿媳妇呀！
（唱） 想起入社好心欢，
想起青梅心不安。
眼看她要离家院，

倒叫我一阵甜来一阵酸。

何阿九 （感伤地）好是好，她还是要走哇！（捧着水烟管出来）怎么样，老么的话是真的吧？快去把床拾掇一下，一会客人要来了……

何妈妈 哎呀！我倒忘了告诉她，今晚上有客人要来呢！（急叫）青梅！青梅！

何阿九 船乘风浪走远了！

何妈妈 （仍叫）青梅！……

何阿九 你总会有一天，不叫她的。

何妈妈 青梅！……

〔何老么领刘阿三上。刘阿三身着便服，提着一口小皮箱，摇摇晃晃地走来。

何老么 九哥，阿嫂！这就是我表兄弟刘副连长，刘成德。

刘阿三 （训斥地）谁和你是表兄弟。

（唱） 多年不曾回家门，
早先不明他身份。
只知此地有其人，
今朝路远来认亲。
适才我曾将他问，
才知他的鬼出身。
阶级立场我站得稳，
共产党员是真金。
身为人民解放军，
不能同你来鬼混！

刚才我已正式向你声明过了，我原先不晓得你是被管制的地主，才认了你这一门亲戚。从现在起，咱们一刀两断！（向何阿九）大爷，你说是不是？（向何妈妈）大娘，你说对不对？

何阿九 呵，刘副连长，对！……请坐。（向何妈妈）你快收拾房子去！解放军同志走累了，叫他早点休息。（何妈妈进屋）哎，刘副连长，吃过晚饭了吗？

刘阿三　吃过了，大爷！你老人家真是个热心人，真够得上是一个……

何老么　（急忙接住）模范军人家属。

刘阿三　听说你的二儿子也在我们部队上工作？

何阿九　已经去了三年，明年就要复原了。

刘阿三　其实呀，独子就用不着去当兵。这一定是地方干部违反政策，乱派的！

何阿九　不！他入伍的时候，我还有两个儿子。

何老么　九哥的大儿子去年出海打鱼……

何阿九　叫万恶的蒋匪特务打死了！

刘阿三　呵，真可惜，你老人家真不幸呵！咳，为什么要加入公社的打鱼队出海呢？这是公社干部不懂事，犯了幼稚病，出海走远了。

何老么　（急忙插话）不管怎么说，都是那些特务可恶！要不是那些该杀该剐的特务的话，我九哥的儿子，我心疼的大侄子……

刘阿三　是呀！打死他的儿子这真是过错，有儿媳妇吧？呵，当然，没有儿子，那么儿媳妇也就难守空房了。如今嘛又不讲守节戴孝了！

何老么　提起青梅，那可真是好样的，要文化有文化，要人才有人才！（忽然发现棚架上的梆子）呵，九哥，怎么挂起梆子来了？是准备看青吓野兽用的吗？

何阿九　不，是青梅从民兵连拿回来的。

何老么　（一惊）她回来了？

何阿九　又走了。

刘阿三　干什么去了？

何阿九　到民兵连开会布置抓特务去了。

刘阿三　特务？前些日子不是把窜犯大陆的九股特务都消灭光了吗？

何阿九　听说跑掉了一个什么司令，他们到各个路口海岸布置岗哨去了。

刘阿三　呵，真有趣，这个特务怎么会跑了呢？（欲击梆子）

何阿九　哎呀！连长，千万不敢敲，这是民兵的联络信号，一敲他们就会都跑来的！

刘阿三　哦！（急忙放下生怕撞响）你们这里民兵的警惕性真高哇！真不愧是全民皆兵啊！

何阿九　刘连长是回家探亲的？

刘阿三　是呀，大爷！

（唱）　昨日公社党委拍来电，
言说是母病危在旦夕间。
欣喜得首长准我把娘探，
因此上才得乘车到此间。
实指望抄捷路早把娘见，
没料想错主张悔恨不堪。
谁知晓此地无车又无船，
我好比游龙出水虎离山。
想老娘想的我心神慌乱，
娘染病如同是挖我心肝。

何阿九　（同情地）你真是个孝子呀，连长。

刘阿三　大爷，别提孝子了！

（唱）　幼年丧父家贫穷，
母亲纺纱把我供。
历尽风霜饥寒苦，
盼来了一轮红日升。
好容易把我抚养成，
可怜她无人侍养含苦衷。

何阿九　家里就她一个人么？

刘阿三　（接唱）下无弟来上无兄，
一梁独苗在门中。
今夜若还不起程。
难见老娘在今生。

今天晚上我要是回不了家，就恐怕再也见不着她老人家了！（哭起来）哎呀，我的娘呀！……

何老么 （亦哭）哎呀，我的大姨姑妈呀！

何阿九 连长，别伤心了，常言说，“老人自有天相”，老太太一定会好的。

何妈妈 （持灯出）连长，快进屋睡吧，不要伤心了，老人家一定会好的。

刘阿三 她已经满八十岁了。（观看四周，忽又望见梆子，惊慌起来）

（背唱）见竹梆不由我胆战心惊，

我怎么钻进了民兵窝中。

幸亏那小婆娘另有调动，

如不然认出来难得逃生。

我必须乘此机将船骗用，

趁黑夜溜出湾去逃性命。

何阿九 你看什么呢？

刘阿三 （抬头望天）呀，你看，那颗星星落了！这是不祥之兆呀！（暗示老么）

何老么 你今晚上实在应该回去！

何妈妈 天这么晚了，怎么走呢？住下吧，老人家会好的。星星落不落有啥关系，解放军又不信神！

刘阿三 是呀，虽然不信神，可是孝心催我走哇！

何老么 要走就快走吧，天亮前也许还能赶到家。快走吧！

刘阿三 好！（提起皮箱）走！（又觉腿麻腰酸）唉哟！

众 人 怎么啦！

刘阿三 我这腿为人民负过伤，流过血，它现在不听我使唤了。

何老么 九哥，你看这解放军，真是劳苦功高，为穷人翻身，为中华民族造福的英雄呀！他不仅是英雄，而且是孝子。九哥，你就成全成全刘副连长，让他忠孝两全吧！

何阿九 我怎么成全？

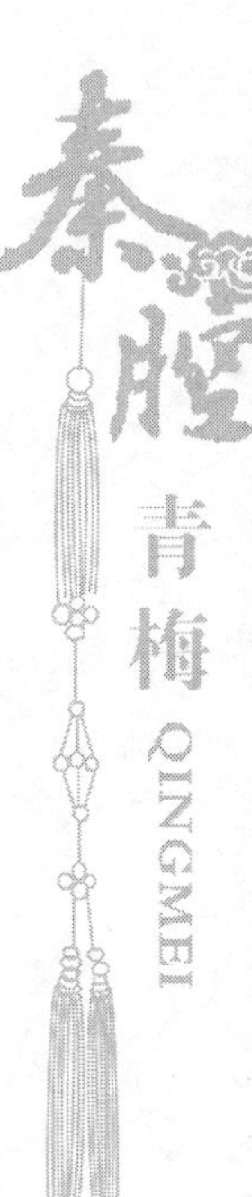

何老么　把你的船借给他,他就忠孝两全了!

何妈妈　(大吼一声)不行!

何阿九　借给他!

何老么　谢九哥!

刘阿三　谢大爷!

何阿九　到你家有多远?

刘阿三　顺海湾往东,四十里。

何阿九　好!我给你撑船。

何老么　我给你掌舵!

何妈妈　你是被管制的地主,不能出海!

何阿九　对,你是被管制的地主不能走!

刘阿三　对,你不能走!

何老么　九哥、阿嫂、连长,现在讲究人人都要做好事,自动送解放军这是好事呀!还不允许我做件好事吗?我何老么发誓,好事就从今天做起,九哥、阿嫂、连长,你们就准许我重新做人吧!我给你们跪下了。

何妈妈　这是从哪里说起呀!

(背唱)老地主声声要撑船,

发誓赌咒为哪般?

难道他把心肠变,

莫非他……(发现梆子心中一惊)

莫非他想趁机逃出海湾?

刘阿三　起来吧,这是干什么!(扶何老么起)既然你愿意争取这个……改造,乐于做好事,我同意。

何妈妈　怎么,你同意他去?

刘阿三　对。等办完了事,我给你们公社寄封信,表扬表扬你。

何老么　谢谢连长。

刘阿三　走吧,大爷。

何阿九　走!(找橹)咦,我的橹呢?

何妈妈　橹?(暗喜)船不是叫青梅划去开会了嘛!

刘阿三 啊?(强装镇定地)这真是天不从人愿呀!

何老么 (暗示地)那只好步行了!

刘阿三 好。走吧!

何妈妈 等等!

刘阿三 不能再等了,大娘。我娘盼着我早回去哪!

何妈妈 黑天半夜走旱路,多不便当,还是坐船去,青梅就要回来了。

刘阿三 谢谢你的盛意。走吧!(二人欲下)

〔青梅上。她手中持橹,腰挂海螺。正好在院门口堵住二人。刘阿三、何老么下意识地向后退了几步。

何妈妈 (惊喜)啊,青梅呀!你回来了,可把娘等坏了!

青　梅 娘,家里有客人呀!

何妈妈 老么说,他是解放军的刘副连长,是东边海湾刘家的。他母亲病重,回来探母,在这里下的车,先说住在他表哥老么家……

何老么 他说我是管制地主不愿住。

青　梅 少多嘴!娘,你说吧。

何妈妈 后来要住咱家,现在不知为啥又说不住了,要走。

青　梅 怎么又要走呢?(亲切、有礼貌地对刘阿三)真是贵客临门呀!我们平时连请也请不到呢!

刘阿三 不必客气。这位就是……

何老么 我九哥的儿媳妇,民兵排长青梅同志。

青　梅 (瞪了一眼)谁和你是同志!

何老么 是!我错了,我检讨!

刘阿三 呵!青梅同志,刚才我们还谈到你的贤德呢!

青　梅 (注意到刘阿三的皮箱)副连长同志,不要走了,今晚就住在这儿。娘,我今晚上跟你睡,把我的屋子让给副连长住吧。吃饭了吗?

何妈妈 他说吃过了。床铺都收拾好了,可他说一定要走!

青　梅 (走近刘,十分亲切地)住下吧,副连长,天黑路险,不好走哇!

刘阿三　为探老母，顾不得这些了。再见吧，青梅同志！（欲走）

青　梅　等一等！连长呀！

（唱）　你莫要心焦急固执己见，
待明早我送你顺潮扬帆。

刘阿三　（唱）　谢谢你青梅同志心一片，
实无奈母病危我心不安。

青　梅　（唱）　你不见渔火起天黑路远，
万不能冒危险众把心担。

刘阿三　（唱）　你若还有真心将我怜念，
就应该速起程送我出湾。

青　梅　（唱）　我一个女儿家多有不便，

刘阿三　（唱）　那烦劳大爷表兄走一番。

青　梅　（唱）　我爹爹眼力差方向难辨，
何老么怎与你同坐一船？
你执意要出海倒也不难，

何老么　那太好了！

青　梅　（唱）　派几个好渔民将你陪伴。

刘阿三　不不不！只要把船借给我就行了。

青　梅　把船借给你就行了？

刘阿三　对对对，明天我就归还。

何老么　我担保！

青　梅　你担保？

何老么　我担保！

何妈妈　你凭啥担保？

刘阿三　要钱的话……

何阿九　什么钱不钱的！

青　梅　（背唱）为什么他口口声声要回转，

刘阿三　（背唱）为什么她字字句句将我拦？

青　梅　（背唱）前日里一名特务跑不见，

刘阿三　（背唱）今日里湾中忽然来军官。

青　梅　（背唱）为什么偏与地主有牵连？
刘阿三　（背唱）老么他不该领我到此间！
青　梅　（背唱）我这里上前将他仔细盘，
刘阿三　（背唱）我这里瞒天过海显手段。
青　梅　（背唱）我定要将真假划清界线，
刘阿三　（背唱）我定要今夜晚跳出龙潭！
青　梅　（唱）　转面我把连长唤，
刘阿三　（唱）　有何话儿请谈穿。
青　梅　（唱）　我问你是否会划船？
刘阿三　（唱）　自幼生长在海边。
青　梅　（唱）　你可知刘湾暗礁有多少？
刘阿三　（唱）　大小一共……

〔何老么手摸八字胡暗示。

刘阿三　（唱）　大小一共八十三。
青　梅　（唱）　礁多天黑难行船，
出了问题谁承担？
最近特务未捉完，
你孤身一人不安全。
刘阿三　（唱）　我在前线作过战，
孤胆英雄非一般。
特务他敢把我犯，
定要叫他上西天！
青　梅　（唱）　尽管你浑身都是英雄胆，
没武器空拳怎把特务歼？
刘阿三　（唱）　说是你往这里看，
（撩起衣角露出手枪短刀）
现有手枪在腰间。
青　梅　（背唱）但见枪边刀光闪，
不由青梅暗喜欢。
我观他行迹特别面不善，
分明来路不一般。

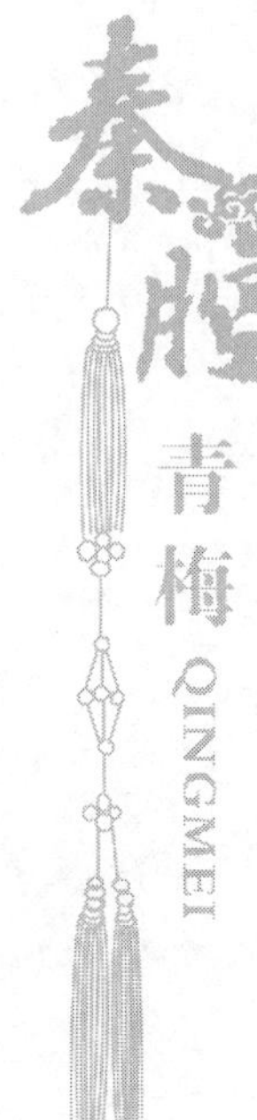

〔何老么急拉刘的衣襟。

刘阿三 放心吧,青梅同志,我是出名的神枪手,万无一失。谁敢撞我一下我就立刻消灭他!我走了!

青　梅 等等!对不起,我们这里正在抓一个漏网的特务,没有县里的特许证,是不准下海的!你,有证明吗?

何阿三 (一笑)呵,有,有。(掏出军官身份证)请看!

青　梅 军官身份证?

刘阿三 对!这是到任何地方都可以通行的。

刘老么 嗨,你为啥早不拿出来,叫青梅多不放心呀!

刘阿三 呵!青梅同志是在盘问我,你看,我才明白。好!盘问得好!你们民兵的警惕性真高哇!

青　梅 千万不要见怪,这是我们民兵的责任。

刘阿三 那当然,那当然!

青　梅 这身份证是前年发的?

刘阿三 (接过)五年发一次。我可以走了吧?

青　梅 你早上从哪儿上的车?

刘阿三 上饶。

青　梅 身份证怎么是上海的?

刘阿三 前年在上海驻防时发的。

青　梅 你怎么不穿军装呢?

刘阿三 离开营房是可以穿便衣的。

青　梅 箱子装的什么?

刘阿三 装的……嗨,装了几套衣服。

青　梅 你回家带这么多衣服干什么?

刘阿三 这……

何老么 防止天变嘛。

刘阿三 对对对!

青　梅 能不能打开看看?

刘阿三 青梅同志!(严肃地)你怎么连解放军都不相信了?

青　梅 (背唱)他那里分明是心慌意乱,

刘阿三 (背唱)她那里分明是套我语言。

青　梅　（背唱）我观他神情紧张脸色变，

刘阿三　（背唱）不由我一阵阵六神不安。

青　梅　（背唱）莫非他就是那刘匪阿三？

刘阿三　（背唱）莫非她识破了我的容颜？

青　梅　（背唱）狗特务他竟然改头换面，

刘阿三　（背唱）我定要重施计蒙混过关！

青　梅　这样吧，既然你一定要走，我去叫几个民兵来送你。

刘阿三　算了算了，你不愿借船给我，我也不勉强，（提起皮箱）我步行也能赶回去！（欲走）

青　梅　（抢过去抓住皮箱）等一等！（故意把皮箱摔在地上，箱内现出电台，刘阿三急忙去合）电台！（她迅速捞起橹拦在院门口）不准动！

刘阿三　干什么？

何妈妈　特务！

何阿九　啊？好强盗！（一把抓过鱼叉）

青　梅　快缴枪投降！

刘阿三　（拔出手枪）不准动！谁动我就打死谁！

何老么　（对刘阿三）快，开枪打死她！打死她！

青　梅　（怒目站于门口）你敢！

（唱）　天罗地网早布下，
捉拿你这臭鱼虾。
不论你们多狡猾，
有来无回早伏法。

何妈妈　（接唱）若还不把枪放下，

何阿九　（接唱）这一叉扎穿你的贼肝花！

青　梅　美蒋匪帮窜犯大陆第三纵队的中校刘司令——刘阿三！你已经钻入人民的天罗地网了！你们跑不了啦！娘，快敲梆子！

〔青梅吹起海螺，何阿九高擎鱼叉站在刘阿三背后。何妈妈猛力敲起竹梆。

何妈妈　（敲着梆子喊）抓特务呀！快来人啊！……

何阿九　（发现何老么欲溜）站住！再动我就一叉捅死你个畜牲！

刘阿三　（举枪对准青梅）闪开！我要开枪了！（一步步向前逼近）

青　梅　你再往前走一步，我就一橹打死你！

刘阿三　（咆哮起来）快闪开！

何阿九　不准动！

何妈妈　（情急生智举起竹梆照刘阿三头上就是一下）你投降不投降！（刘被打昏，枪落。何老么扑过去夺枪，被何阿九的鱼叉逼了回来）

何阿九　你再动！

何老么　（跪下浑身发抖）我投降！饶命啊……

青　梅　（拣起枪）把他们俩捆起来！（何妈妈取来绳索，何阿九将二人死死捆定。）爹，娘，走！把他们押到民兵连部去！

何阿九　你娘们俩先走。

何妈妈　你不去？

何阿九　我换件衣裳。

青　梅　换啥衣裳？

何阿九　换件新褂子，好进公社门。咱今晚就去入社！明早搬家！

青　梅　（惊喜地）爹！

何妈妈　老头子！你真的开窍啦？

何阿九　开窍啦！（操起鱼叉对二特务）走！

〔众押二特务下。

——完

演出单位

西安市五一剧团

南海长城

根据赵寰同名话剧改编

胡文龙　郑宗义　改编

剧情简介

《南海长城》是一出反映我沿海军民英勇歼灭美蒋敌特的大型秦腔现代剧。它通过一个武装基干民兵连在对敌斗争中所表现出来的英雄气概,有力地体现并热情地歌颂了毛主席"全民皆兵"的伟大军事思想。

国庆节的前夕,南海边的大南港渡头上,张灯结彩,锣鼓喧天。搬运站站长、大南港武装基干民兵连连长区英才,正在和他的伙伴们从船上搬卸鲨鱼时,他的妻子阿螺背着女儿来找他同回娘家去过"家庆节"。区英才清楚地认识到,越是逢到年节就越要加倍提高警惕,坚守自己的岗位。阿螺却错误地认为:"都太平这么多年了,哪里有那么多妖魔鬼怪呀!"于是小两口就针锋相对地吵起来,阿螺一气之下抱上孩子划船回到娘家——金星岛。

正当大南港沉浸在节日的欢乐中,中共某县渔业工委江书记来到前沿检查民兵备战情况,一声螺号,各行各业的民兵都赶到了集合场,一个个荷枪实弹,精神抖擞,做到了"召之即来"。但是其中有一个名叫林望高的民兵,因为丧失革命警惕性,沉湎在一场"危险的恋爱"当中,不仅"误了卯",而且把杨美娣、卫太利两个暗藏的敌人放出了大南港,与美蒋匪帮派遣的"海鲨"小队匪首何从、单眼王接了头,登上金星岛。

国庆节的清晨,钟阿婆正在和女儿阿螺、儿媳海兰欢度节日,特务化装成解放军"首长",企图在岛上寻找渔船,以便插入大陆。思想麻痹的阿螺错把妖魔领进了家门，幸亏被沉着机警的钟阿婆认出了匪特的破绽，缠住了敌人。正在千钧一发之际，我民兵连长区英才率领英勇的民兵赶来，消灭了大部分匪特，救出了钟阿婆等，可是他自己却在和匪首何从、单眼王的战斗中，坠入大海，从风卷浪漩的巨流中漂到远洋深海的礁石“三杯酒”。在那里，区英才面对群敌，毫无惧色，他以英勇顽强的精神展开斗争，最后在我满海渔船的搜剿下，何从终于率众投降，死不悔悟的单眼王被击毙在“全民皆兵”的汪洋大海当中。

场　目

人物表

区英才　民兵连连长，二十九岁。
阿　螺　区英才的妻子，二十六岁。
钟阿婆　阿螺的母亲，渔民，六十岁。
钟　好　阿婆的儿子，民兵班长，二十五岁。
海　兰　钟好的妻子。
甜　女　阿婆的次女，民兵，十九岁。
虎　仔　甜女的未婚夫，解放军某部上士班长，二十三岁。
江书记　中共某县渔业工作委员会书记。
赤卫伯　五十多岁，老赤卫队员。
林望高　茶楼服务员，民兵，绰号“靓仔”（音近“亮崽”）。
民　兵　甲、乙、丙、丁、戊、己。
女民兵　甲、乙。
侯一光　蒋匪国防部情报局押送匪特的特派代表。
何　从　美蒋匪特“海鲨”小队司令。
单眼王　美蒋匪特“海鲨”小队副司令。
兰继之　电台台长，匪情报局骨干。
九　号　美蒋特务，“海鲨”小队行动组长。
78号　N·A·C·G特务
杨美娣　绰号“大光灯”，三十岁，看起来仿佛二十多岁。
卫太利　单眼王的老下属。
特务们

第一场

时间:国庆节前夕。

地点:祖国南方的南大门。

布景:新扩建的渔港,小码头一角。

(幕后合唱)一盏明灯北京点,
照亮四海打鱼船。
欣逢国庆又一年,
喜唱那个丰收万家欢。

〔幕启:夕阳一抹,海水泛金波。节日渔港燃灯火,隐隐闻鼓乐。

(接上合唱)天连海来海连天,
海鸥船头舞蹁跹。
金鳞银翅鱼舱满,
打鱼人儿笑开颜。

〔歌声中:区英才与众拉纤上,复下卸船。挑担的渔民穿场,欢乐的人群走场。一致欢呼着向前方"渔民俱乐部"荡去。

〔阿螺内喊:"英才,英才!"阿螺背孩子上。

〔码头上搬运站长区英才,正在带头卸船上的大鲨鱼,唱着号子。

儿　童　这么大的一条鲨鱼！看它的样子,好吓人哪!

〔民兵甲上。

区英才　嗯！山中的老虎,海里的鲨嘛!

儿　童　这家伙好厉害呀!

区英才　再厉害还能厉害过我们渔家么?

民兵甲　快拿到水产站磅磅去,少说也有五百多斤!

区英才　（抬鱼）我来试试看。

民兵甲　给我抬，区连长！

区英才　别抢，别抢！

民兵甲　区连长，你快歇一会儿吧！看你的阿螺，把眼睛都望酸啦！

阿　螺　望酸了怎么着？你还巴不得有人望哪！

民兵甲　那也决不像你呀，成天家英才，英才……（阿螺追赶，甲藏在英才身后）连长，看你的阿螺，快给我吧！

阿　螺　调皮鬼！（嗔他一下）再跟我出洋相，看我给你做海砺饼吃！（再回头时，英才又不见了）哎，英才！（奔向码头）

〔区英才又扛着满盛鲜鱼的渔筐上。

阿　螺　英才！

区英才　就来！

〔民兵乙上。

民兵乙　连长，快给我。

区英才　最后一筐啦！

民兵乙　给我吧，看你的阿螺！（学状急下）

区英才　（看着民兵乙的鬼脸和阿螺满脸的愠气笑了起来）阿螺，什么事？

阿　螺　英才！

（唱）　海鸥振翅斗风神，
总得歇翅要栖身。
良马驰骋千万里，
也知歇店恋槽亲。
你干活只知出牛劲，
朝夕不知回家门。

区英才　阿螺，究竟有什么事？

阿　螺　你知道明天是什么日子？

区英才　这不能忘，明天是国庆节嘛！

阿　螺　我问你，除了国庆节，还有哪？

区英才　还有……

阿　螺　看，看，看！忘了不是？唉，你呀！你呀！人还没老呢，就糊涂了！（大声地）明日咱小爱兵过百哪！

区英才　噢！对对对！

阿　螺　对对对，对对对！（孩子哭，边哄边数落）看你爸爸的好记性！把我们全家忘在脑后了，连个长命锁都不给我们小爱兵打，什么爸爸呀！

区英才　长命锁？

阿　螺　嗯，长命锁，明日咱家还有喜事呢！

区英才　还有喜事？

阿　螺　对，英才呀！

（唱）　鸿雁传讯到渔港，
　　　　虎仔明日回家乡。
　　　　船屋虽小春花放，
　　　　甜女妹眼看作新娘。

区英才　哎呀！这太好了！

阿　螺　还有哪！

区英才　还有什么？

阿　螺　（接唱）阿妈昨晚对我言，
　　　　海兰妹八成把喜添。

区英才　噢！真的？该给钟好兄弟道喜啦！

阿　螺　是啊！

（接唱）咱们快回金星岛，
　　　　欢欢乐乐度今宵。

区英才　你要回家过国庆节啊？

阿　螺　对呀，快跟我走吧！

区英才　不过，我要请……

阿　螺　你要请谁呀？

区英才　我要请假。

阿　螺　请假，不用啦！

（唱）　我已给你把假请，

众民兵异口又同声。
哪怕今晚地裂缝，
哪怕天上塌个大窟窿！
再大的事儿众人顶，
你今日定要回家中。

你放心，我已经打过招呼了，他们说早该给你放假了！

〔钟好、甜女巡逻归来，上。

区英才 唉，我是要向你请假哪！

阿　螺 啥子向我请假？

甜　女 阿姐又叨叨开了！

钟　好 可不是嘛！

区英才 （发现二人）钟好、甜女，有什么情况？

钟　好 甜　女 （同时大声地）报告连长同志，没有发现什么情况。

区英才 好，等会儿下了岗，跟你阿妈，陪着阿螺，海兰一道回岛子好好过个国庆节。

阿　螺 怎么，你答应啦？

区英才 答应啦。

甜　女 发生了什么情况？

钟　好 未侦察，情况不明。

阿　螺 嗨！傻甜女，是这么个情况——明天虎仔就要回家来了！

〔区英才溜下。

甜　女 他来他的，和我有啥相干！

阿　螺 嘴还硬哩！你当我不知道你那小心思呀！

甜　女 阿姐，我现在放哨，不要谈家务！

阿　螺 好好好，不谈就不谈，有志气！（边说边笑）哼哼，当年你阿姐的志气比你大得多。英才，人呢？英才？（追下）

〔钟好、甜女相视而对笑，赤卫伯上。

赤卫伯 你姊妹俩，这是唱的哪一出戏？

钟　好　赤卫伯，是你来换哨？

赤卫伯　对，还有靓仔。

甜　女　他咋又迟到了？

钟　好　赤卫伯，以后你不要轮班放哨了！

赤卫伯　班长，你又逼我退队了？退、退、退！就说我哪一点比不上你们年青人？

甜　女　赤卫伯，你……你老了！

赤卫伯　啥，我老了？你们看！（把枪交给钟好，亮相南路拳）

（唱）　年纪虽大志不老，
抓特务来打夜操。
日每站岗又放哨，
哪一次集合我误了？
叫我退队办不到，
除非是毛主席亲笔批准把我消。

（整好武装）你们快下岗吧！你妈和媳妇海兰还等你们呢！（巡哨下）

钟　好　甜女，这回我该和你研究个问题啦！

甜　女　什么问题？

钟　好　虎仔上门当女婿的问题。

甜　女　哥哥同志，你也谈家务事？

钟　好　甜女同志，我们已经下岗了。

甜　女　人下岗了，心可没有下岗哪！（跑下）

钟　好　甜女！（追下）

林望高　（溜溜达达上哼唱）
傍晚海水在荡漾……

赤卫伯　靓仔，你咋又迟到了？

林望高　我有点事绊坷住了。

〔赤卫伯放游动哨，走上台阶。

林望高　（接着仍哼唱）
不见（那个）阿妹在何方？

哥的妹子哟!

赤卫伯 靓仔! 这是放哨,不要唱那酸溜溜的调子了!

(二人巡视)

赤卫伯 (发现有人)哪一个?

卫太利 (内应)是我,卫太利。

赤卫伯 (怀疑地)干什么来了?

卫太利 (上)今逢佳节,我出来转转。

赤卫伯 快走,天黑了,不许再到海边乱窜。

卫太利 (唯唯诺诺)是是是! (下)

赤卫伯 哼! (怒冲冲地)

林望高 没事,你就养养神,为啥和卫太利过不去,动那么大的肝火,图啥? 划不来!

赤卫伯 你说什么?

林望高 赤卫伯!

(唱) 放开缰绳任它窜,
小鱼怎把波浪掀;
跳蚤虽然蹦得欢,
也把被窝顶不翻。

赤卫伯 (唱) 年轻人满脑子太平观念,
靓仔你讲此话情理不端。
甭看他忙点头又陪笑脸。
心里却时刻想变天。
曾记得三十五年前……

林望高 (唱) 过时的皇历不能翻!

赤卫伯 你说啥?

林望高 三十五年前,我们这儿还没有社会主义哪!

赤卫伯 啊? 你……(林望高哼着小调下)呸! (追下)

〔稍顷,一个女声唱着歌上。

杨美娣 (唱) 傍晚海水在荡漾,
不见(那个)阿哥在何方?
妹的哥哥哟……

（不见林望高）咦，人呢？（发现有人来，立即改唱："社会主义好！"）

〔卫太利上。

卫太利 美娣！

杨美娣 谁？老死鬼，吓我一大跳！

卫太利 心里没鬼，鬼不上门，你找什么呢？

杨美娣 啥也没找！

卫太利 别装了，干女儿！

（唱） 看你生来看你长，
从小托在我手心上。
别看嘴上歌唱共产党，
胸内却把祸心藏。

杨美娣 你少胡造谣，我早就背叛了我的剥削阶级立场，谁人不知，哪个不晓！

卫太利 可是你的心没有变！

杨美娣 你胡说！

卫太利 说是你来看！（从背后拉出一把手杖）

杨美娣 （大惊）啊？

卫太利 我把它从十八层地狱里刨出来了！

（接唱）拔开黑鞘刀闪亮，
你爷爷当年用它斩四方。
后来送给单眼王，
多少渔民刀下亡。
你亲手埋下这铁杖，
为何不交给共产党？

杨美娣 小声点，你要干什么？

卫太利 蒋委员长要反攻大陆啦！

杨美娣 算了吧！今年夏天要不是我把主意拿得稳，就险呼呼儿地受了你的骗！

卫太利 我敢赌咒，这回可是千真万确的，听说你姨夫单眼王就要回来了！

杨美娣　我姨夫就要回来了，你要我干什么？

卫太利　给我寻条船。

杨美娣　你要外逃？

卫太利　嗯！

杨美娣　我办不到！

卫太利　你办得到。

（唱）　近年你在前边跑，
　　　　我在后边把你瞄。
　　　　你处处缠住林望高，
　　　　勾勾搭搭不开交。
　　　　今晚正是他站哨，
　　　　设法弄来船一条。
　　　　借得顺风扬帆去，
　　　　改日卷土一马剿。

〔林望高哼着小调渐渐走近。

杨美娣　快滚开！（向卫暗示）以后不准你再乱说乱动！

〔卫太利会意地下。

林望高　（上）美娣，刚才你和谁说话？

杨美娣　我骂卫太利那个老死鬼！

林望高　算咧，跟他划不来费神劳心。

杨美娣　哼！你莫听他讲的话难听死了！

林望高　他说啥来？

杨美娣　他说……他说咱们俩……

林望高　说咱们俩啥来？

杨美娣　他说咱们俩……（发现有人来）哎呀有人来啦！等一会我来找你。

林望高　一定来呀！（杨美娣急匆匆下）

〔钟阿婆手提五角星灯，海兰提竹篮上。

钟阿婆　靓仔，你刚才和谁在这儿嘀嘀咕咕的？

林望高　我……

钟阿婆　我看好像是大光灯！

林望高　啊，啊，是她。

钟阿婆　你刚才和她在谈……

林望高　在谈……思想。

钟阿婆　做得对，是要对她，谈谈……思想！

（唱）　茄子一行瓜一行，
黄鳝泥鳅分两筐。
抽空多给她灌思想，
要叫她规规矩矩不准放凉腔。

林望高　她是跟咱们走哪！阿婆，你从金星岛来是为了看戏吧！

钟阿婆　不，我是陪海兰去医院检查去的，告诉你，俺海兰有了喜啦！

海　兰　妈，看你又当着外人讲！

钟阿婆　看你说的，靓仔又不是外人。哎，靓仔，你啥时去俺金星岛，阿婆给你煮个喜蛋吃！

林望高　哎，好！阿婆有空到俺茶楼来呀！（欲下）

钟阿婆　哎，别走啊，证明还没有看呐！

林望高　阿婆，你的免了。

钟阿婆　嗯，公事公办嘛，给你！

林望高　（潦草地瞟了一眼证明，还给阿婆）好啦！（搭讪着下）

海　兰　妈，你总给人家讲，总跟人讲！

钟阿婆　怕啥？有了喜事儿，叫大家都高兴高兴嘛！

海　兰　妈！

钟阿婆　好，妈从今向后再不讲了！

〔甜女挎竹篮、背渔网上。

甜　女　妈，海兰嫂子，医生咋说的啊？

海　兰　（羞怯地）你问妈去。

甜　女　妈，快说呀！

钟阿婆　妈再不讲了。

甜　女　（明白了，欢喜地）呀！我买对了，你们看：

（念）　童衣童帽童鞋加童袜，

脚镯子一双银丝打。

海　兰　我们给你也买啦，你来看：

甜　女　（看衣料等）哎呀，谁叫你买这么多好的衣料呀？

钟阿婆　给你结婚时穿的呀！

甜　女　哎呀妈呀！

（唱）　女儿我年纪轻为时尚早，

叫阿妈莫为我来把心操。

年轻人本应该为国巡哨，

献青春为革命勤立功劳。

万不能为个人眼光狭小，

把婚姻两个字斤斤计较。

海　兰　可是人家虎仔应答吗？

甜　女　（唱）　他若答应两相好，

海　兰　他若不答应呢？

甜　女　那咱就……

海　兰　怎么样？

甜　女　（接唱）一刀两断两笔消。

〔阿螺与区英才打扮完毕，阿螺背着爱兵暗上。

阿　螺　能舍得吗？我的好妹妹！

〔与海兰耳语，众笑。

甜　女　（嗔怪地）阿姐，看你！

阿　螺　阿妹，阿姐结婚前，比你的嘴还硬呐！

钟阿婆　英才！

区英才　妈！

钟阿婆　怎么，你们已商量好啦？

阿　螺　他想请假，我没批准。

钟阿婆　对，公事公办，不要老请假。

阿　螺　（拉阿婆衣襟）妈，他要向我请假，我得批准！

钟阿婆　唉！（看英才，英才在阿螺身后打手势）

〔钟好急上。

阿　螺　钟好也来了，人都齐了。（她高举得俨如连长指挥队伍模样）妈，集合完毕，准备出发！

钟　好　慢点！（向英才）报告连长同志，刚才接到电话说：渔工委江书记到前边来了！

区英才　啊！江书记过节到前边来啦？

钟　好　我猜这个江书记呀，也是和上次武装部李部长一样，也得来个紧急集合。

甜　女　对，想试试咱们的灵活机动性。

钟　好　连长，我去叫人。

区英才　不，那我们连还叫什么“召之即来”！

钟　好
甜　女　召之即来？

区英才　对！

（唱）　首长脚到一声令，
吹响螺号再集中。
看一看能否过得硬，
到时候方显真本领。

叫大家正常过节吧！

钟　好
甜　女　对，走！

阿　螺　哎，等等，你可是亲口答应今晚回岛子过节的。

区英才　可是目前情况发生了变化，我们的形势就得跟上……

钟　好　变化？

阿　螺　英才呀！

（唱）　刚才讲好又变卦，
究竟哪个是你家？

区英才　（唱）　两个都是我的家，

阿　螺　（唱）　刚才讲好回哪答？

区英才　（唱）　哪个当急回哪个，

阿　螺　（唱）　讲此话真是把人活气煞。
难道我母子不当紧，

阿妈你一旁装哑巴。

钟　好　（唱）　开门见山一句话，

阿　螺　啥？

钟　好
甜　女　（唱）　分明是你把俺连长的后腿拉！

钟　好　（唱）　硬是要秤不离砣公守婆，

甜　女　（唱）　好比那坐井观天的癞蛤蟆。

阿　螺　（唱）　不下海不知风浪大，
没结婚哪晓得啥叫家！
鱼找鱼来虾找虾，
找男人不是叫他不沾家！

区英才　嗨！你呀！

阿　螺　海兰，你说对吗？

海　兰　阿螺，我的好姐姐。

阿　螺　海兰，我的好妹妹。

钟　好　连长，你看他们俩……

区英才　鲤鱼找鲤鱼，黄鳝找黄鳝！

钟阿婆　阿螺，你看你像个啥样子，简直把我钟家人都丢了！

区英才　阿螺，这样不好……

阿　螺　我不好，你好！……（解下孩子）孩子今天交给你啦！（欲下）

众　阿螺，你……

区英才　阿螺，要叫江书记看见，成什么样子？

〔江书记暗上。

阿　螺　看见了正好，叫他来解决，书记嘛！（下）

众　阿螺！

〔孩子哭起来。

江书记　这是矛盾，把孩子给我！

区英才　江书记，你已经来了？

钟阿婆　我来，我来！（抱孩子）

江书记　钟妈妈，我来抱！（接过孩子）我抱娃还受过专门训练呐，看，合乎要领吧？叫个啥名字呀？

钟阿婆　叫个爱兵。

江书记　爱兵？

钟阿婆　嗳，我给起的，我把他妈许配给当兵的，把他姨也许配给当兵的，把她将来也许配给当兵的，等钟好媳妇海兰生下个女子呀，还是……

海　兰　妈！

钟阿婆　也找个当兵的。

江书记　就这么爱兵吗？

区英才　江书记！（接过孩子）你看这……

江书记　这是矛盾，赶快去做点思想工作，解决一下，我们回头再谈工作。

区英才　是。江书记！（抱孩子追下）阿螺，阿螺！

钟阿婆　江书记，看看我们这一家子人！

江书记　好嘛！这么些当兵的，这么些爱兵的！再过些日子又要招个当兵的，大喜事儿呀！

钟阿婆　是啊！天不早了，我们还得回岛子去呐！（向钟好、甜女）你们俩今晚不回家了吧？

甜　女　我们的家就在这儿，民兵连部！

钟　好　妈，咱们过节，美蒋匪帮可不过节呀！

甜　女　妈，咱们放假，他们可不放假呀！

江书记　钟好，把你留下，该不会有人反对吧！

甜　女　海兰嫂子，你说呀？

海　兰　（腼腆地）那就先公后私呗！

江书记　钟妈妈，你说呢？

钟阿婆　对，先公后私呀，江书记！

（唱）　踏平南海浪万顷，
到处有我渔家兵！
任你调拨任你用，
个个都能打先锋。
反动派胆敢来犯境，
我渔家男男女女老老少少齐出征。

江书记,我们走啦,有空到我们金星岛来呀!

江书记 我一定去,钟好、甜女,你兄妹送送你阿妈、阿嫂去嘛!

钟　好 不是说要紧急集合吗?

甜　女 对呀!

江书记 谁说的?送出口子回来也来得及。你们这两个机灵鬼呀!

(四人摇船下,幕后渔歌声起)

(合唱)撑起小舟唱渔歌,
渔歌唱起同志哥;
南海有我钟家在,
生死同心共欢乐。

江书记 (眺望远处的小舟,听着渐远的歌声,神往地)南海有我钟家在,生死同心共欢乐!……

〔区英才抱着孩子上。

区英才 江书记,你有什么指示,快谈吧!

江书记 怎么爱兵没交出去?

区英才 江书记!

(唱) 我宁肯带兵下海打夜操,
也不愿倾耳听她穷叨叨。

江书记 (唱) 同志你把话错讲,
解决矛盾靠双方。
水不开只因火不旺,
竹节不通实心肠。
全民皆兵凭思想,
脑海要有一杆枪。
阿螺生来性倔强,
你要耐心把她帮。

区英才 唉!你是教我帮她武装思想?

江书记 对呀!

(唱) 太平久易把阶级敌人忘,

安乐久会把艰苦斗争扔一旁！
目前形势正紧张，
美蒋匪帮企图窜海防。
警惕性时刻不能放，
加强备战要提防！

区英才 好哇！送上门来啦！

（唱） 来得妙来来得好，
真该咱民兵逞英豪。
来多少，除多少，
照例不给打收条。
拉开大网把匪剿，
毛毛特务我们包！

江书记 包？好哇，我这次来，正是想看看你们连到底是怎么个包法？……总不能是每个民兵都背着孩子上阵吧？

区英才 这……

〔幕后传来阿螺的喊声："英才，英才！"

区英才 哎呀！她又来啦！

江书记 怎么，她，你就不敢包啦！

区英才 别的事我都敢，就是这……

江书记 好，孩子交给我。

区英才 （不解其意）江书记，你……

江书记 你先躲开，我来试试看！

区英才 是。（躲下）

〔阿螺上。

江书记 咳，咳！（抱着孩子自言自语地数落着）小乖乖，多心疼的姑娘噢！重眼皮，俩酒窝，可就是爸爸和妈妈来心疼！当妈的也真狠心，把娃娃朝码头上一扔就不管啦！

阿　螺 （一愣！连忙把孩子抢过）哎，她爸爸呢？

江书记 我也正在找他，你是孩子的……

阿　螺　啊？邻居。

江书记　噢，邻居，他这家人是咋回事儿，他爸爸呢？

阿　螺　哎，同志呀，别提他了！

（唱）　民兵连里当连长，
一天到晚穷奔忙。
俩口说好回岛上，
双度佳节把酒尝。
正要准备把船上，
江书记突然来这乡。
啰啰嗦嗦把话讲，
回岛事儿被他黄。

江书记　这个江书记，也太……

阿　螺　也太不通人情了！

江书记　哎，江书记找他去干啥？

阿　螺　干啥，哼！

（唱）　除了训练加备战，
趄顺还是个枪杆杆。

江书记　扛枪杆子好么！

阿　螺　（接唱）他爸当兵五六年，
总该回来换换班。

江书记　换班，可是那些妖魔鬼怪还不甘心哪！

阿　螺　现在是什么年月啦，谁倒见过个妖魔鬼怪……

〔钟好、甜女上。

甜　女　阿姐，你们正在……

阿　螺　我们在谈……

江书记　我们在谈心哪！

阿　螺　对，谈心哪！

甜　女　江书记，你是得好好和我姐姐谈谈。

阿　螺　啊！他就是江书记？

甜　女　怎么，你们还不认识呀？

江书记　认识了，她是爱兵妈妈的邻居呀！（向阿螺）我请你给爱兵妈带个话，她总想叫秤老不离砣，老公也不离婆，不过得等我们把吃人的妖魔鬼怪消灭净再说。钟好、甜女，咱们先到民兵连部去。

钟　好
甜　女　是。（三人同下）

区英才　（出）阿螺！

阿　螺　啊，你原来躲在这儿呀！

（唱）　都是你编的法儿把我整，
　　　　见面不由怒气生。
　　　　丢我人来败我兴，
　　　　你是安的啥心情？

区英才　这咋叫整你，这是帮助你提高思想认识。

阿　螺　我的思想咋？

区英才　你的思想太麻痹了！你已经忘了世上还有吃人的妖魔鬼怪！

阿　螺　有有有，多得很，满海都是！谁像你，当兵当出瘾来了！

区英才　唉，阿螺呀！

（唱）　亲人劝来同志说，
　　　　你心里全不费思索？
　　　　工作一个接一个，
　　　　没工夫跟你把牙磨！

阿　螺　我还没时间跟你磨牙哪，你忙吧，给你孩子，我走！（欲走）

区英才　哪儿去？

阿　螺　回岛找阿妈去。（走上码头）

区英才　阿螺，要走就走吧！你不要以为我怕你，其实我是为了疼你，也许这两年疼过火了。背着孩子我也照样执行任务！

阿　螺　（收住脚，回转身）英才！

区英才　阿螺，这两年你变了！

（唱）　英才我把心捧上，

阿螺阿螺听端详：
两年前你像螺号到处响，
身过处歌声笑语闹嚷嚷。
每日里打鱼虾勤下海洋，
你总是背钢枪酷爱武装。
朝霞起你挺胸巡逻山上，
日东升练精兵身在靶场。
乡亲们常把你口口赞扬，
胜似那红腊梅不畏寒霜。

阿　螺　用不着你来表扬我。

区英才　阿螺呀！
（接唱）谁知晓结婚后你变化生异，
就像那小海螺钻进壳里。
民兵队没了你英姿俊仪，
从此后小螺号无声无息。
你以为天下太平浪不起，
就可以高枕无忧万事毕。
看不见海外妖风兴云急，
火光中牛神蛇鬼窥时机。
常梦想夺江山改换天地，
把咱们当牛马重新来骑。
普天下有多少穷苦兄弟，
还正在啼饥号寒受凌欺。
敌人磨刀声凄厉，
毒箭拈弦矢欲击。
节日安全最当急，
哪有闲情回家里？

阿　螺　英才……

区英才　你到你娘家去住两天也好，等过上几天我就去接你！

阿　螺　把孩子给我！（接过孩子背好）

区英才　阿螺，你到底想过来了？

阿　螺　过两天你也别去接我，我娘儿俩再也不回来啦！

〔匆匆走下码头，摇船而去。

区英才　阿螺！（记起什么，急忙掏出一个绳拴的小螺号）把长命锁给爱兵带上啊！（阿螺头也不回，径直摇船远去）

区英才　（望着小螺号和自己背着的大螺号，沉痛地）阿螺呀，阿螺！唉！（下）

〔少顷，杨美娣内唱。

杨美娣　（内唱）卫太利他与我暗把计定，

（上唱）今夜晚脱罗网要出牢笼。

我这里上前去打通路径，

乘小艇钻迷雾死里逃生。

到海外搬姨夫统帅大兵，

回南港报血仇重掌乾坤。

小林！

〔林望高上。

林望高　美娣！（发现远处有人）快走！来人啦！

杨美娣　小林，我才不愿意躲躲藏藏的，咱们是自由恋爱，光明正大，怕什么？

林望高　你还是躲一下，我讨厌赤卫伯那个老死鬼，和他斗气划不来！

杨美娣　那等一会儿，我们到东沙尾好好谈谈！

林望高　东沙尾……不行，不行！

杨美娣　咋不行，是不是又是军事秘密呀？

林望高　美娣！

杨美娣　（撒娇地，偎在林的怀里）我不听，我不听嘛！

林望高　东沙尾那儿新来了部队，一直到灯笼角，巡逻可严啦，叫大军看见了……

杨美娣　那怕啥！大军是保护咱们的嘛！

林望高　那多不好意思！

杨美娣　那我坐小艇到西沙尾等你！

林望高 好,坐小艇。

杨美娣 不见不散,小林,今晚可不比平常呀!

林望高 美娣,这是真的吗?

杨美娣 真的,小林,你把眼睛闭上,把手伸出来,我给你个东西!

〔林闭眼,杨示意,卫太利从杨身后翻过码头。

林望高 呀!你的表,菊花牌的,真是好表!

杨美娣 比欧米茄差得还远,咱俩换了!

林望高 我的表可不值钱呀?

杨美娣 你的就是最好的,我去了,别忘了!下了岗就来呀!

林望高 绝对忘不了。

〔杨美娣下。

林望高 (高兴地)嘿!终身大事呀!

〔钟声响。

林望高 九点整,该换岗啦!走!(欲下)

〔赤卫伯上。

赤卫伯 靓仔!

林望高 你来了正好,枪给你,替我交班,我有急事儿!

赤卫伯 再急,还有备战急?

林望高 备战,备战?备而不战!给我请请假吧!(跑下)(螺号响了)

赤卫伯 哎呀,紧急集合!(急喊)靓仔,靓仔!

〔螺号声大作,众民兵纷纷奔上,整队集合,聚光灯照射着一队民兵。

〔江书记、区英才同上。

江书记 这是第一排吗?

区英才 是的。

江书记 他们都是什么单位的?

区英才 工、农、学、商……

民兵甲 七十二行。

江书记 这有七十二行吗?

区英才　我算过，一共十八行。

江书记　你们都是什么职业？

〔众民兵挨个排队报名。

民兵甲　水产工人！

女民兵甲　售货员。

女民兵乙　保育员。

民兵乙　公社社员。

钟　好
甜　女　渔民。

民兵丙　炊事员。（脱帽行礼，露出没有剃完的头发）

江书记　你这是……

民兵丁　报告首长，是这么回事儿，我正在给他理发，刚刚理了一半，外边海螺就响了。古语说得好：军令如山倒，公事要紧，我就放下剪子，他就解下带子围裙，一块背上武器来了。至于剩下这一半，等消灭了敌人，再来消灭它。

江书记　好哇！你这两条战线干得好！（忽又发现女民兵丙，满脸油彩）不用问，你是演员？

女民兵丙　不，我是渔民小学教员！我们正在排戏，我刚一出台，外边螺号就响了，我就顺手提着枪来啦！

江书记　好哇！同志们，你们这次真正做到了"召之即来！"

区英才　不，江书记，我们还没有做到"召之即来"。

江书记　怎么？

区英才　还有两个民兵，召之没来！

江书记　噢？

区英才　这都怪我管理不严！

钟　好　不，这事怪我！

江书记　怎么回事？

钟　好　他们俩是我们排的。

江书记　谁？

钟　好　赤卫伯和靓仔。

〔赤卫伯拉林望高上。

秦腔 南海长城 NANHAICHANGCHENG

赤卫伯　报告！

钟　好　你们俩？……

赤卫伯　我们俩误了卯了！

林望高　他是为找我……

钟　好　那你哪？

区英才　（对江书记）他就是靓仔。

江书记　噢，（握手）靓仔？可真够"靓"呀！干啥工作？

赤卫伯　茶楼……（小声地）服务员。

区英才　大声点嘛！

钟　好　怕谁把你的舌头拔了？

林望高　服务员。

江书记　服务性行业，好得很吗！（指赤卫伯）你哪？

区英才　他就是我对你讲过的……

江书记　赤卫伯？你就是那位老赤卫队员！

赤卫伯　那是三十五年前的事啦！

江书记　三十五年前！那你今年多大岁数了？

赤卫伯　说了真的，江书记你可不准叫我退队呀，我今年年纪不大，才五十……八咧！

江书记　那你为啥还不退队？

赤卫伯　不能退呀！说到这里，我又要说一说三十五年前的事了。三十五年前，我就一直扛着这支枪没有松过手啊！三十五年前，我们成立了工农赤卫队，拿上了枪，那些土豪劣绅就给我们点头弯腰，陪笑脸。凭什么？（指枪）就凭的这个。后来我们丢下了这个，他们给你点头，给你笑？他叫你人头落地，卖儿卖女，家破人亡！他们靠什么呢？（指枪）也靠这个！夏天里美国佬、蒋该死闹欢了一个大阵子，没敢乱闯，也是怕这么。他们最怕的还有一样，那就是毛主席教我们实行的"全民皆兵"！……这枪，是咱们的宝贝疙瘩呀！

（唱）　就凭咱渔家人手中持枪，

海外的魍魉怪不敢猖狂。
咱靠它曾经把江山来创，
还靠它保祖国再出力量。
怎能让花园里闯进豺狼，
怎能叫儿孙们再遭祸殃！
天下一日有风浪，
咱就荷枪枕戈要严防。
敌人一天不消灭，
就要和他干一场。

江书记 说得好哇！

赤卫伯 江书记，这支枪是宣统元年造的，别看它老了，可它满身都是光荣啊！

江书记 我们不单看到光荣，还要想到责任。

赤卫伯 可是有人把它随便一扔，就离开了岗位！（瞟了林望高一眼）

林望高 我……我……

钟　好 我、我、我，咱们连里的“召之即来”都叫你“我”弄没啦！还“我”哪？

区英才 江书记，你批评我！

江书记 批评什么，知错改错吗！他们俩来迟了，可是大多数同志还是做到了“召之即来”呀！叫他们入列！

区英才 入列！

江书记 同志们，毛主席号召我们民兵“召之即来，来之能战，战之能胜”。区连长，你们连能做到这三句话吗？

区英才 你放心，江书记，大南港这一带沿海我们包啦！

众民兵 对！我们包啦！

江书记 区连长，不敢大意，别看敌人小股偷袭。俗话说：“大黄牛好牵，小老鼠难抓”呀！

区英才 黄牛也好，老鼠也好，只要他们敢来，我们就把它全部消灭光！

众民兵 对，消灭光！

第二场

〔时间：当天深夜。

〔地点：在一个运送美蒋特务的"渔船上"。

〔布景：大海雾茫茫，贼船上有伪装，渔具、渔网作作样，一点幽光照船舱。

〔二幕前：九号特务——"海鲨"队行动组长，胸挂望远镜上。

九　号　（念）雾气腾腾波浪卷，
阵阵海风透骨寒。
舱前舱后来回转，
不由我心里暗盘算。
自从共党把大陆占，
我急急忙忙跑台湾。
上司看我有心眼，
送我进了特训班。
学会了烧杀格斗"游击战"，
还有那摇摆舞来呼拉圈。
升上尉来时运转，
"海鲨"队里我又把那行动组长兼。
从此我把哳式子变，
走路鼻子常冲天！
遇见长官把殷勤献，
见了那当兵的白眼仁子不由得总想翻几翻。
今日要把大陆犯，
我心里忽上忽下好不安。
站在船头细观看，
马达声震得我心意烦。

〔二幕启：侯一光面窗而立，吸烟思考。

九　号　（进）报告侯代表，我们已经到达403号海域，（靠近耳边）离大陆只剩下二十海里啦！

侯一光　立刻灭灯航行。

九　号　是，立刻灭灯航行！

侯一光　九号，你先去把兰台长叫来。

九　号　是，先把兰台长叫来。

侯一光　然后再请何、王二位司令。

九　号　是。（下）

〔78号打开小窗，伸出头来。

78号　报告侯代表，花旗老板和老头子打来电报。（递）

侯一光　（念）命令你们，不惜任何风险，花多少代价，也要在今晚登上大陆去。违抗者，军法从事，杀无赦！

（向78号）回电：一切遵命照办。

78号　是，一切遵命照办。（隐去）

〔兰继之上。

兰继之　（进舱）报告！

侯一光　快坐下，兰台长，何司令怎么样？

兰继之　一直是低头不语，顾虑重重。

侯一光　他还在担心大陆上的民心呢！

兰继之　像这种优柔寡断，焉能肩担党国的大业？

侯一光　所以花旗老板，选派你参与此次行动，不是没有原因的呀！一定要同心同德，以党国为重。你去把广东反共救国军的大印拿来。

兰继之　yes sir.（下）

侯一光　（向小窗）78号，把晋级命令给我。

78号　是。（递出，隐去）

〔何从、单眼王上。

单眼王　何司令请。

何　从　王司令请。

〔二人入内。

侯一光　二位来了,快请坐!

单眼王
何　从　请我们来,侯代表有何见教?

侯一光　前边就是内海,我们就要分手了,在这个神圣的时刻,我代表国防部向你们宣布:"渔鲨"队上校司令何从晋级为少将,中校副司令王中王晋级为上校。

单眼王
何　从　愿为党国效忠!

侯一光　我恭喜你们,庆贺你们,也嫉妒你们!

何　从　(诚惶诚恐)何从对党国没有什么贡献,自到"海鲨"小队以来,连升三级,我怎么敢接受这样高的军阶,太不敢当,太不敢当了!

侯一光　仁兄不必过谦了。

(唱)　蒋总裁最近有训令,
报效党国要尽忠。
你们是民族精华党国中坚今得宠,
堪称反共急先锋。
此番去把大陆攻,
同舟共济责非轻。
牢记总统训诫令,
志在党国心要诚。

单眼王　侯代表!

(唱)　此行你把宽心放,
自有妙计腹中藏。
当年威镇大南港,
谁人不知我单眼王。
今番去把大陆上,
杀他个措手不及猛不防。

〔兰继之持印上。

侯一光　时间紧急,这是广东反共救国军的关防,何将军请来接印。

何　从　何某不才,深恐难以担此重担!

侯一光　何司令，这是花旗老板和老头子来的电报，你看吧！

何　从　违抗者，军法从事，杀无赦！

九　号　（急上）报告，前方发现一只小艇！

单眼王　把它干掉！

九　号　他用灯光向我们求救。

何　从　小心中了共产党的诡计！

侯一光　把它救上来！

九　号　是，救上来。（下）

〔卫太利、杨美娣从船板垂向海石的绳梯上爬上来。

卫太利　你们是什么船？

九　号　我们是渔船。

卫太利　政府的？

九　号　祥顺股份有限公司的。

卫太利　噢，你们是外港渔船？

杨美娣　哎呀，我们总算逃出来了！

侯一光　你们从哪里来？

卫太利　大南港。

侯一光　哪儿去？

卫太利　到外港。

侯一光　胡说！

何　从　一定是共产党的探子。

卫太利
杨美娣　哎呀老板，你们不能冤枉好人呀！

单眼王　（认出卫太利）你们是……

卫太利　我叫卫太利，你是……

单眼王　王中王。

杨美娣　王中王？

卫太利　王大队长，哎呀，可真找到你们了！（指杨）她就是杨美娣！

单眼王　美娣！

杨美娣　姨……夫！我们就是来投奔你的呀！

单眼王　（向侯、何）这是我的人马！

卫太利　王大队长，我还给你带来了一件礼物呀！

单眼王　什么？

卫太利　（捧杖在手）你看！

单眼王　刀！……十来年了，它早锈了吧！

卫太利　锈不了！（从杖中抽出刀）我天天在给你磨它哪！

单眼王　（接过刀）刀啊，刀啊！（迎空一劈）

（唱）　见钢刀不由我热血上涌，
想从前好美景眼前复生。
共产党把我的家产分净，
英才爹砸坏了我的眼睛。
千年恨万年仇循环报应，
此一番定叫那穷鬼丧生。

（风浪扑来，单眼王打了个趔趄）刀啊，刀！今番陪我回去，我要叫他们用血来祭奠你！

杨美娣　你们现在到哪里去？

单眼王　杀回咱们家乡去！

何　从　我来问你，金星岛共有多少兵力？

卫太利　基干民兵一个排。

何　从　什么武器？

卫太利　杂牌。

何　从　弹药？

卫太利　不足。

何　从　（唱）　这些民兵何人带？

卫太利　（唱）　连长名叫区英才。

何　从　（唱）　何方人儿啥军阶？

卫太利　（唱）　上士复员才回来。

杨美娣　（唱）　斗渔霸是他把头带，

卫太利　（唱）　搬运站长当公差。

何　从　站长？

卫太利　就是穷苦力。

单眼王　穷苦力领着一伙烂民兵。

何　从　我再问你：

（唱）　民兵生活怎么样？

卫太利　（唱）　少吃没穿度饥荒。

何　从　（唱）　民兵心里怎么想？

侯一光　（唱）　是不是提心吊胆过时光？

杨美娣　（唱）　他们都想委员长，

卫太利　（唱）　反攻大陆早还乡。

杨美娣　（唱）　盼你们回乡把印掌，

卫太利　（唱）　重坐天下享安康。

何　从　回去掌印？

侯一光　重坐天下！

杨美娣　是呀。

卫太利　连民兵里边都有向着我们的人哪！

何　从　噢？

杨美娣　是呀，我们之所以能逃出来，就是一个民兵放出来的。我还从他那里知道了大南港两边新来了部队。

侯一光　啊，海图？

〔九号取海图递。

侯一光　（看，判断）这么说共军在大南港两翼有了新的布防？

杨美娣　对，（指图）从灯笼角这儿一直到南边……

侯一光　那么说，我们必须改变原订计划，重新选择登陆地点！

何　从　我问你，共军在金星岛有没有设防？

杨美娣　没有。

侯一光　你有什么打算？

何　从　我想是不是先登金星岛，然后绕过大南港两翼直插百花山。

单眼王　对，金星岛过去有我的老部下，在那里可以找到船，人熟、地熟可以混过共军耳目，安全上岸。

侯一光　好，直插金星岛，立刻派出行动组长。

九　号　yes sir!

侯一光　游水到大南港探道。

九　号　yes sir!

侯一光　然后再绕道插上百花山。

何　从　是。

〔风浪大作，一特务上。

特　务　报告！前方就是内海！

侯一光　什么地方？（看图）

特　务　海图上没有标出，有三块礁石露出水面。

单眼王　这就是——三杯酒。

侯一光
何　从　三杯酒？

单眼王　由外海到此分界，风急浪险，老舵工过此地也要饮上三杯酒，才能闯过风浪。

侯一光　好一个三杯酒！何司令，你马上率领"海鲨"小队，换乘橡皮艇，直插金星岛。

〔一个风浪扑上。

何　从　这儿风浪太大呀！

侯一光　是啊！我们就是要在这风大浪险的地方，在他们狂歌欢舞的时候登上去。

何　从　是。——王副司令，请下达命令，全体换乘橡皮艇。

侯一光　把卫太利留下，为下一批领航！

何　从　是。

侯一光　何、王二位司令，临行前我再来介绍一个你们未来的合作者。

（78号露出头来）他是中央情报局亲手培养的N·A·C·G的朋友，代号78，他带领后续部队随时接应。

何　从　有美国中央情报局作我们的后盾？

侯一光　所以你们是先行官嘛！我也将在这一带海面随时接应你们。何司令请来接印。

何　从　何从愿为党国效命。（接印）

侯一光　记着，我们要心有领袖，志在党国。不成功——

何　从　便成仁。

〔一个浪头打来，众人几乎倒地。

第三场

〔时间：翌晨。

〔地点：大南港武装基干民兵连连部。

〔布景：舞台左侧有一幢小白楼，室内有一套间，门上挂着门帘，门向台口的室内陈设桌凳、电话机，墙上挂有枪支，正中墙上悬挂着毛主席像，室外墙头挂着一个喇叭，舞台右侧是茫茫大海。

〔二幕前：区英才上。

区英才　（唱）　昨夜晚守海防未曾合眼，
　　　　　　　却怎么起风浪出了事端。
　　　　　　　卫太利大光灯突然不见……

赤卫伯　（接唱）这件事真叫人坐立不安。

区英才　赤卫伯，钟好到派出所去，还没有回来？

赤卫伯　没有。

钟　好　（内）连长！（上）连长！

区英才　钟好，派出所怎么说的？

钟　好　糟了。

　　　　（唱）　清早间派出所调查一遍，
　　　　　　　卫太利大光灯逃出港湾。

区英才　啊！（一惊）

钟　好　根据派出所调查，卫太利和大光灯外逃无疑。

赤卫伯　怪不得昨天晚上，我和靓仔站岗时，卫太利和大光灯在码头上乱窜呢！

区英才　噢?

赤卫伯　我说了卫太利几句,靓仔还嫌我说得重了……

区英才　靓仔?

钟　好　他最近越来越不像话了,成天和大光灯胡缠。

区英才　嗯!说不定大光灯和卫太利的外逃,和靓仔有点关系!

赤卫伯　他真的会和他们搅在一起?

区英才　这还难说,赤卫伯,你去找找靓仔,叫他到民兵连部去。

赤卫伯　是。(下)

区英才　钟好,靓仔回来了,你先和他好好谈谈。

钟　好　再谈也没用。

区英才　没用也得谈。

钟　好　我没有那么好的耐性。

区英才　耐不住也得耐。

〔甜女与民兵甲、乙上。

甜　女　报告连长,我们从海滩上挖出这个玩艺儿——看,大蛤蟆爪子。

区英才　水鬼鞋!

钟　好　好哇,狗日的真来了,走!(欲走)

区英才　干啥去?

钟　好　抓水鬼去!

区英才　你留下,我和甜女她们去!

钟　好　连长!

区英才　你马上回连部用电话把情况向灯笼角指挥部江书记汇报一下,然后和靓仔好好谈谈,了解一下昨天晚上的情况。甜女!咱们走。

钟　好　连长……

区英才　听命令。

钟　好　是。

〔众分头下。

〔二幕启:钟好正在摇电话,赤卫伯领林望高上。

林望高 赤卫伯,连长到底找我干啥?

赤卫伯 一会儿你就清楚了!

林望高 我还有事哪!

赤卫伯 有事也不行!

林望高 那么好的戏,不叫人看……真是划不来。

赤卫伯 你划不来的事,还在后头呢,钟好!

钟 好 (正在打电话)喂,啊!我是大南港基干民兵连。你是灯笼角指挥部?江书记吗?你已经赶回去了,我是钟好。区连长叫我向你汇报个情况,昨天晚上……啊!对,对对对!噢,你已经知道了?另外,方才我们从海滩上发现了水鬼鞋。区连长已经派人抓去了!……对,我们正在查。对,密切注意海上情况,随时报告。

林望高 来了水鬼,咱们抓去!

钟 好 快给我稍息吧!……就凭你,真是遇见特务,也得瞪着两眼把他放跑了!

林望高 你说这话是啥意思?

钟 好 啥意思?我问你大光灯是怎么跑的?

林望高 她跑了?

赤卫伯 是的,昨天晚上九点多钟,她和卫太利从西沙尾跑啦!

林望高 真想不到,九点多,西沙尾!(看手表)

赤卫伯 你要想到,她就跑不了啦!

钟 好 (发现林的手表)哎,你这块新表又是哪里来的?

林望高 你管哩!

钟 好 听我管早就好了!你整天不知都在想什么?张口什么划不来,闭口什么不合算……你和大光灯搞恋爱才真是个划不来呢!

林望高 怎么划不来?她还把她这块"菊花"牌手表换给了我!

赤卫伯　哼！大光灯是什么人，你怎么能要她的手表呀！

（唱）大光灯她本是祸根病患，
你竟然敢和她暗中勾缠。
好日月才过了不多几年，
阶级仇你怎么全部忘完！

钟　好（唱）党号召咱们来备战！
为的是保卫好江山。
刚刚赶上节骨眼，
你的思想走了偏。
大敌当前你看不见，
竟和那大光灯藕断丝连。

林望高（唱）解放了十多年人都在变，
大光灯她跟咱一同向前。
老把那从前事唠叨不断，
我看那大光灯没啥麻烦。

赤卫伯（唱）听罢言气得人浑身抖颤，
你真是糊涂虫比石还顽。
铁的事实摆当面，
你还为她来帮言。
大光灯已经跑不见，
你说这是啥事端？

你说她到哪里去了？

林望高　昨天晚上，她是约我到西沙尾去！

赤卫伯　干什么去呢？

林望高　她说和我要结婚。

钟　好　和你结婚？你真是做梦！

赤卫伯　你怎么这样糊涂呀？

林望高　我是想解放都十几年了，我们都是社会主义啦，人不会变吗？

赤卫伯　那也得看她是真变，还是假变？

钟　好　这回她可是真的变了！

林望高　我可是真没有想到，要不然也不会叫她坐小艇从码头上出去！

钟　好　什么，还真是你放跑了她？

林望高　嗯！

钟　好　赤卫伯，先把他禁闭起来！

赤卫伯　……还是等连长回来再说！

钟　好　对，不过，枪你先别扛了！（卸了林的枪）

林望高　什么？不叫我当民兵了？不！把枪给我。

钟　好　你早已不配当民兵了！昨天紧急集合你给我们连抹了黑，今天又犯了这么大的错误！

林望高　（打头）真倒霉！（蹲在一旁）

〔甜女匆匆上场。

甜　女　报告排长，我们请来了个"大军"！

钟　好　请个大军干什么？

甜　女　这个大军穿的军衣颜色不对，领章也不太像……说话口气也不是味儿！

钟　好　没有错？

甜　女　没错。我仔细看过虎仔穿的、戴的，和他不一样！

钟　好　快把他带上来！

赤卫伯　恐怕得先"请"上来！

钟　好　好，请上来！

甜　女　是，请！

〔民兵带上来一个"大军"，细心的观众一看就可以认出他是九号。

钟　好　快请坐，甜女快冲茶。

九　号　别客气，自家弟兄，解放军和民兵是一家嘛！

钟　好　你是哪个单位的？

九　号　8765部队，二营六连三排第八班上等兵吴振善。这是通行证。（递证）

钟　好　你多大岁数了？

九　号　三十整，公元一千八百三十二年三月八日子时生。

甜　女　你恁大年纪了，才当了个上等兵？

钟　好　唉！人家不兴是下放干部！

九　号　对，我是下放干部。

甜　女　怎么，你是下放干部？

九　号　不，啊……我不是下放干部，我一没挨过斗争，二没挨过整肃，怎么会下放呢？

钟　好　（示意）甜女，快倒茶。（趁九号接茶之际，夺枪在手）举起手来！

九　号　（举手）……你这是干什么？我是自己人，不要误会！

钟　好　别装洋蒜了！（向甜女）检查他身上带些什么？（甜女在九号身上搜查出了香烟盒，放在桌上，又搜出一物）

甜　女　这是什么玩艺儿？

民兵丙　好像是我们商店卖的口红？

钟　好　怕是毒药，狗特务，你是干什么来的？

九　号　我不知道。

甜　女　你讲不讲？（举凳子欲打）

九　号　（惶恐万状）你们解放军，不是不打人，怎么……？

钟　好　你胡说！（一拉枪栓）你要老实讲！

九　号　我讲，我什么都……讲，就是得先让我睡一觉，我们已经在海上飘了两天两夜了，昨天又是一宿，划艇，游水，实在困得不行了。（躺地下）

〔区英才早已登场，看见九号在耍赖，他把那双水鬼鞋扔在地上，九号猛然站起。

区英才　你是从哪里来的？

九　号　报告长官，我是从台湾来的。

区英才　告诉你，我们解放军讲宽大政策，你说实话，就能得到宽大处理，要是……

众　　　要是抗拒，就得从严惩办！

九　号　我坦白……

区英才　好,坐下讲。

九　号　是,坐下讲。

区英才　(取出烟)抽烟吧!

九　号　啊,我自己有!(指桌上被搜出的烟盒)美国货"发财"牌的。

区英才　这是中国货,"万里长征"牌的。抽吧!

九　号　谢谢长官!

区英才　什么长官不长官的,你们一共来了多少人?

九　号　一共二十六个人。

区英才　现在什么地方?

九　号　我——不知道。

区英才　你当的是什么?

九　号　上尉行动组长!

区英才　一个上尉行动组长,连你小队的行动都不知道,是干什么吃的?

九　号　长官不要生气,我知道。

区英才　知道快讲!

九　号　我们预定的登陆地点,就在你们大南港。

区英才　为什么没有上来?

九　号　因为昨天晚上风大,把我们的橡皮艇刮到一个孤岛上去了。

区英才　(取出地图)什么地方?

九　号　一个五角星状的岛子……

区英才　金星岛,你是什么时候离开的?

九　号　五点整。

区英才　什么时候回去?

九　号　十点半钟以前。

区英才　胡说,这么快,你就能回去?

九　号　这是真的,要不是这位大姐拦住了我,我早游回去了,不信,我在台湾水上运动大会上当过万米殿军哩!

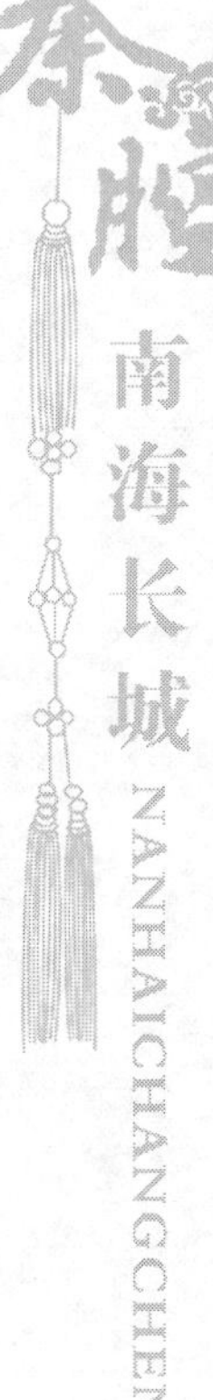

区英才　还真是个水鬼，要是你到时候不回去呢？

九　号　他们就不再等我，叫我到百花山集合。

区英才　谁是你们的司令？

九　号　何从。

区英才　何从？

九　号　是个少将，副司令是你们当地人，王中王……

众　　单眼王，他回来了？

区英才　电台台长是谁？

九　号　名字想不起来了，二十多岁，（指林望高）就像他那个模样，长得挺"靓"。

林望高　去你妈的，你少拿特务比我，他叫什么名字？

九　号　叫……噢，兰继之。

区英才　兰继之？钟好，快派人把他送到指挥部。

九　号　长官，我这可全是主动坦白的呀！我讲的可靠性达百分之九十以上。

民兵丙　快走吧，又没盘点，谁给你算百分比。

区英才　记住！再告诉你一次，我们的政策是坦白从宽，抗拒从严。你刚才讲的属于坦白，里边要是有假的，你就是欺骗，不老实，从前说的全部作废。

九　号　长官，还有一点我说错了，就是昨天不是叫风刮到金星岛，是我的司令叫我故意先到那里停一下。

区英才　干什么？

九　号　我不知道。

区英才　你可要老实！

九　号　我真的不知道，我还敢拿脑袋开玩笑？

区英才　好！把他带下去！

〔民兵押九号下。

区英才　特务为啥要在金星岛停一下呢？

钟　好　我看这与大光灯，卫太利的逃跑有关。

甜　女　我也是这样想的……

区英才　好，你们快去布置民兵，加强监视海面。

甜　女
钟　好　是！（应下，众人随下）

林望高　……（欲上前向区英才说什么，电话铃响了）

区英才　（接电话）……江书记吗？我是区英才，我向你报告个情况：我们刚才抓住个特务，据他交代，他们一共来了26个……他们原在大南港登陆……现在停在金星岛……是啊……是，封锁海面，严加监视敌人。有情况随时再报告。（放下电话自语）是和他有关。

林望高　连长，你枪毙了我吧！

区英才　怎么了？

林望高　班长扣了我的枪！

区英才　为什么？

林望高　我放跑了大光灯……

区英才　大光灯是你放跑的？

林望高　连长啊！

（唱）　都怪我平素间自不检点，
　　　　太大意缺敌情惹下祸端。
　　　　昨夜晚大光灯约我会见，
　　　　我心想要结婚暗自喜欢。
　　　　未警惕不识她庐山真面，
　　　　码头上我和她同坐一船。
　　　　我只说她去后即刻回转，
　　　　不料想她一去至今未还。
　　　　刚在此审水鬼我自盘算，
　　　　放她走如同是纵虎归山。
　　　　这错误我犯得实在不浅，
　　　　连长你枪毙我死无怨言。

区英才　要是你真的能够认识这次错误，立即改正，还是不晚。

林望高　那我还能当民兵吗？

区英才　（沉思了一下，最后走进屋内）

林望高　都怪我自己……（抱头蹲下）

区英才　（拿出林的枪）靓仔，给你！

林望高　连长，你还信得过我？

区英才　靓仔呀！

（唱）　你我同生在苦蔓，
自幼流落在海边。
手拉手儿讨过饭，
屋檐下并肩同安眠。
旧社会咱都受苦难，
单眼王手杖挨过好几年。
你肩上伤疤印还显，
我怎能把你撂一边。
只是你近来有些变，
思想生锈成一团。
昔日苦楚全不念，
贪图享受讲吃穿。
党号召备战你怕练，
枪已生锈难拉拴。
眼前敌人看不见，
忠言不听丢一边。
这样下去太凶险，
悬崖勒马莫迟延。

林望高　（唱）　英才哥讲话动肝胆，
不由我心里细盘算。
昨夜晚一时失检点，
泄露机密事关天。

英才哥哥，昨天晚上，我一时不慎，还泄露了咱们的军事秘密。

区英才　什么秘密？

林望高　我把灯笼角新来了部队告诉了大光灯。

区英才　怪不得敌人停在了金星岛！

林望高　连长，你处分我吧！

区英才　你的错误是严重的。报了仇,忘了恨;翻了身,忘了本!思想锈得连敌我都不分了!不过,全说出来,还是我们自己阶级的亲兄弟。你一定要痛下决心,改正错误。

林望高　连长,枪给我吧!我一定把特务抓回来,才对得起你。

区英才　好,枪交给你!

〔林望高接枪跑下。

区英才　(连忙看地图)嗯!明白了,敌人知道了灯笼角的设防,故意停在金星岛,想绕道钻进百花山。

〔喇叭内传出北京天安门国庆典礼的实况,广播员宣布时间。

区英才　再有十分钟,毛主席他老人家就要到天安门上啦!可我们怎么能在这个时候干瞪着眼让敌人跑了呢?

〔拿起海螺欲出。钟好走上。

钟　好　报告连长,一大队蔡支书出海打渔,在金星岛海面发现了一只破坏了的橡皮船。

区英才　嗯!敌人破坏了橡皮船,准是在岛上找渔船哩!钟好,赶快吹号集合。

钟　好　是。(拿螺号走出吹响)

〔甜女走上。

甜　女　发生了什么事?

区英才　快走准备船。

甜　女　是。(下)

区英才　(打电话)总机,要灯笼角指挥部……江书记吗?我是区英才,有个新的情况报告,敌人是故意停在金星岛上,是想在那儿找船。对……我们请求立即出发!……你放心安排全歼的部署吧,我们先行一步!……好,我包了,不,我保证完成任务。(放下电话)

林望高　(急上)报告连长,我也抓到一个!

区英才　好,靓仔!

林望高　也是个冒牌大军，单身一个人，东张西望的。
区英才　带上来！（急入室内）
虎　仔　（上）同志，我们是一家人。
林望高　别装了！谁和你是一家人！（向室内喊）连长！
〔区英才携枪走出，虎仔抢先。
虎　仔　老班长！
区英才　虎仔！（对林）靓仔！你怎么又把自己人当成……
林望高　唉，我……
〔甜女急上。
甜　女　报告连长，船准备好了。
区英才　甜女，你看这是谁？
虎　仔　甜女！
甜　女　虎仔！唉！你怎么这个时候回来了？
虎　仔　这个时候不敢回来吗？
甜　女　我要出发。
虎　仔　那我也出发。
甜　女　我去找特务。
虎　仔　抓特务，我也去呀！
甜　女　我是民兵，这是任务。
虎　仔　我是战士，这是职责。
甜　女　你没有接到命令呀！
虎　仔　枪声就是命令。报告连长同志，上士班长邝大虎在听你的指挥。
区英才　好，我们正需要你，这是特务刚交来的枪，背上吧！
虎　仔　是！连长同志。
区英才　外边集合吧！
〔众出，外边钟好在集合民兵，虎仔、甜女、林望高已入列。
钟　好　报告连长，基干民兵第一排全体集合完毕，等待出发。（得意地）这回真正做到了“召之即来”呀！
〔喇叭内传出国庆节的实况录音。

区英才　同志们,刚好十点整。听!国庆节的礼炮响了,毛主席在天安门上看着我们,我们一定要消灭敌人,向国庆节献礼。我们做到“召之即来”不算什么,我们还要“来之能战”……

众　“战之能胜”!

区英才　上船,金星岛前行!(边摇船下)

〔国庆节礼炮声、口号声交织一起。

第四场

〔时间:紧接前场。

〔地点:钟阿婆家。

〔布景:金星岛一角。悬崖下有一渗出的山泉水池,这是钟阿婆的家。她的船形屋已经改造,门比舱口大了许多,门上修上了水泥台阶。圆拱形的屋顶,上了油毛毡,船首有一小阁楼,船本身是双层迭楼式,颇具特点,船形屋首悬挂着一面五星红旗。

〔二幕前:海兰、阿螺先后提鱼篮上。

阿　螺　(唱)　一夜风停浪平静,
碧空万里太阳红。
今日欢欣度国庆,
不由叫人笑盈盈。

海　兰　(唱)　清晨起我姐妹齐出动,
捞了些鱼儿转回程。
姐姐快走莫久停,
爱兵醒来要闹哄。

姐姐,你怎么啦?

阿　螺　(接唱)万众欢呼过国庆,

咱家的喜事一宗连一宗。
爱兵刚好"百日"整，
虎仔也要来家中。
你有喜已经一月零，
头首娃不久要降生。
桩桩喜事应欢庆，
英才不回人伤情。

海　兰　（接唱）劝阿姐再莫要心不高兴，
昨夜晚阿妈话牢记心中。
英才哥在外边任务繁重，
国庆节守海岸不敢放松。

姐姐，咱们快回去听北京的广播吧！（同下）

〔二幕启：舞台上呈现着一幅渔家的风俗画。钟阿婆在织绞渔网，阁楼下那张红漆描金的小桌上放着的收音机内传出天安门国庆节的实况。

钟阿婆　（唱）　今日里国庆节人人欢畅，
广播里欢呼声热闹异常。
在船屋织渔网自思自想，
不由人又想起往事一桩。
阿螺爹那一年被逼出港，
船行在三杯酒浪打伤亡。
到如今十三年令人怀想，
单眼王害夫仇终生难忘。
看眼前我渔家生活变样，
这都是毛主席领导有方。
阿螺爹假若还活在世上，
见此情他也要欢笑几场。

唉，十三年啦……

〔海兰、阿螺上。

海　兰　妈，你怎么哭呢？

钟阿婆　唉！你爹就在十三年前的今天，叫单眼王逼着出海

逃香港，船行在三杯酒，叫风浪吞没了。菩萨不睁眼啊！（擦泪）

海　兰　妈，今天大喜的日子，你不能哭。

钟阿婆　对，妈不哭，今天是国庆节。

海　兰　爱兵过百日。

阿　螺　虎仔来岛上门儿。

钟阿婆　对，哎，你们说，虎仔和甜女成了亲，肯不肯在我们岛上安家呀？

阿　螺　对，哎！在咱们这里安家……妈，叫人家住到哪里？

钟阿婆　我有楼啊！（指楼）

阿　螺　噢，叫人家住在那里？

钟阿婆　怎么，嫌不好？不管谁，只要算我钟家的人，就得在我这船上住一住，叫他们记着，我们祖祖辈辈都住在这船里头……再说我还要盖真楼。

阿　螺　盖真楼？上面只管说先公后私，你还想真楼？哼！我看根本没向。

钟阿婆　你少跟我磨牙叨嘴。妈不像你那么多的私心，明天你赶快给我回去！真下得狠心，家一扔就走了……快回去，给英才赔个不是。

阿　螺　我给他赔不是，谁给我赔不是？

钟阿婆　还要人家给你赔不是？阿螺，这两年你变了呀！

（唱）　昨夜晚你来把“状告”，
言说是英才骂你脸发烧。
以我看骂得轻来骂得少，
要是我对待你更难轻饶。
英才他在海岸巡逻放哨，
既为国又为家来把心操。
谁知你小日子迷了心窍，
处处地拉后腿所为哪条？
未成亲你夸他样样都好，
结了婚你又来和他唠叨。

在人前我替你也觉害臊，
你把咱渔家人全丢尽了。
妈劝你速觉醒直向前跑，
如不然莫把这门槛再跷。

阿　螺　把我说得不值一文了，好，我走，我走，我这就走！

海　兰　妈，姐！

钟阿婆　别挡她，要走就快走！

〔阿螺捞物下场。

海　兰　妈，姐姐擦着眼泪走啦！

钟阿婆　（心疼地）……妈今天的话说重啦。

海　兰　妈！

钟阿婆　这也怪妈从前太娇惯她了，你阿螺姐是妈拿眼泪喂大的……

海　兰　妈，我去找姐姐回来。

钟阿婆　不要紧，一会她要回来的。看，爱兵都没抱回去嘛！

海　兰　（破涕为笑）对，妈！

钟阿婆　哎，海兰，快把鲳鱼做上，等会虎仔上岛，让他吃新鲜。

〔二人分下。

〔稍顷，阿螺上。

阿　螺　海兰！

〔海兰上。

海　兰　姐姐你又转来了，妈猜得真准！（向内）妈！

〔钟阿婆上。

钟阿婆　回来啦？给英才赔了不是啦？这么快？

阿　螺　妈，我有正事。

钟阿婆　给英才赔不是，就是正事。

阿　螺　不，是来了几个首长。

钟阿婆　首长？

阿　螺　是的。

〔何从、兰继之等人上场，何从穿便服，兰继之穿黄军裤、白衬衫,挎着黄上身。

何　从　阿婆,我们昨晚来演习,遇到了风,先在你们岛上停一停……这是……(向兰继之挥手)

兰继之　请看证明信。(指何从)这是我们的首长。

钟阿婆　好啊!欢迎,欢迎!……海兰,快点去烧茶!

海　兰　是!(下)

钟阿婆　首长来得真巧,我们刚烧上新打来的鲳鱼,请首长尝尝我们做的鱼。阿螺,走,帮我一下忙。首长请坐,我们去去就来。

(同阿螺下)

何　从　这一家人怎么样?

兰继之　王副司令讲,这家是他的老部下。不过,杨美娣又说是个穷打鱼的。

何　从　噢!电报拍出去了吗?

兰继之　完全按你的吩咐拍了出去。

何　从　回电怎么讲?

兰继之　侯代表讲,78 号率领人马,黄昏前在三杯酒以南换橡皮艇。

何　从　好!

〔海兰端茶上,麻利地斟茶毕。

何　从　谢谢,这位大嫂请坐下谈谈吧!

兰继之　我们首长是……

何　从　深入下层,了解情况来的。

海　兰　好啊!

何　从　政府的工作怎么样?

海　兰　很好。

何　从　你们的生活怎样?

海　兰　很好。

何　从　都是很好,一点意见也没有?……有什么只管讲吧!

兰继之　我们首长会给你们解决。

何　从　大胆谈么,别害怕!

海　兰　没，没有啊！（返身走出，向内喊）阿姐，阿姐！

〔阿螺上。

阿　螺　做什么？阿姐又没丢魂！

海　兰　首长要听意见。

阿　螺　听意见？

海　兰　听口气，像是调查政府工作的。

阿　螺　噢！

〔海兰走下，阿螺也欲退下时，被何从看见。

何　从　这位大姐，来坐。谢谢你，把我们领到这儿，有茶喝，有鱼吃。来，随便谈谈，对谁有意见都可以谈，帮助党和政府改进工作嘛。

阿　螺　意见嘛，没好多……

何　从　有多少讲多少！

阿　螺　首长，你谈谈，如今都太平好些年啦，怎么还老是放哨，查海，打夜操啊？

何　从　你说的是谁呀？

阿　螺　爱兵他爹。

何　从　他叫……

阿　螺　区英才！

何　从　噢，你就是大南港民兵边长区英才的——呃，爱人？

阿　螺　唉，还什么爱人哩！再别提他了。

何　从　为什么？

阿　螺　他真叫人难说呀！

（唱）　解放至今十多年，
他放着清闲不清闲。
成天都在把兵练，
把我老小撇一边。

何　从　你为何不去找他？

阿　螺　（接唱）曾经找他把理辩，
他满口道理说不完。
说什么虽是太平年，

妖魔鬼怪心不甘。

何　从　什么妖魔鬼怪？

阿　螺　（接唱）就是那美国鬼子蒋坏蛋，

如今盘踞在台湾。

时刻想到大陆窜，

要夺我们好江山。

首长呀！

这些年我时刻留神看，

未见妖魔在哪边。

何　从　有，还是有，不过……

阿　螺　（接唱）海岸大军千千万，

妖魔哪敢到此间。

首长，你说对吧？

何　从　对，对，他们不敢。（笑）大姐，你们家有船吗？

阿　螺　船，有啊！

何　从　我们想借用到大陆上去一趟。

阿　螺　那正好我也要回去。

何　从　我们坐船给钱。

阿　螺　大军坐船再要钱，像什么话？只要首长到了岸上给我们爱兵他阿爸开开窍就行了。

何　从　没问题，一定办到。

阿　螺　我去给你们收拾船去。

〔欲下时，钟阿婆端鱼、酒上。

钟阿婆　你们谈什么谈得这样热乎？

阿　螺　首长在问意见。

钟阿婆　噢，首长真是深入下层，调查研究，好事儿嘛！阿螺你……

阿　螺　首长要用船，船有点漏水，我去堵一堵。（下）

钟阿婆　要用船？……首长，是怎么来的呀？

何　从　我们坐船来的。

钟阿婆　那船呢？

何　从　出了点小毛病。

钟阿婆　噢！……那阿螺的小破船也漏水，怎么行呢？我看，首长，等会我给你们搞条好船来。

何　从　那太好了，我们一定要重重奖赏啊！奖励你们。

钟阿婆　话说到哪里去啦，把你们送到地方是我们的本分。

何　从　谢谢阿婆，那就麻烦你……

钟阿婆　不忙，先吃点烤鱼再走。

何　从　阿婆，我们还有急事儿。

钟阿婆　空肚子坐船不行，一定要吃饱了才能走。快吃，首长，你们不是还了解意见吗？我的意见可多哪！

何　从　什么？你有意见？快讲吧！（坐台阶上）

兰继之　看来你们家是有什么困难呀！

钟阿婆　今年的困难和往年比起来，算不了什么。

何　从　往年怎么个困难法？

钟阿婆　我家里在六年里头，死过两个人，一个是我的儿子，一个是我的男人。

何　从　都是怎么死的？

钟阿婆　（唱）　提起了儿、夫死令人愤懑，
过往事今想起心中痛酸。
那时节普天下漆黑一片，
我渔家苦日月更是艰难。
日夜间在海中风吹浪卷，
苦挣扎打来鱼为的一餐。
怎奈那刮民党苛捐泛滥，
把渔家身上的血汗榨干。
癸未年又偏遇天下大旱，
我的儿活活地饿死海边。
儿饿死家中祸并未间断，
强挣扎又熬到巳丑之年。
眼看着全中国快要红遍，
遭殃军夹尾巴窜逃台湾。

临逃时不如那丧家之犬，
要我夫替他们出海撑船。
我渔家人虽穷骨头不软，
我的夫宁肯死不撑贼船。
单眼王在一旁突把脸变，
恶凶凶命狗腿推夫上船。
船行在“三杯酒”风急浪险，
受苦人被浪打命丧海湾。
害夫仇十三年时刻盘算，
这一世不报仇誓不心甘。

何　从　你说的是从前的事啦！

钟阿婆　是从前的事，现在哪有这事啊！

何　从　那为啥还要生那么大的气呀？

钟阿婆　不生气能行啊？蒋该死那糟老头子还在台湾，他那么大岁数了，为啥还不死呀？首长，你说该死不？

何　从　（强装地）该，该死了！……不过，听说他还想回大陆来过八十大寿哪！

钟阿婆　那我们可早准备好了。

何　从　干什么？

钟阿婆　欢迎他呀！（掂起一把鱼叉）

何　从　鱼叉？

钟阿婆　叉死他老不死的。首长你看行不行？

何　从　行，行，行！

〔内喊：“阿妈，鱼对了！”

钟阿婆　首长，你们先喝酒，我去看一下。（下）

兰继之　好险哪！

（唱）　老婆言中带愤怨，
吓得人汗水湿衣衫。
此地不能再久站，
时间长了有麻烦。

何　从　（接唱）天生你这老鼠胆，

未曾上阵先心寒。
只要随机来应变,
想个方法把她瞒。
她女儿已上咱圈套,
放过机会再寻难。
劝你还要放大胆,
见缝插针显手段。

〔钟阿婆、海兰上场听到尾音。

兰继之 司令,我看这个老太婆不好对付,咱们还是走吧!

钟阿婆 首长,先别着急,还差一把火哪。

何　从 (一惊)什么?

钟阿婆 锅里的鱼呀!

何　从 噢,鱼!不,阿婆,我们任务紧急,实在不能再等了,我们马上要走!

钟阿婆 马上要走?

何　从 (取东西)我这儿送给你点上等补品高丽参,留着给你老补养身体,这根金钗送给大嫂作个纪念。

钟阿婆 (一惊)你们……可真是……好心……的……首长……啊!……海兰,快去搞条好船(向海兰示意)把他们平平安安送到要去的地方!

海　兰 (会意地)哎!(急下)

钟阿婆 首长,先等等,不忙嘛。

何　从 啊!

钟阿婆 你还没见过我这一家子人哪!(进屋)

兰继之 司令,咱们走吧,别跟她废话啦!

何　从 别急,船就要到手啦!

〔钟阿婆拿镜框出,拉二特务同坐在破船上。

钟阿婆 你看这就是我一家人的照片。

何　从 都是你的什么人?

钟阿婆 (指镜框唱)

你来先把这个看,

我全家大小在上面。
正中地位是我占，
儿女媳妇站两边。
（指） 这是那爱兵孩子宝贝蛋，
张着小嘴露笑颜。
你说好看不好看，
你说喜欢不喜欢？

何　从　喜欢，喜欢！

钟阿婆　喜欢的还在后边哩！

何　从　还有什么？

钟阿婆　我渔家还编有歌子哩！

何　从　什么歌子？

钟阿婆　（故意磨时间地唱）
渔家受苦几千年，
共产党来了把身翻。
日子好似甘蔗杆，
一节更比一节甜！

〔单眼王突然上，后随杨美娣等人。

单眼王　何司令，你还跟这个老乞婆说废话？（把海兰推倒地上）看！

钟阿婆　海兰！

海　兰　妈！

何　从　她不是去弄船？

单眼王　她是去给共产党报信的！

钟阿婆　单眼王！

单眼王　你还认得我？噢，你的男人是我的老部下，给我划过船。

钟阿婆　给你卖过命！

单眼王　人哪？

钟阿婆　死啦！

单眼王　你还活着？

钟阿婆 我等着要你的命!

单眼王 (厉声地)这回该要你的命啦!(看见红旗)你们这帮穷鬼,想靠共产党坐江山,真是白天做梦,你老爷王中王又回来啦!(拔刀)把红旗给我拔下来!

(一特务欲上拔旗,被钟阿婆用渔叉吓倒)

钟阿婆 (唱) 五星红旗鲜血染,
渔家看她命一般,
有你奶奶在此站,
想要拔下难上难。

(用叉阻止)

单眼王 (唱) 老乞婆讲话好大胆,
不识时务敢阻拦。

钟阿婆 (唱) 蝼蚁想把泰山犯,
这一叉要你命全部完。

(举叉刺去)

单眼王 (一刀劈开)啊!

(双方开打起来,海兰用牙咬住单眼王拿刀的手,何从等又拉开,又经过一番搏斗,钟阿婆、海兰终因力穷被踢倒)

单眼王 臭娘们,抓起来!

〔特务捆钟阿婆、海兰。

特　务 (上)报告,那个娘儿们把船修好了!

〔幕后传来阿螺的渔歌声。

何　从 快,把她两个带下去!

〔钟阿婆、海兰被推下。

何　从 (看表)时间已经来不及了,九号还没有来,快,我们先走吧!

〔阿螺上。

阿　螺 修好了,修好了。

何　从 哪咱们走吧!

阿　螺 等一等,把我的爱兵背上。

何　从　噢，噢！

阿　螺　（入内）海兰！海兰！（抱孩子出）人哪？

何　从　走吧，我们有急事，不能再耽误啦！

阿　螺　急事？

单眼王　是呀！

阿　螺　你是……啊（认出）你们不是大军？

兰继之　我们是美国老板和蒋总统的大军。

阿　螺　什么？啊，真有妖魔鬼怪！

单眼王　把她的孩子抱过来！（杨美娣夺过孩子）

阿　螺　（唱）　我只说世道好风平浪静，
　　　　　　　　英才话没有听大祸降生。

（喊）阿妈！海兰！（向敌人）还我的孩子！

兰继之　那也容易，把我们送走。

阿　螺　休想！

单眼王　你不答应，我们就把他从这儿扔下去！

阿　螺　（唱）　单眼王你真是虎狼成性，
　　　　　　　　想害我爱兵女万万不能。

（扑上去夺爱兵，海螺号突然响）

何　从　什么？

兰继之　枪声，我的妈呀，我们该到哪里去？

单眼王　这儿我熟，跟我快上望夫崖！

何　从　望夫崖？走！

单眼王　把她们娘儿们也带走！（同下）

〔钟好带民兵小组冲锋过场。

甜　女　妈，阿姐！

区英才　妈，海兰！

甜　女　连长，你看，爱兵的童帽。（从地上拾起）

区英才　（接过童帽明白地）看样子特务把妈妈她们绑走了。（摸了摸微热的茶壶）他们走得还不远，跑不了。钟好！

钟　好　（跑出）到！

区英才　带挺机枪，抢占制高点！

钟　好　是，（挥手）走！

民兵乙　连长，有我这挺机枪，够给他们剃光头的了。

区英才　剃光头的人不少，可不要一下子都突突出去。

民兵乙　是。（同下）

区英才　一班长，带人向左搜索。

民兵丙　同志们，走，跟特务们算账去！（下）

区英才　三班长，带人向右搜索，那边草深，注意敌人！

民兵戊　没问题，给他个连锅端哪！（下）

区英才　赤卫伯，从前单眼王到金星岛，常爱藏在什么地方？

赤卫伯　只要他一来，准藏在望夫崖上公婆洞。

区英才　望夫崖！

赤卫伯　那儿可是个险地方，下边就是个莫底的深海呀！

区英才　走！我们从中间直插上去！

虎　仔　区连长，你留在这儿指挥，我去。

区英才　不，我应该像当年赤卫队的指挥那样，站在战斗的最前面，对吧？赤卫伯。

赤卫伯　对，是这样的，哎！不对，不是这样的！

甜　女　连长，你留在这儿，我和虎仔去。

区英才　甜女，听命令！你和靓仔留在这儿，不能叫敌人跑了。

甜　女　咔喳这几条草鱼，我们包啦！

区英才　哎，咔喳容易，要捉活的还要靠政治，“黄牛好牵，小老鼠难抓”嘛！子弹够吗？

甜　女　不铺张浪费，再搭配些鱼炮，收拾这几个臭鱼烂虾足够啦！

林望高　连长，带我去吧！考验考验我，不要把我留在这后方——划不来。

区英才　又是划不来，这儿没后方，靓仔留下听甜女指挥，这就是考验。

林望高　是。

区英才　虎仔，赤卫伯，（拔枪）跟我来！（同赤卫伯、虎仔下）

林望高　甜女，我们守在这儿干什么？也上望夫崖吧！（欲走）

甜　女　站住！靓仔，听命令！（发现敌情）哎！看泉水边儿有人露头儿，准是特务。

林望高　那咱们就打吧！

甜　女　先别忙，连长不是叫咱们来点政治吗？先喊话。

林望高　对。

甜　女　（欲喊，又止）不要叫她们发现我是女的，靓仔，我说你喊：快投降吧！投降才有出路！

林望高　（喊话）快投降吧！投降才有出路！

甜　女　解放军宽大政策，快缴枪吧！

林望高　（喊）解放军优待俘虏，缴枪不杀！（传来枪声）

甜　女　还真不自觉，打两鱼炮给他们尝尝！

林望高　（喊话）赶快放下武器，再不缴枪，老子开炮啦！（甜女点燃鱼炮扔出，爆炸）

〔内声：解放军，别开炮，投降啦！

甜　女　叫他们把枪放下。

林望高　（喊）把枪放下！

〔内复诵声。

甜　女　哎呀！人多了我们两个不好对付，叫他们一个一个走出来。

林望高　对，（喊）一个一个走出来！

〔内复诵声。

甜　女　距离五步。

〔内复诵声。

〔特务等举手过场，林望高发现了大光灯。

林望高　你，

杨美娣　小林，

林望高　呸！你这个大光灯。（拉拴欲击）

甜　女　靓仔！

〔最后上来的是兰继之。

兰继之 （上场一看）……你们不是人民解放军？……goddam！（干瞪目）活见鬼！一群老百姓，哼，民兵！

林望高 怎么，瞧不起我们民兵？你是不是还想尝尝我们民兵的厉害？

兰继之 我，我要见你们的指挥官。

甜　女 （整理衣装，神气十足地）我就是这儿的指挥官。

兰继之 （惊视）……

甜　女 林望高同志，把他们押下去，交给我们司令部！

林望高 是，指挥官同志。走！（押特务下）

甜　女 （老练地）你是什么地方来的？

兰继之 台湾哪！

甜　女 你叫什么名字？

兰继之 季兰。

甜　女 你是干什么的？

兰继之 电台记者。

甜　女 电台——记者？

兰继之 （放肆地）记者，你不懂，就是这个，这个记者嘛！

甜　女 不许动！（端详）……噢，（一喝）兰继之！

兰继之 yes sir！啊，你叫谁？

甜　女 叫你哪，装什么洋蒜，兰继之，你还要命不要命？

兰继之 我为什么不要命呢？

甜　女 要命还不快讲老实话！

兰继之 是……我是少校电台长，兰继之。

甜　女 少校台长……那你的电台，还有那个电报码子都放在什么地方？

兰继之 我，不知道。

甜　女 胡说！连你混饭吃的家伙放在哪儿都不知道，你是干什么吃的？

兰继之 我，我知道，放在那边柴禾堆里。

〔林望高匆忙上。

林望高　唉！甜女同志，刚才下船，我没当心，叫大光灯跳海跑啦！嘿！这回可真划不来！

甜　女　跑不了，靓仔，你先看好这家伙，跟着他去找电台。（跑下）

兰继之　她是你们的指挥官？够刺激！

林望高　别废话，快去找电台！

兰继之　是的，同——志。

林望高　谁和你是同志！

兰继之　是的，我交出电台来，这样就可以将功折罪了吧！（欲下）

林望高　站住！

兰继之　要是嫌不够的话，（解开腰中纱布带）还有这些钢洋、金砖，还有钻石戒指，欧米茄牌的手表，都是些贵重的东西。

林望高　贵重的东西？

兰继之　是的，都是贵重的……只要你放我走，我就把这些都送给你，咱再交个朋友。

林望高　都送我，交个朋友？

兰继之　yes sir！

林望高　（生气地）去你妈的吧！（把兰手中东西打落在地上）卖什么舌头！

兰继之　啊，你怎么这样不讲人情。

林望高　哼！

（唱）　狡猾的特务真可憎，
想用财物把我蒙。
劝你休再做痴梦，
那臭物我可不眼红。
你若再敢把我哄，
小心头上开烟洞。

兰继之　是的，是的，你说得对……有生以来我还是第一次见到你这样的人，真不可理解！

林望高　什么？

兰继之　我是说你不是民兵，是一个解放军。（欲收礼物）

林望高　放下，这些东西得先交公处理。

兰继之　（拾起纱布）那么，这个仍归我用吧。

林望高　（忽然想起）好，仍归你用吧。（用纱布把兰手捆住）

兰继之　这是可以理解的。

林望高　走，找电台。（押兰下）

〔钟好扶钟阿婆、海兰，阿螺抱爱兵上。

钟　好　妈，你们受苦啦。

甜　女　（急上）妈！你们回来了！

钟阿婆　嗯，回来了，多亏英才把我们救了回来。

甜　女　妈，我们把这边的狗特务都咔嚓干净啦，连大光灯也没跑掉！

林望高　（携电台上）她没跑掉太好了，我把电台也起出来啦！那个台长也押到船上去啦。

钟　好　靓仔，我的好同志！（伸手）

林望高　钟好，（握手）我的好排长！

〔赤卫伯急上，风雷急。

赤卫伯　报告！

钟　好　出了什么事了？

赤卫伯　区连长刚追到公婆洞，旁边的特务打了一枪，区连长他，他从望夫崖上……

众　　　怎么样？

赤卫伯　掉下了大海！

众　　　（惊）啊！

赤卫伯　大家商量商量看咋办？

钟阿婆　单眼王呢？

赤卫伯　单眼王和那姓何的，也跳下海啦。

阿　螺　妈，不，不，不能叫这两个妖魔鬼怪跑了！

钟　好　对，派船出海，妈，看往哪儿去找？

〔风雷更紧。

赤卫伯 北风,退潮。

钟阿婆 他们从望夫崖跳下去,能漂到哪儿去?

赤卫伯 从那儿下去,顺着水道,朝南必然是飘到了三杯酒。

钟阿婆 三——杯——酒!

众 三杯酒!

赤卫伯 那个鬼地方,风大浪险,好汉也难过这三杯酒呀!

钟阿婆 (唱) 说什么风旋浪卷船难走,
神鬼对它要低头。
今日偏要过三杯酒,
不信它敢不低头!

我来掌舵……出船!

钟 好 妈,我去。

甜 女 妈,我去!

林望高 钟妈妈,让我去!

海 兰 我也去!

钟阿婆 海兰,你的身子……

海 兰 妈,你又讲这个了,要是不把狗特务抓干净,海兰就是多生一个孩子有什么用?

阿 螺 妈,能叫我去吗?

钟阿婆 阿螺!

阿 螺 妈!

(唱) 都怪我私心重瞎了双眼,
把妖魔引到家惹出麻烦。
英才他和虎仔今遇危险,
我怎能一个人畏缩不前。
活捉那狗特务刻不容缓,
好妈妈你让我也上战船。

妈!(跪)

钟阿婆 (唱) 阿螺儿快站起擦干泪眼,
随娘来上战船去把敌歼!

阿 螺 (起,背孩子,为钟阿婆递酒)

钟阿婆 (豪饮,把酒洒在地上,挥手)孩子们!上船!

第五场

〔时间:近黄昏。

〔地点:三杯酒。

〔布景:茫茫大海中三块礁石的一块较大者。

〔二幕前:江书记上。

江书记 （唱） 昨夜晚狂风吹雷吼电闪，
有一股狗特务窜犯海边。
祖国的好山河神圣难犯，
绝不能让海怪来把浪翻。
率大军紧追剿刻不容缓，
一定要消灭净保卫江山。

〔公安战士上。

公安战士 报告江书记!

江书记 什么事?

公安战士 金星岛派出所报告,美蒋海鲨小队十六名匪特上午十时左右,化装成我军,窜入钟阿婆家,我大南港民兵赶到,捕获匪特十四名。

江书记 何从、单眼王可曾抓住?

公安战士 何从、单眼王逃向望夫崖,区连长紧追不放,追到崖顶身中枪弹,与敌人一同跌入大海,被浪卷走。

江书记 钟阿婆呢?

公安战士 已带领全家追向三杯酒。

江书记 通知部队向三杯酒前进!

公安战士 是! 向三杯酒前进!（同下）

〔幕启:大海在咆哮。

〔稍顷,区英才登上了礁石。

区英才 （挣扎地唱）

刚才在望夫崖和敌搏斗，
身受伤跌下了万丈深渊。
乘风浪来在这(四下看)“三——杯——酒”，
新的仇旧的恨涌上心胸。
雾茫茫海咆哮犹如狮吼，
绝不能让妖魔从此逃生！

(摸身上武器不在了，站起逡巡，疲惫地倒在崖石旁)

〔倾刻，单眼王、何从狼狈不堪上。

何　从　(数)　落悬崖又碰上狂风巨浪，
不由人一阵阵心内惊慌。

单眼王　(数)　何司令挣扎些咱往前闯，

何　从　(数)　眼前这又是个什么地方？

单眼王　三杯酒！

何　从　(唱)　一听说三杯酒我把胆丧，
咱怎么来到这勾魂地方？
副司令，刚才那个共产党不会追来吧？

单眼王　追，他正在阎王殿上追小鬼哪！

何　从　唉，我们也落到这个绝境！

单眼王　绝境？(马达声响)船！

何　从　我们的！

单眼王　我们的！

何　从　来啦！

单眼王　来啦！

何　从　他们看不见我们！

单眼王　我到二杯酒，把他们招呼过来！

何　从　好，快去快来！

〔单眼王下。风雷更紧。

何　从　(唱)　狂风吹冻得我浑身打颤，
莫非要送我进鬼门三关。
实指望登大陆金印掌管，

莫想到碰泰山几乎命完。
看眼前雾腾腾实在危险，
救命船快些到好回台湾。

（掏出塑料管）氰化钾！（恐怖地）不成功，便成仁！唉！

区英才　（转醒）什么人？

何　从　（一惊）弟兄，别误会，我就是你们的少将司令何从！

区英才　到这儿干什么？

何　从　接应你们！（回头认出）啊！你还没有死？

区英才　不许动！

何　从　我不动，（镇静地）不过，你也动不了啦！我们的船来啦，你当了我的战俘啦！

〔马达声越来越近。

何　从　现在你面前只有一条路！

区英才　什么？

何　从　跟着我们走！

区英才　啊！

何　从　给我们带路，插上百花山。

区英才　啥？

何　从　带到了地方，我们可以给你奖励！

区英才　呸！

（唱）　刚才你已把壁碰，
还敢在此来逞能。
人民拳头泰山重，

何　从　啊！

区英才　（接唱）赶快弃暗来投明。

何　从　啊！

（唱）　让我弃暗来投明。

区英才　是的，只要你弃暗投明，就有生路，立大功，我们还给你奖励！

何　从　我？跟着共产党，还有我这样人的生路？

区英才　有！

何　从　真的？

区英才　有一个人这样讲过："放下武器，停止抵抗，是你们的唯一生路！"

何　从　唯一生路？谁讲的？

区英才　毛——主——席！

何　从　（一震）毛主席？

区英才　你好好地想想吧！我记得他还讲过这样的话："为人民利益而死，就比泰山还重；替法西斯卖力，替剥削人民和压迫人民的人去死，就比鸿毛还轻！"鸿毛，懂吗？

何　从　我懂，我当然懂……我这何将军（矜持地）用不着你来给我洗脑筋！

区英才　好啦，你要觉得这话对，就照着办，你要是还想玩命，那就再玩一下吧！不过，你们早晚都得完蛋！这儿是我们祖国的岛屿，四下里都是我们的船，正在搜查你们，你们跑不了啦！

〔何从谛听，仿佛听到无数的马达声在远处响着。

区英才　我们的人就要来啦！

〔近处人声。

何　从　你们的人就要来啦，我们的人已经来啦！

〔单眼王、78号、卫太利等人上场。

单眼王　何司令，他们带来了侯代表的命令！

78号　（递命令）何司令！

何　从　78号。（接命令）"……你等无能，贻误军机，本拟法办，望带罪立功，乘船绕道插上百花山，我在这一带海面作后盾，勿失良机！临阵动摇者，杀勿赦。"杀勿赦！

单眼王　何司令，我们快上船再讲！

何　从　对！

区英才　站住！

单眼王　你！

卫太利　他就是那个姓区的苦力，民兵连长！

何　从　噢，他就是那个退伍的上士班长，区英才？

卫太利　对！

单眼王　我正要找你算账哪！

区英才　单眼王哪！

（唱）　见贼子不由我怒火上攻，
当年你害苦了渔民百姓。
多年来寻找你无踪无影，
今日里咱和你把账来清。

单眼王　（接唱）死到临头还嘴硬，
老子用枪把你崩！

（子弹上膛）

区英才　（接唱）保卫祖国何惜命，
怕死就不算民兵！（挺胸）

来，朝这儿打吧！

何　从　（忙制止）他们的船正在搜查我们，枪声一打响，正好给他们当了向导！

单眼王　嘿！差点又上了你的当！你这小穷鬼！哼，十多年前，就是你老爷留下你的命，悔不该当初我没杀光了你们！

区英才　杀光了我们，从前谁养活你们？杀光了我们，今天谁来消灭你们？

78 号　何司令，时间宝贵！

单眼王　对，何司令，带他走！抓个活的。（向卫太利挥手）

〔卫太利上前，被区英才一拳击倒地。

〔单眼王上去。

〔区英才与单眼王格斗，区英才把单眼王制住。

区英才　带我走，哼！除非你们能把三杯酒搬走！

何　从　难道你就不怕死？

区英才　怕死？（笑）死比泰山还重！

何　从　可，可你有你的妻儿老小，我刚刚还亲自和你的夫人谈过话，她还请我多多地开导开导你！

区英才　她要是知道你们是谁，你就知道她会怎么开导你啦！

何　从　这个我还不知道，不过，我知道她决不希望你作这样的无谓牺牲！你死了，她们可就成了孤儿寡妇啦！

区英才　我死了？（轻声地）阿螺，爱兵！你们会替我来消灭他们的！

〔远处传来阿螺的叫声："英——才！"

区英才　看，我们的船开来啦！

何　从　共产党的船？

〔特务上场报告。

特　务　发现共产党炮艇！

何　从　（大惊失色）炮艇？

〔炮响。

单眼王　活见鬼！

78号　上船快走！

区英才　不要动，想活的听我说！

单眼王　什么？

何　从　（向区英才）你再说说！

区英才　放下武器，停止抵抗，是你们的唯一生路！

单眼王　（向何从）什么！你？何司令，临阵动摇者，杀无赦！

〔双方正欲火拼时，突然一梭子弹打来。

78号　上来啦！

卫太利　是解放军！

众　（如闻霹雷）解放军！解放军！

（作鸟兽散）

单眼王　莫怕！莫怕！（忙缩到石后）看我单眼王双枪厉害！

〔单眼王掏双枪埋伏好。

〔虎仔闯上。

区英才　虎仔！

虎　仔　连长！

〔单眼王的子弹扫来。

区英才　快卧倒！

〔虎仔击中单眼王右手，枪坠地，又击中其左手，最后击中，单眼王坠入大海。

〔虎仔扶起区英才。

区英才　别管我，快去抓敌人！

虎　仔　是！（发现石缝中何从）什么人？

何　从　（举手交枪）报告！我，我是这位长官的俘虏！

虎　仔　你？

何　从　我早就有意归顺祖国！

虎　仔　你早就有意？

区英才　（笑）只要归顺，早晚都欢迎，不过，你要向你的部下喊话。

〔虎仔督促何从。

何　从　是的，喊话！"我是你们的司令何从，快投降吧，投降是咱们唯一生路！"（喊着下）

〔虎仔跟下，子弹猛烈地扫来。

区英才　虎仔，注意隐蔽！

〔阿螺背着孩子上场。

阿　螺　英——才！英才！

区英才　阿螺！你怎么来的！

阿　螺　妈妈领着我们来的！

〔甜女、钟阿婆、海兰、林望高、赤卫伯等上场。

众　　英才！

区英才　你们都来了，快去抓敌人！

甜　女　对，阿妈，照顾好连长！同志们，跟我来！（众人随下）

钟阿婆　英才！

区英才　好妈妈！

钟阿婆　伤！（裹之）

阿　螺　英——才！（大恸）

区英才　阿螺,不要吵醒了小爱兵嘛!

阿　螺　(欲泣)英才,叫我怎么,怎么说哪?

区英才　什么都不用说啦!你们娘儿俩来到这儿,比说什么都强啊!今日是国庆节,嗯,还有家庆节,咱们全家都到这儿过节啦,多大的喜事儿啊,不兴哭……

阿　螺　(解孩子给区英才,好像与第一场一样)给你!(欲下)

钟阿婆　干什么?

阿　螺　抓妖魔鬼怪去!

钟阿婆　阿螺,快照顾好英才!

区英才　让她去吧!

阿　螺　(一拢头发,恢复了当年飒爽的英姿,响亮地)海兰,跟我来!(跑下)

海　兰　阿螺!(跟着追下)

〔林望高急上。

林望高　报告连长!我们把卫太利抓住啦!

〔赤卫伯押卫太利过场。

赤卫伯　我老给你讲,别乱说乱动吧,不听话嘛,看,不听众人言,恶果在眼前吧!

钟阿婆　(把手杖扔在卫太利面前)再磨刀吧,好给你们自己修棺材!

林望高　连长,我这回算认清啦,小鱼掀不起大浪,可是它还想掀哪!

赤卫伯　掀,就用这个(拍了一下那枪)消灭它!

〔阿螺、海兰用鱼叉,抓78号上。

阿　螺　快走!

78号　我的手枪里没子弹,枪没上膛,没上膛!

区英才　阿螺,海兰!好啊,你们抓了美国牌的大特务!

钟阿婆　我的好孩子们哪!

〔何从随虎仔上场。

虎　仔　报告连长,都抓干净啦!

何　从　报告长官！何从率领海鲨小队人员共二十八名……(交印)全部报到……

虎　仔　无一漏网！

阿　螺　(发现何从,冲上前去)你！(将何从搡倒在地,举起鱼叉向何从叉去)

何　从　(连忙爬起呼救)长官救命！

区英才　何从,这回你总该知道她用什么开导你了吧！

〔钟好上场。

钟　好　报告连长,江书记带着船队赶来啦！狗特务的运输船叫大军同志几炮就打沉啦,鱼鳖虾蟹,一个也没漏！

众　(欢呼)好啊！

区英才　吹海螺号,集合！

〔江书记登场,后随公安部队战士、海军战士各一名。

江书记　区连长！

区英才　江书记！

江书记　区连长,你们打得好啊！你们民兵连这次真正地做到了"召之即来,来之能战,战之能胜"啊！同志们,由于你们的行动迅速,英勇顽强,取得了这次全歼美蒋特务的大胜利！

〔众人欢呼。

江书记　同志们,上炮艇,返航！

〔一声螺号,汽笛响应。

〔晚霞映照着区英才的形象。他的身旁是背着孩子的阿螺,她手持鱼叉英勇地站立着。那一边是英雄的妈妈——钟阿婆。后边是英雄的群众,好似一道钢铁长城,捍卫着滚滚的南海！

(合唱)南海风停浪息卷,
渔火通明映江天。
众志成城不容犯,
歼敌获胜凯歌还。

——剧　终

编后语

《西安秦腔剧本精编》是一项大型剧本编辑工程。它收录了新中国建立后西安市辖的易俗社、三意社、尚友社、五一剧团四大著名秦腔社团上自清末、下至二十一世纪初近百年来曾经上演于舞台的保存剧本，承载与呈现着古都西安百年的秦腔史。这样一个浩大的戏剧工程，在西安市近百年文化史上是前所未有的，受到各方面广泛关注。

编辑组建立之初，面对的是四个社团档案室中百年以来的千余本（包括本戏、小戏、折子戏）约三千万字的剧本手抄稿、油印稿、铅印稿。由于时间久远，其中不少已经含混不清，或章节凌乱、缺张少页、错误多出，有的甚至连作者、改编者姓名、演出单位、演出时间等都已寻找不见，工作量之大、难点之多可以想象。更由于此次编辑的范围，是以必须经过舞台演出的剧本为前提，因而正式进入工作后，许多需要认真解决的具体问题都凸现出来了：

一是不少剧目，虽然演出过，但真正的排练演出本却找不到了。在查访中，有些尚可落实，有些则因当事人已故，无觅踪迹，只好录用现存的文学本，以解决该剧目缺失的遗憾。

二是有些排练演出本虽然收集到了，却不完整。有的有头无尾，有的有尾无头；有的场次短缺，有的唱段缺失;有的页码残缺,前后无法衔接。这样,只能依靠编辑组人员及有关演职人员反复回忆,或造访老艺人和当事人回忆,不厌其烦,完成残本的拾遗补缺、充实完善工作。

三是一些秦腔名戏和看家戏,艺术魅力强,观众很喜爱,但在长期的演出中,为了适应当时的形势,往往同一个戏,在新中国建立前后、改革开放前后都有不同版本。这些剧目,由于受客观时势和执笔者思想认识的影响,不少改编本把原作中一些脍炙人口的名场段、名唱段给遗漏了,拿掉了。今天看来,这是历史、文化的失误。因为这些场段、唱段的不少地方既含有简明而丰富的历史知识,又有淳朴淳厚的人文教化,附丽以历代秦腔名家的倾情演唱,熏陶和感染过无数戏迷观众,不失为秦腔传统艺术的闪光点所在。因此,在对这类剧本的认定和选用中,编辑组抱着尊重、抢救、保护国家非物质文化遗产的态度和立场,通过鉴别,更多地向传统倾斜,把该恢复、该补救的名场、名段都做了尽可能完善的恢复与补救。

四是曾经有一些在西安舞台上演过的老秦腔传统本,被兄弟剧种看好,拿去改编、移植成他们的优秀剧目。之后,这些剧本又被秦腔的剧作家再度移植、改编过来,在西安舞台上演。对这类本子,在找不到秦腔演出本的情况下,经过审定,也都作了收录,成为"出口转内销"的好本子。

五是有些保存本,当年演出、出版风靡一时,并有作者、改编者的署名。由于岁月的磨洗,演出本还在,而作者的名字则记忆模糊甚至不见了。为了尊重他们的劳动，还其以神圣的著作权，编辑组翻查了大量档案资料，终于使一些剧本的作者署名得以落实。

六是由于秦腔是大西北最有代表性的地方剧种，剧本中普遍存在大量的方言俚语、民俗风情，鲜明地体现着秦腔的地方戏色彩。但同时也因为作者和所写的题材来自不同方域，用字、用词、用语存在很多错、别和不规范、不统一的现象。此次编校，通过讨论、争议、比对、考证，尽可能地做到了规范和统一。

除此之外，还涉及到很多剧本在主题思想、故事情节以及版本、人物、时间、场景、舞台指示、板腔设置、动作、细节、念白、唱段、字词句、标点等许多大大小小的问题，需要进行有效地疏、改、勘、正工作。编辑组通过连续数月的辛勤工作，终于以艰苦的劳动征服了这座巨山。

参加本次编辑的专家平均年龄已68岁，每天要审校、修订三四万文字。为了提高工作效率，针对剧本的体裁特点，编辑组分为几个小组，采用读听结合、交叉审校的方法，尽可能精准地还原出作品的原貌，包括每场戏、每段唱词、每句念白、原作者、改编者、移植整理者、剧情简介、上演剧团、上演时间等等。为了争取进度，经常夜间加班，并放弃每周末和节假日的休息。为了保证质量，不时地对一些重要问题进行学术研究、学术的争执和判定，往往到深夜。其中有关秦腔的历史问题，有关一些现代戏的剧本入围标准问题，有关早期的秦昆相杂剧本的入选问题，甚至有的传统剧目中某个主要人物姓名中的用字问题等，时常反复探讨。对较重大的，必须查明出处；对较具体的，则进行细心考证，直到水落石出。由于整个编校工作沉浸在不间断的学术气氛中，使编辑的过程，争议的过程，同时也是很好的互相学习的过程。特别是在阅编早中期一批秦腔剧作家的作品时，大家不禁为老先生们深厚的学识、精美的辞章和高超的艺术而叹服，更加体会到手中工作的重要性，更加珍惜此次机遇，从而加深了编辑组同志之间的学术友谊，提升了整体工作的水准。他们高昂执着的工作热情、认真负责的工作态度、严谨科学的工作作风、主动忘我的工作干劲，令人十分感动。

为了支持这项工程，不少老艺术家捐赠、捐用了自己多年的秦腔珍藏本、稀缺本、手抄本。有的老艺术家、老剧作家的家属、后代闻讯后主动从家里搜寻出原创作、演出剧本，送到编辑组工作驻地。全体编务人员，为了及时、保质、保量地做好业务供应工作和全组人员的生活安排，积极配合跑资料、查档案、复印剧本，忙前忙后，不遗余力。当他们听到几年前三意社在改革并团时尚遗存有部分资料档案后，便及时赶到原五一剧团档案室，从蛛网尘埃中翻寻到了七八十部老三意社的手抄本和油印本。上世纪五六十年代西安四大社团演出过很多好戏，有些戏直到现在还在乡间和外地热演，但由于政治气候、人事变更、内外搬迁等原因，造成原剧本遗失。后经有关方面帮助支持，从西安市艺术研究所找到了一批久已告别西安城内秦腔舞台、面目似已陌生的优秀剧目铅印、油印本，使剧本的编辑工作更加充实和完善。

这里，有几个问题需要予以说明。一是这套大型剧本集以西安易俗社、三意社、尚友社、五一剧团四个社团演出剧目为基础收集本子；四个社团均演出的同一剧本，只收集演出较早的本子，其他演出单位仅在书中予以署名；有原创作本、传统本的，一般不收录改编本，但个别两者都有历史、文化与研究价值的，可同时收录；除个别名折戏和进京、出国演出剧目外，凡有本戏的，原则上不再收折戏。二是为了突出"西安秦腔"的主题特色，经反复研究，决定按易俗社、三意社、尚友社、五一剧团四大块进行编排；在四大块中，又按传统戏、新编历史戏、现代戏三大类的历史顺序编目。三是从历史上看，秦腔不少优秀剧目被兄弟剧种搬演，很受欢迎，并成为兄弟剧种的保留剧目；同时，西安的秦腔也改编移植了兄弟剧种的不少成功剧本，丰富了西安秦腔舞台的演出剧目，满足了观众的欣赏需求，有些也成为各社团的保留剧目，因此，经过选择也都收录进来了。四是诞生于"文革"中的剧本，是一个历史现实，根据相关规定，经专家仔细甄别，有选择地收录；对有严重政治问题的不予收录；对确有一定保留价值而有涉版权纠纷的作为内部资料收录。五是有些优秀剧目由于年代久远、社团分合等历史原因，已无法搜集到剧本，只能成为遗憾了，待以后有下落时再版增补。

对眼前这套凝聚着众多领导、专家、艺术家、工作人员、技术人员、服务人员心血和辛勤汗水的《西安秦腔剧本精编》，编委会满怀感激之情向大家表示深切致谢！向关心、支持此项工程的西北五省（区）、市文艺界相关单位、专家学者及戏迷朋友表示诚挚的谢意！这套秦腔剧本集的出版是值得引以自豪的，它可以无愧地面对三秦大地，面对古都西安的故人、今人和后人！让我们不断总结经验，继续探索，与时俱进，努力为西安秦腔的发展繁荣做出新的贡献！

《西安秦腔剧本精编》编辑委员会

2011年9月14日